비밀의 정원

THE SECRET GARDEN
비밀의 정원

프랜시스 호지슨 버넷 지음
잉가 무어 그림 ◦ 박미영 옮김

꽃
피는
책

차례

1 아무도 남지 않았다 _____ 7
2 고집불통 메리 아가씨 _____ 15
3 황무지를 가로질러 _____ 26
4 마사 _____ 35
5 복도에서 들리는 울음소리 _____ 64
6 "누군가 울고 있었어, 정말이야!" _____ 73
7 정원 열쇠 _____ 83

8 길을 알려준 울새 _____ 92
9 세상에서 가장 이상한 집 _____ 104
10 디콘 _____ 120
11 겨울 지빠귀의 둥지 _____ 136
12 "땅을 좀 가질 수 있을까요?" _____ 149
13 "나는 콜린이야." _____ 162
14 어린 라자 _____ 180
15 둥지 짓기 _____ 198

16 "안 올 거야!" 메리가 말했다. _____ 215

17 성질부리기 _____ 225

18 "낭비헐 시간이 없다니께유." _____ 235

19 "드디어 왔어!" _____ 245

20 "난 영원히 살 거야. 영원토록, 영원히!" _____ 261

21 벤 웨더스태프 _____ 280

22 해가 졌을 때 _____ 294

23 마법 _____ 303

24 "웃게 나둬요." _____ 323

25 커튼 _____ 339

26 "어머니예요!" _____ 350

27 정원에서 _____ 363

1
아무도 남지 않았다

메리 레녹스가 고모부와 살게 돼 미슬스웨이트 저택에 가게 됐을 때만 해도 그렇게 정 안 가게 생긴 아이는 처음 봤다고 다들 입을 모았다. 사실 그렇기도 했다. 메리는 작고 좁다란 얼굴, 마른 몸, 가늘고 숱이 적은 머리칼에 부루퉁한 표정을 하고 있었다. 노란색 머리카락에 인도에서 태어나 늘 이런저런 병치레를 하느라 얼굴빛도 누렇게 떠 있었다. 메리의 아빠는 영국 정부 관리로 항상 바쁘거나 아팠으며, 엄마는 대단한 미인으로 파티에 참석해 쾌활한 사람들과 어울리는 걸 좋아했다. 애초에 아이를 원하지 않았던 엄마는 메리가 태어나자 아야(아시아, 아프리카나 그 외 지역 영국 식민지에서 일하는 현지인 하녀, 유모, 가정부-옮긴이)한테 아이를 떠맡겼고, 아야는 주인님 눈에 들기 위해 되도록 아이를 사람들 눈에 띄지 않게 해야 했다. 그래서 메리가 골골대고 칭얼거리고 못생긴 아기일 적엔 사람들 눈에 띄지 않게 해야 했고, 골골대고 칭얼거리고 아장거리며 다니는 어린아이가 되었을 때도 그건 변함없었다. 메리는 아야와 다른 원주민 하인들의 가무잡잡한 얼굴 외에는 눈에 익을 만큼 본 기억이 없었고, 아이가 울면 맘 사히브(과거 식민지 시절 인도에서 살았던 높은 사회적 지위의 백인 여성을 칭하는 말이다-옮긴이)가 화낼 게 뻔했기에 하인들은 항상 메리가 뭐든 맘대로 할 수 있게 해줬다. 그래서 여섯 살 무렵, 메리는 세상에서 가장 제멋대로고 이기적인 아이가 되어 있었다. 읽고 쓰는 걸 가르치러 온 젊은 영국인 가정교사는 메리에게 정나미가 떨어져 석 달 만에 그만뒀고, 그를 대신 한 다른 가정교사들은 전부 그보다 더 빨리 그만뒀다. 만약 메리가 책 읽는 걸 좋아하지 않았더라면 읽고 쓰는 걸 아예 배우지 못했을 것이다.

엄청나게 더웠던 어느 날 아침, 아홉 살 난 메리는 잠에서 깰 때부터 몹시 짜증이 났는데, 침대 옆에 서 있는 하인이 자기 아야가 아닌 걸 알고는 더 짜증이 났다.

"뭐 하러 왔어?" 메리는 낯선 하녀에게 말했다. "여기 있지 말고 가. 내 아야 오라고 해."

하녀가 겁먹은 기색으로 더듬거리며 아야가 못 온다고 하자 메리는 떼를 쓰며 하녀를 때리고 걷어찼다. 그러자 그녀는 더 겁에 질려서는 거듭 아야가 아가씨한테 올 수 없다는 말만 되풀이했다.

그날 아침 분위기는 뭔가 미심쩍었다. 모든 게 평소 같지 않았고, 원주민 하인 몇은 안 보였으며, 그나마 메리 눈에 띈 몇몇은 겁에 잔뜩 질린 채 핏기없는 얼굴로 슬그머니 눈치를 보거나 다급하게 뛰어다녔다. 메리에게 뭐라 설명해주는 사람도 없었고, 아야 또한 오지 않았다. 사실상 메리는 오전 내내 방치된 채 혼자였다. 결국 메리는 정원으로 나가 베란다 근처 나무 아래에서 혼자 놀아야 했다. 크고 붉은 히비스커스꽃을 흙더미에 꽂으며 화단 만드는 놀이를 했지만, 메리는 점점 더 화가 나 사이디가 돌아오면 퍼부어줄 욕을 혼자 중얼거렸다.

"돼지! 돼지! 돼지 자식!" 원주민에게 돼지라 부르는 건 가장 모욕적인 것이기 때문이었다.

메리가 이를 갈며 이 말을 거듭 되뇌는 사이 엄마가 누군가와 함께 베란다로 나오는 소리가 들렸다. 엄마는 멀끔한 젊은 남자와 마주서서는 목소리를 낮춰 소곤거렸다. 메리는 소년처럼 보이는 그 남자에 대해 알고 있었다. 영국에서 이제 갓 부임한 젊은 장교라 들었다. 메리는 남자를 쳐다봤지만 그보다는 엄마를 뚫어져라 바라봤다. 맘사히브는 (메리는 엄마를 그렇게 부르곤 했다) 키가 크고 늘씬한 데다 예쁘고 또 항상 멋진 옷을 입고 있었기 때문에 그녀를 볼 기회가 있을 때면 항상 그랬다. 비단결 같은 곱슬곱슬한 머리칼에 작고 날렵한 코는 뭔가를 무시하는 듯했고, 커다란 눈은 웃음기로 가득했다. 그녀의 옷은 하나같이 얇고 하늘거려서 메리는 그 옷들을 '온통 레이스'라 불렀다. 그날 아침엔 여느 때보다 레이스가 더 풍성해 보였으나 눈은 전혀 웃고 있지 않았다. 커다란 눈은 겁에 질린 채 애원하듯 젊은 장교에게 향해 있었다.

"그렇게 나빠요? 아, 정말요?" 메리는 엄마 목소리를 들었다.

"끔찍합니다." 청년은 떨리는 목소리로 대답했다. "끔찍합니다, 레녹스 부인. 이 주 전에 산 쪽으로 가셨어야죠."

맘사히브는 양손을 꽉 쥐었다.

"아, 진작에 그럴걸!" 그녀가 외쳤다. "그 어처구니없는 연회에 참석

하겠다고 여기 남았지 뭐예요. 멍청하게!"

바로 그 순간 하인들 숙소에서 통곡하는 소리가 터져 나오자 그녀는 청년의 팔을 꽉 움켜쥐었고, 메리는 머리끝에서 발끝까지 부들부들 떨며 서 있었다. 통곡은 점점 더 비통해져 갔다.

"뭐죠? 뭐예요?" 레녹스 부인이 깜짝 놀라 숨이 막힌 듯 말했다.

"누가 죽었나 봅니다." 청년 장교가 대답했다. "하인들 사이에도 퍼졌다는 말은 안 하셨잖습니까."

"난 몰랐죠!" 맘사히브가 외쳤다. "따라와 봐요! 어서요!" 그러고는 몸을 돌려 집 안으로 달려 들어갔다.

그 후 끔찍한 일들이 벌어졌는데 그제야 그날 아침의 미스터리가 밝혀졌다. 치명적인 감염병인 콜레라가 발생해 사람들이 하루살이처럼 죽어 나갔고, 밤사이 병에 걸린 아야가 방금 숨을 거둬 오두막에 있던 하인들이 통곡했던 것이다. 날이 밝기 전 하인 셋이 더 죽었고, 나머지 하인들은 겁에 질려 모두 도망가 버렸다. 사방에 공포가 횡행했으며 집집마다 죽은 사람들 천지였다.

둘째 날, 혼란과 당혹감 속에서 자기 방에 숨어 있던 메리는 모두에게 잊혀졌다. 아무도 아이를 생각하지 않았고, 아무도 아이를 원하지 않았으며, 그리고 아이가 모르는 사이 기이한 일들이 벌어졌다. 메리는 몇 시간을 울다 자다 했다. 메리는 사람들이 아프다는 걸 알았으며, 간혹 어딘가에서 기묘하고 소름 끼치는 소리가 들렸다. 한번은 식당으로 숨어 들어갔는데 그곳은 텅 비어 있었고, 다만 먹다 만 음식이 식탁 위에 널브러져 있었다. 의자와 접시는 식사 중이던 사람들이 무슨 연유에선지 급히 자리를 떠나느라 밀친 듯 보였다. 메리는 과일과 비스킷을 조금 먹고, 목이 말라 거의 손도 대지 않은 와인 한 잔을 마셨다. 달콤해서 그게 얼마나 독한지도 몰랐다. 곧 엄청나게 졸음이 몰려왔는데, 오두막에서 들려오는 울음소리와 다급한 발소리에 겁을 먹고는 자기 방으로 돌아와 문을 걸어 잠갔다. 와인 때문에 너무 졸려 눈을 뜨고 있지 못할 정도였으며, 침대에 누운 후로는 오랫동안 무슨 일이 있었는지 알지 못했다.

메리가 잠든 사이 많은 일이 벌어졌지만, 통곡 소리와 집 안팎으로 물건 나르는 소리에도 전혀 개의치 않고 깊이 잠들었다.

잠에서 깨어난 메리는 그대로 누운 채 벽을 바라봤다. 집 안은 쥐 죽은 듯 고요했다. 집이 이렇게까지 조용했던 적은 없었다. 목소리도 발소리도 들리지 않았는데, 이제 다들 콜레라가 나아서 모든 문제가 해결됐는지 궁금했다. 또한 이제 아야가 없으니 누가 자신을 돌봐줄지도 궁금했다. 아야가 새로 오면 새로운 이야기를 알게 될지도 모른다는 생각이 들었는데, 메리는 맨날 듣는 이야기에 좀 질려 있던 참이었다. 유모가 죽었다고 울진 않았다. 원체 정 많은 아이가 아니었고, 누구에게도 관심 가진 적이 없었기 때문이다. 콜레라로 인해 시끄럽고 허둥대며 울먹이는 소리에 겁이 나긴 했었지만, 메리는 자기가 살아 있다는 걸 아무도 기억하지 못하는 듯해 화가 났다. 다들 공포에 질려 아무도 좋아하지 않는 여자애는 생각지도 못했다. 콜레라에 걸리면 본인 말고는 아무것도 기억하지 못하는 듯했다. 하지만 다들 병이 나으면 분명 아이를 기억하고 찾으러 올 것이다.

그러나 아무도 오지 않았고, 메리가 누워서 기다리는 사이 점점 더 조용해졌다. 깔개 위에서 뭔가 부스럭거리는 소리가 나서 내려다보니 작은 뱀이 스윽 미끄러져 와서 보석 같은 눈으로 메리를 바라봤다. 해를 끼치지 않는 작은 동물이었기 때문에 메리는 무서워하지 않았으며, 또 얼른 방에서 나가려는 듯하기도 했다. 뱀은 메리가 지켜보는 가운데 문 아래로 스윽 빠져나갔다.

"참 희한하게 조용하네. 집 안에 나하고 뱀밖에 없는 거 같잖아."

바로 그때 문 쪽에서, 그다음은 베란다 쪽에서 발소리가 들렸다. 남자들 발소리였는데 그 남자들이 집 안으로 들어와 작은 목소리로 소곤거렸다. 그들을 맞이하거나 누구냐고 묻는 사람이 아무도 없었고, 남자들은 방마다 문을 열며 살피는 것 같았다.

"참으로 안타깝군!" 누군가의 말소리가 들렸다. "그런 미인이! 아마 아이도 그럴 거야. 아이가 있었다고 들었어, 아무도 본 사람은 없지만."

잠시 후 남자들이 문을 열었을 때, 메리는 방 한가운데 서 있었다. 못생기고 토라진 어린애처럼 보였는데, 배도 고프고 무시당했다는 기분이 들어 수치심에 눈살을 찌푸리고 있었다. 제일 먼저 들어온 남자는 덩치 큰 장교로 전에 아빠와 이야기 나누는 걸 본 적이 있었다. 피곤하고 심란해 보이는 그는 메리를 보고는 너무 놀라 뒤로 자빠질 뻔했다.

"바니!" 남자가 소리를 질렀다. "여기 아이가 있어! 애 혼자! 이런 곳에! 세상에, 누구지?"

"난 메리 레녹스예요." 소녀는 몸을 곧게 세우며 말했다. 메리는 아빠 집을 '이런 곳'이라고 한 남자가 매우 무례하다고 생각했다. "다들 콜레라에 걸렸을 때 잠이 들었다가 조금 전에야 일어났어요. 왜 아무도 오지 않죠?"

"아무도 본 적 없었던 그 아이야!" 남자가 돌아서며 일행들을 향해 외쳤다. "잊어버리고 만 거지!"

"왜 나를 잊었지?" 메리는 발을 쿵 구르며 말했다. "왜 아무도 안 와요?"

바니라는 젊은 남자는 매우 슬픈 눈으로 메리를 바라봤다. 메리는 남자가 눈물을 참느라 눈을 깜박이는 걸 본 듯도 싶었다.

"어린애가 불쌍하기도 하지! 이제 아무도 올 수 없어." 그가 말했다.

메리는 이제 엄마도 아빠도 없다는 사실을, 부모님이 밤사이 세상을 떠나 실려 나갔고, 살아남은 몇 안 되는 하인들도 어린 사히브가 있다는 사실조차 기억하지 못한 채 허겁지겁 집을 떠났다는 사실을 이렇게 이상하고도 갑작스럽게 알게 되었다. 집 안이 그렇게 고요했던 이유도 그것 때문이었다. 집 안에는 정말로 메리와 작은 뱀밖에는 없었던 것이다.

2
고집불통
메리 아가씨

　메리는 멀리서 엄마를 바라보는 걸 좋아했고 엄마가 무척 예쁘다고 생각하긴 했지만, 워낙 엄마에 대해 아는 게 없었기에 엄마가 세상을 떠나고 난 뒤 엄마를 사랑하고 그리워하리라 기대하긴 어려웠다. 사실 엄마가 전혀 그립지 않았고, 자기밖에 모르는 아이였기에 늘 그랬듯 자기 생각만 했다. 더 큰 아이였다면 세상에 홀로 남겨진 것에 무척이나 불안했겠지만, 메리는 아직 어렸고 항상 보살핌을 받아왔으니 앞으로도 그럴 거라 생각했다. 메리가 궁금했던 건 그저 자기에게 공손하게 대하고 아야와 다른 하인들이 그랬듯 자기 마음대로 하게 해 주는 사람들에게 가게 될지였다.

　메리는 처음 가게 된 영국 목사 집에 계속 머무르지 않을 거라는 걸 알았으며, 메리도 그 집에 있고 싶지 않았다. 영국인 목사는 가난했고, 나이가 고만고만한 또래 아이가 다섯이나 있었는데, 아이들은 남루한 옷차림에 항상 말다툼하며 서로 장난감을 뺏으려 했다. 지저분한 그 집이 싫었던 메리가 까탈스럽게 굴자 이삼일 지나고부터는 아무도 메리와 어울리려 하지 않았다. 이틀째 되던 날 아이들은 메리에게 별명을 붙여줬는데, 메리는 몹시 화를 냈다.

 그 별명을 가장 먼저 생각해낸 건 배질이었다. 배질은 파란 눈에 들창코를 가진 건방져 보이는 남자애로 메리는 그 애를 몹시 싫어했다. 한창 콜레라가 번지고 있을 때 메리는 나무 그늘에서 혼자 놀고 있었다. 흙을 쌓아 올려 정원으로 가는 길을 만들고 있는데 배질이 다가오더니 옆에 서서 메리를 지켜봤다. 그러고는 이내 흥미가 일었는지 갑자기 제안을 했다.

 "저기에 돌을 쌓아놓고 암석정원이라고 하면 어때? 거기 가운데 말이야." 그는 메리 위로 몸을 굽혀 가운데를 가리키며 말했다.

 "저리 가!" 메리가 외쳤다. "남자애들은 싫어. 가라고!"

 배질은 잠시 화가 난 것처럼 보였으나 곧 메리를 놀리기 시작했다. 그는 항상 누나와 여동생들을 놀려대곤 했다. 메리 주위를 빙글빙글 돌며 우스꽝스러운 표정을 짓고, 노래하며 웃었다.

> "고집불통 메리 아가씨,
> 정원은 어떻게 가꾸시나요?
> 은방울과 조개껍데기,
> 그리고 줄지어 핀 메리골드꽃들로."

 배질은 다른 아이들이 듣고 웃어댈 때까지, 그리고 메리가 기분 나빠하면 나빠할수록 '고집불통 메리 아가씨'를 더 열심히 불러댔다. 그 일이 있고 난 뒤 아이들은 자기들끼리 메리 얘기를 할 때는 물론, 메리에게 말할 때조차 '고집불통 메리 아가씨'라 불렀다.

"널 고향으로 보낸대." 배질이 말했다. "이번 주말에. 속이 다 시원하네."

"그것참 잘됐네." 메리가 대꾸했다. "고향이 어딘데?"

"자기 고향이 어딘지도 모른대!" 배질이 미운 일곱 살처럼 빈정거리며 말했다. "당연히 영국이지. 우리 할머니가 거기 사시는데 작년에 메이블 누나가 거기로 갔어. 물론 넌 너희 할머니한테 가는 건 아냐. 넌 할머니가 없잖아. 너희 고모부한테 간대. 아치볼드 크레이븐 씨한테."

"전혀 모르는 사람이야." 메리가 쏘아붙였다.

"네가 모른다는 건 나도 알아." 배질이 대꾸했다. "넌 아는 게 없잖아. 여자애들이 그렇지 뭐. 엄마 아빠가 그 사람 얘기하는 거 들었어. 시골에 있는 엄청나게 큰 외딴집에 사는데 아무도 가까이하려 하지 않는대. 성미가 하도 고약해서 사람들을 가까이하지도 않고. 설령 그가 허락한다 해도 아무도 안 올걸. 꼽추에다가 무시무시한 사람이니까."

"네 말은 안 믿어." 메리는 이렇게 말하고 돌아서서 귀를 틀어막았다. 더는 듣고 싶지 않았다.

하지만 메리는 배질이 얘기한 걸 곱씹어봤다. 그날 밤 크로퍼드 부인이 며칠 후 배를 타고 영국으로 가서 미슬스웨이트 저택에 사는 고모부 아치볼드 크레이븐 씨에게 가게 될 거라고 말했을 때, 메리가 굳은 표정에 고집스럽고 무관심한 태도를 보여 그들로서는 어떻게 해야 할지 도무지 알 수가 없었다. 부부는 메리에게 상냥하게 대하려 했지만 크로퍼드 부인이 입을 맞추려 하자 고개를 획 돌렸고, 크로퍼드 씨가 어깨를 토닥였을 때도 그냥 뻣뻣하게 서 있었다.

"정말 못났지 뭐예요." 나중에 크로퍼드 부인이 안타깝다는 듯 말했다. "그 애 엄마는 참 예뻤는데. 몸가짐도 좋았고요. 메리는 제가 본 아이 중 제일 정이 안 가는 아이예요. 애들이 메리를 '고집불통 메리 아가씨'라고 부르던데, 못된 짓이긴 해도 이해가 안 가는 건 아녜요."

"예쁜 얼굴과 예의범절을 익힌 사람답게 엄마가 아이 방을 자주 들여다봤더라면 메리도 예의 바른 행동을 배울 수 있었을 텐데 말이죠. 그 가련한 사람은 세상을 떠나고 없는데, 사람들이 그녀에게 딸이 있었다는 사실조차 몰랐다니 참으로 안타까워요."

"제 생각엔 아이를 제대로 돌본 적조차 없는 것 같아요." 크로퍼드 부인이 한숨을 쉬며 말했다. "아야가 죽은 후 저 어린애 생각은 아무도 안 하고. 하인들이 다 도망가 버린 버려진 집에 달랑 아이 혼자 있었다고 생각해봐요. 맥그루 대령이 문을 열었다가 방 한가운데 서 있는 아이를 보고 기겁했다지 뭐예요."

영국으로의 긴 항해 길엔 아이들을 기숙학교에 보내기 위해 동승한 한 장교 부인이 메리를 보살펴줬다. 하지만 그 부인은 자기 어린 아들과 딸을 돌보는 것만으로도 벅차 런던에 도착해 아치볼드 크레이븐 씨가 메리를 맞으러 보낸 여자에게 아이를 넘길 수 있게 되자 무척 기뻐했다. 여자는 미슬스웨이트 저택 가정부 메들록 부인이었다. 땅딸막한 체구에 뺨은 매우 붉었고 검은 눈은 날카로워 보였다. 그녀는 아주 선명한 보라색 드레스에 장식이 달린 검은 비단 망토를 걸치고 있었는데, 움직일 때마다 흔들리는 보라색 벨벳 꽃이 달린 검은 보닛을 쓰고 있었다. 메리는 메들록 부인이 전혀 마음에 들지 않았지만, 원체 사람을 좋아하지 않는 메리였기에 그건 특별한 일이 아니었다. 게다가 메들록 부인도 메리를 탐탁지 않아 하는 게 분명했다.

"저런! 어린애가 참 볼품이 없네요!" 부인이 말했다. "어머니가 미인이었다고 들었는데. 별로 닮지 않았나 보죠?"

"크면 나아질지도 모르죠." 장교 부인이 사람 좋게 말했다. "얼굴빛이 누렇지 않고 표정만 좀 더 밝았어도. 그래도 얼굴 생김새는 꽤 괜찮은 편이에요. 아이들은 자꾸 바뀌니까요."

"아주 많이 바뀌어야 할 거예요." 메들록 부인이 말했다. "그리고 미슬스웨이트에는 애들을 나아지게 할 만한 게 전혀 없어서 말이죠. 제 생각엔!"

메리가 두 사람과 조금 떨어져서 호텔 창가에 서 있었기 때문에 그들의 대화를 듣고 있을 거라고는 생각지도 못했다. 메리는 지나가는 버스와 마차 그리고 사람들을 바라보고 있었지만, 그들이 하는 이야기가 또렷이 들려서 고모부와 그가 사는 곳에 대해 호기심이 일었다. 어떤 곳일까? 그리고 고모부는 어떤 사람일까? 꼽추가 뭐지? 메리는 꼽추를 본 적이 없었다. 아마 인도에는 그런 사람이 없나보다.

아야 없이 남의 집에서 지내다 보니 메리는 외로움을 느꼈고, 이제껏 하지 않았던 이상한 생각이 들었다. 엄마 아빠가 살아 있었을 때도 왜 아무도 진짜 가족처럼 느껴지지 않았던 건지 궁금해지기 시작했다. 다른 아이들은 엄마 아빠와 한 가족처럼 보였지만, 자기는 결코 누군가의 딸이었던 적이 없었던 것 같았다. 메리에겐 하인도 음식도 옷도 있었지만 아무도 메리에게 관심을 가지지 않았다. 메리는 그게 자기가 까다로운 아이이기 때문이란 걸 몰랐다. 물론 자기가 까다롭다는 것도 몰랐다. 메리는 종종 다른 사람들을 보고 까다롭다고 생각했지만 자기가 그렇다는 건 몰랐다.

불그스레한 평범한 얼굴에 고급스러운 보닛을 쓴 메들록 부인은 지금까지 본 사람 중 가장 비호감이었다. 다음 날 요크셔로 갈 때 메리는 자신이 그녀의 일행처럼 보일까 봐 고개를 꼿꼿이 든 채 최대한 멀찍이 떨어져서 기차역을 지나 열차로 향했다. 사람들이 자기를 부인 딸이라 여길지도 모른다는 생각만으로도 몹시 화가 났다.

하지만 메들록 부인은 메리가 무슨 생각을 하든 전혀 개의치 않았다. '어린애들의 말도 안 되는 소리는 절대 받아주지 않는' 부류의 여자였다. 누군가 물어봤다면 최소한 그렇게 말했을 것이다. 언니 마리아의 딸이 결혼을 앞두고 있었기 때문에 런던에 가고 싶지 않았지만, 미슬스웨이트 저택 가정부 자리는 편한 데다 보수도 좋았기 때문에 그 자리를 지킬 유일한 방법은 아치볼드 크레이븐 씨가 시키는 대로 하는 것뿐이었다. 그래서 부인은 물어볼 엄두조차 내지 못했다.

"레녹스 대령 부부가 콜레라로 죽었다는군." 크레이븐 씨가 짧고 냉랭한 어조로 말했다. "레녹스 대령이 아내의 오빠라 내가 그 딸의 후견인이야. 아이를 여기로 데려와야 하니 런던에 가서 아이를 데리고 와줘."

그래서 그녀는 작은 여행용 가방을 꾸려 길을 나섰다.

객차 한쪽 구석에 앉은 메리는 볼품없고 심술 난 듯 보였다. 읽을 것도 볼 것도 없어 검은 장갑을 낀 작고 마른 손을 무릎에 포개고 있었다. 검은 드레스 때문에 평소보다 얼굴이 더 누렇게 떠 보였고, 가늘고 숱이 적은 머리칼이 검은색 크레이프 모자 아래로 삐져나와 엉클어져 있었다.

'저렇게 버르장머리 없어 보이는 아이는 내 평생 처음이네.' 메들록 부인은 생각했다. 아무것도 하지 않고 저렇게 가만히 앉아 있는 아이는 본 적이 없었다.

아이를 지켜보고 있는 것도 질려 결국 메들록 부인은 무뚝뚝한 목소리로 빠르게 말했다.

"우리가 갈 곳에 대해 말해두는 게 좋을 거 같구나." 부인은 말했다. "고모부에 대해 뭐 아는 게 있니?"

"아니." 메리가 말했다.

"엄마 아빠가 고모부에 대해 얘기하는 거 들어본 적 없어?"

"아니." 메리는 얼굴을 찌푸리며 말했다. 엄마 아빠가 딱히 자기에게 특별히 무언가를 말해줬던 적이 한 번도 없었음을 깨달았기 때문이다. 당연히 그런 걸 얘기했을 턱이 없었다.

"흐음." 메들록 부인은 아이의 기묘하고도 덤덤해 보이는 작은 얼굴을 응시했다. 그녀는 잠시 아무 말도 하지 않다가 다시 말을 이었다.

"미리 얘길 좀 해두는 게 좋겠다. 마음의 준비를 할 수 있도록. 네가 가는 곳은 희한한 데란다."

메리가 아무 말도 하지 않자 메들록 부인은 아이의 무관심한 태도에 약간 당황한 듯했으나 심호흡을 한번 하더니 말을 이어나갔다.

"희한하다고 해서 멋진 곳이 아니라는 건 아니야. 그리고 크레이븐 주인님도 나름 저택을 자랑스러워하거든. 그것도 우울하긴 하다만. 육백 년 된 저택은 황무지 끝에 자리해 있지. 방이 거의 백 개쯤 되는데 대부분 잠겨 있고. 그림이며 오래된 골동품 가구 그리고 오랫동안 그곳을 지키고 있었던 물건들이 많고, 저택 주위에는 큰 공원과 정원 그리고 땅에 닿을 정도로 가지가 늘어진 나무들도 있단다. 일부지만." 부인은 잠시 말을 끊고 숨을 들이쉬었다. "하지만 그 외엔 아무것도 없어." 그녀는 갑자기 말을 끝맺었다.

메리는 자기도 모르게 귀를 기울이고 있었다. 모든 게 인도와는 달랐고 뭐든 새로운 것이라면 흥미로웠다. 하지만 메리는 관심 있는 것처럼 보이고 싶지 않았다. 메리의 버릇없고 호감 가지 않는 면이었다. 메리는 그냥 가만히 앉아 있었다.

"흠." 메들록 부인이 말했다. "어떻게 생각하니?"

"아무것도." 메리가 대답했다. "그런 곳에 대해선 모르는걸."

그 말에 메들록 부인은 피식 웃었다.

"아, 애가 참 늙은이 같구나. 신경 안 쓰여?"

"상관없잖아." 메리가 말했다. "내가 신경 쓰든 말든."

"그건 네 말이 맞아." 메들록 부인이 말했다. "상관없지. 너를 미슬스웨이트 저택에서 살게 하기로 한 이유는 모르겠다만 그게 제일 쉬워서였겠지. 그분이 너한테 신경 쓰는 일 따윈 없을 거야. 그건 확실해. 아무도 신경 쓰지 않는 분이시거든."

메들록 부인은 마치 뭔가가 생각났다는 듯 말을 멈췄다.

"그분은 등이 굽었어." 그녀가 말했다. "그래서 사람이 삐딱해졌지. 그는 심술궂은 청년이었고 그 많은 재산과 커다란 저택도 아무 소용 없었지, 결혼하기 전까지는."

메리는 신경 쓰지 않는 것처럼 보이고 싶었음에도 눈길이 저절로 부인에게로 향했다. 꼽추가 결혼했을 것이라고는 생각지도 못해 무척이나 놀랐던 것이다. 메들록 부인은 그걸 알아챘고 워낙 수다스러운 사람이라 더 신이 나 이야기를 이어갔다. 아무튼 시간을 때울 좋은 기회였다.

"마님은 사랑스럽고 예쁜 분이셨고, 주인님은 부인을 위해서라면 하늘의 별이라도 따올 사람이었지. 아무도 마님이 주인님과 결혼할 거라 예상 못 했지만 결국 주인님과 결혼했고, 사람들은 돈 때문에 결혼했다고 수군거렸어. 하지만 그렇지 않아, 아니고말고. 마님이 돌아가셨을 때…"

메리는 저도 모르게 약간 움찔했다.

"아! 돌아가셨구나!" 메리는 자기도 모르게 내뱉고 말았다. 예전에 읽은 프랑스 동화 〈고수머리 리케 왕자〉가 떠올랐기 때문이다. 가엾은 꼽추와 아름다운 공주 이야기였는데 그 이야기를 들으니 갑자기 아치볼드 크레이븐 씨가 안쓰러워졌다.

"그래, 돌아가셨지." 메들록 부인이 대답했다. "그리고 그 이후 주인님은 더 이상해지셨어. 누구에게도 신경 쓰지 않았고, 사람들을 만나지도 않았으며, 대부분 저택을 떠나 계시거나, 미슬스웨이트에 계실 때도 서관에 틀어박혀 피처 씨 외에는 아무도 들이지 않으셨지. 피처 씨는 나이가 많지만 주인님을 어릴 때부터 보살펴와서 그분이 어떤지 잘 알거든."

책에나 나올 법한 이야기였지만 메리는 기분이 썩 유쾌하진 않았다. 백 개나 되는 방이 대부분 잠겨 있는 저택, 황무지가 뭔지는 모르지만 그런 데 끝자락에 있다는 말만으로도 음울하게 느껴졌다. 게다가 등이 굽은 남자가 방에 틀어박혀 있다니! 메리는 입을 굳게 다물고 창밖을 응시했다. 비스듬히 회색으로 쏟아지는 빗방울이 창문에 부딪혀 흘러내리는 것도 이 상황과 어울렸다. 예쁜 부인이 살아 있었다면 메리 엄마처럼 '온통 레이스' 드레스를 입고 파티에 참석하며 집안을 밝게 만들었을지도 모른다. 하지만 부인은 이제 그곳에 없었다.

"그분을 만날 거란 기대는 하지도 마. 열에 아홉은 그럴 일 없을 테니." 메들록 부인이 말했다. "그리고 너랑 얘기 나눌 사람이 있을 거란 기대도 말고. 혼자서 놀고 알아서 지내야 해. 들어가도 되는 방과 얼씬거리지도 말아야 할 방은 알려줄 거야. 정원은 충분히 넓어. 하지만 저택 안에선 어슬렁거리거나 기웃거리면 안 돼. 크레이븐 주인님이 봐주지 않으실 거야."

"기웃거리면서 돌아다닐 일 따윈 없어." 어린 메리는 토라져서 말했다. 그리고 아치볼드 크레이븐 씨가 안쓰러워졌을 때와 마찬가지로 별안간 안쓰럽단 생각이 사라지고 그 모든 불행을 당해도 쌀 만큼 심술궂은 사람이라 생각됐다.

메리는 빗줄기가 쏟아지는 창가로 고개를 돌려 영원히 계속될 것만 같은 잿빛 폭풍우를 바라봤다. 그렇게 한참을 바라보고 있는 사이 잿빛은 점점 더 짙어져 갔고, 메리는 마침내 잠이 들었다.

3

황무지를
가로질러

메리가 한참을 자다가 깨보니 메들록 부인이 정차한 기차역 승강장에서 점심을 사 와 둘은 닭고기와 차게 식힌 소고기구이 그리고 버터 바른 빵에 따뜻한 차를 먹을 수 있었다. 비는 더 심하게 쏟아지는 듯했고, 승강장에 서 있는 사람들은 모두 비에 젖어 레인코트가 번들거렸다. 차장이 객차 안 등불을 켜자 메들록 부인은 차와 닭고기, 소고기를 든든히 먹고 한결 기분이 좋아졌는지 이내 잠이 들었다. 메리는 부인의 멋진 보닛이 한쪽으로 흘러내리는 것을 지켜보다가 창문에 부딪는 빗소리를 자장가 삼아 객차 구석에 기대 다시 잠이 들었다. 기차가 어떤 역에 멈추자 메들록 부인이 메리를 흔들어 깨웠다. 메리가 다시 깼을 때는 완전히 어두워져 있었다.

"많이 잤어!" 부인이 말했다. "이제 일어나야지! 스웨이트 역에 도착했어. 앞으로도 갈 길이 멀다."

메리가 일어나 눈을 뜨려 애쓰는 사이 메들록 부인은 짐을 챙겼다. 인도에서는 하인들이 항상 짐을 챙기거나 날랐고,

사람들은 그렇게 시중드는 것을 당연하게 여겼기 때문에 아이는 돕겠다고 나서지 않았다.

작은 기차역이었는데 그들 말고는 아무도 내리지 않은 듯했다. 역장이 메들록 부인에게 투박하지만 싹싹한 태도로 말을 걸었다. 나중에 알고 보니 그의 특이한 발음은 요크셔 억양 때문이었다.

"거 다녀오셨구먼유." 역장이 말했다. "결국 그 애를 데려오셨슈."

"네, 그 애여유." 메들록 부인은 메리 쪽을 향해 어깨너머로 고갯짓하며 역시 요크셔 억양으로 대답했다. "부인은 어떠셔유?"

"뭐, 그냥저냥 괜찮구먼유. 밖에 마차 기다리고 있슈."

바깥에 있는 작은 승강장 앞에 사륜마차가 서 있었다. 마차는 근사했고 마차에 타는 걸 도와주는 하인도 훌륭했다. 그의 긴 레인코트와 모자는 다른 모든 것들과 마찬가지로 비에 젖어 번들거렸고 물이 뚝뚝 떨어졌다. 건장한 체격의 역장도 매한가지였다.

하인이 문을 닫고 마부 옆자리에 올라타자 마차가 출발했다. 아이는 쿠션이 대진 의자에 편안하게 앉았지만 다시 잠들고 싶진 않았다. 메리는 창밖을 내다보며 메들록 부인이 얘기한 기이한 저택으로 향하는 길에서 뭘 보게 될지 궁금했다. 메리는 소심한 아이가 아니었고 딱히 겁을 먹은 것도 아니었으나, 백 개나 되는 방을 거의 다 걸어 잠근 저택, 황무지 끄트머리에 있는 저택에서 무슨 일이 벌어질지 알 수 없단 생각이 들었다.

"황무지가 뭔데?" 메리는 갑자기 메들록 부인에게 물었다.

"창밖을 십 분 정도 내다보면 알게 될 거다." 부인이 대답했다. "미슬 황무지를 팔 킬로미터 정도 지나야 저택에 도착해. 밤이라 어두워서 잘 보이진 않겠지만 그래도 뭐라도 보이겠지."

메리는 더는 묻지 않고 어두운 구석에 기대 창밖을 내다보며 조용히 기다렸다. 마차 등불이 앞쪽에 빛을 드리워 지나치는 것들이 얼핏얼핏 보였다. 역을 출발해 작은 마을을 지나자 회반죽을 바른 오두막과 선술집 불빛이 보였다. 그다음 교회와 목사관 그리고 장난감과 사탕 등 잡동사니가 진열된 가게인지 작은 진열대인지를 지나쳤다. 이어 큰길에 이르자 울타리와 나무들이 보였다. 그 후로는 한참 동안 별다른 게 없었다. 적어도 메리에게는 한참처럼 느껴졌다.

비탈을 올라가는지 말들이 속도를 늦췄고 이내 울타리도 나무도 더는 없는 듯했다. 사실 양옆의 짙은 어둠 외에는 아무것도 보이지 않았다. 메리가 몸을 숙여 창문에 얼굴을 가져다 댄 순간 마차가 크게 덜컹거렸다.

"어이쿠! 이제 확실히 황무지에 들어섰나 보네." 메들록 부인이 말했다.

마차 등불이 울퉁불퉁해 보이는 길 위로 노란 불빛을 드리우자 덤불과 낮게 자란 식물들 사이로 길이 난 듯 보였으나 이윽고 그들 앞에 펼쳐진 광활한 어둠 속에서 끝나버렸다. 바람이 일자 낮고 거칠게 휘몰아치는 기이한 소리가 났다.

"저건, 저게 바다는 아니지?" 메리는 메들록 부인을 돌아보며 물었다.

"아니, 바다는 아냐." 메들록 부인이 대답했다. "들판이나 산도 아니고. 히스와 가시덤불 그리고 금작화 외에는 아무것도 자라지 않고, 야생 조랑말과 양 외에는 아무것도 살지 않는 몇 킬로미터에 이르는 거

친 땅이지."

"꼭 바다 같아, 저기에 물만 있다면." 메리가 말했다. "지금 들리는 소리도 꼭 파도 소리 같은걸."

"덤불 사이로 불어오는 바람 소리란다." 메들록 부인이 말했다. "내

겐 그저 거칠고 음울한 곳일 뿐이지만 좋아하는 사람들도 많지. 특히 히스꽃이 만발했을 때는."

마차는 어둠 속을 계속해서 달렸고, 비는 그쳤지만 바람이 횡횡 몰아치며 이상한 소리를 냈다. 길은 오르락내리락 이어졌고 여러 번 작은 다리를 건넜는데 다리 아래로 요란한 소리를 내며 물이 빠르게 흐르고 있었다. 메리는 마차 여행이 끝나지 않을 것만 같았다. 황량하고 드넓은 황무지는 마치 새까만 망망대해 같았고, 그 위에 난 좁다란 마른 땅 위를 지나고 있는 듯한 기분이 들었다.

"황무지 싫어." 메리는 혼자 중얼거렸다. "황무지 싫어." 메리는 얇은 입술을 더 꼭 다물었다.

마차가 경사진 길을 오르고 있을 때 메리는 처음으로 불빛을 발견했다. 메들록 부인은 불빛을 보자 길게 안도의 한숨을 내쉬었다.

"아이고, 반짝이는 불빛을 보니 이렇게 반가울 수가 없네." 부인이 외쳤다. "관리인 집 불빛이야. 좀 더 지나면 어쨌든 차 한잔할 수 있겠어."

그녀가 말한 대로 '좀 더 지나면'이었다. 마차가 장원 정문을 지

나고도 삼 킬로미터는 더 가야 했고, 머리 위로 거의 맞닿을 듯 늘어진 나무들 때문에 마치 길고 어두운 터널 속을 달리는 듯했다.

 어두운 터널을 지나 탁 트인 곳으로 나온 마차는 석조 안마당 주위를 삥 둘러선 어마어마하게 길지만 낮은 저택 앞에 멈춰 섰다. 메리는 처음에는 불 켜진 창이 하나도 없다고 생각했으나 마차에서 내리다 보니 위층 구석진 방 하나에서 희미한 불빛이 새어 나오는 게 보였다.

 저택의 문은 거대했는데 기이한 형태의 참나무 패널에 굵은 쇠못이 박혀 있었고, 커다란 쇠막대기로 단단히 고정되어 있었다. 문이 열리자 거대한 홀이 나왔다. 불빛이 하도 희미해서 메리는 벽에 걸린 초상화 속 얼굴과 철제 갑옷 속 형체에

는 눈길조차 주고 싶지 않았다. 돌바닥 위에 서 있는 아이는 아주 조그맣고 기묘한 작고 검은 형체처럼 보였고, 자신도 보이는 것만큼이나 조그맣고 길을 잃은 듯 이상한 기분이 들었다.

말끔하게 차려입은 비쩍 마른 노인이 문을 열어준 남자 하인 옆에 서 있었다.

"아이를 방으로 데려가게." 노인이 쉰 목소리로 말했다. "주인님은 아이를 만나볼 생각이 없으셔. 아침에 런던으로 가실 예정이네."

"알겠습니다, 피처 씨." 메들록 부인이 대답했다. "해야 할 일만 알려 주시면 제가 알아서 하겠습니다."

"자네가 할 일은, 메들록 부인." 피처 씨가 말했다. "주인님께 방해가 되지 않게 하고 보고 싶어 하시지 않는 것을 보이지 않게 하는 거야."

그런 다음 메리 레녹스는 넓은 계단을 오르고 긴 복도를 지나 짧은 층계를 오르더니 다시 복도와 또 다른 복도를 지났다. 벽에 나 있는 문을 열자 불이 지펴져 있고 테이블 위에 저녁 식사가 차려져 있는 방이 나타났다.

메들록 부인이 무뚝뚝하게 말했다. "자, 여기야! 이 방하고 옆방이 앞으로 네가 지낼 곳이다. 그리고 여기에만 있어야 해. 명심하렴!"

그렇게 메리 아가씨는 미슬스웨이트 저택에 도착했는데, 아마도 평생 이렇게까지 심통이 나고 싫었던 적은 없었을 것이다.

4
마사

다음 날 아침 메리는 젊은 하녀가 불을 피우려 방에 들어와 벽난로 깔개 위에 무릎을 꿇고 시끄럽게 재를 긁어내는 바람에 눈을 떴다. 메리는 누운 채 잠시 하녀를 바라보다가 방을 둘러보기 시작했다. 이제껏 그런 방은 본 적이 없었는데 이상하리만치 음침했다. 벽에는 아주 멋지게 차려입은 사람들이 나무 아래 서 있고 저 멀리 뒤쪽으로 성의 작은 탑들이 얼핏 보이는 숲 풍경이 수놓아진 태피스트리가 걸려 있었다. 사냥꾼과 말 그리고 개와 숙녀들도 있었다. 메리는 마치 자신도 그들과 함께 숲속에 있는 듯한 기분이 들었다. 벽 깊숙이 파인 곳에 난 창 밖에는 나무 한 그루 없이 경사진 드넓은 땅이 펼쳐져 칙칙한 자줏빛 바다처럼 보였다.

"저게 뭐야?" 메리가 창밖을 가리키며 물었다.

마침 일어선 젊은 하녀 마사가 창밖을 내다보며 손가락으로 가리켰다.

"저기유?" 마사가 물었다.

"응."

"황무지지유." 마사는 상냥하게 미소 지으며 말했다. "맘에 들어유?"

"아니." 메리가 대답했다. "싫어."

"익숙하지가 않아서 그래유." 마사가 다시 벽난로 청소를 하며 말했다. "지금은 너무 넓고 황량하다 싶겠지만 좋아하게 될 거여유."

"좋아해?" 메리가 물었다.

"네에, 그러믄유." 마사가 활기차게 쇠틀을 닦으며 대답했다. "좋구말구유. 횡댕그레한 곳이 아녜유. 달콤한 향이 나는 풀들이 자라 온통 뒤덮을 거구먼유. 봄이랑 여름에 가시금작화랑 금작화랑 히스가 피면 정말 예뻐유. 꿀 내음이 진동하고 신선한 공기가 참말로 넘쳐나거든유. 하늘은 또 얼마나 높아지게유. 꿀벌이 윙윙, 종달새는 짹짹 노래를 부르는데 얼마나 근사하다구유. 아유, 백만금을 준다 해도 황무지를 떠나서는 못 살어유."

메리는 심각하고 얼떨떨한 표정

으로 그녀가 말하는 걸 들었다. 그녀는 인도에서 봐왔던 하인들과는 전혀 달랐다. 그들은 늘 고분고분하고 순종적이었으며 주인에게 동등한 위치에 있다는 듯 말하지 않았다. 그들은 절을 하며 주인에게 '가난한 이들의 수호자'니 뭐니 하는 호칭을 썼다. 인도인 하인들에겐 부탁하지 않고 명령을 했다. '부탁해'나 '고마워'라는 말은 쓰지 않았고, 화가 날 때면 아야 얼굴을 때리곤 했다. 메리는 문득 이 여자애 얼굴을 때리면 어떤 반응을 보일지 궁금해졌다. 마사는 얼굴이 둥그스름하고 발그레하니 사람 좋아 보이는 인상이었으나 당찬 구석이 있어서 상대가 어린 여자애라면 혹시 되받아치지 않을까 싶었다.

"넌 이상한 하인이구나." 메리는 베개에 기댄 채 제법 거만하게 말했다.

마사는 쪼그려 앉아 시꺼먼 솔을 손에 든 채 조금도 화난 기색 없이 웃음을 터뜨렸다.

"아유! 알구말구유." 하녀가 말했다. "미슬스웨이트에 마님이 계셨더라면 저 같은 것한테 허드렛일이라도 시켜줬겠어유. 설거지나 하면 모를까 위층에는 얼씬도 못 했것쥬. 워낙 촌것이고 요크셔 말투가 세서 말이쥬. 하지만 이 집은 큰 저택치고 희한한 데가 있어유. 주인 나리도 마님도 안 계시고 피처 씨랑 메들록 부인만 있잖어유. 크레이븐 주인님은 집에 계셔도 도통 암것도 신경 안 쓰시고, 또 거의 안 계시니. 메들록 부인이 선심 써서 지한테 일자리를 준 거쥬. 미슬스웨이트가 딴 큰 저택 같았으면 절대 못 왔을 거래유."

"네가 내 하인인 거야?" 메리는 여전히 인도에서 그랬듯 거만하게 물었다.

마사는 다시 쇠틀을 닦기 시작했다.

"전 메들록 부인 밑에서 일해유." 마사는 단호하게 말했다. "그리고 부인은 크레이븐 주인님 밑에서 일하쥬. 전 여기 위층에서 일하면서 아가씨 시중을 들 거여유. 그치만 아가씨는 별로 시중들 일이 없을 것 같은디유."

"옷은 누가 입혀주고?" 메리가 쏘아붙였다.

마사는 다시 허리를 펴더니 메리를 멍하니 쳐다봤다. 그러고는 놀랐는지 강한 요크셔 억양으로 말했다.

"아니 혼자 옷도 못 챙겨입는겨!" 마사가 말했다.

"무슨 소리야? 뭐라는 건지 하나도 못 알아듣겠어." 메리가 말했다.

"아이쿠, 깜박했네유." 마사가 말했다. "메들록 부인이 그러는데 조심하지 않으면 제가 뭐라고 하는지 아가씬 전혀 못 알아든는다대유. 혼자서 옷도 못 입어유?"

"당연하지." 메리가 발끈하며 대답했다. "한 번도 직접 입어본 적 없으니까. 옷은 당연히 아야가 입혀주는 거 아냐."

"음." 마사는 자기가 주제넘다는 걸 전혀 의식하지 못하고 말했다. "이제부터 배우면 딱 좋을 때네유. 더 어려질 일도 없잖아유. 스스로 챙겨 버릇하면 좋지유. 지 엄니가 항시 그러셨거든유, 왜 귀한 댁 자제들은 멍청이가 되나 모르겠다구유. 유모가 강아지마냥 씻기고 입히고 산책까지 시키더라니께유!"

"인도에서는 달라." 메리가 업신여기듯 말했다. 더는 참을 수가 없었던 것이다.

하지만 마사는 전혀 주눅 들지 않고 말했다.

"아유! 다른 줄은 알쥬." 거의 동정 조였다. "거기는 점잖은 백인 양반네들보단 까만 사람들이 더 많다더니 그래서 그런가 보쥬. 인도에서 온다고 해서 아가씨도 까만 사람인 줄 알았지 뭐여유."

메리는 발끈 화를 내며 벌떡 일어나 앉았다.

"뭐라고!" 메리가 말했다. "뭐라고! 내가 원주민인 줄 알았다고. 이, 이 돼지 자식!"

마사가 얼굴을 붉힌 채 빤히 쳐다봤다.

"어따 대고 욕을 한대유?" 마사가 말했다. "그렇게까지 성낼 필욘 없잖아유. 어린 아가씨가 그런 말을 쓰면 되남유. 나는 까만 사람들 나쁘게 생각 안 해유. 교회 책자 보면 하나같이 신실하다 그러던디유. 까만 이들도 인간이고 다 우리 형제라더라구유. 전 까만 사람을 한 번도 못 봐서 오늘 아침 가까이서 보게 될 줄 알고 좋아라했쥬. 아침에 불 피우러 왔다가 아가씨 이불을 살짝 들춰서 슬그머니 들여다보기까지 했는걸유." 마사가 실망스럽다는 듯 덧붙였다. "근디 말이쥬, 나보다 까맣지도 않고 그냥 누르딩딩하기만 하더만유."

메리는 분노와 수치스러움을 억누르지 못했다.

"내가 원주민인 줄 알았다니! 감히! 원주민에 대해 아무것도 모르면서! 그것들은 사람이 아니야. 우리에게 절을 해야 하는 하인이지. 네가 인도에 대해 뭘 안다고. 아는 것도 하나도 없는 주제에!"

메리는 하녀의 담담한 눈빛에 너무나도 화가 나고 절망스러웠다. 그러다 불현듯 자신이 알고 있던 것들과 자신을 이해해주던 모든 것들로부터 한없이 멀어진 느낌이 들자 끔찍할 만큼 외로움이 밀려와 몸을 던지듯 베개에 얼굴을 파묻고는 엉엉 울음을 터뜨렸다. 아이가 어찌나 막무가내로 울어대던지 마음씨 좋은 요크셔 출신 마사는 조금 겁이 났고 또 안쓰러운 마음도 들었다. 마사는 침대로 다가가 몸을 굽혔다.

"에그, 그렇게 울지 말아유!" 하녀가 달랬다. "그럼 안 되쥬. 그렇게 화낼 줄 몰랐어유. 저야 뭐 아는 게 아무것도 없는걸유. 아가씨 말이 다 맞아유. 잘못했쥬, 아가씨. 그러니 인제 고만 좀 울어유."

그녀의 특이한 요크셔 말투와 다부진 태도는 묘하게 위안이 되었고 다정한 느낌이 들어 메리도 마음이 누그러졌다. 메리가 점차 울음을 그치고 잠잠해지자 마사는 그제야 안심했다.

"이제 일어날 시간이여유." 마사가 말했다. "메들록 부인이 지한테 옆방에다 아가씨 아침이랑 차랑 저녁을 차려드리라 했구먼유. 아가씨 방으로 꾸며놨응께 일어나면 옷 입는 거 도와드릴게유. 단추가 뒤에 있어서 혼자 채우긴 힘드실 테니께유."

드디어 메리가 일어나기로 마음먹었을 때 마사가 옷장에서 꺼내온 옷은 전날 밤 메들록 부인과 함께 왔을 때 입었던 옷이 아니었다.

"그건 내 옷이 아냐." 메리가 말했다. "내 건 검은색인데."

메리가 두꺼운 흰색 모직 코트와 드레스를 살펴보더니 냉정하게 인정했다.

"내 옷보다 예쁘네."

"아가씨가 입을 옷이여유." 마사가 대답했다. "크레이븐 주인님이 메들록 부인한테 시켜서 런던에서 가져왔대유. 주인님이 '아이가 길 잃은 영혼처럼 검은 옷을 차려입고 돌아다니

지 않았으면 해'라고 하셨다 카더라구유. 또 '그러면 지금보다 더 서글픈 곳이 되겠지. 밝은색 옷을 입혀'라고 했다는데 엄니는 무슨 뜻으로 그러셨는지 알겠다고 하더라구유. 우리 엄니는 사람 마음을 귀신같이 안다니께유. 검정 옷도 영 안 좋아하시구유."

"난 검은 색 싫어." 메리가 말했다.

옷을 입으며 둘 다 새로운 것을 배울 수 있었다. 마사는 어린 동생들 단추를 채워준 적이 있었지만, 손발이 없기라도 한 듯 가만히 서서 남이 해주기만을 기다리는 아이는 본 적이 없었기 때문이다.

"신발은 직접 신어보는 게 좋지 않겄어유?" 메리가 소용히 발을 내밀자 마사가 말했다.

"신발도 아야가 신겨줬는걸." 메리는 빤히 쳐다보며 대꾸했다. "그게 관습이었어."

메리는 '그게 관습이었어'라는 말을 자주 했다. 원주민 하인들도

늘 그렇게 말했다. 조상 대대로 해오던 방식과 다른 지시를 받으면 그들은 상대방을 조심스럽게 바라보며 '그건 관습이 아닙니다'라고 했고 그걸로 모든 게 끝이었다. 더는 말해봐야 소용없었다.

메리에겐 가만히 서서 인형처럼 옷 입혀주기를 기다리는 게 관습이었다. 하지만 아침 먹을 준비를 하는 사이 메리는 미슬스웨이트에서 생활하려면 전혀 새로운 일들을 배우게 될 거라는 생각이 들었다. 이를테면 양말과 신발을 직접 신고, 떨어뜨린 물건을 스스로 줍는 일들 말이다. 마사가 제대로 훈련받은 하녀였다면 훨씬 더 고분고분하고 공손했을 것이다. 아가씨의 머리를 빗기고, 옷의 단추를 채우고, 물건을 정리하는 것이 자신이 해야 일이라는 것을 알았을 것이다. 하지만 마사는 그런 교육을 받지 못한 요크셔 시골 처녀였고, 황무지 오두막에서 많은 동생들과 함께 자랐기 때문에 자기 자신을 돌본다거나 품속에 안긴 아기들 혹은 이제 막 아장아장 걷기 시작해 이리저리 넘어지기 일쑤인 동생들을 보살피는 것 이외의 일은 상상조차 해본 적이 없었다.

메리 레녹스가 쉽게 재미를 느끼는 아이였다면 항상 수다 떨 준비가 되어 있는 마사를 보고 웃음을 터뜨렸겠지만, 메리는 그녀의 말에 무덤덤했고, 그녀의 스스럼없는 태도가 의아할 뿐이었다. 메리는 처음에는 전혀 관심이 없었으나 마사가 사람 좋고 수더분한 말투로 쉴 새 없이 떠들어대자 점차 그녀가 뭐라고 하는지 귀 기울이기 시작했다.

"아유, 우리 집 애들을 죄다 봐야 하는디유." 마사가 말했다. "열두 남맨데 아부지는 일주일에 겨우 16실링 벌어오시거든유. 엄니는 그걸로 식구들 죽을 끓여 맥이느라 애간장이 다 녹아유. 애들은 종일 황무지서 뒹굴다 들어오는데 엄니는 황무지 공기 덕분에 애들이 포동포동 살이 찐대유. 애들이 야생 조랑말처럼 풀을 뜯어 먹는 게 틀림없다고 깔깔대면서유. 우리 디콘은 열두 살인디유, 자기 말이라고 부르는 조랑말도 하나 있다니께유."

"어디서 났는데?" 메리가 물었다.

"황무지에서 어미와 함께 있는 어린 것을 발견했는디 그때부터 조금씩 친해진 거쥬. 디콘이 빵조각이랑 여린 풀 같은 걸 뜯다 주면서유. 그러더니 이젠 완전 친해져서 조랑말이 디콘만 보면 졸졸 따라다닌다니께유. 심지어 디콘이 조랑말 등에도 올라타게 됐지 뭐여유. 디콘이 착한 애라 동물들이 잘 따르거든유."

메리는 항상 동물을 갖고 싶단 생각은 했지만 실제로 키워본 적은 없었다. 그래서 디콘에게 조금 관심이 생겼고, 평소 자기 자신 외에는 누구에게도 관심을 가져본 적 없던 아이에겐 매우 바람직한 감정이었다. 놀이방에 들어가 보니 잠자던 방과 별반 다르지 않았다. 그 방은 아이 방이라기보다는 어른 방에 가까웠다. 벽에는 우중충한 오래된 그림들이 걸려 있었고, 무겁고 낡은 참나무 의자들이 놓여 있었다. 방 한가운데 있는 테이블에는 아침 식사가 푸짐하게 차려져 있었지만, 메리는 평소 식욕이 없었기에 마사가 내민 접시를 그저 시큰둥하게 쳐다봤다.

"먹기 싫어." 메리가 말했다.

"귀리죽이 먹기 싫다니유?" 마사가 어이없다는 듯 외쳤다.

"싫어."

"얼마나 맛있는지 몰라유. 당밀이나 설탕을 조금 쳐서 먹어봐유."

"먹기 싫어." 메리가 다시 한번 말했다.

"아유!" 마사가 말했다. "멀쩡한 음식이 쓰레기통으로 들어가는 꼴은 못 봐유. 우리 집 애들이 여기 있었으면유 오 분도 안 돼 싹 먹어치웠을 텐디 말여유."

"왜?" 메리는 냉담하게 말했다.

"왜?" 마사가 메리가 한 말을 똑같이 반복했다. "왜냐면 걔들은 태어나서 배불리 먹어본 적이 거의 없으니께유. 어린 매나 여우만큼이나 늘 배고파한다니께유."

"배고픈 게 뭔지 몰라." 메리는 아무런 감정 없이 무심하게 말했다.

마사는 어처구니가 없다는 듯 메리를 바라봤다.

"아이고, 한 번쯤 배고픔을 겪어보는 것도 나쁘진 않쥬. 딱 봐도 그렇겠는걸유." 마사는 거침없이 말했다. "맛난 빵이랑 고기를 멀거니 쳐다만 보는 사람들을 보면 도무지 이해가 안 가유. 에휴, 디콘이랑 필이랑 제인이랑 우리 애들이 이걸 앞치마에 숨겨서 가져갈 수만 있다면 얼마나 좋을까유."

"그럼 애들한테 가져다주지 그래?" 메리가 제안했다.

"지게 아니잖아유." 마사가 단호하게 말했다. "오늘은 쉬는 날도 아니구유. 지도 다른 사람맨코롬 한 달에 하루만 쉬거든유. 그럼 집에 가서 청소를 하쥬. 엄니가 하루라도 쉴 수 있게 말여유."

메리는 차를 마시고 마멀레이드 바른 빵을 조금 뜯어 먹었다.

"따뜻하게 입고 밖에 나가 좀 뛰어놀어유." 마사가 말했다. "그래야 몸에도 좋고 고기도 좀 먹고 싶어질 테니께유."

메리는 창가로 갔다. 정원과 오솔길, 큰 나무들이 보였으나 모든 게 음산하고 황량해 보였다.

"밖에? 이런 날 왜 나가는데?"

"글쎄유, 안 나가믄 집에만 있어야 하는디 그럼 뭘 하려구유?"

메리는 주위를 힐끗 둘러봤다. 할 만한 게 하나도 없었다. 아이 방을 준비할 때 메들록 부인은 놀거리는 염두에 두지 않았던 모양이다. 나가서 정원이 어떤지 둘러보는 게 나을지도 몰랐다.

"누가 같이 가는데?" 메리가 물었다.

마사가 빤히 쳐다봤다.

"혼자 가야쥬." 마사가 대답했다. "형제자매 없는 애들이 그러듯 혼자 노는 법도 배워야 혀유. 우리 디콘은 벌판에 나가 혼자 몇 시간씩 놀아유. 덕분에 조랑말과 친구가 됐구유. 벌판에는 친한 양도 있고, 새들이 날아와 디콘 손에 앉아 모이를 쪼아 먹곤 하쥬. 먹을 게 아무리 없어도 항상 제 몫의 빵을 조금 남겼다 동물들에게 나눠주거든유."

사실 메리가 밖에 나가기로 한 건 디콘 이야기 덕분이었다. 정작 본인은 몰랐지만. 밖에 조랑말이나 양은 없어도 새들은 있지 싶었다. 인도 새들과는 다를 테니 구경하는 재미도 있지 않을까 싶었다.

마사는 코트와 모자 그리고 튼튼하고 작은 신발 한 켤레를 찾아다 주고는 아래층으로 내려가는 길을 알려줬다.

"저리로 빙 돌아가면 정원이 나와유." 마사가 덤불 담장 사이에 난 문을 가리키며 말했다. "여름에는 꽃도 참 많이 피는데, 지금은 아무것도 없구먼유." 마사는 잠시 머뭇거리다가 말을 이었다. "정원 중 하나는 잠겨 있거든유. 십 년 동안 아무도 안 들어갔쥬."

"왜?" 메리는 저도 모르게 물었다. 백 개나 되는 문이 잠긴 이상한 집에 잠긴 문이 하나 더 있을 뿐인데 말이다.

"부인이 갑자기 돌아가셨을 때 크레이븐 주인님이 문을 잠가버리셨거든유. 그 뒤론 아무도 못 들어가게 했쥬. 아내가 가꾸던 정원이었거든유. 문을 걸어 잠그고는 땅을 파서 열쇠를 묻어버리셨다 하더라구유. 아이고, 메들록 부인이 종을 울리네유. 전 이제 가봐야것어유."

마사가 가고 나서 메리는 관목 숲속 문으로 이어지는 길을 따라 걸었다. 십 년 동안 아무도 들어가지 않았다는 정원이 자꾸만 생각났다. 그곳은 어떤 모습일지, 아직까지 살아 있는 꽃이 있을지 궁금했다. 관목 숲속 문을 지나자 넓은 잔디밭과 잘 다듬어진 구불구불한 산책

로가 나 있는 훌륭한 정원이 펼쳐졌다. 나무와 화단, 독특한 모양으로 다듬어놓은 상록수, 그리고 중앙에는 오래된 석조 분수가 자리한 큰 연못이 보였다. 하지만 화단은 텅 비어 쓸쓸했으며 분수는 물줄기를 뿜고 있지 않았다. 여기는 잠가놓은 정원이 아니었다. 어떻게 정원을 잠가버릴 수 있지? 정원은 언제든지 들어갈 수 있는 곳인데 말이다.

이런 생각을 하며 걷고 있는데 그때 메리의 눈에 길 저편 끝에 담쟁이덩굴로 뒤덮인 긴 담벼락이 보였다. 메리는 영국에 대해 아는 게 거의 없어서 그곳이 채소와 과일을 기르는 텃밭이라는 걸 몰랐다. 담장을 향해 다가가니 담쟁이덩굴 사이로 초록색 문이 나 있었다. 닫아둔 정원이 아닌 건 분명했으며 안으로 들어갈 수 있었다.

문을 열고 들어가 보니 사방이 담장으로 둘러싸인 정원이 나왔다. 그렇게 담장으로 둘러싸인 정원이 여럿 있었는데 서로 연결된 것 같았다. 열려 있는 초록색 문이 또 나왔고, 그 너머로 겨울 채소가 심어진 화단과 덤불, 그리고 밭 사이를 잇는 길이 보였다. 담장에 바싹 붙어 자란 과일나무는 잘 다듬어져 있었고 화단 몇 곳엔 유리 덮개가 씌워져 있었다. 메리는 그 자리에 서서 주위를 둘러보며 이곳은 정말이지 황량하고 보기 흉하다고 생각했다. 여름이 돼 좀 푸릇푸릇해지면 좀 나아질지도 모르지만, 지금은 예쁜 구석이라곤 하나도 없었다.

그때 어깨에 삽을 멘 한 노인이 두 번째 정원으로 이어지는 문에서 나왔다. 그는 메리를 보자 놀란 듯 잠시 멈춰 서더니 모자에 손을 가져다 대고 인사했다. 주름지고 무뚝뚝한 얼굴엔 메리를 보고 반가워하는 기색이라곤 전혀 없었다. 메리 역시 이 정원이 마음에 들지 않아 못마땅한 표정으로 그를 쳐다봤다.

"여긴 뭐야?" 메리가 물었다.

"텃밭 중 하나여." 노인이 퉁명스럽게 대답했다.

"저기는 뭐야?" 메리는 다른 초록색 문을 가리키며 물었다.

"거기도 마찬가지여." 짧게 내뱉었다. "담장 맞은편엔 또 다른 텃밭

이 있고, 그 너머엔 과수원이 있제."

"들어가도 돼?" 메리가 물었다.

"들어가든가 말든가. 근디 별로 볼 건 없을 텐디."

메리는 아무런 대꾸도 하지 않고 텃밭 사이를 지나 두 번째 초록색 문 안으로 들어섰다. 그곳에는 더 많은 담장과 겨울 채소들, 그리고 유리 덮개가 있었다. 그런데 두 번째 담장에 나 있는 초록색 문은 닫혀 있었다. 어쩌면 십 년 동안 아무도 들어가 보지 못했다는 정원으로 통하는 문일지도 모른다는 생각이 들었다. 메리는 절대 소심한 아이가 아니었고 언제나 마음 내키는 대로 행동하는 아이였기에 곧장 초록색 문으로 다가가 손잡이를 돌렸다. 메리는 내심 문이 열리지 않기를 바랐는데, 자신이 직접 그 수수께끼 정원을 찾아내고 싶었기 때문이다. 하지만 문은 쉽게 열

렸고 들어가 보니 그곳은 과수원이었다. 이곳 역시 사방이 담장으로 둘러싸여 있었고, 담장을 따라 나무들이 자라고 있었으며, 겨울 햇볕 아래 말라버린 풀밭 사이로 앙상한 과일나무들이 드문드문 서 있었다. 하지만 어디에도 초록색 문은 보이지 않았다. 메리는 문을 찾아 과수원을 이리저리 둘러봤다. 그러다 과수원 위쪽 끝으로 가보니 담장이 거기서 끝난 게 아니라 저 너머 어딘가를 또 다른 담으로 둘러싸고 있는 것 같았다. 담장 너머로 나무들 꼭대기가 보였고, 가만히 서서 올려다보고 있자니 한 나무의 높은 가지에 가슴이 붉은 새 한 마리가 앉아 있다가 느닷없이 겨울 노래를 지저귀기 시작했다. 마치 메리를 발견하고 부르는 것처럼.

　멈춰서서 노랫소리에 귀 기울이다 보니 메리는 그 경쾌하고 정다운 소리에 기분이 좋아졌다. 아무리 정이 가지 않는 아이일지라도 외로움은 느끼는 법인데, 온통 잠겨 있는 대저택과

끝없이 황량한 황무지, 텅 빈 정원은 마치 세상에 자기 혼자만 남겨진 듯한 기분이 들게 했다. 만약 메리가 사랑받으며 자란 다정한 아이였다면 가슴이 찢어질 만큼 슬펐을 것이다. 하지만 아무리 '고집불통 메리 아가씨'라 해도 쓸쓸했고, 그 작은 새가 메리의 퉁명스러운 얼굴에 미소 비슷한 표정을 짓게 해줬다. 메리는 새가 날아갈 때까지 가만히 노랫소리에 귀를 기울였다. 그 새는 인도 새와는 달랐고, 메리는 그 새가 마음에 들었으며, 그 새를 다시 볼 수 있을지 궁금했다. 어쩌면 그 새는 수수께끼의 정원에 살면서 그곳에 대해 전부 알고 있을지도 몰랐다.

달리 할 일이 없어서였는지 메리는 자꾸 버려진 정원에 대해 생각했다. 정원이 어떤 곳인지 궁금했고 눈으로 직접 보고 싶었다. 아치볼드 크레이븐 씨는 왜 열쇠를 땅에 묻었을까? 부인을 그토록 사랑했다면서 왜 그녀의 정원을 싫어하는 걸까? 메리는 언젠간 고모부를 만나게 될지 모른다고 생각했다. 그렇더라도 그가 마음에 들지 않을 테고, 그도 메리를 좋아하지 않을 거라는 걸 알고 있었다. 메리는 왜 그런 이상한 짓을 했는지 미치도록 묻고 싶겠지만, 결국 아무 말도 하지 못한 채 그를 멀거니 쳐다보기만 할 것이다.

'사람들은 날 싫어하고 나도 사람들이 싫어.' 메리는 생각했다. '크로퍼드네 애들처럼 말을 잘하는 것도 아니고. 걔들은 항상 깔깔거리면서 소란스럽게 떠들어대잖아.'

메리는 마치 자기한테 노래를 불러주는 것 같았던 울새를 생각하다가 울새가 앉아 있던 나무 꼭대기를 떠올리고는 문득 걸음을 멈췄다.

"그 나무가 비밀의 정원 안에 있는 것 같아. 확실해." 메리는 말했다. "주위로 담만 빙 둘러싸여 있고 문은 없었잖아."

메리는 처음 들어갔던 텃밭으로 돌아가 그곳에서 땅을 파고 있는 노인을 발견하고는 노인 옆에 서서 냉담한 태도로 잠시 지켜봤다. 하지만 노인이 신경도 쓰지 않아 결국 메리가 먼저 말을 꺼냈다.

"다른 정원에 가봤는데." 메리가 말했다.

"누가 막는 것도 아니구." 노인은 뻣뻣하게 대꾸했다.

"과수원에도 갔었어."

"문 앞에 지키고 선 개가 물 일도 없잖여." 노인이 툭 내뱉었다.

"다른 정원으로 통하는 문이 없던데." 메리가 말했다.

"어떤 정원을 말하는겨?" 노인은 잠시 삽질을 멈추고는 걸걸한 목소리로 말했다.

"벽 너머에 있는 거 말이야." 메리 아가씨가 대답했다. "거기 나무들이 있던데. 나무 꼭대기를 봤더니 가슴이 붉은 새 한 마리가 나뭇가지에 앉아 노래를 부르고 있는 게 보였어."

놀랍게도 세월의 풍파를 맞은 무뚝뚝한 노인의 표정이 천천히 변했다. 얼굴 위로 미소가 번지자 정원사는 전혀 다른 사람처럼 보였다. 미소를 지으니 저렇게 인자한 사람처럼 보인다는 게 참 신기했다. 메리는 전에는 그런 생각을 해본 적이 없었다.

노인은 과수원 쪽으로 돌아서더니 휘파람을 불기 시작했다. 낮고 부드러운 휘파람이었다. 저렇게 무뚝뚝한 노인이 어떻게 저런 구슬리는 소리를 낼 수 있는지 메리는 이해할 수 없었다.

바로 그 순간 놀라운 일이 벌어졌다. 공기를 가르며 빠르게 날아가는 부드럽고 작은 날갯짓 소리가 나더니 가슴이 붉은 새가 그들에게 날아왔던 것이다. 그리고 정원사 발치에 쌓인 흙더미 위에 포로록 내려앉았다.

"왔구먼." 노인이 껄껄 웃더니 마치 어린애 다루듯 새에게 말했다.

"어디 갔다 온겨, 요 건방진 놈." 노인이 말했다. "종일 안 보이더니. 철도 안 됐는데 벌써 짝을 찾으려고 설치는겨? 참 급하기도 허지."

새는 작은 머리를 한쪽으로 갸웃하더니 검은 이슬처럼 반짝이는 눈으로 노인을 올려다봤다. 정원사와 꽤 친한 사이인 듯했고 두려워하는 기색이라고는 전혀 없었다. 그러고는 이리저리 폴짝거리며 씨앗과 벌레를 찾아 흙을 쪼아댔다. 그 모습을 본 메리는 왠지 기묘한 느낌이 들었다. 새가 너무 예쁘고 명랑해서 꼭 사람 같았기 때문이다. 작고 통통한 몸, 섬세한 부리, 그리고 가냘픈 다리까지.

"부르면 늘 와?" 속삭이듯 메리가 물었다.

"그럼 오고말고. 새끼 때부터 알았응게. 저쪽 정원 둥지서 나왔을 적부터여. 첨에 담장 넘어왔을 땐 힘이 딸렸는지 돌아갈 줄을 모르더라고. 그때 내가 좀 챙겨줬제. 나중에 다시 담 넘어서 갔을 땐 다른 새끼들은 다 떠나고 없더라니께. 외로웠는지 또 나한테 왔더라구, 글쎄."

"무슨 새야?" 메리가 물었다.

"그것도 몰러? 울새라, 꼬까울새. 세상에서 제일 사람을 잘 따르고 호기심 많은 새라니께. 개들만큼이나 사람을 잘 따라다닐 거여. 어떻게 다뤄야 할지 알면 말이제. 봐봐, 저렇게 흙을 쪼아대다가 가끔 우

릴 쳐다보잖여. 우리가 지 얘기 하는 줄 아는 게여."

　노인을 보고 있자니 정말 이상한 기분이 들었
다. 그는 통통하고 자그마한, 마치 붉은 조끼를 입은 듯한 그 새를 자
랑스럽고도 사랑스럽다는 듯 바라보았다.

　"아주 우쭐대는 놈이여." 노인이 껄껄 웃으며 말했다. "사람들이 지
를 뭐라 하는지 듣는 걸 좋아허지. 호기심도 많구. 저렇게 참견하기 좋

아하는 새는 첨 봤다니께. 내가 뭘 심는지 항상 구경하러 오는겨. 크레이븐 주인님이 굳이 살피지 않는다는 것도 저놈은 다 알고 있구. 여기 수석 정원사라니께."

울새는 이리저리 폴짝거리며 흙을 부지런히 쪼아대다가 이따금 멈춰서서 그들을 바라봤다. 메리는 울새의 검은 이슬방울 같은 눈동자가 호기심을 가득 담아 자기를 응시하는 것만 같았다. 마치 메리에 관해 모든 걸 다 알아내겠다는 듯한 눈빛이었다. 가슴속에서 기묘한 감정이 점점 커져갔다.

"나머지 새끼들은 다 어디로 날아갔어?" 메리가 물었다.

"알 턱이 있나. 부모가 둥지에서 쫓아내면 미처 눈치채기도 전에 뿔뿔이 흩어지지. 이놈은 눈치가 빨라 자기가 외톨이라는 걸 알은겨."

메리는 울새한테 한 발짝 다가가 골똘히 쳐다봤다.

"나도 외톨이야." 메리가 말했다.

메리는 왜 늘 시큰둥하고 짜증이 났는지 몰랐는데, 울새가 자기를 쳐다보고 자기도 울새를 바라본 순간 비로소 그 이유를 깨달은 듯했다.

늙은 정원사는 대머리 위로 모자를 젖히더니 가만히 메리를 바라봤다.

"인도서 온 그 어린 아가씨 맞제?" 노인이 물었다.

메리는 고개를 끄덕였다.

"그럼 외로울 만도 하지. 더 외로워지고 나서야 끝날 거여."

노인은 그렇게 말하고 다시 땅을 파기 시작했다. 삽날이 기름진 시꺼먼 흙 속에 깊게 박히는 사이 울새도 주위를 총총거리며 바삐 움직였다.

"이름이 뭐야?" 메리가 물었다.

노인이 몸을 일으켜 세우며 대답했다.

"벤 웨더스태프." 그러고는 쓸쓸한 미소를 지으며 덧붙였다. "나도 이 녀석하고 있을 때 빼곤 외톨이여." 엄지손가락을 젖혀 울새를 가리키며 말했다. "저 녀석이 내 유일한 친구여."

"난 친구라곤 하나도 없어." 메리가 말했다. "원래부터. 아야는 날 좋아하지 않았고 누구랑도 놀아본 적 없거든."

원래 요크셔 사람들은 생각한 대로 솔직히 말하는 습관이 있었고, 나이든 벤 웨더스태프는 황무지 요크셔 출신이었다.

"그럼 너도 나하고 꽤 비슷허구먼." 노인이 말했다. "같은 틀에서 나온 셈이지. 둘 다 잘난 얼굴도 아니고, 보이는 것처럼 무뚝뚝허잖여. 장담하는데 우린 둘 다 성미가 고약할 끼다."

솔직한 말이었다. 메리 레녹스는 지금까지 자기한테 이렇게 솔직하게 말하는 걸 들어본 적이 없었다. 원주민 하인들은 자기가 어떻게 하든 항상 예의를 차리며 복종했기 때문이다. 메리는 자신의 외모에 대해 별로 생각해본 적은 없었지만, 혹시 자기도 벤 웨더스태프처럼 매력 없고 울새가 오기 전 얼굴처럼 까칠해 보이는 건 아닌지 궁금했다. 심지어 자신이 '성미가 고약한' 사람인지도 궁금해지면서 뭔가 불편한 기분마저 들었다.

돌연 맑고 재잘거리는 작은 소리가 울려 퍼져 메리는 돌아봤다. 몇 발짝 떨어진 어린 사과나무 가지에 울새가 날아가 앉아 힘차게 노래를 부르기 시작했던 것이다. 벤 웨더스태프가 껄껄 웃었다.

"왜 저러는 거야?" 메리가 물었다.

"너랑 친구 하기로 했응게." 벤이 대답했다. "널 좋아하지 않으면 내 손에 장을 지지것다."

"날?" 메리는 조심스럽게 어린나무로 다가가 올려다봤다.

"나랑 친구 할래?" 메리는 사람한테 말하듯 조심스레 울새에게 말을 걸었다. "어때?" 그 말투는 평소처럼 무뚝뚝하고 작은 목소리도, 인도에서처럼 명령조도 아니었다. 너무나 부드럽고 간절하고 다정해서 벤 웨더스태프는 그가 휘파람 불 때 메리가 놀랐던 것만큼이나 놀랐다.

"허어, 방금 말할 때는 신경질 난 늙은 여자가 아니라 진짜 어린애처럼 상냥허구먼. 거의 디콘이 황무지서 자기 야생동물들한테 말할 때랑 똑같은걸."

"디콘을 알아?" 메리는 다소 황급히 몸을 홱 돌리며 물었다.

"누구나 알제. 디콘은 사방팔방 다 돌아다니니께. 블랙베리랑 히스꽃도 디콘은 알걸. 여우도 디콘한틴 지 새끼가 어디 있나 보여주고, 종달새도 둥지를 숨기지 않으니께."

메리는 묻고 싶은 게 많았다. 버려진 정원만큼이나 디콘에 대해 궁금했다. 하지만 바로 그 순간 노래를 마친 울새가 포로록 날갯짓하더니 날아가 버렸다. 볼일을 마쳤으니 이제 다른 할 일이 있는 모양이었다.

"담장 너머로 날아갔어!" 메리는 새를 지켜보다 외쳤다. "과수원으로 갔다가 저쪽 담장으로 날아갔어. 문이 없는 정원으로!"

"거기 사니께, 거기 알에서 깨어났응게." 벤이 말했다. "짝짓기할 때면 그 오래된 장미나무에 사는 울새 아가씨한테 구애하더라구."

"장미나무?" 메리가 말했다. "거기 장미나무가 있어?"

벤 웨더스태프는 삽을 들고 다시 땅을 파기 시작했다.

"십 년 전엔 있었지." 그가 웅얼거렸다.

"그 나무들이 보고 싶어." 메리가 말했다. "초록색 문은 어디 있지? 어딘가에 문이 있을 텐데."

벤은 삽을 깊숙이 찔러 넣었고, 메리가 처음 봤을 때처럼 무뚝뚝한 얼굴이 되어 있었다.

"십 년 전엔 있었는디, 지금은 없응게." 벤이 말했다.

"문이 없다고?" 메리가 외쳤다. "그럴 리가 없어!"

"누구도 못 찾어. 니가 상관할 일도 아니구. 괜히 참견 말고 쓸데없이 기웃거리지 말어. 난 내 할 일이나 할라니까. 너도 가서 니 할 일이나 혀. 난 바쁘니께."

그러고는 삽질을 멈추더니 삽을 어깨에 둘러메고는 메리에게 눈길 한번 주지 않고 인사도 없이 가버렸다.

5
복도에서 들리는 울음소리

처음에 메리 레녹스의 일상은 매일 똑같았다. 매일 아침 태피스트리로 장식된 방에서 깨어나면 벽난로 앞에 무릎을 꿇고 불을 피우는 마사가 보였다. 메리는 매일 아침 재미있는 것이 하나도 없는 놀이방에서 아침을 먹었고, 식사한 후에는 창밖 너머 사방으로 끝없이 펼쳐져 하늘 끝까지 닿을 듯한 황무지를 멍하니 바라봤다. 밖에 나가지 않으면 온종일 집 안에 틀어박혀 아무것도 할 수 없다는 걸 깨달았다. 그래서 결국 메리는 밖으로 나갔다. 그게 자기가 할 수 있는 일 가운데 가장 좋은 일임을 메리는 알지 못했다. 산책로를 따라 빠르게 걷거나 달리기 시작하면서 황무지에서 불어오는 바람과 맞서 싸우느냐 혈액 순환이 되고 몸이 튼튼해지고 있다는 것도 몰랐다. 메리는 그저 몸을 따뜻하게 하기 위해 달렸고, 얼굴을 향해 몰아치는 마치 보이지 않는 거대한 거인처럼 자기를 밀어내는 바람이 싫었을 뿐이다. 하지만 히스 벌판 너머에서 불어온 거칠지만 신선한 공기가 메리의 가냘픈 몸 구석구석에 좋은 기운을 불어넣었다. 그래서인지 메리가 모르는 사이 뺨이 발그레해지고 탁했던 눈동자에는 생기가 돌기 시작했다.

며칠을 거의 온종일 바깥에서 보내고 나자 어느 날 아침 잠에서 깬 메리는 처음으로 배가 고프다는 게 어떤 느낌인지 알았다. 아침 식탁에 앉아 귀리죽을 경멸스러운 눈길로 흘겨보거나 밀어내지 않고 숟가락을 들어 먹기 시작하더니 그릇을 깨끗이 비웠다.

"오늘 아침은 아주 잘 드시네유?" 마사가 말했다.

"오늘은 맛있어." 메리는 자신도 약간 놀란 듯 말했다.

"황무지 바람을 쐬니까 식욕이 도는 거여유." 마사가 말했다. "식욕뿐만 아니라 먹을 것도 있으니 복 받은 거쥬. 우리 집엔 열두 식구가 늘 배가 고픈디 먹을 거라곤 아무것도 없는걸유. 매일 밖에 나가 놀면 살도 좀 붙고 누렇게 뜬 얼굴빛도 좋아질 거구먼유."

"나는 놀지 않아." 메리가 말했다. "가지고 놀 만한 게 하나도 없거든."

"놀 게 없단 말여유!" 마사가 외쳤다. "우리 집 애들은 막대기랑 돌멩이만 가지고도 잘만 놀던디. 그냥 뛰어다니고 소리 지르고 주위에 뭐가 있는지 살펴봐유."

메리는 소리를 지르진 않았지만 주변을 둘러보곤 했다. 달리 할 일이 없었기 때문이다. 정원을 빙글빙글 돌거나 장원 안 오솔길을 따라 이리저리 거닐었다. 가끔 벤 웨더스태프를 찾기도 했지만 그가 일하는 모습을 몇 번이나 봤음에도 그는 늘 바쁘거나 지나치게 무뚝뚝해서 메리에게 눈길조차 주지 않았다. 한번은 메리가 다가가자 그는 마치 일부러 그러는 듯 삽을 집어 들고 획 돌아섰다.

메리가 다른 곳보다 더 자주 향한 곳은 정원 밖, 사방이 담장으로 둘러싸인 긴 산책로였다. 산책로 양쪽에는 아무것도 심지 않은 화단이 있었고, 담벼락에는 담쟁이덩굴이 빽빽하게 뒤덮고 있었다. 그런데 그중 유독 한 곳만 오랫동안 방치된 듯 담쟁이덩굴이 더 무성했다. 다른 곳은 깔끔하게 다듬어져 있는데 이쪽 산책로 아래쪽만 전혀 손질하지 않은 듯했다.

벤 웨더스태프와 이야기를 나누고 며칠 지나지 않아 메리는 그곳을 지나다 이 사실을 알아챘고 왜 거기만 그런지 궁금해졌다. 잠시 멈춰서서 바람에 흔들리는 긴 담쟁이덩굴을 올려다보고 있는데 바로 그때 붉은빛이 얼핏 눈에 들어오더니 맑고 경쾌한 새소리가 들렸다. 거기, 담장 위에 벤 웨더스태프의 꼬까울새가 앉아 작은 고개를 갸우뚱하고는 몸을 앞으로 기울여 메리를 내려다보고 있는 것이었다.

"아!" 메리가 외쳤다. "너구나, 너 걔 맞지?" 울새가 자기 말을 알아듣고는 대답이라도 할 것처럼 새한테 말을 거는 게 전혀 이상하지 않았다.

울새는 마치 메리에게 온갖 이야기를 들려주듯 짹짹 지저귀며 담장을 따라 깡충깡충 뛰어다녔다. 마치 메리에게 뭔가 말해주는 것 같았다. 비록 새가 진짜로 말을 하는 건 아니었지만, 메리는 새가 무슨 말을 하는지 알 것 같았다. 새는 마치 이렇게 얘기하는 듯했다.

"안녕! 바람이 참 상쾌하지! 햇살도 참 좋고! 세상 모든 게 다 멋지지 않아! 우리 함께 짹짹거리고 깡충깡충 뛰어다니자. 어서, 어서!"

메리는 웃기 시작했고, 울새가 담장 위를 깡충거리다 날아오르자 메리도 뒤쫓아 달렸다. 가냘프고 창백하고 못생긴 가엾은 메리가 그 순간만큼은 예뻐 보이기까지 했다.

"네가 좋아! 정말 좋아!" 메리는 산책길을 다다닥 달리며 외쳤다. 그러곤 짹짹 소리를 흉내 내고 휘파람을 불어보려 애썼지만 휘파람을 어떻게 불어야 하는지 몰랐다. 그래도 울새는 아주 만족스러운 듯 짹짹거리며 휘파람을 불며 응답했다. 마침내 울새가 날개를 활짝 펴고 날아올라 나무 꼭대기에 앉더니 소리 높여 노래했다.

그 모습을 보자 새와 처음 만났을 때가 떠올랐다. 그때도 울새는 나무 꼭대기에 앉아 흔들리고 있었고 메리는 과수원에 서 있었다. 이제는 과수원 반대편 담장 바깥 오솔길에 서 있었고 그 나무는 담장 안쪽에 있었다.

"저 나무는 아무도 들어갈 수 없는 정원 안에 있는 게 분명해." 메리는 혼잣말을 했다. "문이 없는 정원, 저 애는 그 안에서 사는 거야. 아, 안이 어떻게 생겼을지 정말 궁금해!"

메리는 첫날 아침 들어갔던 초록색 문을 향해 산책길을 달려

올라갔다. 그리고 다른 문을 지나 오솔길을 따라 내려가 과수원으로 들어섰다. 거기 서서 담장 건너편 나무를 올려다보니 마침 울새가 노래를 마치고 부리로 깃털을 고르고 있는 중이었다.

"그 정원이야." 메리가 말했다. "확실해."

메리는 과수원을 돌며 담장을 자세히 살펴봤지만 전과 다르지 않았다. 문은 보이지 않았다. 그다음엔 다시 텃밭을 가로질러 담쟁이덩굴로 뒤덮인 긴 담장을 따라 난 산책길을 달려 나가 담장 한쪽 끝까지 자세히 살펴봤으나 문은 없었다. 그리고 다시 끝으로 가 반대쪽 담장을 살펴봤지만 역시 문은 없었다.

"정말 희한한걸." 메리가 말했다. "벤 웨더스태프가 문이 없다고 했고 실제로도 문이 없어. 하지만 십 년 전에는 문이 있었을 거란 말이지. 크레이븐 씨가 열쇠를 묻었다고 했으니까."

이 일로 메리는 생각할 거리가 많아졌고, 점점 더 흥미를 느끼기 시작했으며, 미슬스웨이트 저택에 오게 된 것이 전혀 불만스럽지 않았다. 인도에 있을 때는 항상 덥고 나른해서 어떤 일에도 별 관심이 없었다. 사실 황무지에서 불어오는 상쾌한 바람이 메리의 여린 머릿속에 낀 거미줄을 조금씩 걷어내 머릿속이 맑아지게 했다.

메리는 온종일 바깥에서 지냈고, 밤에 저녁 식탁에 앉으면 배가 고프고 나른하지만 편안했다. 마사가 떠들어도 짜증 나지 않았다. 오히려 마사가 얘기하는 걸 듣는 게 재미있었다. 그리고 마침내 질문하기로 마음먹었다. 메리는 저녁을 다 먹고 벽난로 앞에 깔린 카펫 위에 앉아 이렇게 물었다.

"크레이븐 씨는 왜 정원을 싫어해?"

메리는 마사에게 같이 있자고 했고 마사는 이를 거절하지 않았다. 마사는 아직 어린데다 형제자매들로 북적이는 오두막에 더 익숙해서 아래층 하인들이 모인 휴게실은 따분했다. 그곳에선 하인과 가정부들이 마사의 요크셔 사투리를 놀려댔고 촌것이라고 깔보며 자기들끼리만 소곤거렸다. 또 마사는 수다 떠는 걸 좋아했고, 인도에서 살며 '까만 하인들'에게 시중받던 낯선 아이는 그녀의 호기심을 충족시킬 만큼 신기한 존재였다.

마사는 앉으란 말을 기다리지도 않고 난롯가에 와서 앉았다.

"아직도 그 정원 생각 중이셔유?" 마사가 말했다. "내 그럴 줄 알았슈. 나도 그 이야길 첨 들었을 때 딱 그랬거든유."

"왜 싫어하는 거야?" 메리가 끈질기게 물었다.

마사는 책상다리를 하고 편안하게 앉아 말했다.

"들어봐유, 집 주위를 휘몰아치는 저 바람 소리 좀. 오늘 밤 황무지로 나가면 제대로 서 있기도 힘들 걸유."

메리는 '휘몰아치는'이 무슨 뜻인지 몰랐으나 귀를 기울여보고 나서야 알았다. 그건 마치 눈에 보이지 않는 거인이 집을 에워싸고 벽과 창문을 마구 두드리며 부수려는 것마냥 속이 텅 빈 듯 떨리는 굉음을 말하는 것이리라. 하지만 그 거인이 들어올 수 없다는 걸 알기에, 붉게 타오르는 석탄불 덕에 방안은 왠지 더 따뜻하고 안전하게 느껴졌다.

"근데 왜 그렇게 싫어하는데?" 메리는 바람 소리에 귀 기울이다 말고 다시 물었다. 마사가 아는지 알고 싶었던 것이다.

마침내 마사가 자신이 아는 걸 털어놓았다.

"명심혀유. 메들록 부인이 말하면 절대 안 된다고 하셨으니께. 이 집안엔 말하면 안 될 것들이 많아유. 크레이븐 주인님 명령이래유. 그분 문제는 하인들이 신경 쓸 일이 아니거든유. 그 정원 일만 아니었으면 주인님이 그렇게는 안 되셨을 거여유. 그 정원은 크레이븐 부인이 결혼 초에 직접 만든 곳이여유. 그땐 참으로 좋아했다든디. 두 분이 직접 꽃을 가꿨대유. 정원사는 물론이고 누구도 들이지 않았쥬. 부부가 정원에 들어가 문을 잠가놓고 몇 시간씩 책을 읽고 얘기하곤 했대유. 부인은 아직 어린 소녀 같았다는디. 정원에는 가지가 구부러져 의자처럼 된 오래된 나무가 있었거든유. 그 나무엔 장미 덩굴이 얽혀 있었고, 부인은 거기 앉아 있곤 했쥬. 그러던 어느 날 가지가 부러져서 부인이 땅에 떨어져서는 크게 다쳐 다음 날 돌아가셨쥬. 의사들은 주인님도 미쳐서 돌아가시는 줄 알았대유. 그래서 싫어하시는 거여유. 그후론 아무도 그곳에 들어가 보질 못했쥬. 주인님은 말도 꺼내지 못하게 하시구유."

메리는 더는 묻지 않았다. 그저 새빨간 불을 바라보며 '휘몰아치는' 바람 소리에 귀를 기울였다. 그 소리는 전보다 훨씬 거세게 휘몰아치는 듯했다.

그 순간 메리에게 아주 좋은 일이 일어나고 있었다. 사실 미슬스웨이트 저택에 온 뒤로 좋은 일이 네 가지나 있었다. 울새와 서로를 이해한 것 같은 기분이 들었고, 바람 속을 달려 몸이 따뜻해지는 걸 느꼈으며, 태어나 처음으로 건강한 배고픔을 느꼈고, 누군가를 안타깝게 여기는 마음이 어떤 건지 알게 되었다. 메리는 분명 조금씩 변하고 있었다.

하지만 바람 소리를 듣고 있자니 다른 소리가 들리기 시작했다. 처음엔 바람 소리와 거의 구별할 수 없어서 무슨 소린지 알 수 없었다. 묘한 소리였다. 어딘가에서 아이가 우는 것처럼 들렸다. 가끔 바람이 그런 소리를 내기도 하지만, 곧 메리는 이 소리가 집 밖이 아니라 집 안에서 나는 것임을 확신했다. 멀리서 나긴 했지만 분명히 집 안이었다. 메리는 몸을 돌려 마사를 쳐다봤다.

"우는 소리 들려?" 메리가 물었다.

마사는 갑자기 당황한 듯 보였다.

"아뇨." 마사가 대답했다. "바람 소리여유. 가끔 황무지에서 길을 잃고 울부짖는 것처럼 들릴 때가 있거든유. 온갖 소리가 다 나쥬."

"하지만 들어봐." 메리가 말했다. "이건 집 안에서 나는 소리야. 저쪽 긴 복도 어딘가에서."

바로 그 순간, 아래층 어딘가에서 문이 열렸는지 거센 바람이 복도를 따라 몰아쳤고, 그들이 앉아 있던 방문이 쾅 하고 열렸다. 두 사람이 놀라 벌떡 일어서는 바람에 불이 꺼졌고, 복도 저편에서 들리던 울음소리가 훨씬 더 또렷하게 들렸다.

"저거!" 메리가 말했다. "내가 그랬지! 누군가 울고 있다니까. 어른은 아니야."

마사가 달려가 문을 닫고 자물쇠를 채웠지만, 그러기 전 복도 먼 어딘가에서 문이 쾅 닫히는 소리가 들렸다. 그러고는 사방이 조용해졌다. 잠시 동안은 바람조차 '휘몰아치지' 않았다.

"바람 소린디유." 마사가 완강하게 말했다. "그게 아니라면 설거지 담당 베티 버터워스일 거여유. 종일 충치 때문에 괴로워했거든유."

하지만 마사의 어딘가 불편하고 머뭇거리는 태도 때문에 메리는 그녀를 뚫어져라 쳐다봤다. 마사가 진실을 말하고 있지 않다는 생각이 들었다.

6

"누군가 울고 있었어, 정말이야!"

다음 날 다시 폭우가 쏟아졌고, 메리가 창밖을 내다보니 황무지는 잿빛 안개와 구름에 거의 가려져 있었다. 오늘은 도저히 밖에 나갈 수 없었다.

"이렇게 비가 오면 너희 집에선 뭘 해?" 메리가 마사에게 물었다.

"서로 부딪히지 않으려 피해 다니쥬." 마사가 답했다. "어유, 그럴 땐 진짜 식구가 많다는 걸 알겠다니께유. 엄니는 성격이 무던하긴 해두 그래도 정신이 하나도 없대유. 큰애들은 외양간에 나가서 놀구유. 디콘은 비가 와도 신경 안 써유. 해가 쨍쨍할 때처럼 똑같이 나간다니께유. 비 오는 날엔 날씨 좋을 때 안 보이던 것이 보인다나유. 한번은 굴속에서 물에 빠져 반쯤 죽어가던 새끼 여우를 발견하고는 품에 안고 집으로 데려왔지 뭐여유. 따뜻하게 해주려구 그랬나나유. 어미는 근처에서 죽고, 굴이 물에 잠겨 다른 새끼들도 다 죽었다지 뭐여유. 그 새끼 여우는 지금도 집에서 키우고 있나봐유. 또 한 번은 물에 빠진 어린 까마귀를 발견해서는 집으로 데려왔는디 그것도 길들였쥬. 아주 새까만 놈이라 검댕이라고 부르는데 디콘이 어딜 가든 폴짝폴짝 날아다니면서 따라다닌다니께유."

이제 메리는 마사의 친근한 수다를 불쾌하게 여겼던 것조차 잊어버렸다. 심지어 이제는 그녀의 이야기가 재미있었고 마사가 말을 하다 마치고 가버리면 괜히 서운했다. 메리가 인도에 살던 시절 아야가 들려주던 이야기는 황무지의 방 네 개짜리 오두막에서 열네 식구가 살며 늘 먹을 것이 부족한 마사의 이야기와는 사뭇 달랐다. 그 집 아이들은 거칠지만 다정한 콜리 새끼들마냥 서로 뒹굴며 재미나게 노는 것 같았다. 메리는 특히 마사의 엄마와 디콘에게 가장 흥미를 느꼈다. 마사가 '엄니'가 했던 말이나 행동에 대해 이야기할 때면 메리는 늘 마음이 포근해졌다.

"나도 까마귀나 새끼 여우가 있으면 같이 놀 텐데." 메리가 말했다. "하지만 난 아무것도 없어."

마사는 난처한 얼굴을 했다.

"뜨개질은 할 줄 알어유?"

"못 해." 메리가 대답했다.

"바느질은유?"

"아니."

"책은 읽을 줄 알어유?"

"응."

"그럼 뭐라도 읽어보든가 아님 글씨 쓰기 연습이라도 하면 어때유? 책 읽고 공부할 만큼은 됐잖아유."

"책이 없어." 메리가 말했다. "가지고 있던 건 다 인도에 두고 왔는걸."

"안됐구먼유." 마사가 말했다. "메들록 부인이 서재에 들어가게만 해줘도, 거기 책이 수천 권은 될 거여유."

메리는 서재가 어디 있는지 묻지 않았다. 문득 좋은 방법이 떠올랐기 때문이다. 서재를 직접 찾아보기로 마음먹었던 것이다. 메들록 부인은 신경 쓸 필요도 없었다. 늘 아래층의 편안한 가정부실에 틀어박혀 있으니 말이다. 이 희한한 집에서는 누군가를 마주치는 일 자체가 드물었다. 사실 하인들 말고는 아무도 보지 못했고, 주인이 집을 비운 동안 하인들은 아래층에서 제법 호화스럽게 지냈다. 반짝거리는 놋쇠와 주석 집기가 걸린 커다란 주방과 널찍한 하인 전용 홀에서 하루에도 네댓 번씩 배불리 먹었고, 메들록 부인이 자리를 비우기라도 하면 신나게 뛰며 한바탕 떠들썩하게 놀기도 했다.

메리의 식사는 꼬박꼬박 나왔고 마사가 시중을 들었으나 굳이 메리를 신경 쓰는 사람은 아무도 없었다. 메들록 부인이 하루이틀에 한 번쯤은 올라와 메리를 살폈지만, 메리가 뭘 하는지 묻거나 무엇을 해야 한다고 말해주는 사람은 없었다. 메리는 아마 이것이 영국식 육아법인가보다 생각했다. 인도에서는 늘 아야가 붙어 다니며 손발처럼 시중을 들었다. 그래서 아야가 지겨울 때도 있긴 했지만, 이제는 아무도 따라다니지 않았고 스스로 옷 입는 법을 익혀야 했다. 무언가를 갖다 주거나 입혀주기를 바라면 마사는 메리를 어리석고 멍청하다는 듯 쳐다봤기 때문이다.

"머리는 달고만 다니는겨?" 한번은 메리가 장갑을 끼워주기를 기다리고 서 있자 마사가 이렇게 말했다. "우리 수잔 앤은 겨우 네 살인디 아가씨보다 훨 똑똑하구먼유. 가끔 보면 진짜 머리가 안 돌아가는 것 같아유."

메리는 그 말에 한 시간쯤 입이 한껏 나와 있었지만 덕분에 전혀 새로운 생각 몇 가지를 하게 되었다.

그날 아침, 마사가 마지막으로 벽난로 재를 쓸어 담고 아래층으로 내려간 다음 메리는 창가에 십 분쯤 서 있었다. 서재 얘기를 들었을 때 떠오른 생각을 곱씹고 있었다. 사실 책을 거의 읽어본 적이 없었기 때문에 서재에는 그다지 관심이 없었다. 하지만 서재 얘기를 듣자 문이 닫힌 채 잠겨 있는 백 개의 방이 다시 생각났다. 정말 방이 전부 잠겨 있는지, 그리고 문을 열 수 있다면 방안에 뭐가 있을지 궁금했다. 정말로 백 개나 될까? 문이 몇 개인지 세보면 안 될까? 오늘 아침엔 밖에 나갈 수 없으니 해볼 만한 일이었다. 메리는 무언가를 할 때 허락을 받아야 한다고 배운 적이 없었고, 권위에 대해서도 전혀 몰랐기 때문에 설령 메들록 부인을 마주쳤더라도 집 안을 돌아다녀도 되는지 물어볼 생각은 전혀 못 했을 것이다.

메리는 방문을 열고 복도로 나가 돌아다니기 시작했다. 긴 복도가 이리저리 다른 복도로 이어져 있었고, 몇 계단 오르면 또 다른 복도로 이어졌다. 문이 참 많았고 벽에는 그림들이 걸려 있었다. 어둡고 기이한 풍경화도 있었지만 대개는 새틴과 벨벳으로 된 화려하고 기묘한 옷을 입은 남녀의 초상화였다. 어느 순간 메리는 벽에 그런 초상화로 가득한 긴 회랑 안에 들어와 있었다. 어느 집이건 이렇게 많은 초

상화가 있을 수 있다고는 상상도 못 해봤다. 천천히 걸으며 그림 속 얼굴들을 쳐다보니 그림 속 얼굴들도 마치 메리를 바라보는 듯했다. 그 사람들은 인도에서 온 어린 여자애가 자기네 집에서 뭘 하나 궁금해하는 것 같았다. 그림 속에는 발끝까지 부풀린 두꺼운 새틴 드레스를 입은 여자애들과 퍼프 소매에 레이스 칼라, 목에 커다란 주름 장식을 한 긴 머리의 남자애들도 있었다. 메리는 아이들이 그려진 초상화 앞에 멈춰서서 이름이 뭘까, 지금은 어디에 있을까, 왜 이런 이상한 옷을 입었을까 하고 궁금해했다. 그중에는 메리처럼 굳은 표정의 평범해 보이는 어린 소녀도 있었다. 그 아이는 초록색 양단 드레스 차림에 손가락 위에 초록색 앵무새를 올려놓고 있었는데 눈빛이 날카롭고 호기심으로 가득해 보였다.

"넌 지금 어디 살아?" 메리는 그림 속 소녀에게 소리 내어 물었다. "여기 있다면 좋을 텐데."

이보다 더 이상한 아침을 보낸 여자애가 또 있을까. 거대한 미로 같은 저택에는 어린 메리 말고는 아무도 없는 것 같았다. 자신 말고는 아무도 걸어본 적 없는 듯한 좁은 복도와 넓은 복도를 오르락내리락하며 헤매고 다녔다. 방을 이렇게 많이 만들어놨으니 분명 누군가 살긴 살았을 텐데 집 안이 텅 비어 있어서 정말 그랬을지 믿기지 않았다.

이층으로 올라온 후에야 메리는 문손잡이를 돌려봐야겠다는 생각이 들었다. 메들록 부인 말대로 문은 전부 잠겨 있었지만 메리가 돌린 문손잡이 중 하나는 스르륵 돌아갔다. 아무런 저항 없이 손잡이가 돌아가자 순간 더럭 겁이 났지만, 천천히 밀어보니 묵직한 문이 스르르 열렸다. 문 안쪽엔 커다란 침실이 있었고, 벽에는 자수 장식 커튼이 드리워져 있었으며, 인도에서 봤던 것과 같은 상감 세공 가구들이 방안 여기저기에 놓여 있었다. 납으로 된 격자무늬 넓은 창문 너머로는 황무지가 내다보였고, 벽난로 선반 위에는 전보다 더 호기심 가득한 눈으로 메리를 쳐다보는 듯한 굳은 표정의 평범해 보이는 소녀 초상화가 걸려 있었다.

"한때 저 애가 여기 살았을지도 몰라." 메리가 말했다. "계속 날 빤히 쳐다보니까 기분이 좀 이상한걸."

그 뒤로도 메리는 꽤 많은 방의 문을 열어보느냐 피곤해졌다. 세어 보진 않았지만 정말 방이 백 개쯤 되는 게 아닐까 싶었다. 방마다 이상한 장면이 그려진 오래된 그림이나 태피스트리가 걸려 있었고, 거의 모든 방에 기묘한 가구와 장식품들이 놓여 있었다.

그중 한 방은 부인의 응접실처럼 보였는데 커튼은 모두 자수가 놓인 벨벳으로 되어 있었고, 장식장 안에는 상아로 만든 조그만 코끼리가 백 마리쯤 들어 있었다. 크기는 제각각이었으며 어떤 코끼리는 등에 조련사나 가마를 싣고 있었다. 어떤 것은 다른 것들보다 훨씬 컸고 어떤 것은 너무 작아서 갓 태어난 새끼처럼 보였다. 메리는 인도에서 상아 조각상을 본 적이 있어서 코끼리에 대해 잘 알고 있었다. 메리는 장식장 문을 열고는 발판 위에 서서 한참 동안 코끼리를 가지고 놀았고, 놀다 지치자 코끼리를 순서대로 정리하고는 장식장 문을 닫았다.

긴 복도와 빈방들을 헤매고 다니는 내내 메리는 살아 있는 존재를 단 하나도 보지 못했지만 이 방에는 무언가가 있었다. 장식장 문을 닫은 순간 작게 부스럭거리는 소리가 나 화들짝 놀란 메리는 소리가 난 벽난로 옆 소파 쪽을 돌아봤다. 소파 한쪽 구석에 쿠션이 하나 있었는데, 벨벳 커버에 난 구멍 사이로 겁먹은 눈망울을 지닌 자그마한 머리가 살짝 고개를 내밀고 있었다.

메리는 방을 가로질러 살금살금 다가가 살펴봤다. 반짝이는 눈망울은 작은 회색 생쥐의 것이었는데, 생쥐가 쿠션에 구멍을 내 거기에 안락한 보금자리를 만들어놓았던 것이다. 그 옆에는 아기 생쥐 여섯 마리가 웅크린 채 잠들어 있었다. 백 개의 방 어디에도 살아 있는 존재가 없었지만 이 일곱 마리 생쥐만큼은 전혀 외로워 보이지 않았다.

"겁내지만 않아도 데려갈 텐데." 메리가 말했다.

더는 돌아다니기 힘들 만큼 하도 오래 헤매고 다녀 메리는 발길을 돌렸다. 두세 번 복도를 잘못 들어섰다 길을 잃고 결국 이리저리 헤매며 제대로 된 길을 찾아야 했다. 겨우 자기 방이 있는 층에 도착했지만 방에서 제법 떨어진 데다 정확히 어디쯤에 있는지 알 수 없었다.

"또 방향을 잘못 잡았나 봐." 메리는 벽에 태피스트리가 걸린 짧은 복도 끝에 멈춰 서서 혼잣말을 했다. "어느 쪽으로 가야 할지 모르겠네. 어쩜 이렇게 조용하지?"

그렇게 말한 직후 정적을 깨는 소리가 들려왔다. 이번에도 울음소리였지만 어젯밤 들은 것과는 조금 달랐다. 벽에 가로막혀 작게 들리긴 했지만 짧게 보채는 짜증 섞인 아이의 칭얼거림이었다.

"아까보다 더 가까이서 들려." 메리의 심장이 점점 더 빠르게 뛰었

다. "그리고 분명 울고 있어."

메리는 무심코 근처에 있던 태피스트리에 손을 댔다가 깜짝 놀라 펄쩍 뒤로 물러섰다. 태피스트리가 문을 가리고 있었는데 그 문이 활짝 열리며 또 다른 복도가 나왔다. 그리고 그 끝에서 메들록 부인이 열쇠 꾸러미를 손에 들고 몹시 짜증 난 얼굴로 다가오고 있었다.

"여기서 뭘 하고 있는 거니?" 부인은 메리의 팔을 낚아채듯 잡아끌었다. "내가 뭐라고 했지?"

"길을 잘못 들어선 거야." 메리가 변명하듯 말했다. "어느 쪽으로 가야 할지 몰라 서 있는데 누군가의 울음소리가 났어."

그 순간 메리는 메들록 부인이 무척 싫었지만 다음 순간 더 싫어졌다.

"그런 소리 따윈 난 적 없어." 부인이 딱 잘라 말했다. "어서 네 방으로 돌아가지 않으면 뺨을 맞을 줄 알아라."

부인은 메리의 팔을 잡고 반쯤은 밀고 반쯤은 끌어가며 복도를 올라갔다 내려갔다 하더니 결국 메리를 자기 방안으로 밀어 넣었다.

"자, 이제부터는 시킨 대로 방안에 가만히 있어. 안 그러면 가둬 버릴 테니까. 주인님께서 말씀하신 대로 얼른 네 가정교사를 구해야 할 텐데. 넌 누군가가 지키고 있어야겠구나. 난 할 일이 아주 많은 사람이야."

부인은 방을 나가며 문을 쾅 닫았고, 메리는 분노로 창백해진 채 벽난로 앞 깔개 위에 털썩 주저앉았다. 울지는 않았지만 이를 악물었다.

"누군가 울고 있었어, 정말이야! 누가 있었다고!" 메리는 혼잣말을 했다.

그 울음소리를 두 번이나 들었으니 언젠가는 꼭 밝혀낼 것이다. 메리는 오늘 아침 많은 것을 알게 된 듯했다. 마치 긴 여행을 다녀온 기분이었다. 상아 코끼리를 갖고 놀고 벨벳 쿠션 속 회색 생쥐와 새끼들도 봤으니 아무튼 재미있는 하루였다.

7
정원 열쇠

이틀 뒤 메리는 눈을 뜨자마자 침대에서 벌떡 일어나 앉아 마사를 불렀다.

"황무지 좀 봐! 황무지 좀 봐!"

밤사이 비바람이 그치고 잿빛 안개와 구름이 바람에 휩쓸려 자취도 없이 사라졌다. 바람이 멎자 눈부시고 높푸른 하늘이 황무지 위로 펼쳐졌다. 메리는 그렇게 푸른 하늘은 꿈에서도 본 적이 없었다. 인도의 하늘은 늘 뜨겁고 이글거렸다. 그런데 이곳 하늘은 깊고 서늘한 푸른빛으로 마치 한없이 맑고 깊은 호수처럼 반짝였다. 높고 푸른 하늘 여기저기엔 새하얀 솜뭉치 같은 작은 구름이 떠다녔다. 저 멀리 황무지는 이제 칙칙한 자줏빛이나 우중충한 회색이 아니라 은은한 푸른빛으로 빛나고 있었다.

"알겠구먼유." 마사가 환하게 웃으며 말했다. "폭풍우는 이제 지나갔슈. 해마다 이맘때면 꼭 이렇다니께유. 밤새 싹 사라지고는 여기 온 적도 없고 다시는 올 일도 없는 것처럼 말여유. 봄이 오고 있는 거여유. 아직 멀었지만 그래도 오고 있긴 하쥬."

"난 영국은 항상 비가 오거나 아니면 칙칙한 날만 있는 줄 알았어." 메리가 말했다.

"어유! 절대 그렇지 않다니께유!" 마사가 주변에 널린 시커먼 청소용 솔 사이에 쪼그리고 있다가 몸을 일으키며 말했다. "암만 글친 않쥬!"

"그게 무슨 뜻이야?" 메리가 진지하게 물었다. 인도에서도 원주민들이 몇몇 사람만 아는 방언을 쓰곤 했기에 마사가 못 알아듣는 소릴 해도 메리는 그다지 놀라지 않았다.

마사는 첫날 아침처럼 웃음을 터트렸다.

"나도 참." 마사가 말했다. "메들록 부인이 그러지 말랬는데 또 요크셔 말투가 나왔구면유. '암만 글친 않쥬'라는 건 말여유 '아무래도 그렇지는 않지요'라는 뜻이여유." 마사가 또박또박 조심스럽게 말했다. "그런데 그렇게 말하려니 너무 길어서유. 요크셔는 해가 나면 세상에서 제일 햇살 쨍쨍한 데라니께유. 전에 제가 그랬잖아유 좀만 있으면 황무지가 맘에 들 거라구유. 금빛 가시금작화랑 노란 브룸꽃, 보랏빛 히스꽃이 활짝 피고, 나비 수백 마리가 팔랑팔랑 날아다니고, 꿀벌이 윙윙거리고, 종달새가 하늘 높이 솟아올라 노래할 때까지 기다려 봐유. 그럼 해만 뜨면 나가서 종일 밖에 있고 싶어질 거유, 디콘처럼."

"내가 저기까지 갈 수 있을까?" 메리는 창밖 멀리 펼쳐진 푸른 들판을 바라보며 생각에 잠긴 듯 물었다. 풍경이 너무나 새롭고 아름답고 경이로웠다.

"글쎄유." 마사가 대답했다. "아가씨는 태어난 후로 다리를 제대로 놀려본 적이 없는 것 같더라구유. 팔 킬로미터도 못 걸을텐디, 우리 집까지가 딱 팔 킬로미터거든유."

"너희 집에 가보고 싶어."

마사는 잠깐 신기하다는 듯 메리를 쳐다봤다 다시 광내기 솔을 들어 벽난로 쇠틀을 문지르기 시작했다. 그 순간 마사는 이 작고 새침데기 같은 얼굴이 첫날 아침 봤던 것처럼 그렇게 뿌루퉁해 보이진 않는다고 생각했다. 동생 수잔 앤이 뭔가를 간절히 원할 때와 조금 닮은 것 같기도 했다.

"엄니한테 한번 물어볼게유." 마사가 말했다. "우리 엄니는 뭐든지 방도를 찾아내시는 분이거든유. 제가 오늘 외출하는 날이라 집에 가유. 아유, 얼마나 기쁜지 몰라유. 메들록 부인도 우리 엄니를 무척 믿으니께 부인이 엄니한테 얘기해줄 수도 있을 거여유."

"난 너희 엄마가 마음에 들어." 메리가 말했다.

"내 그럴 줄 알았어유." 마사가 수긍하며 광내기를 계속했다.

"아직 만난 적은 없지만." 메리가 말했다.

"그렇쥬, 만난 적 없쥬." 마사가 대답했다.

마사는 다시 몸을 일으키고는 손등으로 코끝을 문지르며 잠시 생각하는 듯하더니 이내 단호하게 말했다.

"우리 엄니는 말여유 얼마나 똑 부러지고 바지런하고 성격 좋고 깔끔한지 만나 봤든 안 만나봤든 누구라도 좋아할 수밖에 없어유. 외출하는 날 엄니한테 간다 생각허믄서 황무지를 신나게 내달린다니께유."

"디콘도 좋아." 메리가 덧붙였다. "아직 만나보진 않았지만."

"음." 마사는 완고하게 말했다. "새들도 토끼도 야생 양도 조랑말도 여우도 디콘을 좋아한다고 그랬쥬. 근데…." 마사는 생각에 잠겨 메리를 바라봤다. "디콘이 아가씨를 어떻게 생각헐지…."

"날 안 좋아할 거야." 메리는 까칠하고 냉정한 말투로 말했다. "아무도 날 좋아하지 않아."

마사는 다시 생각에 잠긴 듯했다.

"아가씨는 자기 자신이 마음에 들어유?" 마사가 정말 궁금하다는 듯 물었다.

메리는 잠시 망설이며 곰곰이 생각했다.

"전혀, 사실은." 메리가 대답했다. "전에는 그런 생각 해본 적 없어."

마사는 따스한 추억이라도 떠오른 듯 살짝 웃었다.

"엄니가 전에 지한테 했던 말이여유." 마사가 말했다. "엄니는 빨래하고 있었고 지는 기분이 안 좋아서 남들 욕을 하고 있었거든유. 그랬더니 엄니가 지를 돌아보면서 그러시더라구유. '어린애가 참! 거기 멀뚱하니 서서 이 사람이 싫네 저 사람이 싫네 그라고 있구만. 너 자신은 그럼 마음에 든다냐?' 그 말에 웃음이 나고는 정신이 확 들었쥬."

마사는 메리에게 아침을 차려주자마자 신이 나서 떠났다. 마사는 황무지를 가로질러 팔 킬로미터를 걸어 집으로 돌아갈 것이고, 엄마가 빨래하는 걸 돕고, 한 주일 치 빵도 굽고, 신나게 하루를 보낼 참이었다.

저택 안에 아는 사람이 하나도 없자 메리는 그 어느 때보다 외로웠다. 그래서 재빨리 정원으로 나가 가장 먼저 분수대가 있는 정원을 열 바퀴 달렸다. 몇 바퀴인지 꼼꼼히 세었고 모두 마치고 나니 기분이 한결 나아졌다. 햇살이 비치자 온 세상이 달라 보이기 시작했다. 높고 푸른 하늘이 미슬스웨이트 저택과 황무지 위로 펼쳐졌고, 메리는 자꾸만 고개를 들어 하늘을 올려다보며 저 새하얀 구름 위에 누워 이리저리 떠다니면 어떤 기분일까 상상해봤다. 첫 번째 텃밭에 들어서자 벤 웨더스태프가 다른 정원사 두 명과 함께 일하고 있었다. 날씨가 바뀌어 노인도 기분이 좋은지 메리에게 먼저 말을 건넸다.

"봄 내음이 솔솔 나제?" 벤이 삽질을 멈추지 않고 말했다.

메리는 킁킁 냄새를 맡아보고는 그런 것 같다고 생각했다.

"뭔가 상큼하고 촉촉한 좋은 냄새가 나." 메리가 말했다.

"저게 다 흙냄새여. 비옥한 땅이 뭔가 키울려고 준비 허는 중이제. 씨앗 심을 때 되믄 땅도 좋아허는 겨. 겨울엔 할 일 없어서 죽치고 있던 놈이 햇볕 좀 받더니 정신 차리는 거여. 꽃밭 아래 어두운 땅속에서도 뭣이 움직이고 있제. 좀 있음 거무튀튀한 흙 사이로 초록 새싹이 쏙쏙 올라올 거여."

"무슨 새싹인데?" 메리가 물었다.

"크로커스랑 아네모네랑 수선화지. 본 적 없나?"

"없어. 인도에서는 비가 오고 나면 온통 뜨겁고 축축하고 녹색뿐이야." 메리가 말했다. "식물은 그냥 하룻밤 사이에 자라는 줄 알았지."

"하룻밤 새 자라지 않응게." 벤이 말했다. "기다려야 혀. 여기서 좀 올라오고 저기서 더 많이 올라오고, 오늘은 여기서 잎이 나고 내일은 또 다른 데서 잎이 올라오고 그러는 거여. 지켜보믄 알게 돼."

"그럴 거야." 메리가 대답했다.

곧 부드럽게 날개 퍼덕이는 소리가 들려서 메리는 바로 울새가 돌아왔음을 알았다. 울새는 아주 활기차고 생기가 넘쳤다. 메리 발치 가까이로 깡충깡충 다가와 고개를 갸우뚱 기울이고는 수줍은 듯 장난스럽게 쳐다보기에 메리는 벤 웨더스태프에게 물었다.

"날 기억하는 걸까, 그래서 저러는 걸까?" 메리가 말했다.

"기억하느냐고?" 벤 웨더스태프가 코웃음을 쳤다. "저놈은 정원에 있는 양배추 밑동 하나까지도 다 기억허는 놈이여. 사람쯤이야 말해 뭐혀. 이 저택에 니같이 조막만한 계집애가 나타난 건 첨이라서 너란 아를 샅샅이 알아볼라고 안달이 난 거지. 저놈한텐 숨길 생각일랑 마. 죄다 들키고 말어."

"저 새가 사는 그 정원의 어두운 흙 속에서도 뭔가가 꿈틀거리고 있을까?" 메리가 물었다.

"어느 정원 말여?" 벤이 인상을 찌푸리며 투덜거렸다.

"오래된 장미나무가 있는 정원." 너무나 궁금해서 메리는 묻지 않을 수 없었다. "그 안에 있는 꽃들은 다 죽었을까, 아니면 여름이 되면 다시 살아날까? 거기 장미도 정말 피는 거야?"

"허, 그런 건 저놈한테나 물어봐." 벤 웨더스태프는 울새를 향해 어깨를 으쓱했다. "나도 몰러. 십 년째 발 디딘 사람 하나 없응게."

'십 년이라니, 정말 긴 시간인데.' 메리는 생각했다. 자신이 태어난

게 꼭 십 년 전이었다.

 메리는 천천히 걸으며 생각에 잠겼다. 울새와 디콘, 마사의 엄마를 좋아하게 된 것처럼 정원도 점점 좋아졌다. 마사도 마찬가지였다. 사람을 좋아하는 데 익숙하지 않은 메리에겐 좋아하게 된 사람이 제법 많아진 셈이었다. 메리는 울새를 그 사람들 중 하나로 여겼다. 메리는 담쟁이덩굴로 뒤덮인 길고 긴 담장 바깥을 따라 걷기 시작했다. 담장 너머로는 나무 꼭대기들이 보였다. 두 번째로 그 길을 오르내리고 있을 때, 더없이 흥미롭고 설레는 일이 벌어졌다. 모두 벤 웨더스태프의 울새 덕분에 일어난 일이었다.

짹짹거리는 소리가 들려 메리는 왼쪽에 있는 황량한 화단을 돌아봤다. 울새가 폴짝거리며 땅에서 뭔가를 쪼는 척하고 있었다. 마치 자신이 따라온 것이 아니라는 듯이 행동하면서. 하지만 메리는 울새가 분명 자신을 따라왔다는 걸 알아차렸다. 놀라움과 기쁨이 한꺼번에 밀려와 가슴이 살짝 떨릴 정도였다.

"정말 날 기억하는구나!" 메리가 외쳤다. "기억하네! 넌 세상 그 무엇보다도 예뻐!"

메리가 짹짹거리며 말을 걸고 달래는 동안 울새는 폴짝이며 꼬리를 흔들고 지저귀었다. 마치 대답이라도 하듯이. 울새의 붉은 조끼는 공단처럼 반짝였고 조그만 가슴을 잔뜩 부풀려 보이는 모습은 너무나도 근사하고 우아하고 사랑스러웠다. 정말이지 자기가 얼마나 중요한 존재며 얼마나 사람처럼 행동할 수 있는지를 메리에게 보여주려는 것 같았다.

울새가 가까이 다가오게 해주자 메리는 자신이 한때 고집불통 아이였던 사실도 잊고 몸을 숙여 말을 걸며 울새 소리를 흉내 내보려 애썼다.

아, 울새가 이렇게 가까이 다가가게 해주다니! 울새는 세상 무슨 일이 있어도 메리가 손을 뻗거나 자기를 놀라게 하거나 불편하게 하지 않으리라는 걸 알고 있었다. 그는 진짜 사람 같았고 어쩌면 세상 누구보다 더 다정한 존재였다. 메리는 너무 기뻐 숨 쉬는 것조차 조심스러웠다.

화단은 완전히 황량하진 않았다. 겨울을 나기 위해 여러해살이 식물들이 잘려나가 꽃은 없었지만, 화단 뒤편에는 키 큰 관목과 작은 관목들이 어우러져 자라고 있었다. 울새가 그 아래를 폴짝이며 돌아다니다가 갓 파헤쳐진 작은 흙더미 위로 올라서는 게 보였다. 그곳에서 벌레를 찾는 듯했다. 그 자리는 개가 두더지를 잡으려고 깊게 구멍을 낸 곳이었다.

메리는 그 자리에 왜 구멍이 났는지도 모른 채 바라보다가 갓 파헤쳐진 흙 속에 무언가가 묻혀져 있는 걸 봤다. 녹슨 철이나 놋쇠로 된 고리처럼 보였다. 울새가 근처 나무 위로 날아오르자 메리는 손을 뻗어 그 고리를 집어 들었다. 그것은 단순한 고리가 아니었다. 오랜 세월 묻혀 있었던 듯 보이는 낡은 열쇠였다.

메리는 일어서서 손가락에 걸린 열쇠를 겁먹은 듯한 얼굴로 바라봤다.

"어쩌면 십 년 동안 묻혀 있었던 걸지도 몰라." 메리가 속삭였다. "어쩌면 그 정원의 열쇠일지도 몰라!"

8

길을 알려준 울새

 메리는 한참 동안 열쇠를 바라보다가 손에 쥔 채 이리저리 돌려 보며 생각에 잠겼다. 앞서 말했듯이 메리는 무슨 일이든 어른에게 허락을 받거나 상의하라고 배운 아이가 아니었다. 메리가 열쇠에 대해 생각한 것은 단 하나였다. 만약 이게 그 닫힌 정원의 열쇠고 문이 어디 있는지만 알아낼 수 있다면, 문을 열어 담장 안에 무엇이 있는지, 오래된 장미나무들은 어떻게 되었는지 볼 수 있을지도 모른다는 생각뿐이었다. 그 정원이 오랫동안 닫혀 있었기에 메리는 더더욱 안을 들여다보고 싶었다. 다른 곳과는 분명히 다를 것 같았고, 십 년 사이 뭔가 이상한 일이 일어났을 것만 같았다. 게다가 만약 정원이 마음에 든다면 매일 그 안으로 들어가 문을 닫고 혼자만의 놀이터로 할 수도 있을 터였다. 아무도 메리가 그 안에 있다는 걸 모를 테고, 여전히 문은 잠겨 있고 열쇠는 땅속에 묻혀 있다고만 생각할 테니까. 그런 상상을 하니 메리는 가슴이 벅차올랐다.
 비밀스러운 문이 잠긴 백 개의 방이 있는 집에서 재미라고는 아무것도 없는 나날들을 혼자 지내다 보니 메리의 멈춰 있던 머릿속이 움직이기 시작했고 상상력이 깨어났다. 그 변화에는 의심할 여지 없이 황무지에서 불어오는 맑고 힘찬 공기가 큰 역할을 했다. 그 공기가 식욕을 북돋우고 바람과 맞서 걷다 보니 혈기가 돌기 시작했던 것처럼 메리의 정신도 자극받기 시작했던 것이다. 인도에서는 늘 덥고 무기력해서 아무 일에도 관심이 없었지만, 이곳에서는 점점 뭔가에 마음이 쏠리고 새로운 일을 해보고 싶다는 생각이 들었다. 이유는 알 수 없었지만 전처럼 '고집불통'이 되고 싶다는 생각도 점점 사라지고 있었다.

　메리는 열쇠를 주머니에 넣고 산책로를 오르내렸다. 자기 말고는 아무도 그곳에 오는 것 같지 않아 담장을 따라 천천히 걸으며 그 위로 자라난 담쟁이덩굴을 살펴봤다. 담쟁이덩굴은 정말 알 수 없는 존재였다. 아무리 자세히 들여다봐도 반들거리는 짙은 녹색 잎사귀들이 담장을 빽빽하게 뒤덮고 있을 뿐이었다. 메리는 크게 실망했다. 산책로를 왔다 갔다 하며 담장 너머 나무 꼭대기를 바라보다 보니 다시 고집불통 마음이 고개를 들었다. '이렇게 가까이에 있으면서도 들어가지 못한다니, 참 바보 같아.' 메리는 속으로 생각했다. 그리고 주머니에 열쇠를 넣고 집으로 돌아가면서 앞으로 밖에 나갈 때는 항상 열쇠를 가지고 다니며 혹시 숨겨진 문을 찾게 될 때를 대비해야겠다고 결심했다.

　메들록 부인은 마사가 오두막에서 하룻밤 자고 오는 걸 허락했지만, 마사는 이튿날 아침 볼이 더 붉어진 채 한껏 기분이 들떠 돌아왔다.

"새벽 네 시에 일어났지 뭐여유." 마사가 말했다. "아유, 해 뜨는디 새들은 날아오르고, 토끼들이 뛰어댕기는 황무지가 얼마나 이쁘던지유. 내내 걸어온 건 아니고 어떤 분이 수레에 태워주셔서 얼마나 좋았는지 몰라유."

마사는 하루 동안 있었던 재미난 이야기들을 쉴 새 없이 늘어놓았다. 엄마는 마사를 반갑게 맞았고, 둘이 함께 빵을 굽고 빨래를 마친 뒤에는 아이들한테 줄 흑설탕을 살짝 넣은 조각 케이크도 구웠다.

"애들이 황무지에서 놀다 들어왔을 때 뜨끈하게 먹을 수 있게 구워놨쥬. 오두막 안엔 고소한 빵 냄새가 진동했구유, 벽난로에 불도 피워 놔서 얼마나 따뜻했는지 몰라유. 애들이 소리 지르면서 얼마나 좋아하던지. 우리 디콘은 우리 집이 왕이 살아도 될 만큼 훌륭하대유."

저녁이 되자 온 식구가 벽난로 둘레에 둘러앉았고, 마사와 엄마는 찢어진 옷에 헝겊을 대고 양말도 기웠다. 마사는 인도에서 온 여자아이에 대해 이야기해줬는데, '검둥이들'이라고 부르는 하인들한테 내내 시중을 받아서 양말도 혼자 못 신는다고 하자 다들 귀를 쫑긋 세우고 들었다.

"참말로, 다들 아가씨 얘길 얼마나 좋아했는지 몰러유." 마사가 말했다. "검둥이 얘기도 궁금해하구, 아가씨가 어떤 배 타고 왔는지도 물어보구. 아무리 말해줘도 다 못 해줄 판이었쥬."

메리는 잠시 생각에 잠겼다.

"다음에 집에 가기 전까지 더 많이 얘기해줄게." 메리가 말했다. "이야깃거리가 더 많아지게. 코끼리나 낙타 타던 얘기, 군인들이 호랑이 사냥 가던 얘기도 해주면 좋아할 거야."

"세상에나!" 마사가 반색하며 외쳤다. "그 얘기 들으면 다들 환장하겠는걸유. 정말 그럴 거쥬, 아가씨? 전에 요크에서 맹수 구경이 있었다든디, 그거랑 똑같을 거 아녀유."

"인도는 요크셔하고 전혀 달라." 메리가 생각에 잠긴 얼굴로 조용히 말했다. "그 생각은 못 해봤네. 디콘이랑 네 엄마도 내 얘기 좋아해?"

"그럼유, 우리 디콘은 눈이 튀어나올 정도로 휘둥그레진걸유." 마사가 대답했다. "근디 우리 엄니는 아가씨가 세상에 홀로 있는 거 같아서 짠하댔쥬. 그러면서 이라더구먼유. '크레이븐 씨가 아가씨한테 가정교사도, 유모도 안 붙였단 말여?' 그래서 지가 그랬쥬. '예, 가정교사도 없고 유모도 없대유. 메들록 부인 말로는 언젠간 생각해보긴 할 거라든디, 한 이삼 년은 지나야 한댔쥬.'"

"가정교사는 싫어." 메리가 퉁명스럽게 말했다.

"그치만 우리 엄니가 그라더구먼유. 아가씨는 이제 책도 읽고 챙겨줄 어른도 있어야 한다고. 그러고는 또 이런 말도 했쥬. '마사야, 니라면 그런 큰 저택에서 혼자 돌아다니고 엄니도 없다면 얼마나 외롭것냐. 아가씨 기운 좀 나게 잘해드려야 쓰것다.' 그래서 그러겠다고 했어유."

메리는 마사를 한참 동안 가만히 바라봤다.

"너 덕분에 기운이 나." 메리가 말했다. "네 얘기 듣는 것도 좋고."

마사는 방을 나갔다가 앞치마 밑에 뭔가를 숨겨 들고 돌아왔다.

"이게 뭔 거 같아유?" 마사가 싱긋 웃으며 말했다. "선물 가져왔쥬!"

"선물?" 메리가 놀라서 외쳤다. 열네 명이나 되는 배고픈 식구들이 있는 오두막집에서 누군가에게 선물을 줄 수 있다니 믿기지가 않았다.

"황무지를 다니며 물건 파는 행상이 있어유." 마사가 설명했다. "우리 집 앞에서 수레를 멈췄는디, 냄비에 프라이팬에 잡다한 게 잔뜩 있었쥬. 근디 엄니는 그걸 살 돈이 없었쥬. 행상이 떠나려는 참에 우리 엘리자베스 엘렌이 소리치더라구유. '엄니, 줄넘기 있어유! 손잡이가 빨강이랑 파랑이여유!' 그러니까 엄니가 갑자기 외쳤쥬. '이봐요, 잠깐만유! 그거 얼마유?' 행상이 '2펜스요' 하니까 엄니가 주머니를 뒤적이며 나한테 이러셨어유. '마사야, 넌 참 착한 아이라 네 품삯을 꼬박꼬박 집에 가져오지 않냐. 돈 쓸 데가 많아도 그중 2펜스는 그 아가씨 줄넘기 사줄란다.' 그래갖고 산 거여유. 이게 바로 그 줄넘기쥬."

마사는 앞치마 밑에서 줄넘기를 꺼내 자랑스럽게 내보였다. 줄은 튼튼하고 가늘었으며, 양쪽 끝에는 빨강과 파랑 줄무늬 손잡이가 달려 있었다.

하지만 메리 레녹스는 줄넘기를 본 적이 없었기에 어리둥절한 얼굴로 물었다.

"이걸로 뭘 하는데?" 메리는 궁금한 듯 물었다.

"뭘 하냐구유?" 마사가 깜짝 놀라 외쳤다. "인도에는 줄넘기도 없단 말여유? 코끼리에 호랑이에 낙타만 있더니 내 그럴 줄 알았쥬! 그러니깐 다들 까무잡잡허쥬. 이건 이렇게 쓰는 거여유. 잘 보셔유."

마사는 방 한가운데로 가 손잡이를 하나씩 쥐고는 줄넘기를 하기 시작했다. 메리는 의자에 앉은 채 몸을 돌려 마사를 바라봤고, 오래된 초상화 속 괴상한 얼굴들 또한 마사를 바라보며 '이 촌티 나는 계집애가 우리 코앞에서 감히 뭘 하는 거람' 하고 놀라워하는 듯했다. 하지만 마사는 그들을 쳐다보지도 않았다. 메리 아가씨 얼굴에 떠오른 흥미와 호기심이 마냥 기뻤고 계속 줄넘기를 하며 백까지 셌다.

"이보다 더 오래 할 수도 있어유." 마사는 멈추며 말했다. "열두 살 땐 오백 개도 넘게 했쥬. 그땐 지금처럼 살도 안 쪘고 날마다 연습도 했거든유."

메리는 자기도 덩달아 신이 나서 자리에서 벌떡 일어났다.

"멋져 보여." 메리가 말했다. "너희 어머닌 참 좋은 분이야. 나도 그렇게 할 수 있을까?"

"그럼유, 해봐유." 마사가 줄을 건네며 말했다. "처음부터 백 개는 무리지만 연습하면 차차 늘 거여유. 우리 엄니가 그랬쥬. '줄넘기만큼 아가씨한테 좋은 것도 없을겨. 애한텐 이게 제일 실속 있는 장난감이여. 밖에 나가서 줄넘기하면 팔다리도 쭉쭉 펴지고 힘도 좀 붙을 거여.'"

처음 줄넘기를 해본 메리 아가씨 팔다리엔 역시 힘이 별로 없었다. 재주가 있는 편은 아니었지만 줄넘기가 너무 재미있어서 좀처럼 그만두고 싶지 않았다.

"옷 단디 챙겨 입고 밖에 나가서 줄넘기혀유." 마사가 말했다. "우리 엄니가 비 좀 온다고 집에만 있게 하지 말고 따뜻하게 입혀서 될 수 있음 자꾸 밖으로 내보내라 하셨구먼유."

메리는 외투와 모자를 챙겨 입고 줄넘기 줄을 팔에 걸었다. 나가려고 문을 열었다가 뭔가 생각이 났는지 다시 천천히 돌아섰다.

"마사, 그건 네 월급이잖아. 그 2펜스는 네 돈이었지. 고마워." 메리는 감사 인사를 하거나 누군가가 자신을 위해 뭘 해줬다는 걸 알아채는 데 익숙하지 않았기 때문에 말투가 좀 어색했다. "고마워." 그렇게 말하며 다음에 뭘 해야 할지 몰라 어색하게 손을 내밀었다.

　　마사도 그런 일에 익숙지 않은 듯 둘은 서툴게 손을 맞잡았다가 금세 웃고 말았다.
　　"아유, 아가씨는 별난 할머니 같다니께유." 마사가 웃으며 말했다. "우리 엘리자베스 엘렌이었으면 나한테 뽀뽀 한번 해줬을 텐디."
　　메리는 그 말에 더 뻣뻣해졌다.
　　"뽀뽀해줬으면 좋겠어?"
　　마사는 다시 웃음을 터뜨렸다.
　　"아뇨, 난 괜찮유." 마사가 대답했다. "다른 사람 같았으면 알아서 하고 싶었을 수도 있겠쥬. 근디 아가씨는 아니잖아유. 어서 나가서 줄넘기나 혀유."

메리는 약간 어색한 기분으로 방을 나섰다. 요크셔 사람들은 참 이상한 구석이 있었고, 마사는 여전히 메리에게 수수께끼 같은 존재였다. 처음엔 몹시 싫었지만 이제는 그렇지 않았다.

줄넘기는 정말이지 굉장한 놀이였다. 메리는 숫자를 세고 줄을 넘고, 줄을 넘고 또 숫자를 셌다. 얼굴이 불그레해질 때까지 계속했는데 이렇게 재미있는 놀이는 태어나서 처음이었다. 햇살이 반짝이고 산들바람이 살랑 불었다. 매섭지 않은 상쾌한 바람이었고, 막 뒤엎은 흙냄새를 실어와 코끝을 스쳤다. 메리는 줄넘기를 하며 분수 정원을 빙 돌았고, 한 산책로에서 다른 산책로로 오갔다. 그러다 마침내 줄넘기를 하며 텃밭에까지 이르렀다. 거기에서 벤 웨더스태프가 땅을 파며 주위에서 폴짝거리는 울새에게 말을 걸고 있는 모습을 봤다. 메리가 줄넘기를 하며 그에게 다가가자 벤은 고개를 들고 신기하다는 듯 메리를 바라봤다. 메리는 그가 자기를 봐주길 바랐다. 줄넘기하는 모습을 꼭 보여주고 싶었기 때문이다.

"허어!" 그가 감탄했다. "이럴 수가! 어린애가 맞긴 맞구먼! 그 핏줄에 시큼한 버터밀크 말고 진짜 아이 피가 흐르는갑네. 줄넘기를 하더니 뺨이 발갛게 달아올랐구먼. 내 이름이 벤 웨더스태프인 것만큼이나 확실허제. 그럴 줄은 정말 몰랐네그려."

"나 줄넘기 처음 해봐." 메리가 말했다. "이제 겨우 시작이라 스무

개까지밖에 못 해."

"계속허면 되제." 벤이 말했다. "이교도들 사이서 큰 것 치고는 잘 자랐네그려. 저놈이 쳐다보는 것 좀 보소." 그는 울새 쪽으로 고갯짓을 했다. "어제도 그놈이 아가씨를 졸졸 따라다녔는디, 오늘도 또 그러겠제. 분명 줄넘기 줄이 뭔지 알아내려고 할 거여. 한 번도 본 적이 없는 물건이니께. 아이고 참나!" 벤은 울새를 향해 고개를 내저었다. "조심허지 않으면 그놈의 호기심 때문에 큰일 날 거여."

메리는 정원을 돌아다니며 줄넘기를 했다. 중간중간 쉬어가며 모든 정원을 다 돌고 과수원까지 돌았다. 그러고는 마침내 자기만의 특별한 산책로로 가서 그 길 전체를 줄넘기하며 지나갈 수 있는지 시험해보기로 했다. 제법 긴 거리였기에 천천히 시작했지만 절반도 채 가지 못해 너무 덥고 숨이 차서 멈춰야 했다. 그래도 이미 서른 개까지 셌기에 아쉬움은 별로 없었다. 기쁜 마음에 빙긋 웃으며 멈춰 섰는데 바로 거기 기다란 담쟁이덩굴 위에 울새가 앉아 흔들거리고 있었다. 울새가 메리를 따라와 짹 하고 지저귀며 반겨줬다. 줄넘기를 하며 울새에게 다가가는 동안 메리는 주머니 속에 든 무언가가 자꾸 몸에 부딪히는 것을 느꼈다. 울새를 보자 다시 웃음이 났다.

"맞다, 어제 나한테 열쇠를 찾아줬지." 메리가 말했다. "오늘은 문도 찾아줘야 해. 하지만 넌 그게 어디 있는지 모르겠지!"

울새는 흔들리는 담쟁이 가지에서 담장 꼭대기로 날아가더니 부리를 벌리고는 크고 아름다운 소리로 노래하며 뽐냈다. 울새가 뽐낼 때만큼 사랑스럽고 귀여운 존재는 세상에 없을 것이다. 그리고 울새는 거의 항상 그렇게 뽐내고 다닌다.

메리 레녹스는 어릴 적 아야가 들려주던 마법 이야기들을 들으며 자랐고, 바로 그 순간 벌어진 일도 마법이라고 말하곤 했다.

산책로를 따라 한 줄기 산들바람이 휙 하고 불어왔는데 이번 바람은 그전 것들보다 조금 셌다. 나뭇가지를 흔들 만큼 셌고, 담장 위에 드리운 다듬지 않은 담쟁이덩굴을 휘청거리게 할 정도로 강했다. 메리는 울새 가까이 다가갔다가 느슨하게 드리워진 담쟁이 가지 하나가 세찬 바람에 휙 밀려나자 얼른 뛰어들어 그걸 손으로 붙잡았다. 왜냐하면 그 아래로 무언가가, 잎사귀에 가려져 있던 둥근 고리 같은 것이 살짝 보였기 때문이다. 그건 문손잡이였다.

메리는 손을 잎사귀 밑으로 넣어 잎들을 밀고 당기기 시작했다. 담쟁이덩굴은 두껍게 드리워져 있었지만 거의 대부분 느슨하게 흔

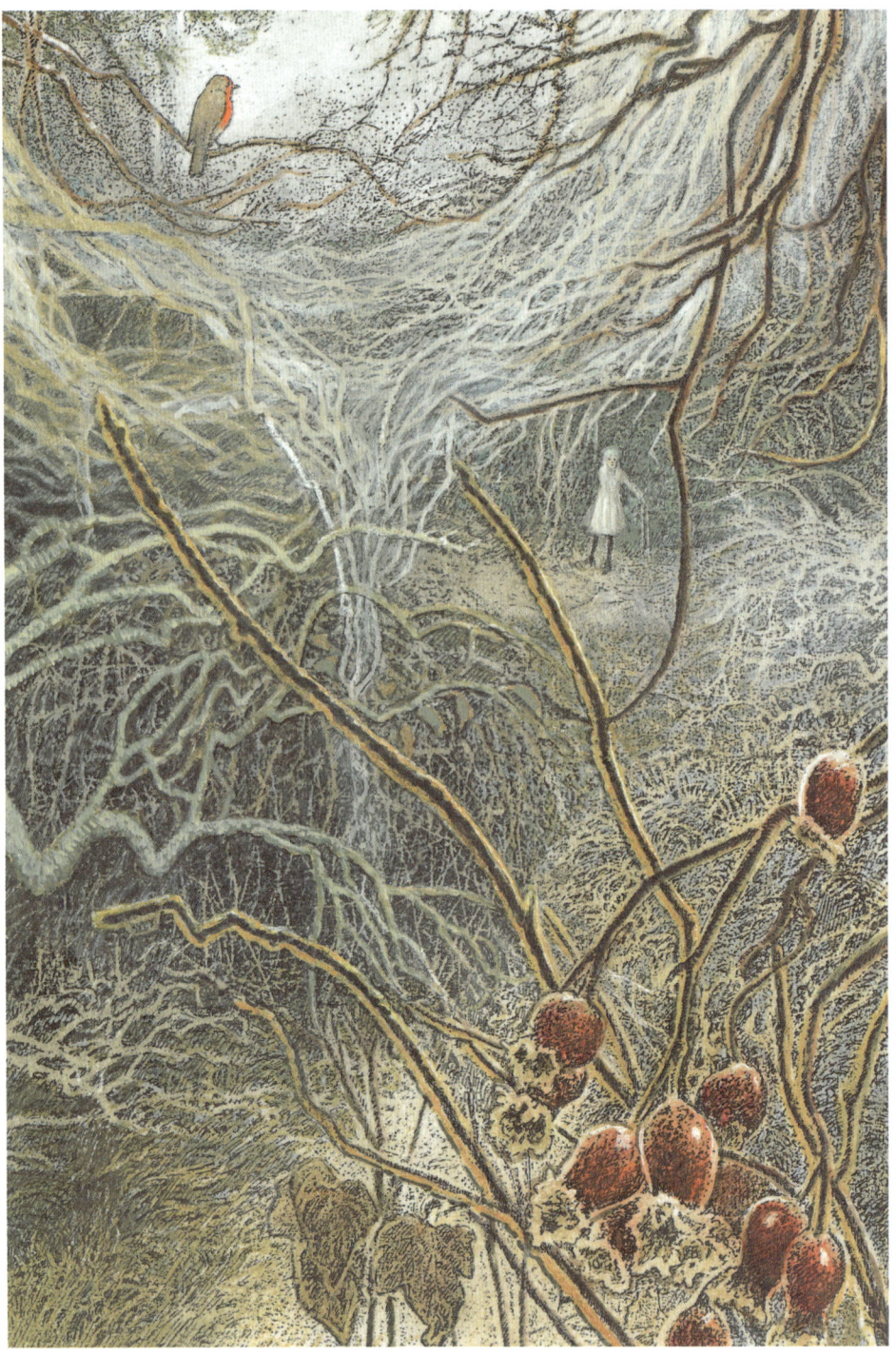

들리는 커튼처럼 매달려 있었고, 일부는 나무와 쇠붙이에 달라붙어 있었다. 메리는 심장이 두근거리며 기쁨과 흥분에 손이 조금 떨렸다. 울새는 지저귀며 머리를 한쪽으로 갸웃거리더니 마치 메리만큼이나 신이 난 듯 보였다. 손 아래 뭔가 네모난 쇠붙이가 만져졌는데 그 쇠 안에는 구멍이 나 있었다.

그건 십 년 동안 닫혀 있던 문의 자물쇠 구멍이었다. 메리는 주머니에 손을 넣어 열쇠를 꺼내 자물쇠 구멍에 맞춰봤다. 열쇠는 꼭 맞았고 양손을 다 써야 했지만 결국 돌아갔다.

메리는 길게 숨을 들이쉬고 뒤돌아 긴 산책로 너머를 살폈다. 아무도 오지 않았다. 아니, 아무도 올 것 같지 않았다. 메리는 참을 수 없어 다시 한번 깊이 숨을 들이쉰 다음 담쟁이덩굴 커튼을 걷어낸 뒤 문을 밀었다. 문은 천천히, 아주 천천히 열렸다.

메리는 그 사이로 미끄러지듯 들어가서 문을 닫고는 문에 등을 기댄 채 주위를 둘러보며 흥분과 경이, 기쁨에 찬 숨을 가쁘게 내쉬었다.

메리는 비밀의 정원 안에 서 있었다.

9
세상에서
가장 이상한 집

그곳은 상상할 수 있는 한 가장 사랑스럽고 가장 신비로워 보이는 곳이었다. 정원을 둘러싼 높은 담장은 잎을 모두 떨군 장미 덩굴 줄기들로 뒤덮여 있었는데, 그 줄기들은 너무 많아 서로 뒤엉켜 있었다. 메리 레녹스는 인도에서 장미를 많이 봐온 덕분에 그것들이 장미라는 걸 알았다. 땅바닥은 겨울 기운이 서린 누런 풀로 덮여 있었고, 그 사이로 난 덤불들은 살아 있다면 장미 관목일 게 분명했다. 가지가 사방으로 퍼져 거의 작은 나무처럼 자란 장미들도 여럿 있었다. 정원에는 장미 외에 다른 나무들도 있었는데, 그곳을 가장 이상하면서도 아름답게 보이게 만든 것은 장미 덩굴들이 나무들을 온통 뒤덮고 있는 것이었다. 긴 덩굴이 이리저리 늘어져 가볍게 흔들리는 커튼처럼 드리워져 있었다. 그중 어떤 덩굴은 서로 엉켜 있거나 멀리 뻗은 가지에 걸려 나무에서 나무로 건너가 스스로를 아름다운 다리처럼 만들고 있었다. 지금은 잎도 없고 장미도 없어 그것들이 죽은 건지 살아 있는 건지 알 수 없었다. 하지만 회색이나 갈색을 띤 가느다란 줄기와 덩굴들은 담장 위에도, 나무 위에도, 심지어 갈색 풀 위까지 덮여 있었고, 매

달려 있던 곳에서 떨어져 나와 땅바닥을 따라 퍼져나간 것도 있었다. 그 모든 것이 정원 전체를 감싸고 있는 희뿌연 망토처럼 보였다. 나무와 나무 사이에 엉켜 있는 이 덩굴줄기들이야말로 이곳을 이토록 신비롭게 만드는 이유였다. 메리는 이 정원이 오랫동안 내버려져 있었으니 다른 정원들과는 다를 거라 생각했었고, 실제로 지금까지 본 그 어떤 곳과도 전혀 달랐다.

"어쩜 이렇게 고요하지!" 메리가 속삭였다. "정말 고요해!"

메리는 잠시 멈춰 서서 그 고요함에 귀를 기울였다. 나무 꼭대기로 날아간 울새도 다른 모든 것처럼 고요했다. 심지어 날개 하나 퍼덕이지 않고 꼼짝도 하지 않은 채 메리를 바라보고 있었다.

"고요할 만도 하지." 메리가 다시 속삭였다. "여기서 말을 한 건 십 년 만에 내가 처음이니까."

메리는 누군가를 깨울까 봐 두려운 듯 살금살금 문에서 물러났다. 발밑에 풀이 깔려 있어 발소리가 나지 않는 게 다행이라고 느꼈다. 메리는 나무 사이로 이어진 신비로운 아치 아래를 지나며 그것들을 이루고 있는 잔가지와 덩굴을 올려다봤다.

"이것들이 다 죽은 걸까." 메리가 말했다. "정원이 전부 다 죽은 걸까? 아니었으면 좋겠는데."

벤 웨더스태프였다면 나무만 봐도 죽었는지 살았는지 알 수 있었겠지만, 메리 눈에 보이는 것은 잿빛이나 갈색 가지뿐 어디에도 작은 잎눈 하나 틔울 기미가 보이지 않았다.

하지만 메리는 지금 이 놀라운 정원 안에 있었고, 언제든 담쟁이 덩굴 아래 감춰진 문을 통해 들어올 수 있었다. 그래서 마치 자기만의

세상을 발견한 것 같은 기분이 들었다.

정원 담장 너머로 햇살이 비치자 미슬스웨이트의 이 특별한 장소 위로 펼쳐진 푸른 하늘은 황무지 위의 하늘보다 더 눈부시고 부드러워 보였다. 울새는 나무 꼭대기에서 내려와 메리 주변을 폴짝거리며 뛰어다녔고 이 덤불에서 저 덤불로 날아다니며 메리를 따라다녔다. 울새는 짹짹거리며 무척 바빠 보였는데, 마치 메리에게 이것저것 보여주고 있는 듯했다.

모든 것이 낯설고 조용했으며 사람들로부터 몇백 킬로미터는 떨어진 듯한 기분이 들었지만, 이상하게도 전혀 외롭지 않았다. 다만 마음에 걸리는 것은 장미가 모두 죽었는지, 아니면 일부는 살아 있어서 날이 풀리면 잎과 꽃망울을 틔우게 될지였다. 메리는 이 정원이 완전히 죽은 곳이 아니기를 바랐다. 만약 살아 있는 정원이라면 얼마나 멋질까! 얼마나 많은 장미들이 사방에서 피어날까!

정원에 들어설 때 메리는 줄넘기 줄을 팔에 걸고 있었는데, 한참을 걷고 나서 줄넘기를 하며 정원 전체를 돌아보는 것도 좋겠다는 생각이 들었다. 눈에 띄는 것이 있으면 잠시 멈춰서 보면 됐다. 여기저기 잔디가 깔린 길이 나 있었고, 한두 군데 구석진 자리에는 상복수로 둘러싸인 그늘진 곳에 돌벤치나 이끼로 뒤덮인 꽃장식 항아리가 놓여 있었다.

두 번째 그늘진 곳에 이르러 메리는 줄넘기를 멈추었다. 그 안에는 한때 화단이었던

자리가 있었는데, 검은 흙 속에서 무언가가 삐죽 솟아 있는 것을 본 듯했다. 작고 뾰족하고 연한 연둣빛 싹이었다. 벤 웨더스태프가 했던 말이 떠올라 메리는 무릎을 꿇고 그것을 들여다봤다.

"그래, 이건 이제 막 돋아나는 작은 싹이야. 크로커스거나 스노드롭, 나팔수선화일지도 몰라." 메리가 속삭였다.

메리는 몸을 바짝 숙이고 축축한 흙에서 올라오는 신선한 냄새를 맡았다. 그 냄새가 무척 마음에 들었다.

"다른 데도 이런 싹들이 돋아나고 있을지도 몰라." 메리가 말했다. "정원 전체를 다 둘러봐야겠어."

이번에는 줄넘기를 하지 않고 그냥 걸었다. 땅에서 눈을 떼지 않은 채 천천히 움직이며 옛 화단 자리와 잔디 사이를 살펴봤다. 어떤 것도 놓치지 않으려 애쓰며 정원을 한 바퀴 다 돌고 나니 뾰족하고 연한 연둣빛 싹이 꽤 많이 돋아나 있는 것을 알았다. 메리는 다시 한껏 들뜬 상태가 되었다.

"완전히 죽은 건 아니야." 메리는 혼잣말로 조용히 외쳤다. "장미는 죽었더라도 다른 것들은 살아 있어."

정원 일에 대해선 아무것도 몰랐지만 연둣빛 새싹이 돋아난 몇몇 곳은 풀이 너무 무성해 새싹들이 자랄 공간이 부족해 보였다. 메리는 주위를 살피다가 제법 뾰족한 나뭇가지를 하나 찾아내 무릎을 꿇고 앉아 풀과 잡초를 뽑아 새싹 주위를 말끔히 정리해줬다.

"이제 숨 좀 쉴 수 있겠지." 첫 번째 자리를 정리하고 나서 메리가 말했다. "더 많이 해줘야겠어. 눈에 보이는 건 전부 다. 오늘 다 못 하면 내일 또 오면 되지 뭐."

메리는 이곳저곳 옮겨 다니며 땅을 파고 잡초를 뽑았다. 너무 즐거운 나머지 메리는 한 화단에서 다른 화단으로 바삐 움직이다 결국 나무 그늘 아래 풀밭까지 들어가 땅을 고르고 잡초를 뽑았다. 몸을 움직이니 점점 더워져서 먼저 외투를 벗고 이어 모자도 벗었다. 그러고는 자신도 모르게 풀밭과 연한 초록 새싹을 내려다보며 미소 지었다.

울새도 무척 바빠 보였다. 자기 구역에서 정원 일이 시작된 것에 무척 흡족해하는 듯했다. 울새는 자주 벤 웨더스태프를 관찰하며 신기해했는데, 정원 일이 시작되면 땅속에서 온갖 맛있는 것이 나왔기 때문이다. 그런데 이제 벤의 절반도 안 되는 조그만 존재가 이 정원에 나타나 똑똑하게도 곧바로 일을 시작했던 것이다.

메리 아가씨는 점심을 먹으러 가야 할 때까지 정원에서 일했다. 사실 그제야 겨우 생각이 나 외투를 걸치고 모자를 쓰고 줄넘기 줄까지 챙기고서야, 자기가 두세 시간이나 일했다는 사실을 알았다. 그 시간 내내 메리는 진심으로 행복했다. 깨끗하게 정리된 자리마다 연한 초록 싹들이 드러나 있었고, 풀과 잡초에 덮여 있던 때보다 두 배는 더 생기 있어 보였다.

"오후에 또 올 거야." 메리는 자신의 새로운 왕국을 둘러보며 마치 나무들과 장미 덤불이 듣고 있다는 듯 말을 건넸다.

그리고 가볍게 잔디밭을 가로질러 달려가 오래된 문을 밀어서 열고 담쟁이덩굴 아래로 쏙 빠져나왔다. 뺨은 발갛게 물들어 있었고 눈은 반짝였다. 그날 점심을 맛있게 먹는 메리를 보며 마사는 흐뭇해했다.

"고기 두 점에 라이스 푸딩도 두 번이나 먹었구먼유!" 마사가 말했다. "아유, 줄넘기가 이리 효과가 좋았다고 말해주면 엄니가 무척 좋아하실 거여유."

뾰족한 막대기로 땅을 파던 중 메리는 양파처럼 생긴 하얀 뿌리 같은 걸 파내기도 했다. 그것을 다시 제자리에 돌려놓고 흙을 조심스럽게 덮었는데, 지금 문득 마사라면 그게 뭔지 알지도 모르겠다는 생각이 들었다.

"마사, 양파처럼 생긴 하얀 뿌리가 있던데 그게 뭔지 알아?"

"그건 알뿌리여유." 마사가 대답했다. "봄꽃들은 거의 다 알뿌리에서 자라쥬. 아주 작은 건 스노드롭이나 크로커스일 거고, 좀 큰 놈들은 수선화, 향수선화, 나팔수선화일 테구유. 제일 큰 놈은 백합이랑 붓꽃이쥬. 아유, 얼마나 예쁘다구유. 디콘이 우리 뜰에다 그걸 잔뜩 심어놨잖유."

"디콘이 그런 걸 다 알아?" 메리가 물으며 뭔가 좋은 생각이 떠오른 듯 물었다.

"우리 디콘은 벽돌담에서도 꽃을 피워낼 사람인디유. 엄니 말로는 디콘이 땅한테 살살 속삭이기만 해도 싹이 올라온다 카더라구유."

"알뿌리는 오래 살아? 아무도 돌봐주지 않아도 몇 년이고 살 수 있어?" 메리가 걱정스레 물었다.

"개들은 건드리지만 않으면 알

아서 잘 큰다니께유." 마사가 말했다. "그래서 가난한 사람들도 키울 수 있는 거여유. 괜히 손대지만 않으면 땅속에서 알아서 자라고 새끼도 쳐 여기저기 퍼지거든유. 여기 장원 숲에도 아네모네가 잔뜩 핀 데가 있어유. 봄이 되면 요크셔에서 제일 좋은 구경거리지유. 누가 언제 처음 심었는진 아무도 몰러유."

"지금이 봄이었으면 좋겠어." 메리가 말했다. "영국에서 나는 것들을 다 보고 싶어."

메리는 식사를 마친 뒤 벽난로 앞 양탄자 위, 자신이 가장 좋아하는 자리에 앉았다.

"작은 삽이 하나 있었으면 좋겠는데." 메리가 말했다.

"삽은 또 뭐 하시려구유?" 마사가 웃으며 물었다. "아가씨가 땅을 파시겠다구유? 이것도 엄니한테 꼭 말씀드려야 쓰것네유."

메리는 불을 바라보며 잠시 생각에 잠겼다. 비밀의 왕국을 지키려면 조심해야 했다. 자기가 나쁜 짓을 하고 있는 건 아니지만, 만약 크레이븐 씨가 문이 열린 걸 알게 되면 틀림없이 무섭게 화를 내고 새 열쇠를 만들어 영영 잠가버릴 게 분명했다. 그런 일이 일어난다면 정말 참을 수 없을 것 같았다.

"여긴 정말 크고 쓸쓸한 곳이야." 메리가 천천히 말했다. 무언가를 곰곰이 따져보는 듯한 말투였다. "집도 쓸쓸하고, 장원도 쓸쓸하고, 정원도 마찬가지야. 닫혀 있는 데가 너무 많아. 인도에서는 많은 걸 하진 않았지만 그래도 사람 구경은 할 수 있었거든. 원주민들도 있었고, 행진하는 군인들도 있었고, 가끔은 군악대가 연주도 하고, 아야가 이야기라도 들려줬지. 근데 여긴 너랑 벤 웨더스태프 말고는 말할 사람도 없잖아. 근데 너는 일하느라 바쁘고, 벤 웨더스태프는 나 같은 애한테는 말도 안 걸어줘. 나한테 작은 삽이라도 하나 있으면 벤처럼 땅을 팔 수 있잖아. 벤이 씨앗을 나눠준다면 나도 작은 정원 하나쯤 만들 수 있을지도 몰라."

그 말을 듣고 마사의 얼굴이 환해졌다.

"바로 그거여유!" 마사가 외쳤다. "딱 엄니가 하신 말 그대로여. '그 큰 집에 자리도 남아도는디 아가씨한테 조그만 자리 하나 안 내주고 뭣한다냐? 설사 파슬리랑 무밖에 안 심는다 혀도 땅이나 좀 파고 갈퀴질이라도 하믄 그게 얼매나 좋은디.' 딱 그렇게 말씀하셨거든유."

"그랬어?" 메리가 말했다. "너희 엄마는 정말 아는 게 많구나."

"그럼유!" 마사가 말했다. "엄니가 그러셨쥬. '애 열둘 키우다 보믄 글자만 배워선 안 되는 것두 알게 되는 법이여. 애들은 숫자 공부하는 것처럼 세상 이치를 깨닫게 해주는 법이여'라구."

"작은 삽 하나에 얼마쯤 해?" 메리가 물었다.

"음." 마사가 잠시 생각하더니 말했다. "스웨이트 마을 가게에 가면 원예용 세트가 있어유. 작은 삽이랑 갈퀴랑 포크까지 세 개를 묶어 놨는디, 이 실링에 팔더라구유. 일할 때 써도 될 만큼 튼튼해 보였슈."

"그것보다는 더 많이 있어." 메리가 말했다. "모리슨 부인이 오 실링을 줬고, 메들록 부인이 크레이븐 씨한테 받은 돈도 좀 줬거든."

"세상에! 아가씨를 그렇게까지 챙겨주셨단 말여유?" 마사가 놀라서 말했다.

"일주일에 일 실링씩 용돈을 받게 될 거라고 메들록 부인이 그랬어. 토요일마다 하나씩 줘. 그런데 어디다 써야 할지 몰라서 그냥 모아 두고 있었어."

"워매, 완전 부자네유." 마사가 말했다. "아가씨는 원하는 건 뭐든 살 수 있겠는디유. 우리 집 월세가 고작 일 실링 삼 펜스인데도 그거 모으는 게 을매나 힘들다구유. 지금 막 생각난 게 있어유." 마사는 허리에 손을 짚으며 말

114

했다.

"뭔데?" 메리가 눈을 반짝이며 물었다.

"스웨이트 가게에서는 꽃씨도 팔거든유. 한 묶음에 일 페니밖에 안 해유. 우리 디콘은 어떤 꽃이 젤로 이쁜지, 어떻게 키워야 잘 자라는지도 잘 알쥬. 디콘은 재미 삼아 하루에도 몇 번씩 스웨이트까지 걸어다니거든유. 아가씨, 인쇄체로 글씨 쓸 줄 알아유?" 마사가 갑자기 물었다.

"응, 글씨 쓸 줄 알아." 메리가 대답했다.

마사는 고개를 저으며 말했다.

"우리 디콘은 인쇄체밖에 못 읽어유. 아가씨가 인쇄체로 쓸 수 있다면 디콘한테 편지를 써서 원예도구랑 씨앗 사오라고 부탁할 수 있겄는디."

"와, 넌 정말 좋은 애야!" 메리가 외쳤다. "정말로! 이렇게 상냥한 앤 줄 몰랐어. 내가 마음만 먹으면 인쇄체로 쓸 수 있을 거야. 메들록 부인한테 펜이랑 잉크랑 종이를 달라고 해보자."

"지한테도 좀 있어유." 마사가 말했다. "일요일마다 엄니한테 편지 쓸라고 챙겨온 건디유. 얼른 가서 가져올게유."

마사는 후다닥 방을 나갔고, 메리는 벽난로 앞에 서서 기쁨에 겨워 가녀린 손을 꼭 마주 잡았다.

"삽만 있으면 흙을 부드럽게 만들고 잡초도 뽑을 수 있어. 씨앗을 심어서 꽃이 피면 정원은 전혀 죽은 게 아니야. 다시 살아날 거야." 메리가 속삭였다.

그날 오후 메리는 밖에 다시 나가지 않았다. 마사가 펜과 잉크와 종이를 들고 돌아왔지만, 식탁을 치우고 그릇과 접시를 아래층에 내려다 주러 부엌에 갔더니 메들록 부인이 일을 시킨 탓이었다. 그래서 메리는 마사가 돌아오기까지 꽤 오랜 시간을 기다려야 했다. 그러고 나서야 드디어 디콘에게 편지 쓰는 중요한 일이 시작됐다. 가정교사들이 메리를 싫어해 자주 그만뒀기 때문에 배운 게 거의 없어 맞춤법에 자신 없긴 했지만 마음을 다잡고 쓰면 인쇄체는 쓸 수 있었다. 마사가 불러주고 메리가 받아 적은 편지는 이랬다.

　　사랑하는 디콘에게
　　잘 지내고 있지? 나는 지금 자알 지내고 있어.
　　메리 아가씨가 돈이 많으니, 스웨이트에 가서 꽃씨랑 꽃밭을 만들 원예용 도구 세트를 좀 사다줘.
　　아가씨는 한 번도 이런 걸 해본 적이 없고, 인도에서 살았는데 여긴 거기랑 많이 다르거든.
　　그러니까 예쁘고 키우기 쉬운 걸로 골라주면 좋겠어.
　　어머니랑 집 식구들 모두에게 내 안부 꼭 전해줘.
　　메리 아가씨가 앞으로 나한테 인도 얘기 많이 해주기로 했거든.
　　다음번에 집에 가면 코끼리랑 낙타 이야기, 사자랑 호랑이를 사냥하는 신사들 이야기 다 들려줄게.
　　　　　　　　　　　　　　　　　사랑을 담아 너의 누나
　　　　　　　　　　　　　　　　　마사 피비 소워비

"돈은 봉투에 넣어서 정육점네 아들 수레에 맡기면 돼유. 그 애가 디콘이랑 엄청 친하거든유." 마사가 말했다.

"디콘이 물건을 사면 나한테 어떻게 줘?" 메리가 물었다.

"걔가 직접 가지고 올 거여유. 이쪽으로 오는 거 좋아하니께유."

"오!" 메리가 외쳤다. "그럼 만날 수 있겠네! 디콘을 보게 될 줄은 생각도 못 했어."

"그 애를 보고 싶으신겨?" 마사가 갑자기 눈빛을 반짝이며 물었다.

"응. 여우랑 까마귀가 좋아하는 남자애는 본 적이 없거든. 진짜 꼭 만나보고 싶어."

마사는 무언가가 떠오른 듯 갑자기 움찔했다.

"그런데 말여… 워매! 그걸 까맣게 잊고 있었네유. 오늘 아침에 제일 먼저 말하려 했는디. 엄니한테 물어봤거든유. 그랬더니 엄니가 메들록 부인한테 직접 물어보신다더라구유."

"그게 무슨 말이야?" 메리가 물었다.

"화요일에 얘기했던 거 말여유. 아가씨가 우리 집에 놀러 와서 엄니가 구워준 따끈한 귀리 빵에 버터 발라서 우유 한 잔하고 같이 먹을 수 있는지 물어보라고 했던 거 있쥬."

하루 만에 신나는 일이 다 생긴 것만 같았다. 맑은 날, 파란 하늘 아래 황무지를 가로질러 마차를 타고 간다니! 아이 열둘이 사는 오두막집에 간다니!

"너희 엄마는 메들록 부인이 정말 나를 보내줄 거라고 생각해?" 메리는 꽤나 초조한 목소리로 물었다.

"그럼유, 허락하실 거라고 하더라구유, 메들록 부인은 우리 엄니가 얼마나 깔끔하고, 집은 또 얼마나 말끔히 해놓는지 아시니께유."

"그러면 디콘만이 아니라 너희 엄마도 만날 수 있겠네." 메리는 말하며 그 일에 대해 곱씹었다. 생각만으로도 무척 좋았다. "너희 엄마는 인도에 있던 엄마랑은 전혀 다를 것 같아."

정원 일도 했고 오후 내내 즐거운 일들이 계속되자 메리는 차분하게 생각에 잠겼다. 마사는 찻시간까지 메리 곁에 있었지만 둘은 편안한 침묵 속에 거의 아무 말 없이 앉아 있었다.

그런데 마사가 차 쟁반을 가지러 내려가기 직전 메리가 물었다.

"마사, 오늘도 설거지하는 애 이가 아팠어?"

마사는 분명히 깜짝 놀란 기색이었다.

"왜 그런 걸 물으신대유?" 마사가 물었다.

"네가 안 와서 기다리다가 혹시 오고 있나 싶어서 문을 열고 복도를 따라 나가봤거든. 그런데 또 저번 밤처럼 멀리서 우는 소리가 들렸어. 오늘은 바람도 안 부니까 바람 소리일 리는 없잖아."

"워매야!" 마사가 안절부절못하며 말했다. "복도 같은 데를 막 돌아다니면 안 돼유. 괜히 그런 걸 듣고 있으면 큰일 나는 수가 있어유. 크레이븐 주인님이 계시기라도 하면 어쩌실지 아무도 몰러유."

"엿들은 거 아냐." 메리가 말했다. "그냥 널 기다리다가 들은 거야. 벌써 세 번째야."

"워매야, 메들록 부인 종소리가 들리네유." 마사가 허둥지둥 말하곤 거의 달려 나가다시피 방을 나갔다.

"정말 이상한 집이라니까." 메리는 이렇게 말하고는 안락의자 옆에 머리를 기대고 꾸벅꾸벅 졸기 시작했다. 맑은 공기, 땅 파기, 줄넘기 덕분에 몸이 기분 좋게 나른해져 메리는 그대로 잠이 들었다.

10

디콘

 거의 일주일째 비밀의 정원에 햇살이 내리쬐었다. 비밀의 정원은 메리가 그곳을 떠올릴 때면 사용하는 이름이었다. 그 이름이 마음에 들었고, 그 아름답고 오래된 정원 안에 틀어박혀 있으면 아무도 자신이 어디에 있는지 모른다는 사실이 더더욱 마음에 들었다. 마치 세상과 동떨어진 신비한 장소에 숨어 있는 듯한 기분이었다. 메리가 읽고 좋아했던 얼마 안 되는 책은 동화책이었는데, 그중 몇몇 이야기에서 비밀스러운 정원에 대해 읽은 적이 있었다. 백 년 동안 잠든 사람들도 나왔는데, 메리는 그들이 좀 멍청하다고 생각했다. 메리는 잠들 생각 따윈 전혀 없었고, 사실 미슬스웨이트에서 보내는 시간이 길어지면 길어질수록 더 생기 있고 말똥말똥해지기만 했다. 메리는 밖에 나가는 게 점점 더 좋아졌다. 이제는 바람이 싫지 않았고 오히려 즐길 정도였다. 더 오래, 더 빠르게 달릴 수도, 줄넘기를 백 개까지 할 수도 있었다. 비밀의 정원의 알뿌리들도 깜짝 놀랐을 것이다. 알뿌리 주위를 말끔하게 정리해 숨이 트이게 해놔 메리가 알아들었다면 알뿌리들이 어두운 흙 속에서 환호성을 지르며 열심히 자라고 있다는 걸 알았을 것이다. 햇살이 그 알뿌리들을 따뜻하게 데워줬고, 비가 내리면 바로 알뿌리로 스며들었다. 그래서 알뿌리들은 아주 생생하게 살아 있음을 느꼈다.

　메리는 독특하지만 의지가 강한 아이로, 이제 마음을 쏟을 재미난 것을 찾았으니 흠뻑 빠져들 수밖에 없었다. 메리는 꾸준히 땅을 파며 잡초를 뽑았고, 지치기는커녕 시간이 지날수록 더 신났다. 마치 아주 흥미진진한 놀이 같았다. 연둣빛 여린 싹은 메리가 기대했던 것보다 더 많이 자랐다. 사방에서 싹이 돋아나고 있는 것 같았고, 메리 눈에는 매일 새로운 싹이 보였다. 심지어 어떤 건 너무 작아 간신히 흙 사이로 빼꼼 보이는 수준이었다. 메리는 문득 마사가 얘기했던 '수천 송이의 아네모네'와 알뿌리가 번져 나가 새로 싹을 틔웠다는 이야기를 떠올렸다. 이 정원은 십 년 동안이나 버려져 있었고, 어쩌면 아네모네처럼 잔뜩 번졌을지도 모른다. 메리는 이 알뿌리가 어떤 꽃인지 알아볼 수 있을 때까지 얼마나 걸릴지 궁금했다. 가끔은 땅을 파던 손길을 멈추고 정원을 둘러보며 아름다운 꽃들로 뒤덮인 모습을 상상해보기도 했다.

　그 화창했던 한 주 동안 메리는 벤 웨더스태프와 더 가까워졌다. 메리는 마치 땅속에서 불쑥 튀어나오기라도 하듯 몇 번이나 별안간 벤 옆에 나타나 그를 놀라게 했다. 사실 메리는 자기가 다가오는 걸 보면 그가 정원 도구를 집어 들고 가버릴까 봐 걱정돼 항상 최대한 소리를 내지 않고 조용히 다가가곤 했다. 사실 벤은 저음저럼 메리를 못마땅하게 여기지 않았다. 어쩌면 나이 든 자신과 어울리려고 하는 메리의 관심에 내심 우쭐했는지도 모른다. 게다가 메리도 예전보다 훨씬 예의 바르게 말했다. 벤은 몰랐지만 메리가 그를 처음 만났을 땐 인도에서 원주민 대하듯 했고, 이 무뚝뚝하고 불퉁한 요크셔 노인 또한 주인한테 굽신거리는 데 익숙하지 않아 그저 해야 할 일만 할 뿐 무턱대고 명령 받은 대로 하지 않는다는 걸 알지 못했다.

"아가씨는 울새 같구먼." 어느 날 아침 벤 웨더스태프가 고개를 들어 옆에 서 있는 메리를 보고 툭 내뱉듯 말했다. "언제 아가씨를 보게 될지, 그놈이 어디서 불쑥 튀어나올지 통 감이 안 잡힌다니께."

"걔는 이제 내 친구야." 메리가 말했다.

"그놈답구먼." 벤 웨더스태프가 퉁명스레 말했다. "허영심하고 변덕밖에 없는 놈이여. 여자들한테 알랑방귀나 뀌고. 꽁지 한번 흔들어 볼라믄 뭐든 할 놈이여. 속이 텅 빈 알처럼 자존심만 부풀어 있는 놈이제."

정원사는 원래 말이 많은 사람이 아니었고, 때로는 메리가 뭘 물어도 헛기침 한번 하고는 입을 다물기 일쑤였지만, 그날 아침은 어쩐 일인지 평소보다 말이 많았다. 그는 일어서더니 징 박힌 장화 한 쪽을 삽 위에 올려놓고 메리를 흘깃 쳐다봤다.

"여기 온 지 얼마나 됐더라?" 툭 내뱉듯 물었다.

"한 달쯤 된 거 같은데." 메리가 대답했다.

"미슬스웨이트 덕 좀 봤구먼." 정원사가 말했다. "살도 좀 올랐고 누렇던 낯빛도 좋아졌어. 맨 처음 정원에 왔을 땐 털 뽑힌 어린 까마귀 같더만. 속으로는 이렇게 못나고 뻐죽한 얼굴을 가진 애긴 처음 본다 싶었제."

메리는 허영심이 강한 편도 아니었고 자기 얼굴에 대해 그리 신경 써본 적도 없어서 그런 말에 별로 개의치 않았다.

"살 붙은 건 나도 알아. 양말이 자꾸 조이거든. 원래는 남아서 접히 곧 했는데." 그러고는 고개를 돌려 말했다. "저기 울새 있다."

메리는 오늘따라 울새가 유난히 멋져 보인다고 생각했다. 붉은 조끼는 마치 새틴처럼 번들거렸고, 날개랑 꽁지를 파닥거리며 고개를 갸웃하고 깡충거리는 모습 또한 생기가 넘쳤다. 울새는 마치 벤 웨더스태프한테 자기를 뽐내려 하는 것 같았다. 하지만 벤은 시큰둥했다.

"왔구먼." 그가 툭 내뱉었다. "아무도 없을 땐 나도 상대해주더니만. 지난 이 주 내내 조끼는 더 빨갛게 물들이고, 깃털도 반질반질 광을 냈네그려. 뭔 꿍꿍인지 내 다 안다니께. 어디선가 되바라진 처자한테 잘 보일라고, 지가 미슬 황무지에서 제일가는 숫놈 울새라고 허풍 떨 작정인겨. 다른 수컷들이랑 한 판 붙을 준비도 돼 있고 말여."

"아, 쟤 좀 봐!" 메리가 외쳤다.

울새는 당차고 대담해진 게 분명했다. 폴짝거리며 다가오더니 벤 웨더스태프를 더욱 정감 있게 바라봤다. 그러고는 가장 가까운 까치밥나무로 날아가 고개를 기울이더니 그를 향해 짧게 노래했다.

"허, 내가 그걸 곧이곧대로 믿을 줄 알았는가 보지." 벤은 얼굴을 찡그리며 툭 내뱉었다. 하지만 메리는 속으로 실은 그가 기분이 좋아서 괜히 딴청 피우는 거라고 생각했다. "지한텐 다들 그냥 홀딱 넘어올 거라 생각하는 게지. 세상 사람들이 죄다 지 손바닥 안이라는 거여."

그때 울새가 날개를 활짝 펼쳤다. 메리는 자기 눈을 의심했다. 울새는 곧장 벤 웨더스태프 삽자루 위로 날아가 손잡이 위에 살포시 내려앉았다. 그러자 주름이 깊게 패인 노인의 주름이 천천히 움직이더니 표정이 달라졌다. 벤은 숨 쉬는 것조차 겁난다는 듯 꿈쩍도 하지 않았다. 마치 이 조그마한 새가 조금이라도 놀라 날아가 버릴까 봐, 세상 그 어떤 것도 건드릴 수 없다는 듯. 그는 조심스레 거의 속삭이듯 말했다.

"워매… 거 참 기가 막히는구먼…." 전혀 다른 말을 하듯 다정하게 말했다. "넌 사람 속을 꿰뚫어 보는 놈이여. 아주 훤히 들여다보고 있구먼. 귀신이 따로 없어."

그는 그대로 한참을 숨도 제대로 쉬지 않고 서 있었다. 울새가 날개를 파닥이며 날아가고도 한동안 삽자루 손잡이를 마법이라도 걸린 듯 바라보다가 다시 땅을 파기 시작했다. 몇 분 동안은 아무 말도 하지 않았다.

하지만 가끔씩 혼자 씨익 웃곤 했기에 메리는 그에게 말을 거는 게 전혀 무섭지 않았다.

"영감님도 정원 있어?" 메리가 물었다.

"없지, 나 혼자 사는디. 마틴이랑 문지기 숙소에서 살고 있응께."

"만약 정원이 생긴다면 뭘 심고 싶어?" 메리가 물었다.

"글씨, 양배추랑 감자, 양파 같은 거제."

"그럼 꽃밭을 만든다면 뭘 심을 거야?" 메리가 포기하지 않고 계속 물었다.

"알뿌리 종류나 향이 좋은 거. 그래도 결국엔 장미를 제일 많이 심겄제."

메리의 얼굴이 환해졌다.

"장미 좋아해?" 메리가 말했다.

벤 웨더스태프는 잡초를 뽑아 옆으로 던지며 대답했다.

"흠… 그려, 좋아했제. 내가 정원사로 모시던 젊은 숙녀분한테 배운 거여. 그분이 좋아하는 자리에다 장미를 많이 심었응게. 꼭 자식처럼, 울새처럼 아끼고 사랑했거든."

벤은 잡초 하나를 더 뽑아 들고 얼굴을 찌푸렸다.

"그게 벌써… 십 년 전 일이여."

"그분은 지금 어디 있어?" 메리가 눈을 반짝이며 물었다.

"하늘나라 갔제."

벤은 대답하고는 삽을 푹, 흙 깊숙이 밀어 넣었다.

"사람들 말로는 말여."

"장미들은 어떻게 됐어?" 메리가 한층 더 관심을 보이며 물었다.

"그냥… 남겨졌제 뭐."

메리는 점점 더 흥분해서 물었다.

"그럼 죽었어? 장미는 그냥 두면 죽는 거야?" 메리는 조금 대담해진 목소리로 물었다.

"음… 그 장미들한테도 정이 좀 들었었제. 그분을 좋아했응게, 그분이 좋아하던 장미들도 괜히 아끼게 되더라고." 벤 웨더스태프가 마지못해 인정하듯 말했다. "그래서 가끔, 일 년에 한두 번쯤 들러서 가시 좀 쳐주고 흙도 좀 파서 숨도 좀 쉬게 해주고 그러제. 멋대로 자라긴 했어도 땅이 좋아서 그런가 살아남은 것도 꽤 돼구 말여."

"잎도 없고, 회색이나 갈색에다가 바싹 말라 보이면 죽은 건지 산 건지 어떻게 알아?" 메리가 물었다.

"봄 될 때까지 기다려봐야제." 벤이 무심하게 말했다. "해 나고 비 오고, 또 해 나고 비 오고… 그런 거 몇 번 겪고 나서야 알게 되는 거여."

"어떻게? 어떻게 알아?" 메리는 조심해야 한단 것도 잊고 이렇게 외쳤다.

"잔가지들이랑 가지들을 죽 훑어보면서 여기저기서 갈색 혹이 올라오는지 살펴보믄 되는 거여. 따뜻한 비 한번 내리고 나면 그땐 확실히 알 수 있제." 그러다 그는 문득 말을 멈추고 메리의 상기된 얼굴을 힐끗 보더니 이상하다는 듯한 표정을 지으며 말했다. "근디… 아가씨는 어째 갑자기 장미 얘기에 그렇게 신경 쓰는겨?" 벤이 캐물었다.

메리 아가씨는 얼굴이 빨개지는 것이 느껴졌다. 대답하는 게 두렵기조차 했다.

"저기 난 나만의 정원이 있다 치고 상상해봤어." 메리는 더듬거렸다. "여긴 내가 할 수 있는 게 아무것도 없잖아. 아무것도 없고 아무도 없어."

"흠." 벤 웨더스태프는 메리를 찬찬히 바라보더니 말했다. "그 말은 맞는디, 아가씨한텐 뭐 아무것도 없지."

그 말투엔 묘한 느낌이 실려 있어서 노인이 혹시 자기를 좀 안쓰럽게 보는 건 아닐까 싶었다. 메리는 지금껏 누구한테라도 동정받고 싶었던 적이 없었다. 사람도 싫고 뭐든 다 싫어서 피곤하고 짜증 날 뿐 자기가 불쌍하다고 여긴 적은 한 번도 없었다. 하지만 요즘은 뭔가 달라지고 있었다. 세상이 조금씩 바뀌는 것 같았고, 비밀의 정원만 들키지 않는다면 메리는 언제까지고 계속 즐거울 수 있을 것 같았다.

그날 메리는 십 분, 아니 십오 분 가까이 벤과 함께 있으면서 물어볼 수 있는 건 최대한 다 캐물었다. 벤은 여전히 퉁명스러웠지만 메리가 묻는 말에 다 대답해줬고, 딱히 기분이 나빠 보이지도 않았다. 게다가 삽을 들고 휙 가버리는 일도 없었다. 메리가 막 돌아서려던 참에 벤이 장미 얘기를 꺼내자 메리는 아까 그가 장미를 좋아한다고 했던 게 떠올랐다.

"지금도 그 장미들 보러 가?" 메리가 물었다.

"올핸 못 갔제. 류마티즘 땜시 관절이 뻣뻣해서 말여."

그는 그렇게 말하더니 갑자기 뭔가 성난 것처럼 보였다. 메리는 그가 왜 갑자기 화가 난 건지 짐작도 할 수 없었다.

"어이, 아가씨!" 벤이 성가신 듯 툴툴거리며 말했다. "그렇게 자꾸 캐묻지 말라니께. 이렇게 말 많은 여자애는 난생처음이여. 딴 데 가 놀어. 나는 오늘 할 말 다 혔응게."

너무나 퉁명스럽게 말해서 메리는 거기 더 있어 봐야 소용없단 걸 알았다. 메리는 바깥 산책로를 따라 천천히 줄넘기를 하면서 벤 생각을 했고, 별나고 퉁명스러움에도 불구하고 마음에 든다고 결론 내렸다. 메리는 늙은 벤 웨더스태프를 좋아했다. 그래, 정말 좋았다. 항상 벤에게 말을 걸고 싶었다. 또한 벤이 꽃에 관해서라면 이 세상 모든 꽃에 대해 다 알고 있다고 믿었다.

비밀의 정원을 감싸고 월계수 울타리 산책로가 나 있었고, 그 끝에 숲으로 이어지는 문이 있었다. 메리는 그 산책로를 따라 줄넘기를 하며 혹시 숲에 깡충깡충 뛰어다니는 토끼가 있는지 둘러볼 생각이었다. 즐겁게 줄넘기를 하며 작은 문이 나 있는 데까지 간 메리는 낮고 희한한 휘파람 소리를 듣고는 그게 뭔지 알아보려고 밖으로 나갔다.

정말이지 아주 이상한 광경이라 메리는 숨을 죽이고 멈춰서서 쳐다봤다. 나무에 등을 기대고 앉아 볼품없어 보이는 나무 피리를 부는 열두 살쯤 된 재미있는 생김새를 가진 아이였다. 깔끔해 보였고, 들창코에 빰은 양귀비처럼 붉었는데, 그렇게 동그랗고 파란 눈을 가진 남자아이는 처음이었다. 소년이 기댄 나무 둥치에는 갈색 다람쥐 한 마리가 매달려 소년을 내려다봤고, 근처 관목 뒤에서는 수컷 꿩이 우아하게 목을 뻗어 내다보고 있었다. 그리고 소년 가까이에서는 토끼 두 마리가 바르르 떠는 코로 쿵쿵거렸다. 마치 그 피리에서 나는 이상하고 낮은 소리를 듣기 위해 아이 가까이 몰려든 것만 같았다.

메리를 보자 소년은 한 손을 들고 피리 소리만큼이나 낮은 목소리로 말했다.

"움직이지 말어유." 소년이 말했다. "쟈들이 도망가불 테니께."

메리는 꼼짝 않고 있었다. 소년은 피리 불기를 멈추더니 일어서기 시작했는데 너무 느려서 전혀 움직이지 않는 것처럼 보였다. 마침내 소년이 일어서자 다람쥐는 잽싸게 나뭇가지로 기어 올라갔고, 꿩은 고개를 집어넣었으며, 토끼는 네 발로 깡충깡충 뛰며 떠났지만 겁먹은 것 같진 않았다.

"지는 디콘이여유." 소년이 말했다. "메리 아가씨인 거 알고 있지라."

메리 또한 어째서인지 처음부터 그가 디콘이라는 걸 알고 있었음을 깨달았다. 인도에서 원주민들이 뱀을 홀리듯 토끼와 꿩을 홀리게 할 수 있는 사람이 또 누가 있겠는가? 디콘은 크고 붉은 입꼬리가 올라간 입매에 얼굴 가득 미소를 띠고 있었다.

"지가 후딱 움직이면 쟈들이 놀랄까 봐 천천히 일어났던 거여유."
디콘이 설명했다. "야생에 사는 것들이 근처에 있을 땐 살살 움직이고 작게 얘기해야 혀유."

디콘은 전에 한 번도 본 적 없는 사람이 아니라 꽤 잘 아는 사이인 것처럼 메리에게 얘기했다. 메리는 남자아이들에 대해선 아무것도 몰랐고 조금 수줍은 기분이 들어 약간 퉁명스럽게 말했다.

"마사 편지 받았니?" 메리가 물었다.

소년은 적갈색 곱슬머리를 끄덕였다.

"그래서 왔쥬."

소년은 몸을 굽혀 피리를 부는 동안 옆에 두었던 물건을 집어 들었다.

"원예용품 좀 챙겨왔는디, 작은 삽이랑 갈퀴, 쇠스랑, 괭이여유. 참 좋은 물건들이구만유. 모종삽두 있구유. 그리고 씨앗도 좀 샀는디 가게 계신 여자분이 하얀 양귀비 씨앗이랑 파란 제비꽃 씨앗도 챙겨주셨쥬."

"씨앗 좀 보여줄래?" 메리가 말했다.

메리는 디콘처럼 말하고 싶었다. 디콘의 말투는 빠르지만 편안했다. 비록 누덕누덕 기운 옷에 희한한 얼굴과 부스스한 적갈색 머리칼을 한 평범한 시골 소년이었지만 메리를 좋아하는 것 같았고, 메리가 자기를 싫어할까 봐 걱정하지도 않는 것 같았다. 가까이 다가가니 디콘 주위에서는 산뜻한 히스와 풀 그리고 나뭇잎 냄새가 났다. 마치 디콘이 그것들로 이루어진 것처럼. 메리는 그게 무척 마음에 들었고, 디콘의 붉은 뺨과 동그랗고 파란 눈을 한 재미있는 얼굴을 보니 수줍어

했던 것도 모두 잊었다.

"여기 통나무 위에 앉아서 보자." 메리는 말했다.

둘이 통나무 위에 걸터앉자 디콘은 코트 주머니에서 갈색 종이로 싼 볼품없는 꾸러미를 꺼냈다. 끈을 풀자 그 안에는 꽃 그림이 그려진 작은 꾸러미들이 잔뜩 들어 있었다.

"목서초와 양귀비가 많아유." 디콘이 말했다. "목서초는 자라면서 세상 달콤한 향이 나구유. 어디든 뿌리면 잘 자라쥬. 양귀비도 마찬가지여유. 그냥 휘파람만 불어도 꽃이 피거든유. 제일 멋진 꽃이라니께유."

디콘은 말을 멈추고는 고개를 홱 돌렸는데 양귀비처럼 붉은 뺨을 한 얼굴이 환해졌다.

"울새가 어디서 우릴 부르네유?" 디콘이 말했다.

짹짹 소리는 새빨간 열매가 무성하게 달린 호랑가시나무 덤불 쪽에서 들려왔다. 메리는 그 새가 어떤 새인지 알 것 같았다.

"정말 우리를 부르는 거야?" 메리가 물었다.

"그럼유." 디콘은 마치 그게 세상에서 가장 자연스러운 일인 양 말했다. "자기랑 친한 이들을 부르는 거쥬. 그러니께 이렇게 말하는 거구유. '나 여기 있어. 나 좀 봐. 지금 얘기 좀 하고 싶은데.' 저기 수풀 속에 있네유. 누구 친구인지 알아유?"

"벤 웨더스태프하고 친해. 하지만 나랑도 좀 알아." 메리가 대답했다.

"아하, 아가씨랑 아는 사이구먼유." 디콘이 다시 낮은 목소리로 말했다. "아가씨를 좋아하는갑네유. 아가씨를 받아들였구유. 이제 지한테 아가씨에 대해 전부 다 말해줄 건가봐유."

디콘은 메리가 아까 봤던 느릿한 움직임으로 수풀을 향해 다가가더니 울새의 지저귐과 거의 비슷한 소리를 냈다. 울새는 몇 초 동안 집중해서 듣더니 마치 질문에 답하듯이 대꾸했다.

"그러네유, 아가씨 친구구먼유." 디콘이 킥킥 웃었다.

"그런 것 같아?" 메리가 반색하며 외쳤다. 메리는 너무나 궁금했다. "정말 나를 좋아하는 것 같아?"

"아니었음 가까이 오지도 않쥬." 디콘이 대답했다. "새들은 아주 까다롭게 친구를 고르는데 울새는 사람보다도 더하거든유. 봐유, 아가씨와 친해지려 하잖유. 저 녀석 안 보여유? 말하고 있잖유."

그러고 보니 정말 그런 것 같았다. 울새는 옆걸음질 치며 짹짹거리고, 고개를 기울이며 관목 위에서 깡총거렸다.

"넌 새들이 뭐라고 하는지 다 알아들어?" 메리가 말했다.

디콘은 크고 붉은 입매가 한껏 올라가도록 함빡 미소 짓더니 부스스한 머리를 긁적였다.

"그런 것 같아유, 그리고 쟈들도 그렇게 생각하는 거 같구유. 오랫동안 황무지에서 같이 살아왔거든유. 쟈들이 알을 깨고 나와 깃털이 다 자라고, 나는 법도 배우고 노래하기 시작하는 것도 다 봐왔구유. 가족 같다 생각이 들 정도쥬. 가끔은 어쩌면 내가 새일지도, 여우일지도, 토끼일지도, 다람쥐일지도, 어쩌면 딱정벌레일지도 모르겄단 생각도 혀지만 잘 모르겄어유."

디콘은 함박웃음을 터트리고는 통나무로 돌아와 다시 꽃씨에 대해 이야기했다. 디콘은 꽃이 피면 어떤 모양일지 얘기해줬다. 그리고 심는 방법과 어떻게 돌봐야 하는지와 양분과 물은 어떻게 줘야 하는지도 알려줬다.

"저기 말이쥬." 디콘이 갑자기 몸을 돌려 메리를 바라보며 말했다. "지가 이거 심어드릴라고 하는디 정원은 어디 있는감유?"

메리는 무릎 위에 놓인 가느다란 두 손을 꽉 움켜쥐었다. 무슨 말을 해야 할지 몰라 꼬박 일 분을 아무 말도 안 했다. 이건 생각도 못한 일이었다. 참담한 기분마저 들었다. 그리고 얼굴이 새빨개졌다가 새하얘지는 느낌도 들었다.

"정원이 있기는 한 거쥬?" 디콘이 슬며시 물었다.

메리는 진짜로 얼굴이 새빨개졌다가 새하얘졌다. 디콘도 그걸 봤고, 메리가 아무 말이 없자 의아해했다.

"그분들이 땅을 좀 내주신 거 아녀유?" 디콘이 물었다. "아직 땅이 없는겨?"

메리는 손을 더 꽉 움켜쥐고는 디콘에게로 눈길을 돌렸다.

"난 남자애들에 대해선 전혀 몰라." 메리가 천천히 말했다. "내가 말해주면 비밀 지켜줄 수 있어? 아주 엄청난 비밀이거든. 누가 알게 되면 어떻게 해야 할지 모르겠어. 그냥 확 죽어버려야 할지도!" 메리는 마지막 문장을 상당히 격하게 말했다.

디콘은 더욱 의아해했고 덥수룩한 머리를 다시 북북 긁적였지만 쾌활하게 대답했다.

"지는 비밀은 꼭 지켜유. 다른 애들한테 들은 비밀, 새끼 여우나 새 둥지, 들짐승들 얘길 제가 함부로 떠벌리믄 황무지에 안전한 데라곤 한 군데도 없을 거거든유. 그러믄유, 비밀 지킬 수 있쥬."

그럴 생각은 없었지만 메리는 어느새 손을 뻗어 디콘의 소매를 붙잡고 있었다.

"나 정원을 훔쳤어." 메리는 아주 빠르게 말했다. "내 거는 아니지만 주인이 없어. 아무도 원하지 않고, 아무도 신경 쓰지 않고, 아무도 들어가지 않아. 어쩌면 그 정원 안에 있는 건 이미 다 죽었을지 몰라."

메리는 열이 확 오르면서 그 어느 때보다도 고집불통이 된 것 같은 기분이 들었다.

"상관없어, 상관없잖아! 그 정원을 나한테서 빼앗아 갈 권리는 아무한테도 없어. 나만 소중히 여기고 남들은 하나도 신경 안 쓰는데. 다들 정원을 꼭꼭 걸어 잠그고 죽게 내버려 뒀다고." 메리는 열정적으로 말을 끝맺고 얼굴을 팔로 가리더니 울음을 터트렸다. 불쌍한 메리 아가씨.

디콘의 호기심 어린 파란 눈이 점점 더 휘둥그레졌다.

"야, 야, 야!" 디콘은 느릿하게 탄성을 내뱉으며 놀라움과 동정심을 표했다.

"나는 할 수 있는 게 아무것도 없어." 메리가 말했다. "가진 것도 없고. 내가 찾아냈고 들어가는 방법도 알아냈어. 그냥 울새처럼 했을 뿐인데, 울새한테서 정원을 빼앗진 않잖아."

"어딘디유?" 디콘이 떨리는 목소리로 물었다.

메리 아가씨는 통나무에서 벌떡 일어났다. 메리는 다시 고집불통에 퉁명스러운 기분이 들었지만 상관없었다. 인도에 있을 때처럼 오만해졌으며 동시에 울화가 치밀어오르면서 슬펐다.

"같이 가면 보여줄게." 메리가 말했다.

메리는 디콘을 이끌고 월계수 길을 돌아 담쟁이덩굴이 무성하게 자란 산책로로 갔다. 디콘은 딱하다는 표정을 하고 메리를 따라갔다. 웬 이상한 새 둥지를 보여준다고 해서 따라가는 중이라 아주 조심조심 움직여야만 할 것 같았다. 메리가 벽으로 다가가 늘어진 담쟁이덩굴을 들어 올리자 디콘은 화들짝 놀랐다. 거기 문이 있었다. 메리가 천천히 문을 밀어서 열고 둘이 들어가자 메리는 반항적으로 손을 휘둘러 보였다.

"바로 여기야. 이 비밀의 정원이 살아나기를 바라는 사람은 세상에 나 하나뿐이야."

디콘은 주위를 둘러보고 또 둘러봤다.

"우와!" 디콘이 거의 속삭이듯 말했다. "묘허고 멋진 곳인디유! 꼭 꿈속에 와 있는 거 같네유."

11
겨울 지빠귀의 둥지

디콘은 이삼 분쯤 주위를 둘러보며 서 있었고, 메리는 그 모습을 지켜봤다. 이내 디콘은 메리가 처음 이곳에 들어왔을 때보다 더 살며시, 그리고 더 조심스럽게 걷기 시작했다. 디콘의 눈은 그 안에 있는 모든 것을 담으려 하는 듯했다. 덩굴이 칭칭 감겨 가지가 축 늘어진 잿빛 나무들, 담장 위와 풀밭 사이에서 뒤엉켜 있는 덩굴들, 상록수로 이루어진 그늘진 쉼터와 그 안에 자리한 돌 벤치와 키 큰 꽃병들까지.

"여길 보게 될 줄은 꿈에도 몰랐네유." 마침내 디콘이 속삭이며 말했다.

"이곳에 대해 알고 있었어?" 메리가 물었다.

메리가 큰 소리로 말하자 디콘이 다급하게 손짓을 했다.

"작게 말해야 혀유. 누가 듣고 이 안에서 무슨 일이 있나 궁금해할 수도 있으니께유."

"아, 깜빡했어!" 메리가 더럭 겁이 나 얼른 자기 입을 손으로 틀어막았다. "이 정원에 대해 원래 알고 있었어?" 메리는 진정한 후 다시 물었다.

디콘은 고개를 끄덕였다.

"아무도 안 들어가는 정원이 있다고 마사 누이한테 들었구먼유." 디콘이 대답했다. "우린 어떤 곳일까 늘 궁금해했쥬."

잠깐 멈춰 서서 주위의 아름다운 잿빛 덩굴을 둘러보는 디콘의 둥그런 눈이 묘하게 행복해 보였다.

"이야, 봄이 오면 여긴 온통 새 둥지로 가득하겠는걸유." 디콘이 말했다. "둥지를 틀기엔 영국에서 제일 안전한 곳일 테니께유. 아무도 안 들어와 나무랑 장미 덩굴이 잔뜩 뒤엉켜 있으니 황무지의 새들은 죄다 여기에 둥지를 틀지 않것어유."

메리 아가씨는 무심결에 또 디콘의 팔에 손을 올렸다.

"장미가 필까?" 메리가 속삭였다. "넌 알 수 있어? 난 다 죽은 줄 알았거든."

"어유, 아니어유! 다는 아니쥬. 전부 다 죽은 건 아니구먼유!" 디콘이 대답했다. "여기 보셔유!"

디콘이 제일 가까운 곳에 있는 나무로 다가갔다. 나무껍질이 온통 잿빛 이끼로 뒤덮인 아주 오래된 나무였는데 뒤엉킨 넝쿨과 산가시들이 커튼처럼 드리워져 있었다. 디콘은 주머니에서 두툼한 칼을 꺼내 칼날 하나를 펼쳤다.

"잘라내야 할 죽은 가지가 많긴 혀유." 디콘이 말했다. "그리고 오래된 가지도 많구유. 하지만 작년에 새 가지도 났네유. 여기 이건 새 가지여유." 그러면서 단단하고 메마른 잿빛이 아니라 갈색을 띤 초록색 줄기를 가리켰다.

메리는 설레는 마음으로 소중한 것을 다루듯 조심스럽게 그 순을 만져봤다.

"이거?" 메리가 물었다. "정말 살아 있어? 정말로?"

디콘이 큼직한 입을 한껏 치켜올리며 미소 지었다.

"아가씨랑 저만큼이나 팔팔허쥬." 디콘이 말했다. 메리는 전에 마사가 '팔팔하다'라는 것은 '살아 있다'나 '생기 있다'라는 뜻이라고 말해준 게 기억났다.

"팔팔해서 정말 다행이야!" 메리는 작은 소리로 외쳤다. "다들 팔팔했으면 좋겠어. 정원을 둘러보면서 팔팔한 게 얼마나 있나 세어보자."

메리는 숨이 찰 정도로 흥분했고, 디콘도 메리 못지않게 들떠 있었다. 둘은 이 나무에서 저 나무로, 이 덤불에서 저 덤불로 옮겨 다녔다. 디콘은 손에 칼을 든 채 이것저것 보여줬고 메리는 디콘이 보여주는 게 하나같이 근사하다고 생각했다.

"제멋대로 자란 거구먼유." 디콘이 말했다. "그래도 젤로 튼튼한 놈들은 꽤 잘 자랐슈. 어린 것들은 죄 죽었겠지만, 나머지 것들은 자라고 또 자라서 이젠 볼만허게 됐네유. 여기 좀 보셔유!" 그러면서 바싹 말라 보이는 굵은 잿빛 가지를 끌어당겼다. "이게 보기엔 죽은 나뭇가지 같아도 지 생각엔 뿌리까지 죽은 건 아닐 것 같구먼유. 밑동 가까이 한번 잘라봐야 쓰것어유."

디콘은 무릎을 꿇고 칼로 죽은 듯 보이는 가지 하나를 잡고 땅 가까운 부분을 잘라냈다.

"거 보슈!" 디콘이 의기양양해하며 말했다. "지가 뭐랬슈. 나무에 아직 푸른 기운이 살아 있쥬. 보셔유."

메리는 디콘이 말을 마치기도 전에 무릎을 꿇고 뚫어져라 쳐다봤다.

"이렇게 약간 초록빛이 돌고 수액이 나오면 팔팔한 거여유." 디콘이 설명했다. "아까 잘랐던 여기 이것처럼 속이 마르고 쉽게 부러지면 끝난 거구유. 여기 커다란 뿌리서 가지들이 이렇게 잔뜩 올라왔잖유. 만약 오래된 가지를 잘라내고 뿌리 주변을 잘 파서 보살피면…." 디콘은 말을 멈추고 고개를 들어 나무를 타고 올라가 늘어진 덩굴들을 살펴봤다. "올여름엔 장미가 샘물처럼 솟아나겠는걸유."

둘은 계속해서 이 덤불에서 저 덤불로, 이 나무에서 저 나무로 옮겨 다녔다. 디콘은 힘이 세고 칼을 잘 다뤄서 말라 죽은 가지를 어떻게 잘라내야 하는지 잘 알았고, 언뜻 보기에 가망 없어 보이는 가지나 잔가지에 아직 푸른 기운이 남아 있는지도 잘 구분해냈다. 삼십 분쯤 지나자 메리도 조금씩 구분할 수 있을 것 같았다. 그래서 디콘이 죽은 것처럼 보이는 가지를 자를 때 그 안에서 촉촉한 초록빛이 조금이라도 비치면 메리는 기쁨에 겨워 숨죽여 소리쳤다. 삽이랑 괭이, 쇠스랑도 아주 유용했다. 디콘은 메리에게 쇠스랑 쓰는 법을 알려주고 자기는 삽으로 뿌리 주변을 파헤쳐 공기가 잘 통하게 흙을 북돋아 줬다.

제일 큰 장미나무 중 하나를 부지런히 손질하다가 디콘이 뭔가를 보고는 깜짝 놀라 소리쳤다.

"어라!" 디콘이 몇 발짝 옆 풀밭을 가리키며 말했다. "누가 저랬대유?"

거긴 메리가 연둣빛 새싹 주위로 풀을 정리해준 곳이었다.

"내가 했어." 메리가 대답했다.

"아니, 아가씨는 정원 일은 하나도 모른다더니유." 디콘이 감탄했다.

"모르지." 메리가 말했다. "근데 너무 작은 애들이 무성하게 자란 풀에 파묻혀 숨을 못 쉬는 것 같아 좀 걷어냈어. 뭐가 자라고 있는지는 몰라."

디콘은 그곳으로 가 무릎을 꿇더니 환하게 웃으며 말했다.

"제대로 하셨네유." 디콘이 말했다. "웬만한 정원사라도 이보다 더 잘할 순 없을 거구먼유. 이제 잭의 콩나무처럼 쑥쑥 자라겠는걸유. 이건 크로커스고, 이건 스노드롭, 그리고 여긴 수선화여유." 그러곤 다른 곳을 가리키며 말했다. "여기 나팔수선화두 있네유. 이야, 꽃이 피면 장관이겠는걸유."

디콘은 여기저기 돌아다니며 메리가 정리한 걸 살폈다.

"요 쬐깐한 몸으로 일을 참 많이도 하셨네유." 디콘이 메리를 훑어보며 말했다.

"나 살이 찌고 있어." 메리가 말했다. "그리고 힘도 점점 세지고. 원래는 항상 피곤했거든. 근데 땅 팔 땐 전혀 피곤하지 않아. 흙을 파헤

칠 때 나는 냄새가 좋아."

"그거야말로 진짜 좋은 거여유." 디콘은 영리한 눈빛으로 고개를 끄덕이며 말했다. "깨끗한 흙내만큼 좋은 것도 없쥬. 비가 내릴 때 막 돋아나는 새싹에서 나는 냄새 빼구유. 지는 비 오는 날 황무지에 나가서 덤불 밑에 누워 히스 위로 떨어지는 빗방울 소릴 듣곤 혀유. 그러면서 코를 쿵쿵거리쥬. 그럴 때면 지 코끝이 토끼맨코롬 벌름거린다고 엄니가 그랬쥬."

"그럼 감기 안 걸려?" 메리가 신기하다는 듯 디콘을 바라보며 물었다. 메리는 이렇게 이상하고 또 이렇게 좋은 남자애는 한 번도 본 적이 없었다.

"지는 안 걸려유." 디콘이 웃으며 말했다. "지는 태어나서 한 번도 감기 걸린 적 없슈. 그렇게 빌빌거리게 자라질 않았거든유. 비가 오나 바람이 부나 토끼처럼 황무지를 뛰댕겼쥬. 엄니 말로는 지가 십이 년 동안 맑은 공기를 너무 많이 마셔서 감기 걸릴 일이 없대유. 산사나무 지팡이맨코롬 튼튼하다니께유."

디콘은 말하는 내내 손을 놀렸고, 메리는 그 뒤를 졸졸 따라다니며 쇠스랑이나 모종삽으로 일을 도왔다.

"여긴 할 일이 엄청 많구먼유!" 디콘이 정원을 둘러보며 신난다는 듯 말했다.

"또 와서 나 좀 도와줄래?" 메리가 부탁했다. "나도 열심히 도울게. 땅도 파고 잡초도 뽑고, 네가 시키는 건 뭐든 할 수 있어. 아, 제발 와 줘, 디콘!"

"아가씨가 원하면 매일이라도 올게유, 비가 오든 해가 쨍쨍하든." 디콘이 다부지게 대답했다. "지금까지 중 젤로 재밌을 것 같은디유. 여기 담장 안에서 정원을 깨우는 거 말여유."

"네가 와준다면…." 메리가 말했다. "네가 이 정원을 다시 살아나게 도와준다면 나도 뭔가 해줘야 할 텐데, 뭘 해줘야 하지…." 메리는 어쩔 줄 몰라 하며 말끝을 흐렸다. 저런 남자애한테 뭘 해줄 수 있을까?

"아가씨가 뭘 하면 될지 알려줄게유." 디콘이 함박웃음을 지으며 말했다. "아가씨는 살이 찌고 어린 여우마냥 배가 고파질 테고 지처럼 울새와 얘기하는 법도 배우게 될 거유. 아! 우리 엄청 재밌겠는걸유."

디콘은 주위를 걸어 다니며 생각에 잠긴 표정으로 나무를 올려다보고 담장과 덤불을 살폈다.

"정원사가 하는 것맨코롬 가지치기하고 멀끔하게 손질하고 반듯반듯하게 만들고 싶진 않은디, 아가씬 어때유?" 디콘이 물었다. "이렇게 식물들이 맘대로 자라서 서로 매달리고 엉켜 있는 게 더 멋지지 않아유?"

"말끔하게 만들지 마." 메리가 초조한 듯 말했다. "그럼 비밀의 정원 같지 않을 거야."

디콘은 적갈색 머리를 긁적이며 약간 어리둥절한 표정을 지었다.

"그야 물론 비밀의 정원인 건 맞는디." 디콘이 말했다. "근디 울새 말고도 누가 다녀간 것 같은디유, 십 년 전에 닫힌 다음에."

"그치만 문이 잠겼고 열쇠는 땅에 묻혀 있었는걸." 메리가 말했다. "아무도 못 들어왔을 텐데."

"그건 그렇쥬." 디콘이 말했다. "참 요상한 곳이네유. 지가 보기엔 여기저기 가지치기한 자국이 있거든유. 십 년 전보다는 더 최근에 말이쥬."

"하지만 어떻게 그럴 수 있지?" 메리가 말했다.

디콘은 장미나무 가지를 들여다보다가 고개를 저었다.

"그러게유! 어떻게 했을까유?" 디콘이 중얼거렸다. "문은 잠겼고 열쇠는 묻혀 있었는디."

메리 아가씨는 언제까지고, 아무리 오랜 시간이 지나도 자신의 정원이 자라나기 시작한 그 첫날 아침을 절대 잊지 못할 거라 생각했다. 물론 메리에게는 그날 아침부터 정원이 자라나기 시작한 것처럼 보였다. 디콘이 씨앗 심을 자리를 정리하기 시작하자 메리는 배질이 자신을 놀릴 때 부르던 노래가 생각났다.

"종처럼 생긴 꽃도 있어?" 메리가 물었다.

"은방울꽃이 그렇쥬." 디콘이 모종삽으로 흙을 파내며 대답했다. "초롱꽃도 있구, 캄파눌라도 있쥬."

"그것들도 좀 심자." 메리가 말했다.

"은방울꽃은 여기 원래 있슈. 지가 봤구먼유. 너무 다닥다닥 붙어 있어서 옮겨 심어야 하것지만 많이 있어유. 다른 것들은 씨를 심고 두 해는 지나야 꽃이 피는디, 우리 집 정원에서 좀 가져다드릴 수 있긴 혀유. 근디 왜 그런 꽃들을 심고 싶은디유?"

그래서 메리는 디콘에게 배질과 그 형제자매들에 대해, 그리고 그 애들이 '고집불통 메리 아가씨'라고 부를 때 얼마나 싫었는지에 대해 이야기했다.

"걔들이 내 주위를 빙글빙글 돌며 노래하곤 했거든. 어떤 노래냐면,

> 고집불통 메리 아가씨,
> 정원은 어떻게 가꾸시나요?
> 은방울과 조개껍데기,
> 그리고 줄지어 핀 메리골드꽃들로.

방금 떠올랐는데 진짜로 은종처럼 생긴 꽃이 있나 해서."

메리는 얼굴을 약간 찌푸리고는 모종삽으로 화풀이하듯 땅을 쑤셔댔다.

"나는 걔들처럼 심술궂지 않아!"

그러자 디콘은 웃음을 터트렸다.

"에유!" 디콘은 기름진 시꺼먼 흙을 부스러뜨리며 말했고, 메리는 디콘이 흙냄새를 맡는 것을 봤다. "이렇게 꽃이 자라고 친근한 야생동물들이 집을 짓거나 둥지를 만들고 노래하며 짹짹거리면 그렇게 심술부릴 틈이나 있것어유?"

씨앗을 들고 디콘 옆에 쪼그리고 앉아 있던 메리는 디콘을 쳐다보

고 찌푸린 얼굴을 폈다.

"디콘." 메리가 말했다. "마사 말대로 넌 참 좋은 애야. 난 네가 좋아. 그런 사람은 네가 다섯 번째거든. 다섯 명이나 좋아하게 될 줄은 꿈에도 몰랐어."

디콘은 마사가 벽난로 쇠창살을 닦을 때처럼 쪼그리고 앉았다. 동그랗고 파란 눈에 붉은 뺨, 행복해 보이는 들창코를 한 디콘이 웃기면서도 근사해 보인다고 메리는 생각했다.

"좋아하는 사람이 겨우 다섯뿐이여유?" 디콘이 말했다. "다른 넷은 누군디유?"

"너희 엄마하고 마사." 메리가 손가락을 꼽으며 헤아렸다. "그리고 울새랑 벤 웨더스태프."

디콘은 터져 나온 웃음을 어쩌지 못해 팔로 입을 가려 소리를 죽여야만 했다.

"아가씨가 절 별나다고 생각하는 거 아는디유." 디콘이 말했다. "하지만 아가씨도 지가 본 중에선 제일로 별나구먼유."

그러자 메리가 이상한 행동을 했다. 메리는 몸을 숙여 디콘에게 이제껏 누구에게도 물어볼 생각조차 못 한 질문을 한 것이다. 그리고 메리는 요크셔 억양으로 말하려고 노력했다. 그게 디콘이 쓰는 말이고, 인도에서 원주민들은 상대가 자기네 말을 알면 항상 기뻐했기 때문이다.

"너도 내가 좋은겨?" 메리가 물었다.

"아!" 디콘은 진심으로 답했다. "그러믄유, 지도 아가씨를 무척 좋아혀쥬. 울새도 좋아하는 것 같은디유!"

"그럼 둘이네." 메리가 말했다. "나를 좋아하는 게."

그런 다음 둘은 어느 때보다도 열심히 그리고 즐겁게 일하기 시작했고, 정원 안뜰의 큰 시계가 점심시간을 알리는 종을 치자 메리는 깜짝 놀라며 아쉬워했다.

"나 가봐야 해." 메리는 침울하게 말했다. "너도 가야 하지 않아?"

디콘은 씩 웃었다.

"지 점심은 들고 다니기 쉽거든유." 디콘이 말했다. "엄니가 항상 먹을 걸 주머니에 챙겨주셔유."

디콘은 풀밭에서 외투를 집어 들더니 주머니에서 투박하지만 깨끗한 파란색과 흰색 손수건으로 싼 울퉁불퉁한 작은 꾸러미를 꺼냈다. 안에는 두꺼운 빵 두 조각 사이에 무언가가 한 장 끼워져 있었다.

"빵밖에 없을 때가 많은디유." 디콘이 말했다. "오늘은 기름지고 맛난 베이컨이 들어갔구먼유."

메리는 별난 식사라고 생각했지만 디콘은 맛있게 먹을 참이었다.

"얼른 가서 점심 드셔유." 디콘이 말했다. "지는 점심부텀 먼저 먹고 일 좀 더 한 다음에 집에 갈라구유."

디콘은 나무에 등을 기대고 앉았다.

"울새도 부를 참이여유." 디콘이 말했다. "쪼아 먹게 베이컨을 주려구유. 베이컨 비계를 엄청 좋아하거든유."

메리는 차마 디콘을 두고 떠날 수가 없었다. 문득 디콘이 숲속의 요정 같은 존재여서 다시 정원으로 돌아오면 그가 사라지고 없을 것만 같았다. 그는 믿기 어려울 만큼 좋은 사람이었다. 메리는 천천히 담장에 난 문을 향해 반쯤 갔다가 멈칫하더니 다시 돌아왔다.

"무슨 일이 있어도 절대… 절대 말 안 할 거지?" 메리가 말했다.

양귀비처럼 붉은 뺨이 마침 베어 문 빵과 베이컨으로 불룩했지만 디콘은 안심시켜주는 미소를 지어 보였다.

"아가씨가 겨울 지빠귀라고 혀봐유. 지헌테 둥지가 어디 있는지 보여줬는디 지가 어딜 가서 그걸 떠들 것 같아유? 아니거든유." 디콘이 말했다. "아가씨는 겨울 지빠귀만큼이나 안전하다구유."

그리고 메리는 정말로 그렇다고 확신했다.

12
"땅을 좀 가질 수 있을까요?"

메리는 너무 빨리 달려온 나머지 방에 도착했을 때는 제법 숨이 찼다. 이마엔 머리카락이 흐트러지고 뺨은 발그레하게 달아올랐다. 테이블 위에는 점심이 차려져 있었는데 마사가 옆에서 기다리고 있었다.

"좀 늦으셨는디유." 마사가 말했다. "어디 있다 오셨대유?"

"나 디콘 만났어!" 메리가 말했다. "디콘을 만났다고!"

"올 줄 알았쥬!" 마사가 의기양양하게 말했다. "갸는 마음에 들든가유?"

"난, 난 디콘이 정말 멋지다고 생각해!" 메리가 확신에 찬 목소리로 말했다.

마사는 좀 당황한 듯했으나 기뻐했다.

"글쎄유." 마사가 말했다. "디콘처럼 좋은 아이가 없기는 한디 우린 갸가 잘생겼다고는 생각 못 해봤네유. 코가 너무 들렸잖아유."

"나는 들린 코가 좋아." 메리가 말했다.

"그리고 눈도 너무 동그란다유." 마사가 약간 미심쩍다는 듯 말했다. "색은 참 예쁘지만서두유."

"난 동그란 눈이 좋아." 메리가 말했다. "딱 황무지 위 하늘 색깔이야."

마사는 흡족해서 얼굴이 환해졌다.

"엄니는 디콘이 항상 새들과 구름을 올려다봐서 눈이 그런 색이 됐다고 했쥬. 근디 갸 입도 좀 크지 않든가유?"

"나는 디콘의 큰 입이 마음에 들어." 메리가 완고하게 말했다. "내 입도 그랬으면 좋겠어."

마사는 즐거운 듯 킥킥 웃었다.

"아가씨는 얼굴이 쪼만해서 좀 희한하고 웃겨 보이겠구먼유." 마사가 말했다. "어쨌거나 디콘을 만나면 그렇게 될 줄 알았쥬. 씨앗하고 원예 도구는 맘에 드셨구유?"

"디콘이 그걸 가져온 걸 어떻게 알았어?" 메리가 물었다.

"어유! 안 가져왔을 리가 있나유. 요크셔에 있는 한 가져왔을걸유. 디콘은 그만큼 믿을 만한 애여유."

메리는 마사가 곤란한 질문을 할까 봐 걱정했지만 그러진 않았다. 마사는 씨앗과 원예 도구에 무척 관심을 보였다. 메리가 덜컥 겁이 난 순간은 딱 한 번뿐이었는데 마사가 꽃을 어디에 심을 거냐고 물었을 때였다.

"누구한테 부탁했는디유?" 마사가 물었다.

"아직 아무한테도 안 했어." 메리가 머뭇거리며 대답했다.

"음, 저 같으면 대빵 정원사한테는 안 물어보겠슈. 로치 씨는 너무 잘난 체하거든유."

"난 그 사람은 본 적도 없어." 메리가 말했다. "정원사 보조랑 벤 웨더스태프만 봤지."

"저 같으면 벤 웨더스태프 영감님한테 부탁할 거여유." 마사가 조언했다. "성미가 좀 꼬장꼬장하긴 혀두 생긴 것만큼 그렇게 고약한 양반은 아니거든유. 크레이븐 주인님은 뭐든 영감님 마음대로 하게 놔두셔유. 영감님은 크레이븐 부인이 살아 계시던 때부터 여기 있었는디 부인을 그렇게 웃겨드렸대유. 부인이 영감님을 좋아했쥬. 그러니 사람들 눈에 안 띄는 한갓진 곳을 내줄 거여유."

"사람들 눈에 안 띄고 아무도 원하지 않는 곳이라면 내가 가진다고 해도 뭐라 할 사람 없겠지?" 메리가 걱정스레 물었다.

"그럴 리 없쥬." 마사가 대답했다. "아가씨가 피해를 주는 것두 아니구."

메리는 가능한 한 빨리 점심을 먹어치우고는 테이블에서 일어나자마자 방으로 달려가 다시 모자를 쓰려 했지만 마사가 불러 세웠다.

"말씀드릴 게 있구먼유." 마사가 말했다. "밥부터 먼저 드셔야 할 거 같아서. 크레이븐 주인님이 오늘 아침 돌아오셨는디 아가씨를 만나고 싶어 하시나 봐유."

메리의 얼굴에서 핏기가 싹 가셨다.

"아!" 메리가 말했다. "어째서, 어째서! 내가 여기 처음 왔을 땐 보고 싶어 하지 않았잖아. 피처 씨가 그렇게 말하는 걸 들었는데."

"음." 마사가 설명했다. "메들록 부인 말로는 우리 엄니 때문이래유. 엄니가 스웨이트 마을로 가던 중에 크레이븐 주인님을 만났다는데, 한 번도 말을 나눠보진 않았지만 크레이븐 부인이 우리 집에 두세 번 오신 적이 있거든유. 주인님은 그걸 잊으셨지만 엄니는 잊지 않고 있었쥬. 그래서 엄니가 용기를 내 먼저 말을 거셨대유. 엄니가 아가씨에 대해 뭐라 했는진 모르지만, 크레이븐 주인님이 내일 떠나시기 전에 아가씨를 만나보고 싶으신가 봐유."

"아!" 메리가 외쳤다. "내일 다시 떠나셔? 다행이다!"

"오래 나가 계실 거여유. 가을이나 겨울까지 안 돌아오실 수도 있대유. 외국으로 여행 가신다나 봐유. 항상 그러셔유."

"아! 다행이야, 정말 다행이야!" 메리가 안심한 듯 말했다.

크레이븐 씨가 겨울까지, 아니면 가을까지만이라도 돌아오지 않는다면 비밀의 정원이 살아나는 모습을 지켜볼 시간은 충분할 것이다. 설령 그때 들켜서 빼앗긴다 해도 최소한 그때까지는 가꿀 수 있을 테니까.

"그분이 언제 나를 만나고 싶어…."

문이 열리고 메들록 부인이 들어오는 바람에 메리는 말을 끝맺지 못했다. 부인은 가장 좋은 검정 드레스와 모자를 쓰고 남자 얼굴 사진이 담긴 커다란 브로치를 달고 있었다. 사진 속 남자는 여러 해 전 세상을 뜬 메들록 씨였는데 부인은 잘 차려입을 때면 늘 그 브로치를 달았다. 부인은 긴장되고 들뜬 것처럼 보였다.

"머리가 헝클어졌구나." 부인이 조급해하며 말했다. "가서 빗질하고. 마사, 아가씨한테 제일 좋은 옷을 입혀드려. 크레이븐 주인님이 서재로 데려오라고 하시니까."

발그레했던 메리의 뺨에서 핏기가 싹 가셨다. 가슴이 쿵쾅거리기 시작했고 다시 퉁명스럽고 못생긴 말 없는 아이로 돌아가는 것 같은 기분이 들었다. 메리는 메들록 부인에게 아무런 대꾸도 하지 않고 돌아서서 방으로 들어갔고, 마사가 그 뒤를 따랐다. 마사가 옷을 갈아입히고 머리를 빗겨주는 동안에도 메리는 아무 말 하지 않았다. 제법 단정하게 차린 후 메리는 말없이 메들록 부인을 따라 복도를 걸었다. 거기 가면 무슨 말을 해야 하나? 어차피 크레이븐 씨를 만나야 했고, 그는 메리를 좋아하지 않을 것이며, 메리 또한 그를 좋아하지 않을 것이다. 메리는 그가 자신을 어떻게 생각할지 너무나 잘 알고 있었다.

그들은 메리가 저택 안에서 한 번도 가보지 못했던 구역으로 갔다. 마침내 메들록 부인이 어느 방문을 두드리자 누군가 "들어와요" 하는 말에 두 사람은 함께 방으로 들어갔다. 벽난로 앞 안락의자에 한 남자가 앉아 있었고, 메들록 부인이 그에게 말했다.

"메리 양입니다." 부인이 말했다.

"아이는 여기 두고 나가봐요. 용건이 끝나면 데려가라고 종을 울릴 테니까." 크레이븐 씨가 말했다.

부인이 나가며 문을 닫자 메리는 가느다란 두 손을 맞잡고 꼬옥 비틀며 가만히 서 있었다. 작고 마른 볼품없는 아이 모습 그대로였다. 메리가 보기엔 안락의자에 앉아 있는 남자는 꼽추라기보다는 그저 어깨가 좀 치켜 올라가고 구부정했으며 검은 머리칼 사이로 군데군데 흰 머리카락이 섞여 있었다. 남자는 치켜 올라가고 구부정한 어깨너머로 고개를 돌려 메리를 보며 말했다.

"이리 오렴!" 그가 말했다.

메리가 다가갔다.

그는 못생기진 않았다. 그렇게 불행한 표정만 아니었다면 오히려 잘생긴 얼굴이었을 것이다. 그는 메리를 보니 걱정스럽고 심란한 것 같았고 메리를 어찌해야 할지 도무지 모르겠다는 표정을 지었다.

"잘 지내고 있냐?" 크레이븐 씨가 물었다.

"네." 메리가 대답했다.

"사람들이 잘 돌봐주고?"

"네."

크레이븐 씨는 메리를 훑어보며 초조한 듯 이마를 문질렀다.

"너무 말랐구나." 크레이븐 씨가 말했다.

"살이 찌고 있어요." 메리는 자기 말투가 너무 퉁명스럽다는 걸 알았다.

크레이븐 씨는 정말이지 불행한 얼굴을 하고 있었다! 깊고 검은 눈은 메리를 보지 않고 마치 다른 무언가를 보고 있는 듯했고 메리에게 집중하지도 못하는 것 같았다.

"널 잊고 있었구나." 크레이븐 씨가 말했다. "어떻게 기억할 수 있겠니? 원래는 가정교사나 유모, 뭐 그런 사람을 붙일 참이었다만 깜빡했구나."

"제발요." 메리가 말했다. "제발…" 그런데 목이 메어 말을 잇지 못했다.

"무슨 말을 하고 싶은 거냐?" 크레이븐 씨가 물었다.

"전, 전 유모를 두기엔 너무 컸어요." 메리가 말했다. "그리고 제발, 제발 아직은 가정교사를 두지 말아주세요."

크레이븐 씨는 다시 이마를 문지르며 메리를 바라봤다.

"소워비 부인이 그렇게 말했지." 크레이븐 씨가 무심결에 중얼거렸다.

그러자 메리가 용기를 내 말했다.

"그분이, 그분이 마사 엄마인가요?" 메리가 더듬더듬 물었다.

"그래, 그럴 거다." 크레이븐 씨가 대답했다.

"그분은 아이들에 대해 잘 아세요." 메리가 말했다. "아이가 열두 명이나 되거든요. 그러니 잘 아실 수밖에요."

크레이븐 씨는 마음을 추스르는 듯했다.

"넌 어쨌으면 좋겠니?"

"저는 밖에 나가서 놀고 싶어요." 메리는 목소리가 떨리지 않기를 바라며 대답했다. "인도에서는 밖에 나가 노는 걸 좋아하지 않았는데 밖에서 노니 배가 고프고 살도 붙고 있어요."

크레이븐 씨는 메리를 가만히 바라봤다.

"소워비 부인 말로는 그게 너한테 좋다더구나. 그럴지도 모르지." 크레이븐 씨가 말했다. "부인은 우선 네가 튼튼해진 다음에 가정교사를 두는 게 좋겠다고 했어."

"황무지에 바람이 불어올 때 밖에서 놀면 튼튼해지는 것 같은 기분이 들어요." 메리가 주장했다.

"어디서 놀지?" 크레이븐 씨가 물었다.

"사방에서요." 메리가 허겁지겁 말했다. "마사 엄마가 줄넘기 줄을 보내주셨어요. 줄넘기하면서 뛰어다녀요. 그리고 땅에서 싹트는 게 있나 둘러보고요. 피해 갈 건 없어요."

"그렇게까지 겁먹을 건 없다." 크레이븐 씨가 걱정스러운 목소리로 말했다. "네가 피해줄 게 뭐가 있다고, 너 같은 어린애가! 좋을 대로 해도 돼."

메리는 한껏 부풀어 오른 마음이 들킬까 걱정돼 목에 손을 가져다 댔다. 메리는 크레이븐 씨에게 한 걸음 더 다가갔다.

"정말 그래도 돼요?" 떨리는 목소리로 물었다.

메리의 불안한 작은 얼굴이 크레이븐 씨를 더 걱정스럽게 한 모양이었다.

"그렇게 겁먹을 거 없다니까." 크레이븐 씨가 외쳤다. "당연히 그래도 되지. 나는 네 후견인이긴 하다만 어떤 아이에게든 좋은 후견인은 아니야. 나는 너에게 시간을 쏟거나 신경 써줄 수가 없어. 몸도 안 좋고 엉망인 데다 신경 써줄 순 없지만 네가 행복하고 편안했으면 좋겠다. 나는 아이들에 대해 아는 게 없다만 메들록 부인이 네게 필요한 건 전부 챙겨줄 거다. 오늘 널 부른 건 소워비 부인이 널 만나봐달라고 부탁해서야. 그 집 딸이 네 얘기를 했다더구나. 부인은 네가 맑은 공기를 쐬며 마음껏 뛰어놀 필요가 있다고 생각하던데."

"그분은 아이들에 대해서라면 모르는 게 없으시니까요." 메리는 그만 또 말하고 말았다.

"그럴 만하지." 크레이븐 씨가 말했다. "황무지에서 날 붙들고 말을 건네길래 주제넘다 여겼다만, 크레이븐 부인이 자기에게 진설하게 대해줬다고 하더구나." 죽은 아내 얘기를 하려니 힘이 든 듯했다. "소워비 부인은 올바른 사람이야. 지금 널 보니 그 부인 말이 옳은 것 같구나. 밖에 나가 마음껏 놀아라. 여긴 넓으니 가고 싶은 곳은 어디든 가고 하고 싶은 것도 맘대로 하려무나. 뭐 갖고 싶은 건 없고?" 그는 문득 생각난 듯 물었다. "인형이나 장난감, 아니면 책 같은 것 말이다."

"저… 혹시." 메리는 떨리는 소리로 물었다. "땅을 좀 가질 수 있을까요?"

들뜬 나머지 메리는 그 말이 얼마나 이상하게 들릴지, 그리고 자신이 진짜로 하려던 말이 아니었음을 깨닫지 못했다. 크레이븐 씨는 상당히 놀란 듯했다.

"땅?" 그가 되뇌었다. "그게 무슨 말이냐?"

"씨앗을 심으려고요. 키워서, 어… 자라나는 모습을 보려고요." 메리는 말을 더듬었다.

크레이븐 씨는 잠시 메리를 응시하더니 손으로 빠르게 눈 위를 쓸었다.

"너는… 정원을 무척 좋아하는구나." 크레이븐 씨가 느릿느릿 말했다.

"인도에서는 잘 몰랐는데요." 메리가 말했다. "거기서는 항상 아프고 피곤하고, 또 날씨가 너무 더웠거든요. 가끔 모래에 작은 화단을 만들어 꽃을 꽂으며 놀긴 했지만 여긴 달라요."

크레이븐 씨는 일어나 천천히 방안을 서성이기 시작했다.

"땅 조금." 크레이븐 씨가 혼잣말을 했고, 메리는 자기 때문에 뭔가가 떠오른 모양이라고 생각했다. 걸음을 멈추고 메리를 다시 바라봤을 때는 어쩐지 부드럽고 다정해 보이기까지 했다.

"원하는 만큼 가져도 된다." 크레이븐 씨가 말했다. "너를 보니 땅과 생명을 사랑하던 어떤 이가 생각나는구나. 네가 원하는 땅이 있으면 가져도 돼. 그리고 생명들로 살아나게 해주렴." 미소 비슷한 것을 띠며 크레이븐 씨가 말했다.

"어디든 괜찮나요? 아무도 원하는 사람이 없다면?"

"어디든." 크레이븐 씨가 대답했다. "자, 이제 나가봐라. 피곤하구나." 크레이븐 씨는 종을 울려 메들록 부인을 불렀다. "잘 지내렴. 나는 여름 내내 여기 없을 거다."

메들록 부인이 어찌나 빨리 왔는지 메리는 부인이 복도에서 기다리고 있었던 게 틀림없다고 생각했다.

"메들록 부인." 크레이븐 씨가 말했다. "아이를 보니 소워비 부인이 한 말이 무슨 뜻인지 알겠군요. 공부는 좀 더 튼튼해진 다음에 시작해야겠어요. 아이한테 소박하고 건강한 음식을 주고 정원에서 맘껏 뛰어다니게 내버려 둬요. 너무 과하게 돌보진 말고요. 아이에겐 맑은 공기와 맘껏 뛰어노는 게 필요할 테니까. 소워비 부인이 이따금 들러 아이를 살필 거고 가끔은 아이를 그 집으로 보내도 되고."

메들록 부인은 기쁜 듯 보였다. 메리를 과하게 돌볼 필요 없다는 말에 마음이 놓였던 것이다. 부인에게 메리는 귀찮은 존재였고 가능하면 메리를 덜 보려 애썼다. 게다가 마사 엄마를 좋아하기도 했다.

"고맙습니다, 주인어른." 부인이 말했다. "수잔 소워비와 저는 같이 학교에 다닌 사이랍니다. 그렇게 경우가 바르고 마음 따뜻한 사람은 아무리 돌아다녀도 못 찾을 거예요. 저는 아이가 없지만 수잔은 열둘이나 두었고 그 애들만큼 건강하고 착한 아이들도 없답니다. 메리 아가씨가 그 애들과 어울려 잘못될 일은 없을 거고요. 저도 아이들에 대해서만큼은 항상 수잔 소워비의 조언을 듣지요. 마음이 건강한 사람이라고 할 수 있어요, 아시겠지만."

"알겠어요." 크레이븐 씨가 대답했다. "메리 양을 데려가고 피처한테 내가 찾는다고 전해줘요."

메들록 부인이 메리를 방이 있는 복도 끝까지 데려다주고 돌아가자 메리는 날듯이 방으로 들어갔다. 마사가 방에서 기다리고 있었는데, 사실 테이블을 치우자마자 급히 돌아온 것이었다.

"이제 내 정원을 가질 수 있어!" 메리가 외쳤다. "어디든 내가 원하는 곳에! 한동안은 가정교사도 없을 거고! 너희 엄마가 나를 만나러 오고 내가 너희 집에 가도 된대! 나 같은 어린애가 무슨 해를 끼치겠냐면서 나 하고 싶은 대로 해도 된다고 하셨어. 어디서든!"

"아유!" 마사가 기뻐하며 말했다. "참으로 좋은 분이시네유, 그츄?"

"마사." 메리가 진지하게 말했다. "그분은 정말 좋은 분이야. 하지만 얼굴이 너무 슬퍼 보이고 이마를 온통 찡그리고 계셨어."

메리는 최대한 빨리 정원으로 뛰어갔다. 생각보다 오래 자리를 비웠고 디콘이 팔 킬로미터를 걸어서 집까지 가려면 일찍 출발해야 한다는 것도 알았기 때문이다. 메리가 담쟁이덩굴 아래 문으로 들어가 보니 원예 도구는 나무 아래 가지런히 놓여 있었지만 디콘은 아까 일하던 자리에 없었다. 메리는 그리 달려가 사방을 둘러봤다. 하지만 디콘은 어디에도 보이지 않았다. 디콘은 사라지고 비밀의 정원은 텅 비어 있었다. 방금 담장 위를 가로질러 날아와 장미나무에 앉아 메리를 지켜보는 울새 빼고는.

"가버렸네." 메리는 서글프게 말했다. "아! 혹시, 혹시 그 애는 숲의 요정이었을까?"

그때 장미나무 덤불에 달린 하얀 무언가가 눈에 들어왔다. 종잇조각이었다. 디콘에게 보낸 마사한테 써줬던 그 편지였다. 그 종이는 장미나무의 긴 가시에 꽂혀 있었고, 곧 메리는 디콘이 그걸 거기에 꽂아 두고 갔음을 알았다. 종이에는 서툴게 쓴 인쇄체 글자와 그림 같은 것이 그려져 있었다. 처음에 메리는 그게 무얼 뜻하는지 몰랐다. 그러다가 그게 둥지와 거기에 앉아 있는 새라는 걸 알았다. 아래에는 인쇄체 글씨로 이렇게 쓰여 있었다.

"다시 오께요."

13

"나는 콜린이야."

메리는 저녁을 먹으러 가면서 그림을 가져가 마사에게 보여줬다.

"어휴!" 마사가 대단히 자랑스러워하며 말했다. "우리 디콘이 그렇게 재주가 좋은 줄 몰랐네유. 그건 둥지에 있는 개똥지빠귀 아녜유. 실물이랑 똑같고 두 배는 더 자연스러운디유."

메리는 디콘이 그림으로 메시지를 보냈음을 알았다. 디콘은 메리의 비밀을 지켜주겠다는 뜻으로 그런 그림을 그린 것이다. 둥지는 정원이고 지빠귀는 메리를 의미하는 것이었다. 메리는 별나면서도 소탈한 그 소년이 정말 좋았다!

메리는 디콘을 곧 다시 만나길 바라며, 빨리 다음 날 아침이 오길 고대하며 잠들었다.

하지만 요크셔 날씨는 예측불허였고 봄에는 더더욱 그랬다. 메리는 빗발이 묵직하게 창문을 때리는 소리에 한밤중에 잠에서 깼다. 비가 쏟아지자 오래된 저택의 모퉁이와 굴뚝에서 바람이 휭휭 소리를 냈다. 메리는 침대에서 일어나 앉았다. 속상한 건 물론 화까지 났다.

"비가 나만큼이나 고집불통이야." 메리가 말했다. "바라지 않으니까 내리는 거 봐."

메리는 베개에 몸을 풀썩 내던지고 얼굴을 파묻었다. 울진 않았지만 누운 채로 거센 빗소리와 바람이 내는 횡횡 소리를 원망했다. 다시 잠들 수가 없었다. 흐느끼는 소리에 잠들 수가 없었고 메리 자신도 흐느끼고 싶었다. 행복했다면 아마 그 소리에 스르륵 잠이 들었을 것이다. 바람이 어찌나 울어대고 빗방울이 유리창을 얼마나 무섭게 내리치던지!

"꼭 황무지에서 길을 잃은 사람이 헤매며 우는 것 같아." 메리가 말했다.

말똥말똥 눈을 뜬 채 한 시간가량 이리저리 뒤척이던 중 메리는 갑자기 벌떡 일어나 문 쪽으로 고개를 돌려 가만히 귀를 기울였다.

"이건 바람 소리가 아니야." 메리는 소리 내어 말했다. "바람 소리가 아니야. 달라. 전에 들은 그 울음소린데."

메리의 방문이 살짝 열려 있었는데 그 소리는 복도에서 들려왔다. 멀리서 희미하게 들려오는 짜증 섞인 울음소리. 메리는 몇 분간 귀를 기울였고 시간이 지날수록 더더욱 확신했다. 도대체 뭔지 알아봐야 할 것 같았다. 비밀의 정원과 땅에 묻힌 열쇠보다 더 기묘했다. 어쩌면 반항적인 기분이었기에 대담해졌는지도 모른다. 메리는 침대에서 발을 내려 바닥에 내려섰다.

"뭔지 알아봐야겠어." 메리가 말했다. "모

두 잠자고 있고 또 메들록 부인이 뭐라든 상관없어. 상관없다고!"

침대 옆에 있던 촛불을 들고 메리는 살금살금 방을 나섰다. 복도는 아주 길고 어두웠지만 메리는 잔뜩 흥분해서 전혀 신경 쓰지 않았다. 태피스트리로 덮인 문이 있는 짧은 복도를 찾아야 했다. 메리는 모퉁이를 기억하고 있다고 생각했다. 메리가 길을 잃었던 날 메들록 부인이 나왔던 그 문. 소리가 그 통로쯤에서 나고 있었다. 메리는 희미한 불빛에 의지해 더듬다시피 해 나아갔고, 심장이 너무 뛰어 거의 귀에까지 들리는 듯했다. 멀리서 나는 희미한 울음소리가 계속되어 메리는 그 소리를 따라갔다. 가끔은 잠시 소리가 그쳤다가 다시 시작되곤 했다. 여기서 꺾는 게 맞을까? 메리는 멈춰서서 생각했다. '그래, 맞아. 이 복도를 지나 왼쪽으로 가고, 그다음엔 넓은 계단 두 칸을 올라 다시 오른쪽으로.' 바로 거기에 태피스트리로 덮인 문이 있었다.

메리는 문을 살짝 밀고 들어가서 조심스레 닫았다. 그러자 울음소리가 크진 않아도 좀 더 또렷하게 들렸다. 왼쪽 벽 너머에서 들려왔는데 몇 미터 앞에 문이 있었다. 그 문틈으로 새어 나오는 희미한 불빛이 보였다. 누군가 울고 있었는데 상당히 어린 목소리였다.

메리가 그곳으로 다가가 문을 열자 바로 방이 나왔다!

멋진 고가구들이 자리한 커다란 방이었는데 벽난로에는 잔불이 희미하게 남아 있었고, 조각 장식이 새겨진 네 개의 침대 기둥에는 양단 커튼이 드리워져 있었으며, 그 옆에는 촛불이 하나 켜져 있었다. 침대에는 남자아이가 누워 훌쩍훌쩍 울고 있었다.

메리는 여기가 정말로 존재하는 곳인지 아니면 자기도 모르게 다시 잠들어 꿈을 꾸는 건지 알 수 없었다.

소년은 날카롭고 섬세한 상앗빛 얼굴을 하고 있었고 눈은 얼굴에 비해 지나치게 커 보였다. 이마에는 숱 많은 머리칼이 흘러내려 여윈 얼굴이 더 작아 보였다. 병약한 아이처럼 보이긴 했지만 어디가 아파서라기보다는 지치고 심통이 나서 울고 있는 것 같았다.

메리는 촛불을 손에 든 채 숨죽이며 문가에 서 있다 살금살금 방을 가로질러 다가갔다. 가까이 가자 촛불 빛이 아이의 주의를 끌었고 아이가 베개 위에서 고개를 돌려 메리를 바라봤다. 회색 눈이 휘둥그레져 얼굴의 절반쯤 차지한 듯 보였다.

"넌 누구야? 유령이야?"

"아니, 유령 아니야." 메리는 대답했다. 메리의 속삭임도 반쯤은 겁에 질린 것처럼 들렸다. "넌 유령이니?"

소년은 여자아이를 빤히 쳐다보고 또 쳐다보고 또 쳐다봤다. 메리는 아이의 눈이 참 이상하다고 생각했다. 마노석처럼 깊은 회색에 검은 속눈썹이 빽빽하게 둘러싸고 있어 눈이 더 커 보였다.

"아니." 소년은 잠시 뜸을 들인 뒤 대답했다. "나는 콜린이야."

"콜린이 누군데?" 메리가 더듬거리며 물었다.

"나는 콜린 크레이븐이야. 너는 누구야?"

"난 메리 레녹스야. 크레이븐 씨는 내 고모부고."

"그분은 우리 아버지야." 소년이 말했다.

"아버지라고!" 메리는 숨이 막힌 듯 말했다. "아들이 있단 얘기는 아무도 안 해줬는데! 어째서 그랬을까?"

"이리 와봐." 소년은 불안한 표정으로 묘한 눈을 메리에게 고정한 채 말했다.

메리가 침대 가까이 다가가자 아이가 손을 내밀어 메리를 살짝 만졌다.

"너 진짜 사람이구나, 그렇지?" 소년이 말했다. "나는 너무 진짜 같은 꿈을 자주 꾸거든. 너도 그런 꿈 중 하나인가 싶었어."

메리는 방을 나서기 전 걸쳤던 모직 숄 자락을 그의 손에 쥐어 줬다.

"이걸 만져봐, 얼마나 두껍고 따뜻한지." 메리가 말했다. "내가 진짜인지 알려주려면 꼬집어줄 수도 있는데. 나도 네가 꿈에 나오는 사람인가 했어."

"넌 어디서 왔어?" 아이가 물었다.

"내 방에서. 바람이 하도 윙윙대서 잠이 깼는데 우는 소리가 들리길래 누군지 궁금했거든. 왜 울었던 거야?"

"나도 잠이 안 오고 머리가 아파서. 이름이 뭐라고 했지? 다시 말해줘."

"메리 레녹스. 내가 여기서 살게 되었다고 아무도 말해주지 않았어?"

그는 여전히 메리의 숄 자락을 만지작거렸지만 점점 메리가 진짜임을 믿는 듯한 얼굴이었다.

"못 들었어." 아이가 대답했다. "감히 그럴 수 없었겠지."

"왜?" 메리가 물었다.

"네가 날 보게 될까 봐 두려웠을 테니까. 나는 사람들에게 내 모습을 보이거나 내 얘기를 하게 두지 않거든."

"왜?" 메리는 점점 더 알 수 없어 다시 물었다.

"난 항상 이렇게 아프고 누워있어야만 하니까. 아버지도 사람들이 내 얘기 하는 걸 허락하지 않으셔. 하인들이 나에 대해 말하지 못하게 되어 있고. 살아 있다면 나는 꼽추가 될 거래. 어차피 오래 살지도 못할 거야. 아버지는 내가 아버지처럼 될지도 모른다는 생각조차 하기 싫어서."

"정말 이상한 집이야!" 메리가 말했다. "참 별난 집이네! 모든 것이 비밀이고 방도 잠겨 있고 정원도 잠겨 있고. 그리고 너는 갇혀 있는 거야?"

"아니. 나는 밖에 나가고 싶지 않아서 이 방에 있는 거야. 나가면 너무 피곤하거든."

"아버지는 널 보러 오셔?" 메리는 용기 내 물었다.

"이따금. 보통은 내가 자고 있을 때 오셔. 아버진 날 보고 싶어 하지 않아."

"왜?" 메리는 다시 묻지 않을 수 없었다.

분한 기색이 아이의 얼굴에 스쳐 지나갔다.

"내가 태어났을 때 어머니가 돌아가셔서 아버진 날 보는 걸 괴로워하셔. 아버진 내가 모르는 줄 알지만 사람들이 얘기하는 걸 들었어. 아버진 날 미워하는 것 같아."

"그분은 부인이 돌아가신 뒤로 정원을 싫어하시지." 메리는 반쯤 혼잣말처럼 말했다.

"무슨 정원?" 아이가 물었다.

"아! 그냥, 그냥 네 어머니가 좋아하던 정원이야." 메리가 허둥거렸다. "넌 항상 여기 있는 거야?"

"거의 항상. 가끔 바닷가 집에 데려가기도 하지만 사람들이 날 너무 빤히 쳐다봐서 가고 싶지 않아. 예전엔 등에 쇠로 된 교정기를 착용하고 있었는데 런던에서 이름난 의사 선생님이 오셔서 멍청한 짓이라고 하시면서 그걸 벗기고 맑은 공기를 쐬라고 하셨어. 근데 난 맑은 공기도 싫고 나가는 건 더 싫어."

"나도 여기 처음 왔을 땐 그랬어." 메리가 말했다. "그런데 왜 날 계속 그렇게 쳐다봐?"

"너무 생생한 꿈인 것 같아서." 콜린이 약간 짜증 섞인 목소리로 대답했다. "가끔 눈을 뜨고 있는데도 내가 깨어 있는지 아닌지 모르겠거든."

"우린 둘 다 깨어 있어." 메리가 말했다. 메리는 높은 천장과 그림자가 드리워진 구석의 희미한 벽난로 불빛을 둘러봤다. "제법 꿈처럼 보이긴 하네. 한밤중이고 집안 사람 모두 잠들었으니. 우리 둘만 빼고 전부. 우린 분명 깨어 있어."

"꿈이 아니었으면 좋겠어." 아이가 초조한 듯 말했다.

메리는 문득 어떤 생각이 떠올랐는지 이렇게 말했다.

"사람들이 널 보는 게 싫으면 난 이만 갈까?"

콜린은 여전히 메리의 숄 사락을 쥐고 있었는데 그걸 살짝 끌어당겼다.

"아니." 그가 말했다. "네가 가버리면 정말 꿈인 줄 알게 될 거야. 네가 진짜라면 거기 커다란 스툴에 앉아서 얘기해줘. 네가 얘기하는 거 듣고 싶어."

169

메리는 가지고 온 촛불을 침대 옆 테이블에 내려놓고 푹신한 스툴에 앉았다. 갈 마음은 전혀 없었다. 이 숨겨진 방에서 이 수수께끼 같은 소년과 얘기하고 싶었다.

"무슨 얘기 해줬으면 좋겠어?" 메리가 물었다.

콜린은 메리가 미슬스웨이트에 온 지 얼마나 됐는지, 메리 방은 어디쯤 있는지, 지금까지 뭘 했는지, 자기만큼이나 황무지를 싫어하는지, 요크셔에 오기 전엔 어디서 살았는지 이것저것 궁금해했다. 메리는 그가 묻는 것마다 모두 대답했고 콜린은 침대에 누운 채 귀를 기울였다. 그는 메리에게 인도에 관한 거며 바다를 건너온 얘기에 대해 자세히 물었다. 메리는 아이가 몸이 불편해서 다른 아이들은 다 아는 걸 배우지 못했다는 걸 알게 됐다. 그나마 어릴 때 유모가 글을 가르쳐줘 멋진 삽화가 들어간 책을 읽으며 지냈다.

아버지는 비록 아이가 깨어 있을 때는 거의 만나러 오진 않았지만, 아이가 가지고 놀라고 온갖 멋진 선물을 사줬다. 그런데도 콜린은 무엇 하나 진심으로 좋아하는 것 같지 않았다. 부탁하면 뭐든 가질 수 있고 하기 싫은 건 뭐든 안 해도 됐기 때문이다.

"다들 내 기분을 맞춰줘야 해." 콜린은 무심코 말했다. "화를 내면 병이 나거든. 내가 어른이 될 때까지 살 수 있을 거라고 아무도 믿지 않아. 살아남는다면 꼽추가 될지도 모르지만, 어차피 오래 못 살 거야."

그런 말을 하는 게 너무 익숙

해서인지 콜린은 담담했다. 그러면서도 메리의 목소리는 좋아하는 것 같았다. 메리가 얘기하는 동안 콜린은 나른하지만 흥미롭다는 듯 귀를 기울였다. 한두 번 금방이라도 잠들 것 같았으나 그러다 어느 순간 또 새로운 질문을 하곤 했다.

"넌 몇 살이야?" 아이가 물었다.

"열 살." 메리는 순간 정신이 팔린 채 말했다. "너랑 동갑이야."

"어떻게 알아?" 콜린이 놀란 목소리로 물었다.

"네가 태어났을 때 정원 문을 잠그고 열쇠를 묻어버렸으니까. 그렇게 잠긴 채 십 년이 흘렀거든."

콜린은 반쯤 몸을 일으키더니 팔꿈치에 기대 메리를 빤히 바라봤다.

"어느 정원 문? 누가 잠갔는데? 열쇠는 어디 묻혀 있고?" 콜린은 갑자기 엄청나게 관심이 생긴 듯 질문을 퍼부었다.

"거긴, 거긴 크레이븐 씨가 싫어하는 정원이야." 메리는 안절부절못하며 머뭇거렸다. "그분이 문을 잠그고 열쇠도 땅에 묻었대. 아무도, 아무도 열쇠가 어디 묻혔는지 몰라."

"무슨 정원인데?" 콜린이 성급하게 캐물었다.

"십 년 동안 누구도 그 안에 들어가지 못하게 했어." 메리는 조심스럽게 대답했다.

하지만 아무리 조심해봐야 이미 늦었다. 콜린은 메리와 참 비슷했다. 콜린 역시 아무 생각할 거리가 없었고 숨겨진 정원이란 얘기에 메리만큼이나 흥미를 느꼈다. 콜린은 연이어 질문을 퍼부었다. "그 정원은 어디 있는데? 문은? 찾아봤어? 정원사들한테 물어봤어?"

"그 얘기는 다들 안 하려고 하던데." 메리가 말했다. "물어봐도 대답하지 말라고 누가 시킨 거 같아."

"내가 시키면 대답할 거야." 콜린이 말했다.

"그래?" 메리는 겁이 나기 시작해 허둥거렸다. 만약 콜린이 사람들에게 대답하라고 한다면 무슨 일이 벌어질까!

"다들 내 기분을 맞춰줘야 하니까. 아까 말했잖아." 콜린이 말했다. "내가 살아남으면 이 집도 언젠가 내 것이 돼. 다들 그걸 알아. 내가 시키면 말할 거야."

메리는 자기가 버릇없다는 건 몰랐으나 이 불가사의한 소년이 버릇없다는 건 확실히 알 수 있었다. 콜린은 온 세상이 다 자기 거라 생각하고 있었다. 자기가 오래 살지 못할 거라는 걸 아무렇지도 않게 말하는 것도 정말 희한했다.

"너도 네가 오래 살지 못할 거라고 생각해?" 메리는 궁금하기도 했고 또 한편으로는 콜린이 정원에 대해 잊었으면 하는 마음에 이렇게 물었다.

"아마 오래 못 살겠지." 콜린은 아까처럼 무심하게 대답했다. "내가 알고 있는 한 항상 그랬어. 사람들은 내가 오래 못 살 거래. 처음에는 내가 너무 어려서 못 알아듣는 줄 알고 그랬겠지만, 지금은 듣고도 모르는 줄 알고 떠들어 대. 하지만 난 다 들어. 의사 선생님이 우리 아버지 사촌이거든. 엄청 가난한데 내가 죽으면 아버지가 돌아가신 뒤 그분이 미슬스웨이트를 전부 물려받게 돼. 그러니 그분이 내가 오래 사는 걸 바라겠어?"

"넌 살고 싶어?" 메리가 물었다.

"아니." 콜린은 짜증 나고 지친 어조로 대답했다. "그렇다고 죽고 싶은 건 아냐. 아플 때면 여기 누워서 그런 생각을 하다가 울고 또 울거든."

"네가 우는 소리를 세 번 들었어." 메리가 말했다. "하지만 누군지는 몰랐지. 무슨 일로 울었던 거야?" 메리는 콜린이 정원에 대해 제발 잊어버리기를 바랐다.

"그보다는 다른 얘기 하자." 콜린이 말했다. "그 정원 말이야. 넌 보고 싶지 않아?"

"보고 싶지." 메리는 상당히 작은 목소리로 대답했다.

"나도." 콜린이 꿋꿋이 말을 이어갔다. "이제까지 뭘 정말 보고 싶다거나 한 적이 한 번도 없었는데 그 정원은 보고 싶어. 그 열쇠를 찾고 싶어. 잠긴 문을 열고 싶어. 휠체어로 거기 데려다 달라고 할 거야. 그러면 맑은 공기도 쐴 수 있겠지. 그 문을 열라고 할 거야."

콜린은 상당히 들떠 그 묘한 눈이 별처럼 반짝였고 그 어느 때보다도 커 보였다.

"사람들은 내 기분을 맞춰줘야 해." 콜린이 말했다. "나를 거기로 데려다 달라고 하고 너도 데려갈 거야."

메리는 양손을 꽉 마주 잡았다. 전부 망치고 말았다, 전부! 디콘은 다시는 오지 못할 것이다. 메리도 다시는 안전한 둥지 속 지빠귀 같은 기분을 느끼지 못할 것이다.

"아! 제발, 제발, 제발 그러지 마!" 메리는 소리쳤다.

콜린은 메리가 마치 미친 사람인 것처럼 바라봤다.

"왜?" 콜린이 소리쳤다. "너도 보고 싶다며."

"맞아." 메리는 거의 흐느낌이 목에 걸린 듯 말했다. "하지만 네가 그런 식으로 사람들을 시켜 정원 문을 열게 하고 안에 데려다 달라 하면 이제 비밀이 아니게 되잖아."

콜린은 몸을 앞으로 좀 더 기울였다.

"비밀이라니?" 콜린이 말했다. "그게 무슨 말이야? 말해봐."

이제 메리는 입에 담아뒀던 말을 막 쏟아냈다.

"있잖아, 있잖아." 메리가 숨을 몰아쉬며 말했다. "만약 우리 말고는 아무도 모르고, 담쟁이덩굴 아래 숨겨진 문이 진짜 있고, 우리가 찾을 수 있다고 쳐. 그 문으로 같이 들어가 문을 닫아버리면 아무도 안에 사람이 있는 줄 모를 거야. 그러면 우린 거길 우리 정원이라고 부르고 지빠귀가 둥지에 숨듯 그렇게 우리끼리만 있는 거야. 그리고 매일 같이 놀면서 땅을 파고 씨앗을 심으면, 전부 살아나게 하면…."

"죽은 거야?" 콜린이 끼어들었다.

"아무도 보살피지 않으면 결국 그렇게 될 거야." 메리가 말을 이었다. "알뿌리는 살아남겠지만 장미는…."

"알뿌리가 뭐야?" 콜린은 메리만큼이나 흥분해서 또 끼어들며 말을 끊었다.

"나팔수선화하고 백합 그리고 아네모네 같은 거야. 지금은 땅속에서 자라고 있어. 봄이 오면 연둣빛 싹이 올라와."

"봄이 오면?" 콜린이 물었다. "그럼 어떻게 돼? 난 아파 방에만 있어서 볼 수가 없어."

"비가 내리다 햇살이 반짝이고 햇살이 반짝이다가 또 비가 내려. 그 사이 땅속에선 식물들이 열심히 싹을 틔우지." 메리가 말했다. "정원이 비밀이면 우린 매일 그 안으로 들어가 식물이 어떻게 자라는지 볼 수 있을 거야. 장미가 얼마나 살아 있는지도 알 수 있을 거야. 모르겠어? 비밀이면 훨씬 더 근사하지 않겠어?"

콜린은 베개 위로 몸을 털썩 눕히더니 묘한 표정으로 누워있었다.

"난 비밀을 가져본 적이 없어." 콜린이 말했다. "어른이 될 만큼 오래 살지 못한다는 거 빼고. 사람들은 내가 그걸 모르는 줄 알지만 다 알아. 그러니까 그게 내 비밀인 셈이지. 하지만 이런 비밀이 훨씬 더 좋은데."

"만약 네가 사람들을 시켜 정원에 데려가게 하지 않으면 우리가 몰래 들어갈 방법을 찾을 수도 있을 거야." 메리가 애원하듯 말했다. "혹시 의사 선생님이 너한테 휠체어를 타고 밖에 나가보라고 하면, 그리고 네가 항상 원하는 대로 할 수 있으면 말이야. 휠체어를 밀어줄 남자애를 찾아서 우리끼리만 가면 계속 비밀이 될 수 있을 거야."

"나는… 그러고… 싶어." 콜린이 아주 천천히 말했다. 눈은 꿈을 꾸는 듯했다. "비밀의 정원에서 마시는 맑은 공기라면 괜찮을 거야."

콜린이 마음에 들어 하는 모습을 보고 비밀을 지킬 거란 생각에 메리는 그제야 숨을 돌리며 안도감을 느꼈다. 메리가 계속 이야기를 들려줘 콜린이 자기가 그랬듯 마음속으로 정원의 모습을 그려볼 수 있게 한다면 콜린도 그 정원이 너무 좋아져서 아무나 제멋대로 정원에 들락거리는 걸 견디지 못할 거란 확신이 들었다.

"안에 들어가면 어떤 모습일지 내 생각을 말해줄게." 메리가 말했다. "오랫동안 닫혀 있었으니까 아마 안에 있는 식물들이 모두 뒤엉켜 있을 거야."

콜린은 가만히 누워 이 나무에서 저 나무로 기어올라 아래로 늘어졌을지도 모르는 장미 덩굴, 그곳이 무척 안전해서 둥지를 틀었을지도 모를 수많은 새 이야기를 들었다. 그다음 메리는 울새와 벤 웨더스태프 얘기를 했다. 울새에 대해서는 워낙 할 얘기가 많고 마음 편하게 할 수 있는 이야기라 더는 겁내지 않았다. 울새 이야기에 콜린이 무척 좋아하며 미소 지으니 소년은 아름다워 보이기까지 했다. 처음엔 눈만 커다랗고 머리숱이 많은 콜린이 자기보다 더 못났다고 생각했었다.

"새들이 그럴 수 있는지 몰랐어." 콜린이 말했다. "하지만 방에만 있다 보면 볼 수 있는 게 없지. 넌 참 아는 게 많구나. 꼭 그 정원에 들어가 본 것 같아."

메리는 무슨 말을 해야 할지 몰라서 아무 말도 하지 않았다. 콜린도 별로 대답을 기대하진 않았던 듯했다. 그러더니 다음 순간 메리를 깜짝 놀라게 했다.

"너한테 보여줄 게 있어." 콜린이 말했다. "저기 벽난로 선반 위 벽에 걸린 장밋빛 실크 커튼 보이지?"

그전까진 눈에 들어오지 않았지만 메리가 고개를 들어보니 부드러운 실크 커튼이 뭔가 그림 같은 것 위에 드리워져 있었다.

"응." 메리가 대답했다.

"거기 보면 줄이 있어." 콜린이 말했다. "가서 당겨 봐."

메리는 어리둥절해서 일어났고 줄을 찾아냈다. 줄을 당기니 고리에 달린 실크 커튼이 젖혀지며 그림이 드러났다. 웃고 있는 한 소녀 그림이었다. 여자애는 파란 리본으로 머리를 묶었고, 명랑하고 사랑스러운 눈은 콜린의 불행한 눈과 똑같았는데, 마노석 회색 눈동자가 검은 속눈썹에 둘러싸여 실제보다 두 배는 커 보였다.

"우리 어머니야." 콜린이 투정 부리듯 말했다. "왜 돌아가셨는지 모르겠어. 그래서 가끔은 어머니가 미워."

"희한하네!" 메리가 말했다.

"어머니가 살아 계셨으면 내가 이렇게까지 아프진 않았을 거야." 콜린이 투덜거렸다. "그랬으면 오래 살 수 있을지도 모르고. 그리고 아버지도 날 보기 싫어하지 않으셨겠지. 그랬으면 내 등도 튼튼했을지 몰라. 다시 커튼 닫아줘."

메리는 시키는 대로 하고 스툴로 돌아왔다.

"어머니가 너보다 훨씬 예쁘시네." 메리가 말했다. "하지만 눈은 너랑 똑같아. 최소한 모양하고 색깔은. 그림은 왜 가려놨어?"

콜린은 불편한 기색으로 꼼지락거렸다.

"내가 그러라고 시켰어." 콜린이 말했다. "가끔은 어머니가 날 쳐다보는 게 싫어. 난 항상 누워만 있는데 어머니는 항상 저렇게 웃고 있으니까. 게다가 우리 어머니를 아무나 보는 게 싫어."

잠깐 정적이 흐르고 메리가 입을 열었다.

"내가 여기 왔던 걸 메들록 부인이 알게 되면 어떻게 될까?" 메리는 물었다.

"부인은 내가 시키는 대로 할 거야." 콜린이 대답했다. "네가 매일 여기 와서 나랑 이야기하게 하라고 부인에게 얘기해 놔야겠어. 네가 와서 기뻐."

"나도 그래." 메리가 말했다. "가능한 한 자주 올게. 하지만…" 메리는 머뭇거렸다. "정원 문을 찾는 것도 매일 해야 해서."

"맞아, 그래야지." 콜린이 말했다. "그리고 나중에 나한테 말해줘."

콜린은 다시 누운 채 잠시 생각하더니 다시 입을 열었다.

"생각해보니 너도 비밀로 해야 할 거 같아." 콜린이 말했다. "사람들이 눈치채기 전까진 아무 말 안 할래. 언제든 혼자 있고 싶다고 하고 간호사를 방에서 내보내면 되니까. 너 마사 알아?"

"응, 아주 잘 알아." 메리가 말했다. "내 시중을 들어."

콜린은 바깥 복도를 향해 고갯짓했다.

"저 방에서 자는 사람이 마사야. 간호사가 어제 언니네 가서 자고 온다고 외출했거든. 자기가 나갈 땐 항상 마사에게 나를 돌보라고 시켜. 마사가 너한테 언제 여기 와도 되는지 말해줄 거야."

그제야 메리는 울음소리에 대해 물었을 때 마사의 곤란해하던 표정이 이해가 됐다.

"마사는 너에 대해 알고 있었어?" 메리가 물었다.

"그럼. 종종 나를 돌봐줘. 간호사가 나를 두고 잠시라도 외출하고 싶어 할 때면 마사가 오거든."

"너무 오래 있었네." 메리가 말했다. "이제 가볼게. 너 눈이 많이 졸려 보여."

"내가 잠들 때까지 있어 주면 좋겠는데." 콜린은 조금 수줍게 말했다.

"눈 감아." 메리가 이렇게 말하며 스툴을 좀 더 침대 가까이 당겼다. "그러면 인도에서 내 아야가 하던 대로 해줄게. 손을 토닥이고 쓰다듬으며 작게 노래를 불러줄 거야."

"그럼 좋을지도 모르겠다." 콜린이 졸린 목소리로 말했다.

메리는 왠지 콜린이 안됐다는 마음이 들었고 말똥말똥 누워있지 않았으면 해서 침대에 몸을 기대고 콜린의 손을 쓰다듬고 토닥이며 아주 작고 부드럽게 힌두스탄어로 된 노래를 불러줬다.

"좋다." 콜린은 더 졸린 목소리로 말했고, 메리는 계속 노래하며 쓰다듬어줬다. 그러다 다시 콜린을 보니 검은 속눈썹이 뺨에 드리워져 있었다. 눈을 감고 곤히 잠들었던 것이다. 그래서 메리는 살며시 일어나 촛불을 들고 살금살금 소리 내지 않고 그 방을 나왔다.

14
어린 라자

다음 날 아침 황무지가 안개 속에 숨고, 종일 비가 퍼부어 도저히 밖에 나갈 수가 없었다. 마사는 너무 바빠 얘기할 틈이 없었기 때문에 메리는 마사에게 오후에 놀이방으로 와달라고 했다. 마사는 요즘 할 일이 없을 때면 뜨는 긴 양말 뜨개 꾸러미를 가지고 왔다.

"무슨 일이래유?" 메리는 앉자마자 물었다. "뭔가 할 말이 있는 것 같은디."

"있지. 그 울음소리가 뭔지 알아냈어." 메리가 말했다.

마사는 뜨개질 거리를 무릎에 떨어뜨리고 놀란 눈으로 메리를 쳐다봤다.

"말도 안 돼유!" 마사가 외쳤다. "그럴 리가 없쥬!"

"밤에 그 소리를 들었어." 메리가 계속해서 말했다. "그래서 일어나 어디서 나는 소린지 찾으러 나갔지. 콜린이었어. 그 애를 찾아냈어."

마사의 얼굴이 두려움으로 확 달아올랐다.

"어유, 메리 아가씨!" 마사는 반쯤 울듯이 말했다. "그러믄 안 되는디… 안 된다구유! 지 큰일 나는 거 아녀유. 아가씨한테 도련님 얘기

하나도 안 했는디, 아가씨 때문에 지가 큰일 나게 생겼구먼유. 지가 일자리를 잃어불면 우리 엄니는 우짠대유!"

"네가 일자리를 잃을 일은 없을 거야." 메리가 말했다. "콜린은 나를 보고 좋아했어. 우리는 한참 동안 얘기했고 콜린은 내가 와서 반갑댔어."

"그랬다구유?" 마사가 외쳤다. "진짜루유? 뭐 하나라도 거슬릴 때 도련님이 어떤지 아가씨는 몰라유. 다 큰 분이 아기처럼 울어대고 화가 치밀면 얼매나 소리를 질러대는지 모두가 다 겁내 한다니께유. 우리가 감히 뭐라 할 수 없다는 걸 아니께유."

"콜린은 거슬려하지 않았어." 메리가 말했다. "나 갈까? 하고 물었더니 계속 있으라고 했는걸. 그리고 이것저것 물어보길래 커다란 스툴에 앉아 인도랑 울새랑 정원 이야기를 해줬어. 날 가지 못하게 했다니까. 자기 어머니 그림도 보여줬어. 나오기 전엔 내가 노래 불러 재워도 줬고."

마사는 놀라움에 헉 소리를 냈다.

"도무지 믿기지가 않아유!" 마사가 반박했다. "호랑이 굴에 제 발로 들어간 거랑 다를 게 없쥬. 평소 같았음 도련님이 난리 치고 집안을 발칵 뒤집어놨을 텐디. 도련님은 모르는 사람이 자길 쳐다보는 걸 못 참아 하걸랑유."

"나는 쳐다봐도 뭐라 하지 않던데. 내내 쳐다보고 있었고 콜린도 나를 쳐다봤어. 마주 봤지!" 메리가 말했다.

"이걸 워쩐다유!" 마사가 안절부절못하며 외쳤다. "메들록 부인이 아시면 지가 지시를 어기고 아가씨한테 얘기한 줄 알 거 아녀유. 그러믄 지는 짐 싸서 집에 가야 하는구먼유."

"콜린은 메들록 부인에게 아무 말 안 할 거야. 일단은 비밀로 하기로 했어." 메리가 단호하게 말했다. "모두가 콜린 기분을 맞춰줘야 한다고 걔가 그러던데."

"네에, 그야 그렇쥬. 참 못됐다니께유!" 마사가 한숨지으며 앞치마 자락으로 이마를 닦았다.

"콜린이 메들록 부인은 그래야 한댔어. 그리고 내가 매일 와서 얘기해주길 바라더라. 그래서 콜린이 나를 만나고 싶어 하면 네가 말해줘야 해."

"지가유?" 마사가 말했다. "그러다간 지가 일자리를 잃을 텐디유. 진짜라니께유!"

"네가 콜린이 시키는 대로 하고 모두가 콜린 말을 따르면 그럴 일 없어." 메리가 반박했다.

"그러니까 아가씨 말은 도련님이 아가씨한텐 상냥하셨단 거잖여유!" 마사가 눈을 휘둥그렇게 뜨며 외쳤다.

"내 생각엔 날 좋아하는 것 같던데." 메리가 대답했다.

"그럼 아가씨가 도련님을 홀렸나 보쥬!" 마사가 단언하고 길게 숨을 들이쉬었다.

"마법 말이야?" 메리가 물었다. "인도에서 마법에 대해 듣긴 했지만 난 그런 건 못해. 그냥 방에 들어갔다가 그 애를 보고 너무 놀라 멀거니 서서 쳐다보기만 했어. 그랬더니 걔가 몸을 돌려 나를 봤지. 콜린은 내가 유령이거나 꿈을 꾸고 있는 거라 생각했어. 나는 콜린이 그런 줄 알았고. 한밤중에 단둘이서만 있는데 서로 누군지 모른다는 건 정말 괴상한 일이더라고. 그리고 우린 서로에게 질문하기 시작했어. 나 갈까? 하고 물으니까 콜린이 가지 말랬고."

"세상이 끝나려나 보네유!" 마사가 놀라서 말했다.

"걔는 어디가 잘못된 거야?" 메리가 물었다.

"아무도 확실히는 몰라유." 마사가 말했다. "도련님이 태어났을 때 크레이븐 주인님은 그야말로 제정신이 아니셨거든유. 의사 선상님들이 주인님을 정신병원에 보내야 할지도 모른다고 그랬다니께유. 전에 말씀드린 대로 크레이븐 부인이 돌아가셔서 그랬다더라구유. 아기에겐 눈길조차 주지 않으려 하셨쥬. 마구 소리 지르면서 자기처럼 꼽추일 테니 차라리 죽는 게 낫다고 하셨다니께유."

"콜린이 꼽추야?" 메리가 물었다. "그렇게 보이진 않던데."

"아직은 아녀유." 마사가 말했다. "허긴 처음부터 다 잘못됐쥬. 엄니는 이 집에 골칫거리랑 분노가 넘쳐서 어떤 아이라도 삐뚤어질 수밖에 없댔슈. 도련님 등이 약해서 조심하느냐 늘 누워있게만 하고 절대 걷지 못하게 하구유. 한번은 보조기를 채워줬더니 도련님이 하도 불편해해서 병이 다 났지 뭐여유. 그러다가 유명한 의사 선상님이 와서 보시곤 보조기를 떼라고 하셨쥬. 다른 의사 선상님들한텐 꽤 심하게 말씀하셨대유, 예의는 차렸지만. 환자에게 약을 너무 많이 주고 뭐든 자기 뜻대로 하게 둬서 그렇다고 혼내셨대유."

"난 콜린이 정말 버릇없는 아이라고 생각해."

"세상에 그렇게 애먹이는 애도 없다니께유!" 마사가 말했다. "도련님이 몸이 많이 안 아프다는 게 아녀유. 두세 번은 기침 때문에 하마터면 죽을 뻔했거든유. 한 번은 류마티스로 열병을 앓았고, 또 한 번은 장티푸스로 아팠쥬. 아유, 그때 메들록 부인이 얼마나 기겁을 했는지 몰라유. 도련님이 정신이 가물가물하니 아무것도 모르는 줄 알고 간호사한테 이렇게 말했대유. '이번에는 확실히 돌아가시겠네. 본인한테나 모두한테나 그게 차라리 다행인지도 몰라.' 그러고는 도련님을 쳐다봤는디 그 커다란 눈을 또렷하게 뜨고 부인만큼이나 말짱한 정신으로 쳐다보고 있더래유. 메들록 부인이 어째야 할지 모르고 있는데 도련님은 그냥 빤히 쳐다보며 이랬대유. '물 갖다 주고 조용히 좀 해.'"

"콜린이 정말 죽을 거라고 생각해?" 메리가 물었다.

"엄니가 맑은 공기도 못 쐬고 종일 누워서 그림책만 읽고 약만 먹으면 어떤 아이든 제대로 살겠냐 그러셨어유. 도련님은 허약하고, 번잡스럽게 밖에 모시고 나가는 걸 싫어하는 데다, 감기에 잘 걸려서 밖에 나가면 바로 병이 난다 하더라구유."

메리는 벽난로에서 피어오르는 불을 멍하니 쳐다보며 생각에 잠겼다.

"궁금한 게 있는데." 메리가 천천히 말했다. "정원에 나가서 식물들이 자라는 걸 보는 게 콜린한테 좋지 않을까. 나는 좋았거든."

"도련님이 젤로 심하게 난리 쳤을 때는 말이쥬." 마사가 말했다. "분수 옆 장미가 있는 데로 모시고 나갔을 때여유. 신문에서 '장미 감기'인지 뭔지를 본 모양인데 재채기가 좀 나니까 그 병에 걸렸다며 난리를 부렸쥬. 그런데 하필 규칙도 모르는 새로 온 정원사가 마침 옆을 지나가다 도련님을 이상하다는 듯 쳐다본 거여유. 도련님은 자기가 꼽추가 될 거라서 정원사가 그렇게 쳐다본 거라며 울고불고 난리도 아녔쥬. 하도 울어대서 열이 나고 밤새 앓았다니께유."

"콜린이 나한테 화내면 난 다시는 보러 안 갈 거야." 메리가 말했다.

"도련님이 아가씨를 데리고 오라고 하면 만나러 가야 혀유." 마사가 말했다. "그건 꼭 알아두셔야 쓰것슈."

얼마 안 있어 종이 울리자 마사는 뜨개질 거리를 챙겼다.

"간호사가 저더러 도련님 좀 잠깐 봐달라 부르는 모양이여유." 마사가 말했다. "도련님 기분이 좋아야 할 텐디."

마사는 십 분쯤 뒤에 어리둥절한 표정으로 돌아왔다.

"아가씨가 도련님을 홀리긴 홀렸나 봐유." 마사가 말했다. "그림책 들고 소파에 앉아 계시더라구유. 간호사더러 여섯 시까지 외출하라고 했다지 뭐여유. 전 옆방에서 대기하고 있기로 했구유. 간호사가 나가자마자 도련님이 저를 부르시더니 그러대유. '메리 레녹스하고 얘기를 나누고 싶은데 여기로 오라고 해. 그리고 이건 아무한테도 얘기하지 마.' 얼른 가보시는 게 좋겠는걸유."

메리는 기꺼이 얼른 가고 싶었다. 디콘만큼 보고 싶은 건 아니었지만 콜린이 무척 보고 싶었다.

방에 들어서니 벽난로에 불이 활활 타고 있었다. 환한 낮에 보니 정말 아름다운 방이었다. 깔개와 벽걸이 그리고 그림과 벽에 꽂힌 책까지 색깔이 화려해서 잿빛 하늘에 비가 내리고 있는데도 따뜻하고 편안해 보였다. 콜린도 꼭 그림 같았다. 벨벳 가운으로 몸을 감싸고 커다란 자수 비단 쿠션에 기대 있었는데 양쪽 뺨이 발갛게 달아올라 있었다.

"들어와." 콜린이 말했다. "오전 내내 네 생각을 했어."

"나도 네 생각 했어." 메리가 말했다. "마사가 얼마나 겁을 먹었는지 몰라. 메들록 부인이 자기가 네 얘기를 나한테 한 줄 알면 쫓아낼 거라고 무서워하더라."

콜린은 얼굴을 찌푸렸다.

"가서 마사더러 들어오라고 해." 콜린이 말했다. "옆방에 있어."

메리는 가서 마사를 데려왔다. 불쌍한 마사는 두려움에 부들부들 떨고 있었다. 콜린은 여전히 얼굴을 잔뜩 찌푸린 채였다.

"넌 내 기분 맞춰줘야 하잖아, 아니야?" 콜린이 다그쳤다.

"도련님 기분을 맞춰드려야쥬." 마사가 더듬거리더니 얼굴이 새빨개졌다.

"메들록 부인도 그래야 하지?"

"모두들 그래야쥬, 도련님." 마사가 말했다.

"그럼 내가 너한테 메리 아가씨를 데려오라고 시키면 메들록 부인이 그걸 어떻게 알고 널 쫓아내지?"

"제발 그러지 말아주셔유, 도련님." 마사가 애원했다.

"부인이 감히 한마디라도 하면 내가 당장 내쫓을 거야." 콜린 도련님이 위엄 있게 말했다. "그럼 부인도 달가워하지 않겠지."

"고맙구먼유, 도련님." 마사는 꾸벅 절을 했다. "전 지가 해야 할 일을 하고 싶을 뿐이여유."

"내가 원하는 게 바로 그거야." 콜린이 더 위엄 있게 말했다. "내가 널 지켜줄 테니까 이제 가봐."

마사가 나가고 문이 닫히자 콜린은 메리가 자기를 의아하다는 듯 빤히 쳐다보고 있다는 것을 알아챘다.

"왜 그렇게 봐?" 콜린이 물었다. "무슨 생각하는데?"

"두 가지를 생각했어."

"뭔데? 앉아서 얘기해줘."

"첫 번째는 이거야." 메리가 커다란 스툴에 앉으며 말했다. "예전에 인도에서 어떤 남자애를 봤는데 그 애는 라자(인도 문화권에서 왕이나 제후를 일컫는다-옮긴이)였어. 루비랑 에메랄드 그리고 다이아몬드를 온몸에 주렁주렁 달고 있었지. 그는 자기 백성들에게 지금 네가 마사에게 하듯 말했어. 모두 그 아이가 시키는 대로 해야 했지. 시키는 대로 안 하면 아마 목숨을 잃었을걸."

"너한테 당장 라자 이야기를 하게 해야겠어." 콜린이 말했다. "하지만 그 전에 두 번째가 뭔지 말해봐."

"뭐냐면, 너와 디콘이 얼마나 다른지 생각했어." 메리가 말했다.

"디콘이 누군데?" 콜린이 말했다. "희한한 이름이네!"

디콘에 대해 말해도 될지 메리는 잠시 생각했다. 비밀의 정원 얘기는 빼고 디콘에 대해서만 얘기하면 되지 싶었다. 메리는 마사가 들려주는 디콘 얘기가 참 좋았다. 게다가 디콘에 대해 얘기하고 싶기도 했다. 그러면 디콘이 더 가깝게 느껴질 것 같았기 때문이다.

"마사 남동생이야. 열두 살이고." 메리가 설명했다. "세상 그 누구하고도 달라. 인도 원주민들이 뱀을 부리듯 여우랑 다람쥐랑 새들을 부릴 수 있어. 아주 감미롭게 피리를 불면 동물들이 와서 듣고.

콜린 옆 테이블엔 커다란 책이 몇 권 놓여 있었는데 갑자기 콜린이 그중 한 권을 자기 쪽으로 끌어당겼다.

"여기 뱀 부리는 사람 그림이 있어!" 콜린이 외쳤다. "와서 봐봐."

훌륭한 삽화가 실린 아름다운 책이었는데 콜린이 그림 하나를 펼쳐 보였다.

"그 애가 진짜 이렇게 할 수 있단 말이야?" 콜린이 흥분해서 물었다.

"디콘이 피리를 불면 동물들이 모여들어." 메리가 설명했다. "하지만 디콘은 그걸 마법이라고 하진 않아. 황무지에서 오래 지내다 보니 동물들을 잘 알게 됐대. 가끔은 자기가 새나 토끼가 된 것 같은 기분이 들 정도로 동물을 좋아한다고 하더라고. 내 생각엔 디콘이 울새한테 질문도 했던 거 같아. 서로 짹짹거리며 마치 대화하는 것 같았어."

콜린은 쿠션에 기대더니 눈은 더 커지고 뺨도 점점 더 붉어졌다.

"그 애 얘기 더 해줘." 콜린이 말했다.

"디콘은 알이랑 둥지에 대해서도 아주 잘 알아." 메리가 말을 이었

다. "여우랑 오소리랑 수달이 어디 사는지도 알고. 하지만 다른 아이들이 땅굴을 찾아내면 걔들이 놀랄까 봐 비밀로 해야 한대. 디콘은 황무지에서 나고 자라는 것에 대해서라면 뭐든 다 알아."

"그 애는 황무지를 좋아해?" 콜린이 물었다. "이렇게 넓고 황량하고 음울한 곳을 어떻게 좋아할 수 있지?"

"여긴 세상에서 가장 아름다운 곳이야." 메리가 반박했다. "예쁜 게

수없이 많이 자라나고 수많은 생물이 다들 부지런히 둥지를 짓고 땅굴을 파며 살아가. 그러면서 서로 짹짹거리거나 노래하거나 꽥꽥거리지. 땅속이나 나무 위나 히스꽃이 피어나는 들판에서 다들 그렇게 바쁘고 재밌게 살아가. 걔들 세상이야."

"넌 어떻게 그런 걸 다 알아?" 콜린이 팔꿈치를 괴고 몸을 돌려 메리를 바라보며 물었다.

"사실 난 한 번도 가본 적 없어, 실제로는:" 메리는 갑자기 생각난 듯 말했다. "참, 어둠 속에서 마차를 타고 지나가긴 했다. 그땐 끔찍한 곳이라고 생각했지. 처음엔 마사가, 그다음엔 디콘이 황무지에 대해 얘기해줬어. 디콘이 황무지 얘기를 해주는 걸 듣고 있으면 마치 햇살이 내리쬐는 히스꽃이 가득 핀 들판에 서 있는 듯한 기분이 들어. 꿀처럼 달콤한 가시금작화 향기가 그득하고 온 천지에 꿀벌과 나비가 날아다니는 것 같지."

"아프면 그런 건 하나도 볼 수 없어." 콜린이 초조해하며 말했다. 그는 마치 멀리서 들려오는 새로운 소리에 귀 기울이며 그게 뭘까 궁금해하는 사람 같았다.

"방안에만 있으니 아무것도 못 보지." 메리가 말했다.

"나는 황무지에 못 나가." 콜린이 원망스레 말했다.

메리는 잠시 조용히 있다가 단호하게 말했다.

"언젠가는 나갈 수 있을지도 몰라."

콜린은 놀란 듯 몸을 움찔했다.

"황무지에 나간다고? 내가 무슨 수로? 그랬다간 죽고 말 거야."

"그걸 어떻게 아는데?" 메리가 냉정하게 물었다. 메리는 콜린이 자기 죽음에 대해 말하는 방식이 마음에 들지 않았다. 별로 동정하고 싶지 않았고 오히려 죽을 거라고 뽐내는 것 같았다.

"내가 기억하는 한 항상 그렇다고 들어왔으니까." 콜린이 삐딱하게 말했다. "사람들은 항상 소곤거리면서 내가 듣지 못하는 줄 알더라. 다들 내가 죽기를 바라지."

메리 아가씨는 고집불통이 돼 입술을 꼭 다물었다.

"만약 사람들이 내가 죽기를 바란다면 난 절대 안 죽을 거야. 누가 네가 죽기를 바라는데?"

"하인들 그리고 당연히 크레이븐 의사 선생님. 내가 죽으면 미슬스웨이트를 물려받고 부자가 돼 가난에서 벗어나게 될 테니까. 대놓고 말하진 않지만 내 상태가 안 좋아지면 의사 선생님은 신나 보여. 내가 장티푸스에 걸렸을 땐 얼굴이 엄청나게 좋아졌다니까. 내 생각엔 아버지도 그러길 바라시는 거 같아."

"그분이 그러실 것 같진 않아." 메리는 상당히 단호하게 말했다.

그 말에 콜린은 고개를 돌려 다시 메리를 쳐다봤다.

"정말 그렇게 생각해?" 콜린이 물었다.

그러더니 쿠션에 몸을 기대 생각에 잠긴 듯 가만히 있었다. 그렇게 한참 정적이 흘렀다. 아마 둘 다 보통 아이들은 생각하지 않을 법한 이상한 것들을 떠올리고 있었는지도 모른다.

"난 런던에서 오신 유명한 의사 선생님이 좋아. 쇠로 된 기구를 벗게 해주셨잖아." 마침내 메리가 말했다. "그분도 네가 죽을 거라고 하셨어?"

"아니."

"뭐라고 하셨는데."

"그분은 소곤거리지 않았어." 콜린이 대답했다. "아마 내가 소곤거리는 걸 싫어한다는 걸 알아서일 거야. 한번은 그분이 큰소리로 이렇게 말하는 걸 들었어. '아이가 살겠다고 마음만 먹으면 살 수 있을 겁니다. 아이가 그럴 마음이 들게 해주세요.' 마치 화난 사람 같이 말했어."

"너한테 그런 마음이 들게 할 사람을 알 것 같아, 아마도." 메리가 생각에 잠겨 말했다. 어떻게든 고민을 끝내고 싶었다. "디콘이라면 할 수 있을 거야. 항상 살아 있는 것들에 대해 얘기하거든. 죽은 것이나 병든 것들에 대해서는 절대 얘기 안 해. 항상 하늘을 올려다보고 날아가는 새들을 쳐다보거나 아니면 땅을 내려다보고 자라나는 식물을 쳐다봐. 주위를 둘러보느라 항상 동그란 파란 눈을 크게 뜨고 있지. 그리고 웃을 때면 커다란 입꼬리가 활짝 올라가고 뺨은 체리처럼 붉어."

메리는 스툴을 소파 가까이 끌어당겼다. 입꼬리가 올라가는 커다란 입과 크게 뜬 눈을 떠올리고는 메리의 표정이 바뀌었다.

"있잖아." 메리가 말했다. "죽는 얘긴 이제 그만하자. 난 싫어. 사는 얘기 하자. 디콘 얘기를 하는 거야. 그런 다음 네 그림책을 보고."

메리가 할 수 있는 최고의 말이었다. 디콘에 대해 이야기한다는 것은 황무지에 대해 그리고 오두막집과 거기에서 일주일에 16실링으로 살아가는 열네 명에 대해 이야기하는 것이었다. 그리고 황무지 풀밭에서 야생 조랑말처럼 살이 붙는 아이들 이야기를, 그리고 디콘의 엄마 이야기와 줄넘기 줄, 그리고 햇살이 내리쬐는 황무지, 그리고 검은 흙을 뚫고 뾰족하게 올라오는 연둣빛 새싹 이야기를. 모든 것이 너무나 생생해서 메리는 그 어느 때보다도 많은 말을 했다. 콜린 역시 그 어느 때보다도 많이 말하고 들었다. 그리고 둘 다 아이들이 행복할 때면 으레 그러듯 아무것도 아닌 일에 소리 내어 웃기 시작했다. 마지막에는 너무 웃어대느라 무뚝뚝하고 작은 사랑받지 못한 여자아이와 자기가 곧 죽을 거라 믿는 남자아이가 아니라 평범하고 건강한 자연스러운 열 살 아이들처럼 시끄럽게 소리를 질러댔다.

어찌나 재미있게 놀았던지 둘은 그림책도 잊고 시간도 잊었다. 둘

다 벤 웨더스태프와 울새 이
야기를 하며 크게 소리 내어 웃어대던
중 콜린이 별안간 뭔가를 떠올리고는 자기
가 등이 약하다는 사실도 까맣게 잊은 듯 벌떡
몸을 일으켰다.

"우리가 한 번도 생각 못 한 사실이 있단 거 알아?" 콜린이 말했다.
"우린 사촌지간이야."

지금까지 한참 떠들고 놀면서도 이 간단한 걸 생각하지 못했다는 게 너무 희한해서 둘은 그 어느 때보다도 더 크게 웃어댔다. 어떤 것에든 웃음이 났다. 그렇게 즐겁게 시간을 보내던 중에 문이 열리더니 크레이븐 선생과 메들록 부인이 들어왔다.

크레이븐 선생은 눈에 띄게 화들짝 놀랐고, 메들록 부인은 선생에게 부딪히는 바람에 하마터면 뒤로 넘어질 뻔했다.

"세상에나!" 불쌍한 메들록 부인이 눈이 튀어나올 정도로 놀라 외쳤다. "세상에나!"

"이게 무슨 일이냐?" 크레이븐 선생이 다가오며 말했다. "어떻게 된 일이지?"

콜린은 의사가 경악했든 말든 메들록 부인이 겁에 질렸든 말든 조금도 중요하지 않다는 듯 대답했다. 방에 늙은 고양이나 개가 들어온 것처럼 콜린은 놀라지도 당황하지도 않았다. 메리는 다시 어린 라자를 떠올렸다.

"이쪽은 내 사촌 메리 레녹스야." 콜린이 말했다. "와서 이야기해달라고 내가 부탁했어. 난 메리가 마음에 들어. 내가 부를 때마다 와서 이야기 해줘야 해."

크레이븐 선생은 꾸짖듯이 메들록 부인을 돌아봤다.

"오, 선생님." 부인이 헐떡였다. "어쩌다 이리되었는지 모르겠네요." 감히 입을 열 하인은 이 저택에 한 명도 없는데. 다들 지시를 받았거든요."

"아무도 메리에게 말하지 않았어." 콜린이 말했다. "메리가 내가 우는 소리를 듣고 찾아왔지. 메리가 와서 기뻐. 괜히 그러지 마, 메들록."

메리가 보기엔 크레이븐 선생은 전혀 달가워하지 않는 듯했으나 감히 환자에게 반대할 뜻이 없는 건 확실했다. 의사는 콜린 옆에 앉아 맥을 짚었다.

"너무 들뜬 건 아닌지 걱정이구나. 흥분하는 건 너한테 좋지 않아." 의사가 말했다.

"메리를 데려가면 흥분하겠죠." 콜린이 대답했다. 콜린의 눈이 위험스럽게 반짝였다. "상태는 나아졌어요. 메리가 있으면 나아져요. 간호사에게 메리가 마실 차를 내 것과 함께 가져오라고 해요. 같이 차를 마실 거니까."

메들록 부인과 크레이븐 선생은 곤혹스럽다는 표정으로 서로를 쳐다봤으나 어쩔 도리가 없었다.

"도련님이 꽤 좋아 보여요, 선생님." 메들록 부인이 큰맘 먹고 말했다. "하지만…" 뭔가 생각하더니 말을 이었다. "아가씨가 이 방에 오기 전 오늘 아침부터 좋아 보였어요."

"메리는 어젯밤 내 방에 왔었어. 오랫동안 옆에 있어 줬고, 힌두스탄어로 노래를 불러줘서 듣다 보니 잠이 들었지." 콜린이 말했다. "일어나 보니 상태가 많이 좋아져 아침이 먹고 싶더라고. 지금은 차를 마시고 싶어. 간호사에게 말해줘, 메들록."

크레이븐 선생은 오래 있지 않았다. 간호사가 방에 들어오자 몇 분간 지시를 내리고 콜린에게 몇 마디 경고를 했다. 너무 말을 많이 하면 안 된다, 네가 아프단 걸 잊지 마라, 금방 피곤해진다는 걸 잊지 마라. 메리는 콜린이 잊지 말아야 할 불편한 것들이 되게 많다고 생각했다.

콜린은 짜증 나 보였고 그 특이한 짙은 속눈썹 아래 눈을 크레이븐 선생 얼굴에 고정시켰다.

"난 잊고 싶어요." 마침내 콜린이 말했다. "메리는 그런 걸 잊게 해줘요. 그래서 같이 있고 싶은 거고."

방을 나설 때 크레이븐 선생은 기뻐 보이지 않았다. 의사는 커다란 스툴에 앉아 있는 작은 여자아이에게 당황스럽다는 듯 시선을 던졌다. 메리는 의사 선생이 들어오자마자 다시 부루퉁하고 조용한 아이로 되돌아갔기에 선생은 메리의 어떤 점이 콜린 마음을 사로잡았는지 알 수 없었다. 어쨌든 아이는 실제로 평소보다 밝아 보였다. 의사는 복도를 지나며 제법 무겁게 한숨을 쉬었다.

"다들 내가 내키지 않아 하는데도 항상 뭘 먹이려 들어." 간호사가 차를 가져와 소파 옆 테이블에 놓자 콜린이 말했다. "자, 네가 먹으면 나도 먹을 거야. 그 머핀 맛있고 따뜻해 보이는데. 이제 라자 이야기 해줘."

15
둥지 짓기

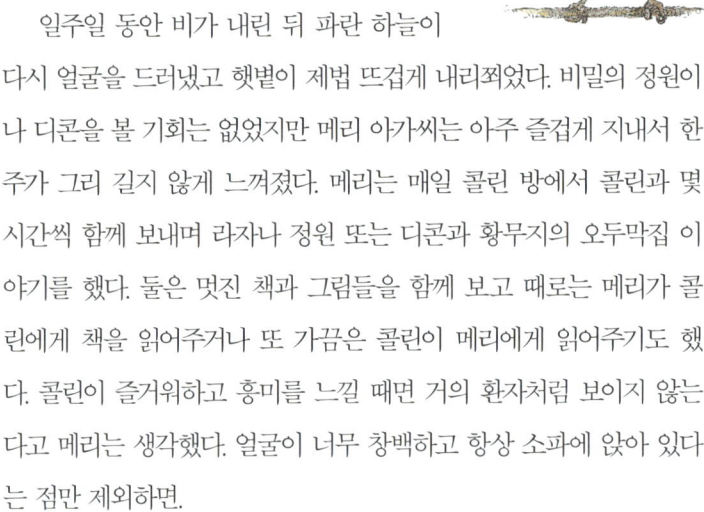

일주일 동안 비가 내린 뒤 파란 하늘이 다시 얼굴을 드러냈고 햇볕이 제법 뜨겁게 내리쬐었다. 비밀의 정원이나 디콘을 볼 기회는 없었지만 메리 아가씨는 아주 즐겁게 지내서 한 주가 그리 길지 않게 느껴졌다. 메리는 매일 콜린 방에서 콜린과 몇 시간씩 함께 보내며 라자나 정원 또는 디콘과 황무지의 오두막집 이야기를 했다. 둘은 멋진 책과 그림들을 함께 보고 때로는 메리가 콜린에게 책을 읽어주거나 또 가끔은 콜린이 메리에게 읽어주기도 했다. 콜린이 즐거워하고 흥미를 느낄 때면 거의 환자처럼 보이지 않는다고 메리는 생각했다. 얼굴이 너무 창백하고 항상 소파에 앉아 있다는 점만 제외하면.

"그날 밤 네가 울음소리를 듣고 일어나 몰래 빠져나가 기어코 소리를 따라간 건 참 잔망스럽긴 한데 그래도 네 덕분에 우리가 축복받은 셈이라고 할 수 있지." 한번은 메들록 부인이 이렇게 말했다. "도련님이 너와 만난 이후로는 떼쓰거나 징징거리지 않거든. 간호사도 도련님한테 질려서 그만둘 참이었는데 이제는 네가 같이 있어 주니까 남아 있겠다고 하더라." 그러면서 살짝 웃었다.

    콜린과 얘기할 때 메리는 비밀의 정원에 대해서만큼은 아주 조심했다. 콜린에게서 알아내고 싶은 것이 몇 가지 있었지만 직접 묻지 않고 알아내야 할 것 같았다. 우선 콜린과 함께 있는 시간이 점점 좋아지면서 메리는 이 아이가 비밀을 털어놓아도 될 만한 사람인지 알고 싶었다. 콜린은 디콘과는 전혀 달랐지만 아무도 모르는 정원이 있다는 것에 무척이나 즐거워했기에 메리는 어쩌면 그를 믿어도 되지 않을까 생각했다. 하지만 아직 오래 알고 지낸 사이가 아니라 확신할 수 없었다. 두 번째로 알고 싶은 것은 이것이었다. 만약 콜린이 믿을 만하다면, 진짜 믿을 만하다면 누구에게도 들키지 않고 콜린을 정원으로 데려갈 수도 있지 않을까? 런던에서 온 의사는 콜린에게 맑은 공기가 필요하다고 했고, 콜린도 비밀의 정원에서라면 맑은 공기를 쐬는 것도 괜찮을 거라고 생각했다. 어쩌면 맑은 공기를 듬뿍 마시고, 디콘과 울새를 알게 되고, 무럭무럭 자라나는 것들을 본다면 콜린도 죽음에 대해 그렇게 자주 생각하지 않을지도 모른다. 최근 메리는 거울 속에 비친 자신을 보며 인도에서 막 도착했을 때와는 상당히 다른 아이가 되어 있는 걸 깨닫고 놀라워했다. 거울 속 아이는 더 좋아 보였다. 마사조차도 메리의 변화를 알아챘다.

    "벌써 황부지 공기 덕을 좀 보셨네유." 마사가 말했다. "이제 예선처럼 누렇게 뜨지도 않고 빼빼 마르지도 않아 보이거든유. 심지어 머리카락도 예전처럼 축 늘어져서 머리에 착 붙어 있지도 않네유. 이제 생기가 좀 돌아서 머리카락이 뻗치기까지 하는구먼유."

    "나도 그런 것 같아." 메리가 말했다. "더 튼튼하고 통통해졌어. 숱도 더 많아졌을 거야."

"확실히 그래 보이네유." 마사가 메리 얼굴 주위로 머리카락을 살짝 부풀리며 말했다. "게다가 볼도 발그레허니 예전처럼 못나 보이지도 않구먼유."

정원과 맑은 공기가 메리의 건강에 좋았다면 콜린에게도 좋을지 모른다. 하지만 콜린은 사람들이 쳐다보는 걸 싫어하니 디콘을 만나고 싶어 하지 않을지도 몰랐다.

"사람들이 쳐다보면 왜 화가 나?" 어느 날 메리가 물었다.

"원래부터 싫었어. 아주 어렸을 때부터." 콜린이 대답했다. "바닷가에 갔을 때 유모가 나를 수레에 눕혀놓곤 했는데 지나가던 사람들이 나를 힐끗힐끗 쳐다보며 유모에게 말을 걸었어. 그 사람들이 소곤거리길래 내가 어른이 될 때까지 못 살 거라고 말하는구나 싶었지. 그리고 가끔은 여자들이 내 뺨을 토닥이고는 '불쌍해라!' 그러는 거야. 한번은 어떤 여자가 그러길래 비명을 질러대고 손을 물어버렸지. 그 여자가 잔뜩 겁을 먹고 도망갔어."

"개처럼 미쳐버린 줄 알았겠네." 메리가 시큰둥하게 말했다.

"어떻게 생각하든 상관없어." 콜린이 얼굴을 찌푸리며 말했다.

"내가 방에 들어왔을 때는 왜 비명 지르며 묻지 않은 거야?" 메리가 물었다. 그러고는 슬며시 미소지었다.

"유령이나 꿈인 줄 알았거든." 콜린이 말했다. "유령이나 꿈은 물 수 없잖아. 비명 질러도 신경 안 쓸 테고."

"혹시 말이야, 어떤 남자애가 널 본다고 하면 싫을까?" 메리는 조심스럽게 물었다.

콜린은 쿠션에 몸을 기대고 잠시 생각에 잠겼다.

"싫지 않은 애가 한 명 있긴 해." 한 마디 한 마디 생각해보고 말하는 것처럼 느리게 말했다. "거슬릴 것 같지 않은 남자애가 하나 있어. 여우들이 어디 사는지 아는 남자애, 디콘."

"디콘은 거슬리지 않을 거야." 메리가 말했다.

"새들도 다른 동물들도 디콘은 거슬려 하지 않지." 콜린은 여전히 생각에 잠겨 말했다. "그러니까 아마 나도 거슬리지 않을 거야. 디콘은 동물들을 잘 다루고 난 동물 같은 애니까."

그러더니 콜린은 웃음을 터트렸고 메리 역시 웃었다. 사실 둘 다 한참 웃었고 콜린이 자기 굴에 숨어 있는 동물이라 생각하니 너무 웃겼다.

메리는 디콘 걱정은 하지 않아도 되겠다는 기분이 들었다.

하늘이 다시 파랗게 갠 첫날 아침 메리는 일찍 일어났다. 햇살이 커튼 틈새로 비스듬히 쏟아져 들어오고 있었고, 그 광경에 메리는 벌떡 일어나 창가로 달려갔다. 커튼을 젖히고 창문을 열자 봄기운을 가득 품은 들판의 향긋한 공기가 방안으로 밀려 들어왔다. 황무지는 푸르렀고 온 세상이 마치 마법이라도 걸린 듯 보였다. 수십 마리의 새들이 연수회를 앞두고 음성을 맞추듯 여기서기서 부드러운 피리 소리가 들려왔다. 메리는 창밖으로 손을 내밀어 햇살을 받았다.

"따뜻해, 따뜻해!" 메리가 말했다. "이러면 초록 새싹이 쑥쑥 솟아날 거야. 그리고 알뿌리랑 뿌리도 땅속에서 온 힘을 다해 자라겠지."

메리는 무릎을 꿇고 창밖으로 최대한 몸을 내밀어 숨을 크게 들이쉬고 냄새를 맡다가 디콘 엄마가 디콘 코가 토끼처럼 벌름거린다고 했던 말을 떠올리고는 웃었다.

"아직 시간이 이른가 봐." 메리가 말했다. "작은 구름이 전부 핑크빛인걸. 하늘이 저런 색인 건 처음 봐. 아무도 안 일어났네. 마구간 아이들 소리도 안 들려."

별안간 떠오른 생각에 메리는 벌떡 일어났다.

"못 기다리겠어! 정원을 보러 가야지!"

이제 스스로 옷을 입을 줄 알게 된 메리는 오 분 만에 옷을 입었다. 혼자서도 걸쇠를 풀 수 있는 작은 쪽문을 알고 있었기 때문에 양말만 신은 채 아래층으로 재빨리 내려가 현관에서 신발을 신었다. 걸쇠를 풀고 빗장을 내리고 자물쇠를 돌려 문을 활짝 연 뒤 메리는 문턱을 한 번에 껑충 넘었다. 밖은 어느새 초록으로 물든 잔디밭이 펼쳐져 있었고, 햇살이 쏟아지고 따뜻하고 달콤한 향기가 주위를 맴돌았으며, 모든 수풀과 나무에서 짹짹거리며 노래하는 소리가 들려왔다. 메리는 순전한 기쁨에 두 손을 꼭 모으며 하늘을 올려다봤다. 파란빛과 핑크빛, 그리고 진주처럼 하얗게 빛나는 봄의 햇살로 세상이 가득 차 있었다. 메리는 크게 노래하고 싶었는데 지빠귀와 울새와 종달새들도 마찬가지일 거라 생각했다. 메리는 관목 사이 오솔길을 달려 비밀의 정원으로 향했다.

"벌써 모든 게 달라졌어." 메리가 말했다. "풀은 더 푸르러지고, 여기저기에서 새싹이 솟아오르고, 잎사귀가 서서히 펼쳐지고, 연둣빛 새싹도 돋아나고 있어. 오늘 오후엔 분명히 디콘이 올 거야."

오랫동안 내린 따뜻한 비로 아래쪽 담장을 따라 난 산책로 가장 자리 화단에는 신기한 변화가 일어나고 있었다. 한데 모여 자란 식물 뿌리에서 난 싹이 흙을 밀어올렸고, 크로커스 줄기 사이사이로 보랏빛과 노란 꽃잎이 여기저기서 고개를 내밀고 있었다. 여섯 달 전만 해도 메리는 세상이 깨어나도 알아채지 못했을 것이다. 하지만 지금은 어떤 것도 놓치지 않았다.

메리는 담쟁이덩굴 아래 숨어 있는 문에 이르렀을 때 낯선 울음소리에 깜짝 놀랐다. 메리가 올려다보니 담벼락 꼭대기에서 까마귀가 까악까악 소리를 내고 있었는데, 크고 깃털이 반들반들한 검푸른 새는 무척 영리한 눈으로 메리를 내려다보고 있었다. 메리는 이렇게 가까이에서 까마귀를 본 적이 없어 조금 불안했지만, 다음 순간 까마귀가 날개를 펼치고 정원 안으로 날아가 버렸다. 메리는 까마귀가 정원 안에 있지 않기를

바라며 문을 조심스레 밀었다. 정원 쪽으로 들어서고 보니 메리는 까마귀가 계속 거기에 있을 작정임을 알았다. 까마귀는 키 작은 사과나무에 앉아 있었고, 그 나무 아래에는 작고 불그스레한 꼬리가 북슬북슬한 동물이 누워있었다. 둘 다 몸을 구부리고 있는 디콘의 빨간 머리를 지켜보고 있었는데 디콘은 풀밭에 무릎을 꿇고 열심히 일하는 중이었다.

메리는 날듯이 풀밭을 가로질러 디콘에게로 갔다.

"아! 디콘, 디콘!" 메리가 외쳤다. "어떻게 이렇게 일찍 왔어! 어떻게! 해가 방금 떴는데!"

디콘은 일어나서 환하게 웃으며 머리를 북북 긁적였다. 눈이 마치 하늘 한 조각을 떼온 것 같았다.

"아유!" 디콘이 말했다. "해님보다 훨씬 먼저 일어났쥬. 어떻게 누워만 있겠어유! 오늘 아침은 세상이 다시 지대로 시작된 날인디유. 세상이 바지런히 일하고 흥얼거리고 끽끽대고 삐삐 소리를 내고 둥지를 짓고 향기를 내뿜는디 누워있을 틈이 어딨어유. 벌떡 일어나야쥬. 해가 훌쩍 뜨면 황무지가 기뻐 어쩔 줄을 몰라혀유. 지도 히스 들판 한가운데서 막 달리고 소리치고 노래했쥬. 그리고 바로 이리로 왔구유. 안 올 수가 없더라구유. 정원이 여기서 이렇게 기다리고 있으니까 말여유!"

메리는 자기도 달려온 것마냥 가슴에 손을 대고 헐떡였다.

"아, 디콘! 디콘!" 메리가 말했다. "너무 행복해서 숨쉬기가 힘들어!"

디콘이 낯선 사람과 이야기하는 모습을 보고 꼬리가 복슬복슬한

동물이 나무 아래에서 일어나 디콘에게로 다가왔다. 그리고 까마귀는 한번 까악 하고 울더니 가지에서 내려와 디콘 어깨에 앉았다.

"얘는 말여유 새끼 여우여유." 디콘이 작고 불그스레한 동물의 머리를 쓰다듬으며 말했다. "이름은 대장이구유. 그리고 얘는 검댕이. 검댕이는 지랑 황무지를 훨훨 날아다녔고, 대장은 마치 뒤에서 사냥개라도 쫓아오는 것처럼 달렸어유. 둘 다 지랑 같은 기분이었던 게쥬."

까마귀도 새끼 여우도 메리를 전혀 무서워하지 않았다. 디콘이 돌아다니는데도 검댕이는 그대로 어깨에 앉은 채였고 대장은 옆에 바싹 붙어 조용히 따라다녔다.

"보셔유!" 디콘이 말

했다. "여기 좀 보셔유. 쑥쑥 올라왔쥬. 그리고 여기, 여기두유! 아유, 여기 이것두유!"

디콘은 무릎을 꿇고 몸을 숙였고 메리도 그 옆에 무릎을 꿇었다. 보라색과 주황색과 금빛 크로커스가 한 무더기 피어 있었다. 메리는 고개를 들이밀고 연신 꽃에 입을 맞췄다.

"사람한테는 절대 이렇게 안 해." 고개를 들며 메리가 말했다. "하지만 꽃은 좀 다르거든."

디콘은 어리둥절한 표정이었지만 미소를 지었다.

"어!" 디콘이 말했다. "지는 엄니한테 그렇게 자주 입 맞추곤 혀는디. 온종일 황무지를 쏘다니다가 집에 돌아오면 햇살을 받으며 문가에 서 있는 엄니가 얼마나 반갑고 편안해 보이는지 몰라유."

둘은 정원을 이리저리 뛰어다니다 놀라운 풍경들을 계속 마주쳤고, 그럴 때마다 서로에게 목소리를 낮추라고 몇 번이고 상기시켜야 했다. 디콘은 죽은 줄 알았던 장미 가지에서 부풀어 오르는 잎눈과 흙 사이를 비집고 올라오는 수많은 초록 새싹들을 메리에게 보여줬다. 둘은 들뜬 얼굴로 흙 가까이에 코를 대고 봄기운이 깃든 따뜻한 숨결을 킁킁거리며 맡았다. 흙을 파고 잡초를 뽑고 기쁨에 소리 죽여 웃다 보니 어느새 메리 아가씨의 머리칼은 디콘처럼 헝클어졌고, 뺨도 디콘 못지않게 양귀비처럼 붉게 물들어 있었다.

그날 아침 비밀의 정원엔 이 세상 모든 기쁨이 깃들어 있었고, 그 기쁨 가운데 무엇보다 기쁜 일이 또 있었다. 그만큼 경이로웠기 때문이었다. 무언가 담장 위를 휘릭 넘어 담 모퉁이 가까이에 자란 나무 사이를 지나갔다. 가슴이 붉은 작은 새 한 마리가 불꽃처럼 휙 날아갔고 부리에는 무언가를 물고 있었는데, 디콘은 가만히 선 채 마치 교회에서 소리 내 웃다가 그 사실을 깨달은 사람처럼 메리를 손으로 제지했다.

"꼼짝두 마셔유." 강한 요크셔 억양으로 그렇게 속삭였다. "숨도 크게 쉬지 말어유. 저번에 보니 짝짓기 중이더라구유. 벤 웨더스태프 영감님의 울새여유. 둥지를 짓고 있구먼유. 우리가 놀래키지만 않으면 계속 여기 있을 거유."

둘은 살며시 풀밭에 자리 잡고 앉아 꼼짝도 하지 않았다.

"너무 빤히 쳐다보믄 못써유." 디콘이 말했다. "우리가 참견할 기미가 보이면 아예 우리를 떠나버리고 말 거여유. 짝짓기가 끝날 때까진 평소랑 딴판일 거구먼유. 지금은 살림 차리는 중이라 낯도 더 가리고 의심도 많아진다니께유. 놀러와서 수다 떨 시간도 없쥬. 우린 그냥 풀이나 나무나 수풀이라도 된 것처럼 꼼짝 말고 있어야 혀유. 그러다가 울새가 우리 모습에 익숙해지면 그때 지가 새소리를 살짝 내볼게유. 그럼 이 인간들이 방해는 안 하겠구나 하고 알것쥬."

디콘은 아는 모양이었지만 메리 아가씨는 자신이 어떻게 해야 풀이나 나무, 덤불처럼 보이게 할 수 있는지 도통 알 수 없었다. 하지만 디콘은 그 별난 일을 마치 세상에서 가장 단순하고 자연스러운 일처럼 얘기했고, 메리는 그게 디콘에겐 꽤나 쉬운 일인가보다 했다. 몇 분간 주의 깊게 지켜보고 있자니 혹시 디콘은 조용히 초록빛으로 물들어 가지와 잎을 틔울 수도 있지 않을까 하는 생각이 들었다. 하지만 디콘은 그저 놀랄 만큼 가만히 앉아 있을 뿐이었고 입을 열었을 때는 목소리를 한껏 낮춰 속삭였기 때문에 메리는 제대로 들릴까 싶었지만 들을 수 있었다.

"봄에 벌어지는 일 중 하나쥬, 둥지 짓기유." 디콘이 말했다. "세상이 시작된 이래 해마다 이렇게 해왔을 거여유. 지가 장담혀유. 새들은 지들 나름의 생각과 행동 방식이 있어서 사람은 그걸 간섭허면 안 되는 거유. 괜히 호기심을 부렸다간 봄에는 다른 계절보다 친구 잃기 딱 좋거든유."

"저 울새 얘기를 하면 쳐다보지 않을 수가 없는걸." 메리는 가능한 한 나직이 말했다. "다른 얘기를 해야겠어. 너한테 하고 싶은 말이 있기도 하고."

"우리가 딴 얘길 하면 새도 좋아할 거여유." 디콘이 말했다. "무슨 얘기 하실라구유?"

"어… 너 콜린에 대해 알아?" 메리가 속삭였다.

디콘은 고개를 돌려 메리를 쳐다봤다.

"아가씨는 뭘 아시는디유?" 디콘이 물었다.

"콜린과 만났어. 이번 주에 매일 콜린과 얘기했어. 콜린이 날 만나고 싶어 해. 나하고 있으면 아픈 것도 죽게 될지도 모른다는 것도 잊게 된대."

디콘의 동그란 얼굴에서 놀라움이 가시더니 금세 안도하는 표정으로 바뀌었다.

"다행이네유!" 디콘이 외쳤다. "정말 반가운 일이여유. 덕분에 맘이 좀 놓였구먼유. 도련님에 대해 아무 말도 하지 말아야 한다는 건 알지만 뭘 숨기는 건 싫거든유."

"정원 일을 숨기는 것도 싫어?" 메리가 물었다.

"절대 말 안 할 거구먼유." 콜린이 대답했다. "하지만 엄니한테는 그랬쥬. '엄니, 지가 간직해야 할 비밀이 있거든유. 나쁜 건 아니구유. 그건 엄니도 아시쥬. 새 둥지 있는 데를 아무한테도 안 가르쳐주는 거랑 다를 바 없어유.'"

메리는 항상 디콘 엄마 얘기를 듣고 싶어 했다.

"뭐라고 하셨는데?" 메리는 디콘의 대답이 전혀 두렵지 않았다.

디콘은 다정하게 씩 웃으며 말했다.

"딱 우리 엄니다웠쥬, 하시는 말씀이." 디콘이 대답했다. "내 머릴 쓰다듬고 웃으시더니 이러더라구유. '어휴, 그런 비밀이야 얼마나 많든 되구 말구. 내가 널 십이 년이나 키웠는디.'"

"넌 콜린에 대해서 어떻게 알았는데?" 메리가 물었다.

"크레이븐 씨를 아는 사람들은 다 알쥬. 그분에게 불구가 될지도 모르는 어린 아들이 있다는 걸유. 그리고 크레이븐 씨가 아들 얘기하는 걸 좋아하지 않는다는 것두유. 다들 크레이븐 씨가 안됐다고 하더라구유. 크레이븐 부인은 참말 젊고 예쁜 분이셨구 두 분이 서로를 그렇게 아꼈다고 하더라구유. 메들록 부인은 스웨이트에 갈 때마다 우리 집에 들르는데 애들 앞인데도 신경 안 쓰고 엄니하고 얘기를 나눠유. 우리가 믿을 만하게 자랐다는 걸 아시니께유. 아가씨는 어떻게 콜린 도련님을 알았대유? 마사 누나가 저번에 집에 왔을 때 되게 곤란해 했거든유. 도련님이 칭얼거리는 소리를 아가씨가 듣고 물어보는데 뭐라 해야 할지 난감하다 하더라구유."

메리는 한밤중의 몰아치는 바람 소리에 깨, 멀리서 희미하게 들리는 흐느끼는 소리를 따라 촛불을 들고 깜깜한 복도를 이리저리 지나, 결국엔 방문을 열고 희미하게 불이 밝혀져 있고 구석에는 조각된 기둥 네 개가 달린 침대가 있는 방에 들어서게 된 이야기를 해줬다. 메리가 상아처럼 하얀 작은 얼굴과 눈두덩이에 짙게 테를 두른 것 같은 기묘한 검은 눈 얘기를 하자 디콘이 고개를 설레설레 저었다.

"꼭 도련님 어머님 눈하고 똑같네유. 다만 그분 눈은 항상 웃고 있었다고 들었어유." 디콘이 말했다. "그래서 크레이븐 씨가 아들이 깨어 있을 땐 차마 못 보신다고 하더라구유. 아들 눈이 어머니 눈이랑 꼭 같은디 그리 비참한 얼굴을 하고 있어서 괴로운 거쥬."

"넌 콜린이 죽고 싶어 한다고 생각해?" 메리가 물었다.

"아뇨, 그렇지만 아예 태어나지 않았기를 바라긴 하것쥬. 엄니는 그게 어린애한테 세상에서 가장 최악의 일이라 하셨어유. 아무도 원하지 않는 아이가 어떻게 기운차게 살아가겠냐구유. 크레이븐 씨는 그 불쌍한 아이한테 돈으로 살 수 있는 건 뭐든 다 사주지만 아이가 세상에 있다는 것조차 잊고 싶어 하셔유. 무엇보다도 어느 날 꼽추가 될까 봐 두려운 거쥬."

"콜린도 그걸 어찌나 겁내는지 일어나 앉으려 하

질 않아." 메리가 말했다. "혹이 올라오는 게 느껴지면 미쳐서 소리를 지르다 죽을지도 모른다고 늘 생각한대."

"어휴! 누워서 그런 생각만 하고 있음 안 되는디유." 디콘이 말했다. "그런 생각 해가지고서야 나아질 리 없쥬."

디콘 옆 풀밭에 누워있던 여우가 이따금 쓰다듬어 달라는 듯 올려다봤고, 디콘은 몸을 굽혀 부드럽게 목을 긁어주며 한동안 아무 말이 없었다. 그러곤 이내 고개를 들어 정원을 둘러봤다.

"처음 왔을 땐 온통 잿빛이더니 지금 둘러보믄 뭐가 달라졌는지 알 수 있을 거구먼유."

메리는 주위를 둘러보다가 잠시 숨을 죽이고 말했다.

"와!" 메리가 외쳤다. "잿빛 담장이 변하고 있어. 녹색 안개가 그 위를 덮고 있는 것 같아. 마치 얇은 녹색 베일 같아."

"그려유." 디콘이 말했다. "점점 더 푸르러지다가 결국엔 잿빛이 전부 사라지것쥬. 지가 뭔 생각 했는지 아시것어유?"

"근사할 거라는 건 알아." 메리가 열성적으로 말했다. "콜린에 관한 거겠지."

"도련님이 여기 밖에 나오면 등에 혹이 생기나 지켜보고 있진 않것쥬. 장미 덤불에 나는 봉오리를 지켜보면서 더 건강해질 거여유." 디콘이 설명했다. "도련님을 여기 데려와서 나무 밑에 수레 채로 눕혀두면 어떨까 생각해봤어유."

"나도 그 생각 해봤어. 콜린과 얘기할 때마다 거의 매번 생각했지." 메리가 말했다. "콜린이 비밀을 지킬 수 있을까, 우리가 남들한테 들키지 않고 콜린을 데리고 나올 수 있을까 생각했어. 네가 콜린의 수레를 밀 수 있지 않을까 하고. 의사 선생님이 콜린은 맑은 공기를 쐬어야 한다고 그랬고, 콜린이 우리와 함께 나가겠다고 하면 감히 아무도 안 된다고 하지 못할 거야. 콜린은 다른 사람이 나가자고 하면 말을 안 듣지만, 어쩌면 우리랑 나가겠다고 하면 사람들이 반가워할지도 몰라. 콜린이 정원사들한테 근처에 오지 말라고 하면 들키지 않을 거야."

디콘은 대장의 등을 긁으며 열심히 생각하고 또 생각했다.

"도련님한테야 당연히 좋을 거유, 그건 확실혀유." 디콘이 말했다. "우린 도련님이 차라리 태어나지 말았어야 한다는 생각은 안 하니께유. 우린 그냥 정원이 자라나는 걸 지켜보는 아이들이구, 도련님도 아이니께유. 봄이 오는 걸 지켜보는 남자애 둘하구 여자애 하나. 의사 선생님 약보다 훨 나을걸유."

"콜린은 너무 오래 방에만 누워있었고 늘 자기 등만 걱정하다 보니 성격이 좀 이상해졌어." 메리가 말했다. "책에서 배운 건 많지만 그 외엔 아는 게 거의 없어. 몸이 아파서 밖에서 무슨 일이 벌어지고 있는지 신경 쓸 틈이 없었대. 밖에 나가는 것도 싫어하고 정원이랑 정원사들도 다 싫대. 그런데 이 정원 이야기는 좋아해. 비밀이라서 그런가 봐. 자세히 말하진 못했지만 자기도 정원을 보고 싶대."

"우리가 언젠가는 도련님을 여기로 데리고 나와야것어유." 디콘이 말했다. "도련님 수레는 지가 밀면 되쥬. 근디 우리가 여기 앉아 있는 동안 울새랑 그 짝이 일하는 거 보셨어유? 저기 가지에 앉아서 부리에 문 나뭇가지를 어디다 둬야 할지 궁리 중이잖유."

그는 낮고 부드럽게 휘파람을 불었다. 그러자 울새가 잔가지를 문 채 고개를 돌려 디콘을 바라봤다. 디콘은 벤 웨더스태프처럼 새에게 말을 건넸지만, 그의 말투는 더 부드럽고 다정했다.

"어디다 두든 다 괜찮을 거여. 너는 알에서 깨어나기도 전에 둥지 짓는 법을 알고 태어난 놈이잖여. 어여 해. 시간 없잖여."

"아, 네가 울새와 얘기하는 거 들으면 정말 좋아!" 메리가 환하게 웃으며 말했다. "벤 웨더스태프는 울새를 야단치고 놀리기도 하는데 울새가 폴짝폴짝 뛰면서도 무슨 말인지 다 알아듣는 것 같더라. 그리고 그걸 좋아하더라고. 벤 웨더스태프는 울새가 너무 잘난 체해서 무시당하느니 차라리 돌팔매질을 당하는 쪽을 택할 거랬어."

디콘 역시 웃으며 계속 얘기했다.

"우리가 해코지 안 한다는 거 너도 잘 알잖여." 디콘이 울새에게 말했다. "우리도 거의 야생 동물이나 마찬가지여. 우리도 지금 둥지 짓는 중이여. 어디 가서 우리 얘기 떠벌리지 말어."

울새는 부리에 잔가지를 물고 있어서 대답하진 못했지만, 정원 모퉁이로 날아가는 순간 반짝이는 까만 눈동자 속에 두 아이의 비밀을 결코 세상에 알리지 않겠다는 약속이 담겨 있음을 메리는 확신할 수 있었다.

214

16

"안 올 거야!"
메리가 말했다.

그날 아침엔 할 일이 많아 메리는 늦게서야 점심을 먹으러 집에 돌아왔다. 그리고 다시 일하러 가려고 서두르느라 나가기 직전까지 콜린에 대해서는 까맣게 잊고 있었다.

"콜린에게 지금은 못 간다고 전해줘." 메리는 마사에게 말했다. "정원 일이 바빠."

마사는 겁먹은 듯 보였다.

"아유! 메리 아가씨." 마사가 말했다. "그렇게 말씀드리면 도련님 기분이 상하실지도 모르겠는디유."

하지만 메리는 다른 사람들처럼 콜린을 무서워하지 않았고 자기를 희생하는 사람도 아니었다.

"난 못 가." 메리는 대답했다. "디콘이 기다려." 그러고는 뛰어나가 버렸다.

오후 시간은 아침보다 더 아름답고 더 바빴다. 정원의 잡초는 거의 다 뽑았고, 장미와 나무들은 대부분 가지치기하거나 주변 땅을 일궈 정리해두었다. 디콘은 자기 삽을 가져와 메리에게 도구 사용법을 가르쳐줬다. 이 아름다운 야생의 공간이 '정원사의 잘 다듬어진 정원'이 되지 않을 거란 건 이제 분명해졌다. 봄이 끝나기 전 이곳은 온갖 생명들이 무성하게 자라는 야생의 정원이 될 것이다.

"우리 머리 위로 사과꽃과 벚꽃이 활짝 피것쥬." 디콘이 온 힘을 다해 땅을 파며 말했다. "담장 옆 복숭아나무랑 자두나무에도 꽃이 활짝 필 테구유. 풀밭은 꽃으로 뒤덮인 카펫이 될 거여유."

새끼 여우와 까마귀는 그들만큼이나 행복하고 바빴으며, 울새와 그 짝은 작은 번갯불처럼 앞뒤로 바삐 날아다녔다. 가끔 까마귀가 검은 날개를 퍼덕거리며 장원 나무 꼭대기 위로 솟구쳐 올랐다 돌아올 때면 매번 디콘 근처 가지에 앉아 자신이 겪은 모험담을 들려주듯 몇 번 까악까악하고 울었고, 디콘은 울새에게 그랬듯 까마귀에게도 말을 걸었다. 한번은 디콘이 너무 바빠 대답하지 않자 검댕이는 디콘 어깨 위로 날아가 앉아 커다란 부리로 디콘의 귀를 살짝 비틀었다. 메리가 조금 쉬고 싶어 하자 디콘은 메리와 함께 나무 아래 앉아 주머니에서 피리를 꺼내 나직하고 기묘한 곡을 연주했다. 그러자 다람쥐 두 마리가 담장 위에 나타나 디콘을 지켜보며 귀를 기울였다.

"아가씨는 예전보다 꽤 힘이 세졌어유." 디콘이 땅을 파고 있는 메리를 쳐다보며 말했다. "확실히 달라 보이구유."

열심히 일하고 기분도 좋아진 메리는 환하게 빛나고 있었다.

"나 점점 살이 붙고 있어." 메리는 아주 의기양양하게 말했다. "메

들록 부인은 더 큰 옷을 마련해줘야 할 거야. 마사가 내 머리가 더 풍성해졌대. 이제는 납작하고 숱이 없어 보이지도 않아."

둘이 헤어질 무렵 해가 지기 시작했고 짙은 황금빛 햇살이 나무 아래로 비스듬히 비쳐들었다.

"내일 날씨가 좋을 거 같구먼유." 디콘이 말했다. "지는 해 뜨자마자 일할 거유."

"나도 그럴 거야." 메리가 말했다.

메리는 힘이 되는 한 최대한 빨리 달려 집으로 돌아갔다. 콜린에게 디콘의 새끼 여우랑 까마귀 이야기 그리고 봄이 가져온 변화에 대해 말해주고 싶었기 때문이다. 콜린이 듣고 싶어 할 거라 여겼다. 그래서 자기 방문을 열자마자 우울한 표정으로 기다리고 있는 마사를 보고는 기분이 나빠졌다.

"무슨 일이야?" 메리가 물었다. "콜린이 내가 못 간다니까 뭐라고 했어?"

"아유!" 마사가 말했다. "아가씨가 가셨어야 했어유. 얼마나 짜증을 내셨는지 몰라유. 오후 내내 도련님 진정시키느라 난리도 아녔어유. 내내 시계만 보고 계실 거여유."

메리는 입술을 꽉 물었다. 메리는 콜린 못지않게 다른 사람을 배려하는 데 익숙하지 않았고, 까다로운 남자애 때문에 자기가 제일 좋아하는 일을 방해받아야 한다는 걸 참을 수 없었다. 오랫동안 아팠고 신경이 예민한 사람들은 자기 성질을 다스릴 줄 모르며, 다른 사람들까지 아프고 힘들게 만들 필요가 없다는 사실을 모르기 때문에 불쌍하긴 하지만, 메리는 그런 건 전혀 알지 못했다. 메리도 인도에서 머리가 아플 때면 주위 사람들을 전부 두통이나 그만한 괴로움을 겪을 만큼 들들 볶곤 했다. 그러면서 자기가 옳다고 생각했다. 물론 지금은 콜린이 완전히 잘못했다고 여겼다.

메리가 방에 들어갔을 때 콜린은 소파에 있지 않았다. 침대에 누워있었고 메리가 들어가도 돌아보지 않았다. 시작부터 징조가 나빴다. 메리는 경직된 태도로 콜린에게 성큼성큼 다가갔다.

"왜 안 일어나?" 메리가 물었다.

"오늘 아침에 네가 올 줄 알았어." 콜린은 메리를 쳐다보지도 않고 대답했다. "오후에 부축을 받아 다시 누웠지. 허리도 아프고 머리도 아프고 피곤했어. 왜 안 온 거야?"

"디콘이랑 정원에서 일했어." 메리가 말했다.

콜린은 얼굴을 찌푸리며 거만하게 메리를 쳐다봤다.

"네가 나랑 이야기하러 오지 않고 그 남자애한테 간다면 그 애를 다신 여기 오지 못하게 할 거야." 콜린이 말했다.

메리는 화가 치밀었다. 메리는 소리 한번 내지 않고 금세 화를 낼 수 있는 아이였다. 바로 부루퉁해지고 고집불통이 되며 뭐가 어떻게 되든 상관하지 않았다.

"디콘을 못 오게 하면 나도 다시는 이 방에 안 올 거야!" 메리가 쏘아붙였다.

"내가 시키면 와야 해." 콜린이 말했다.

"안 올 거야!" 메리가 말했다.

"오게 만들 거야." 콜린이 말했다. "사람을 시켜 끌고서라도."

"해보시죠, 라자 전하!" 메리가 쏘아붙였다. "날 끌고 오더라도 여기서 너와 얘기하게 만들 순 없을 거야. 이를 악물고 한마디도 안 할걸. 널 쳐다보지도 않을 거야. 바닥만 보고 있어야지!"

서로를 노려보는 두 사람은 참으로 잘 어울리는 한 쌍처럼 보였다. 만약 거리의 남자애들이었다면 서로에게 달려들어 엎치락뒤치락 싸웠을 것이다. 사실상 싸움 바로 직전까지 간 거나 마찬가지였다.

"넌 이기적이야!" 콜린이 외쳤다.

"넌 어떻고?" 메리가 말했다. "이기적인 사람은 항상 그렇게 말하지. 자기가 원하는 대로 해주지 않는 사람더러 이기적이라고. 네가 나보다 더 이기적이야. 너는 내가 본 중에 가장 이기적인 아이야."

"난 이기적이지 않아!" 콜린이 맞받아쳤다. "나는 네 착한 디콘만큼 이기적이지 않다고!" 내가 혼자란 걸 알면서도 너를 흙바닥에 붙잡아 뒀잖아. 걘 이기적이야!"

메리의 눈이 번쩍였다.

"디콘은 이 세상 어떤 남자애보다 착해!" 메리가 말했다. "걔는, 개는 천사 같은걸!" 그렇게 말하면 좀 우습게 들릴지도 모르지만 메리는 상관없었다.

"착한 천사?" 콜린이 맹렬히 비웃었다. "황무지 오두막에 사는 촌놈 주제에!"

"평범한 라자보단 낫지!" 메리가 쏘아붙였다. "천 배는 더 낫지!"

둘 중에 메리가 더 강했기 때문에 메리가 콜린보다 우세를 잡기 시작했다. 콜린은 평생 자기 같은 사람과 싸워본 적이 없었기에 사실 그에게는 이런 싸움이 오히려 도움이 되었다. 다만 콜린이나 메리나 그런 줄 전혀 몰랐다. 콜린이 베개 위에서 고개를 돌리고 눈을 질끈 감자 굵은 눈물방울이 주르륵 볼을 타고 흘러내렸다. 콜린은 자기 자신이 불쌍하고 안됐다는 기분이 들었고 자신에게 연민을 느꼈다.

"나는 너만큼 이기적인 사람이 아니야. 난 늘 아팠고, 내 등에 혹이 생기고 있다고 확신해." 콜린이 말했다. "게다가 난 곧 죽을 거야."

"죽지 않아!" 메리가 냉정하게 말했다.

콜린은 분개하며 눈을 크게 떴다. 이제까지 한 번도 그런 말을 들어본 적이 없었기 때문이다. 하지만 한 사람이 동시에 그런 감정을 느낄 수 있을진 모르겠지만, 화가 치밀어 오르면서 약간 기쁘기도 했다.

"내가 안 죽는다고?" 콜린이 외쳤다. "내가 죽을 거라는 거 알잖아! 다들 그렇게 말했어."

"난 안 믿어!" 메리는 투덜거리듯 말했다. "네가 그냥 남들 미안하게 만들려고 하는 소리잖아. 내가 보기엔 넌 그걸 자랑으로 여기고 있어. 안 믿어! 네가

착한 아이라면 진짜일 수도 있겠지만, 넌 못된 아이니까!"

콜린은 등이 불편한데도 불구하고 분노에 휩싸여 침대에서 벌떡 일어나 앉았다.

"내 방에서 나가!" 콜린은 소리 지르더니 베개를 메리에게 던졌다. 멀리 던질 만한 힘이 없어 겨우 메리 발치에 떨어졌지만 메리 얼굴이 잔뜩 굳어졌다.

"난 갈 거야." 메리가 말했다. "다시는 오지 않을 거야!"

메리는 문 앞까지 걸어갔다 다시 돌아섰다.

"너한테 온갖 멋진 이야기를 들려주려 했어." 메리가 말했다. "디콘이 여우랑 까마귀를 데려왔다고 얘기해주려 했는데. 이제 너랑은 한 마디도 안 할 거야!"

메리는 성큼성큼 나가서 문을 닫았고, 놀랍게도 간호사가 마치 듣고 있었기라도 한 듯 거기 서 있었다. 더 놀라운 건 간호사가 웃고 있었다는 점이다. 간호사는 키가 크고 잘생긴 젊은 여자였는데 애초에 간호사가 되지 말았어야 할 사람이었다. 병약한 사람들을 참지 못했고 언제나 핑곗거리를 만들어 콜린을 마사나 아니면 대신해줄 만한 다른 누군가에게 맡기려 했다. 메리는

간호사를 좋아하지 않아 그저 가만히 서서 올려다봤다. 간호사는 손수건에 입을 대고 키득거렸다.

"왜 웃는 거야?" 메리는 간호사에게 물었다.

"둘 다 똑같다 싶어서요." 간호사가 말했다. "오냐오냐 자란 병약한 어린애한테는 거기에 대들 만큼 똑같이 버르장머리 없는 아이가 최고의 약이죠." 그러고는 또다시 손수건으로 입을 막고 웃어댔다. "도련님에게 맞서 싸울 수 있는 억센 여동생이 있었더라면 그게 오히려 도련님을 살리는 길일 텐데."

"콜린이 죽게 돼?"

"난 모르죠, 관심도 없고." 간호사가 말했다. "히스테리하고 못된 성미가 저 도련님 병의 반이라."

"히스테리가 뭔데?" 메리가 물었다.

"이번처럼 성질을 부리게 만들어보면 알게 될걸요. 아무튼, 아가씨가 도련님한테 히스테리 부릴 일을 만들어줘서 나는 반갑네요."

메리는 정원에서 돌아왔을 때와는 전혀 다른 기분으로 방에 돌아왔다. 토라지고 실망했지만 콜린이 안됐다는 마음은 전혀 들지 않았다. 메리는 콜린에게 들려줄 이야기로 잔뜩 기대에 부풀어 있었고, 크나큰 비밀을 콜린에게 털어놓아도 될지 고민하고 있었다. 하지만 이제 완전히 생각이 바뀌었다. 콜린에게는 절대 말하지 않을 거고, 콜린이 자기 방에 틀어박혀 신선한 공기도 못 마시고 죽든지 말든지! 그래도 싸! 그렇게 되면 꼴 좋지! 메리는 너무나 기분이 나쁘고 분이 풀리지 않아 몇 분 동안은 디콘과 초록빛으로 뒤덮인 세상, 황무지에서 불어오는 바람에 대해서도 잠시 잊고 있었다.

방에서는 마사가 기다리고 있었는데 걱정으로 가득했던 얼굴이 흥미와 호기심으로 바뀌어 있었다. 테이블 위에는 뚜껑이 열린 나무 상자가 있었고, 그 안에는 깔끔하게 포장된 꾸러미가 잔뜩 들어 있었다.

"크레이븐 주인님이 보내셨어유." 마사가 말했다. "그림책인 모양인디유."

메리는 일전에 불려갔을 때 크레이븐 씨가 했던 말을 떠올렸다. "뭐 갖고 싶은 건 없고? 인형이나 장난감, 아니면 책 같은 것 말이다." 메리는 포장을 풀어보며 혹시 인형을 보냈나 생각했다. 만약 그렇다면 그걸로 뭘 해야 하나 했지만 크레이븐 씨는 인형을 보내지 않았다. 포장 안에는 콜린이 갖고 있던 것 같은 아름다운 그림책이 여러 권 들어 있었는데 그중 두 권은 정원에 관한 내용으로 그림이 잔뜩 있었다. 게임도 두세 개, 그리고 금장 도안 문자가 박힌 작고 아름다운 필기구 세트와 금색 펜하고 잉크스탠드가 있었다.

그것들은 너무나 예뻐서 기쁨이 마음속에서 분노를 밀어냈다. 그것들에 마음을 빼앗겨 화낼 틈도 없었다. 크레이븐 씨가 자신을 기억해줄 거라고는 전혀 기대하지 않았기에 메리의 작고 굳어 있던 마음이 한결 따뜻해졌다.

"나는 인쇄체보다 필기체 글씨를 더 잘 써." 메리가 말했다. "이 펜으로 제일 먼저 그분께 고맙다고 편지를 써야겠네."

만약 콜린과 사이가 좋았다면 당장 달려가 선물을 보여주고, 함께 그림을 보고, 정원에 관한 책도 읽고, 어쩌면 게임도 해보려 했을지도 모른다. 그러면 콜린은 너무 즐거워서 자기가 곧 죽을 거라는 생각조차 하지 않을 것이고, 혹시 등에 혹이 만져지나 하고 등을 만져보지도 않을 것이다. 콜린에게는 그런 버릇이 있었는데 메리는 그런 점이 너무 화가 났다. 콜린이 항상 겁먹은 얼굴로 그랬기 때문에 메리도 불안하고 무서운 기분이 들었다. 콜린은 이렇게 말한 적이 있었다. 언젠가 등에 아주 작게라도 혹이 만져지면 자신이 꼽추가 되기 시작한 거라고. 메들록 부인이 간호사에게 속삭이던 말을 우연히 들은 이후로 콜린은 그런 생각을 품게 되었고, 몰래 그 생각을 곱씹다 보니 마음속에 굳게 자리 잡고 말았다. 메들록 부인이 콜린의 아버지도 어린 시절 그런 식으로 혹이 생기면서 등이 굽기 시작했다고 말했던 것이다. 콜린은 그 두려움을 메리 말고는 아무에게도 털어놓은 적이 없었다. 다른 사람들이 말하는 콜린의 '성질부리기'도 대부분은 그런 숨겨진 히스테릭한 두려움에서 비롯된 것이었다. 메리는 그 얘기를 들었을 때 콜린이 가여웠다.

"콜린은 마음 상하거나 피곤하면 항상 그 생각을 하는데." 메리는 혼잣말로 중얼거렸다. "그리고 콜린은 오늘 마음이 상했어. 아마, 아마 오후 내내 그 생각만 하고 있을지도 몰라."

메리는 가만히 서서 카펫을 내려다보며 생각에 잠겼다.

"다시 안 가겠다고 했지만…." 메리는 망설이며 눈썹을 찌푸렸다. "하지만 어쩌면, 어쩌면 아침에 가서 한번 봐야 할지도. 콜린이 날 원한다면. 나한테 또 베개를 던질지도 모르지만… 그래도 가봐야 할 것 같아."

17

성질부리기

메리는 아침 일찍 일어나기도 했고 정원에서 열심히 일해 피곤하고 졸려 마사가 가져온 저녁을 먹고는 바로 자러 갔다. 베개에 머리를 얹자마자 메리는 혼잣말을 했다.

"아침 먹기 전에 나가서 디콘하고 일해야지. 그다음엔… 아마… 콜린을 보러 갈지도 몰라."

메리는 한밤중이라고 생각될 정도로 깊은 밤에 끔찍한 소리에 깜짝 놀라 벌떡 일어났다. 방금 뭐였지? 그게 무슨 소리지? 다음 순간 메리는 무슨 일인지 알 것 같았다. 여기저기서 문이 열렸다가 닫히고, 복도에서는 다급한 발소리가 났으며, 동시에 누군가 울면서 소리를 지르고 있었다. 끔찍한 울음과 비명이었다.

"콜린이야." 메리가 말했다. "간호사가 히스테리라고 부르던 바로 그거야. 정말 끔찍한데."

흐느끼는 소리를 듣고 있자니 사람들이 왜 콜린 맘대로 하게 내버려 두는지 이해됐다. 그 소리를 들으니 차라리 뭐든 해주는 게 나을 법했다. 메리는 귀를 막았지만 속이 메스껍고 온몸이 떨릴 정도였다.

"어째야 좋을지 모르겠어. 어쩌면 좋지." 메리는 계속 중얼거렸다. "못 견디겠어."

혹시 자신이 가면 콜린이 그칠지도 모른다고 생각했지만, 콜린이 자기를 방에서 내쫓았던 것이 기억나 자길 보면 오히려 더 심해질지도 모른다고 생각했다. 귀를 더 꼭 막았지만 그 끔찍한 소리를 완전히 막을 순 없었다. 메리는 그 소리가 너무 싫고 무서워서 급기야 화가 치밀기 시작했다. 자기도 성질을 부려 콜린이 그랬듯 겁먹게 하고 싶었다. 메리는 자기가 아닌 다른 누군가가 성질을 부리는 거에는 익숙하지 않았다. 귀에서 손을 떼고 벌떡 일어나 발을 쿵 하고 굴렀다.

"그만해야 해! 누가 나서서 콜린이 저러지 못하게 막아야 해! 누가 콜린을 좀 때려줘야 해!" 메리가 외쳤다.

바로 그때 복도를 내달리다시피 하는 발소리가 나고 문이 벌컥 열리더니 간호사가 들어왔다. 지금은 전혀 웃고 있지 않았고 창백해 보이기까지 했다.

"도련님이 히스테리를 일으켰어요." 간호사가 다급히 말했다. "저러다 탈 나요. 아무도 도련님을 말릴 수가 없어요. 와서 좀 어떻게 해봐요, 착한 아이답게. 도련님은 아가씨를 좋아하니까."

"아침에는 나를 내쫓았는걸." 메리가 발을 쿵 구르며 짜증 냈다.

간호사는 메리가 발을 구르자 오히려 반가웠다. 사실 그녀는 메리가 울면서 이불을 뒤집어쓰고 있을까 봐 걱정하던 참이었다.

"좋아요." 간호사가 말했다. "지금 딱 그 기분으로 가서 콜린 도련님을 야단쳐요. 딴 생각하게 만들어줘야 해요. 얼른 가봐요, 아가씨. 최대한 빨리."

나중에서야 메리는 이 상황이 끔찍했지만 동시에 웃기기도 한 상황이었음을 깨달았다. 다 큰 어른들이 모두 겁에 질려 자기 같은 어린 여자애를 찾아왔는데, 그 이유가 단지 그 여자애가 콜린만큼이나 고약할 거라 여겼기 때문이라니.

메리는 복도를 날듯이 달렸고 콜린 방에 가까워질수록 비명 소리가 점점 높아지자 화가 치밀었다. 콜린 방 앞에 이르렀을 즈음엔 상당히 기세등등해지기까지 했다. 메리는 문을 벌컥 열고 방을 가로질러 달려가서는 네 기둥 침대 앞에 섰다.

"그만해!" 메리는 거의 고함치다시피 했다. "그만해! 너 정말 싫어! 다들 널 싫어해! 다들 이 집에서 도망가고 너 혼자 소리 지르다 죽게 됐으면 좋겠어! 그렇게 소리 지르다 보면 금방 죽을걸. 그랬으면 좋겠어!"

착하고 동정심 많은 아이라면 그런 건 생각지도 않고 말하지도 못하겠지만, 감히 아무도 제지하거나 반박하려 들지 못하는 신경질적인 소년에게는 그 말이 주는 충격이 제일 좋은 약이 되었다.

콜린은 엎드려 손으로 베개를 치다가 분개한 어린 목소리에 화들짝 놀라 거의 펄쩍 뛰다시피 돌아봤다. 창백한 얼굴이 빨갛게 부어서 엉망인 채로 가쁘게 숨을 헐떡이고 있었다. 하지만 매몰찬 어린 메리는 아랑곳하지 않았다.

"또 소리 지르면 나도 지를 거야." 메리가 말했다. "나는 너보다 훨씬 더 크게 소리 지를 수 있어. 그럼 넌 겁먹고 말걸. 겁에 질리게 할 거야!"

콜린은 실제로 메리 때문에 너무 놀라 소리 지르는 걸 멈췄고, 소리가 튀어나오다 마는 바람에 하마터면 목이 막힐 뻔했다. 콜린은 얼굴이 눈물로 범벅이 된 채 부들부들 떨었다.

"멈추질 못하겠어!" 콜린은 헐떡거리며 흐느꼈다. "안 돼, 안 돼!"

"돼!" 메리가 소리쳤다. "네 병의 절반은 히스테리와 못된 성미 때문이라고. 그냥 히스테리야. 히스테리! 히스테리!" 메리는 그 말을 할 때마다 발을 쿵 하고 굴렀다.

"혹이 느껴지는걸. 만지면 느껴져." 콜린이 헐떡거렸다. "그럴 줄 알았어. 등에 혹이 생기고 난 죽고 말 거야." 그리고 콜린은 다시 몸부림치며 고개를 돌려 흐느꼈지만 소리를 지르진 않았다.

"등에 혹이 느껴질 리 없어!" 메리가 격하게 반박했다. "느껴졌다면 그냥 히스테리로 인한 기분 탓일 거야. 히스테리로 혹이라고 착각한 거지. 네 등은 아무 문제 없어. 히스테리 말고는 아무것도! 돌아누워서 보여줘 봐!"

메리는 '히스테리'라는 말이 마음에 들었다. 왠지 그 말이 콜린에게 효과가 있다고 느껴졌다. 아마 콜린 역시 메리처럼 전에 들어보지 못했을 것이다.

"간호사." 메리가 지시했다. "들어와서 콜린 등을 보여줘, 당장!"

간호사, 메들록 부인, 마사는 문가에 서서 입을 반쯤 벌린 채 메리를 멍하니 쳐다보고 있었다. 셋 다 놀라서 기겁하고 헉 소리를 지른 게 한두 번이 아니었다. 간호사가 반쯤 겁먹은 듯 앞으로 나섰다. 콜린은 숨도 제대로 쉬지 못하고 흐느끼느라 들썩이고 있었다.

"아무래도 도련님이, 도련님이 허락하지 않을 텐데요." 간호사가 주저하며 작게 말했다.

하지만 그 말을 들은 콜린은 흐느끼며 내뱉었다.

"보, 보여줘! 그, 그럼 쟤도 알겠지!"

드러난 등은 보기에 애처로울 만큼 말라 있었다. 갈비뼈와 척추 마디를 하나하나 다 셀 수 있을 정도였고, 메리는 일일이 세지는 않았지만 몸을 숙여 진지하고 무표정한 얼굴로 꼼꼼히 살폈다. 메리가 마치 잔소리하는 어른처럼 부루퉁한 표정이라 간호사는 웃음이 터질까 봐 실룩거리는 입가를 감추려 고개를 돌려야 했다. 콜린조차 숨을 죽이는 바람에 방안에 정적이 흐르는 가운데 메리는 런던에서 온 훌륭한 의사라도 되는 양 일 분가량 콜린의 척추를 위아래로 열심히 살폈다.

"혹 같은 건 없어!" 마침내 메리가 말했다. "못대가리만 한 것도 없어, 네가 너무 말라서 느껴지는 울퉁불퉁한 등뼈 마디 말고는. 나도 살이 붙기 전에는 등뼈 마디가 너만큼이나 드러나 있었거든, 아직 살이 덜 쪄서 완전히 없어지진 않았지만. 못대가리만 한 것도 없다고! 또 혹이 있단 소리를 하면 웃기지 말라고 할 거야!"

홧김에 나온 이 유치한 말이 콜린에게 어떤 영향을 줬는지 정작 콜린 본인 말고는 아무도 몰랐다. 콜린에게 남모를 두려움을 털어놓을 상대가 있었다면, 질문할 용기를 내기만 했더라면, 친구가 있어 답답한 저택에서 종일 누워있지만 않았더라면, 무지한 데다 콜린에게 지쳐버린 어른들의 두려움으로 가득한 무거운 분위기 속에서 자라지만 않았더라면, 콜린은 자기 병에 관한 두려움이 대부분 자기 안에서 비롯된 것임을 진작 알았을 것이다. 하지만 콜린은 오랜 시간, 며칠이고 몇 달이고 몇 년이고 그저 누워서 자신과 자신의 통증과 피로함만을 생각해왔다. 그런데 지금 화가 나 못되게 구는 여자애가 콜린이 생각하는 것만큼 자신이 아프지 않다고 고집을 부리자 왠지 그 말이 진실일지도 모른다는 생각이 들었다.

"전 몰랐어요." 간호사가 끼어들었다. "도련님이 등에 혹이 있다고 생각하실 줄은. 도련님은 일어나 앉으려 하지 않아서 그저 등에 힘이 없는 것뿐이에요. 물어보셨으면 혹 같은 건 없다고 말씀드렸을 텐데."

콜린은 끅 소리를 내며 얼굴을 돌려 간호사를 쳐다봤다.

"저… 정말?" 콜린은 처량하게 물었다.

"그럼요, 도련님."

"그것 봐!" 메리가 침을 꿀꺽 삼키며 말했다.

콜린은 다시 고개를 돌렸고 폭풍 같던 흐느낌이 가라앉으며 터져 나오는 긴 숨결을 제외하면 잠시 정지한 듯 누워있었다. 커다란 눈물방울이 얼굴을 타고 흘러 베개를 적셨지만 사실 그 눈물의 의미는 마침내 찾아온 기묘할 만큼 큰 안도감이었다. 이윽고 콜린은 다시 고개를 돌려 간호사를 바라봤고 놀랍게도 이번엔 오만한 라자 같지 않았다.

"혹시… 나 말이야… 어른이 될 때까지 살 수 있을까?" 콜린이 물었다.

간호사는 영리하지도 않고 마음이 따뜻한 사람도 아니었으나 런던 의사의 말을 그대로 옮길 순 있었다.

"하라는 대로 하고 성질부리지 않고 밖에서 맑은 공기를 쐬면 그렇게 되겠지요."

콜린의 히스테리가 가라앉고 우느라 지쳐 기운이 빠진 탓에 유순해진 듯했다. 콜린은 메리에게 손을 내밀었고 다행히 메리의 성질도

가라앉고 마음이 누그러져 손을 뻗어 중간에서 만났다. 그렇게 둘 사이에 일종의 화해가 이루어졌다.

"나, 나 너랑 밖에 나갈래, 메리." 콜린이 말했다. "맑은 공기가 그렇게 싫진 않을 거야. 혹시 우리가…." 콜린은 '비밀의 정원을 찾을 수 있다면'이라고 말하려다 말하기 직전 깨닫고 멈췄다. 대신 이렇게 말을 맺었다. "디콘이 와서 휠체어를 밀어준다면 너희랑 같이 나가고 싶어. 정말이지 디콘이랑 여우랑 까마귀도 보고 싶어."

간호사가 엉망이 된 침대를 정돈하고 베개를 두드려 가지런히 놓았다. 그런 다음 콜린에게 고깃국을 만들어주고 메리에게도 한 그릇 건넸다. 흥분하고 난 뒤라 메리도 정말 맛있게 먹었다. 메들록 부인과 마사는 기꺼이 조용히 물러났고 모든 것이 정리되고 평온해지자 간호사도 이제 자기도 물러나고 싶다는 기색을 감추지 않았다. 간호사는 수면 시간을 방해받는 걸 몹시 싫어하는 건강한 젊은 여성이라 대놓고 하품을 하며 메리를 쳐다봤다. 메리가 커다란 스툴을 침대 가까이 끌어다 놓고 콜린의 손을 잡아주고 있던 참이었다.

"이제 아가씨도 가서 주무셔야죠." 간호사가 말했다. "도련님은 조금 있으면 잠들 거예요, 기분이 다시 나빠지지만 않는다면. 그럼 저도 옆방에 가서 누울래요."

"내가 아야한테 배운 노래 불러줄까?" 메리는 콜린에게 속삭였다.

콜린은 메리의 손을 살짝 끌어당기고 지친 눈으로 애원하듯 바라봤다.

"아, 그래!" 콜린이

대답했다. "정말 잔잔한 노래였어. 금방 잠이 들 거야."

"내가 콜린을 재울게." 메리가 하품하는 간호사에게 말했다. "갈 거면 가."

"음." 간호사는 마지못한 척 말했다. "도련님이 반 시간 안에 잠들지 않으면 절 부르세요."

"알았어." 메리가 대답했다.

간호사는 곧바로 방을 나갔고 간호사가 나가자마자 콜린은 다시 메리의 손을 끌어당겼다.

"하마터면 말할 뻔했어." 콜린이 말했다. "하지만 직전에 깨닫고 멈췄지. 나는 말하지 않고 있다 보면 잠들겠지만, 아까 나한테 온갖 멋진 이야기들이 잔뜩 있다고 했잖아. 혹시 그 비밀의 정원으로 들어가는 방법에 대해 뭔가 알아낸 거야?"

메리는 콜린의 가엽고 피곤해 보이는 얼굴과 부은 눈을 보고 마음이 약해졌다.

"그, 그래." 메리가 대답했다. "알아낸 거 같아. 오늘은 그냥 자. 내일 말해줄게."

콜린의 손이 떨렸다.

"아, 메리!" 콜린이 말했다. "아, 메리! 그 정원 안에 들어살 수만 있다면 어른이 될 때까지 살 수 있을지도 몰라! 아야 노래 불러주는 거 대신 첫날 들려줬던 것처럼 네가 상상한 정원 얘기 해주면 안 될까? 그럼 잠들 수 있을 것 같아."

"그래." 메리는 대답했다. "눈 감아봐."

콜린은 눈을 감은 채 가만히 누워있었고 메리는 콜린의 손을 잡고 아주 천천히 아주 작은 목소리로 얘기하기 시작했다.

"그곳은 오랫동안 버려져 있었던 거 같아. 그래서 모든 것이 아름답게 뒤엉켜 자라났지. 장미 덩굴은 나무를 타고 오르고 오르고 또 올라 나뭇가지와 담장 아래로 늘어지고 땅 위로 퍼져나갔어. 마치 기묘한 회색 안개처럼. 그중 일부는 죽었지만 대부분 살아남았고, 여름이 오면 장미가 장막처럼 드리워지면서 분수처럼 만발할 거야. 땅속에는 수선화와 아네모네와 백합과 붓꽃이 어둠 속에서 나오려 애쓰고 있겠지. 이제 막 봄이 시작됐으니까 어쩌면… 어쩌면…"

나직이 소곤거리는 메리의 목소리에 콜린은 조금씩 잠잠해졌고 메리는 계속 이야기했다.

"어쩌면 풀 사이로 싹이 나올지도 몰라. 보라색 크로커스와 금색 크로커스가 무리 지어 피어날지도 모르지, 바로 지금. 어쩌면 잎이 나기 시작하고, 어쩌면 잿빛이 조금씩 바뀌고 연둣빛 베일이 스르르 스르르 모든 걸 덮어가겠지. 그리고 새들이 그걸 구경하러 올 거야. 왜냐하면 그곳은 아주 안전하고 조용하니까. 그리고 어쩌면, 어쩌면, 어쩌면…" 메리는 아주 나직하고 천천히 말했다. "울새가 짝을 찾고 둥지를 틀고 있을지도 몰라."

그리고 콜린은 잠들었다.

18

"낭비헐 시간이 없다니께유."

당연히 메리는 다음 날 아침 일찍 일어나지 못했다. 피곤해서 늦잠을 잤고, 아침을 가져온 마사가 콜린은 이제 조용하지만 진이 빠지도록 울고불고한 다음에는 늘 그렇듯 아프고 열이 난다고 했다. 메리는 마사가 이야기하는 걸 들으면서 천천히 아침을 먹었다.

"도련님께서 아가씨가 가능한 한 빨리 보러 왔으면 좋겠다 하시네유." 마사가 말했다. "도련님이 아가씨한테 그리 정이 들다니 참 희한도 혀유. 어제 아가씨가 도련님을 확실히 혼쭐을 냈구먼유, 그쥬? 감히 아무도 그리 못 할 텐디. 아유, 불쌍한 도련님! 버릇을 너무 망쳐놔서 어쩔 도리가 없다니께유. 우리 엄니가 그러는데 애한테 최악인 게 두 가지가 있다 하셨쥬. 하나는 절대 애 뜻대로 안 해주는 거고, 다른 하나는 항상 애 뜻대로 해주는 거래유. 어느 쪽이 더 나쁜지 모르겠다더라구유. 그나저나 아가씨 성미도 참으로 불같네유. 지가 방에 갔더니 도련님이 그러대유. '메리에게 와서 나랑 얘기할 수 있나 물어 봐 줄래?' 도련님이 부탁을 다 하다니! 가실거쥬, 아가씨?"

"디콘한테 먼저 뛰어가야지" 하다가 메리가 말했다. "아니, 콜린 먼저 봐야겠다. 무슨 말을 해야 할지 떠올랐어." 갑작스레 떠오른 생각에 메리는 마음을 바꿨다.

모자를 쓴 채 들어온 메리를 보고 콜린은 잠깐 실망한 기색이었다. 콜린은 침대에 누워있었고 얼굴은 처량할 정도로 창백했으며 눈가는 거뭇거뭇했다.

"와줘서 기뻐." 콜린이 말했다. "피곤해서 머리가 아프고 온몸이 쑤셔. 어디 가는 길이야?"

메리는 다가가서 침대에 몸을 기댔다.

"오래 있진 못해." 메리가 말했다. "디콘한테 갔다가 다시 올게. 콜린, 근데 말이야, 비밀의 정원에 관한 거야."

콜린의 얼굴이 밝아지면서 혈색이 조금 돌아왔다.

"아, 그렇구나!" 콜린이 외쳤다. "밤새 그곳 꿈을 꿨어. 네가 뭔가 잿빛이 녹색으로 변한다고 하는 얘기를 들었고, 꿈속에서 나는 살랑살랑 흔들리는 작은 초록색 나뭇잎이 가득한 곳에 서 있었어. 그리고 사방 둥지마다 새들이 앉아 있었는데, 전부 다 사랑스럽고 고요해 보였어. 네가 돌아올 때까지 누워서 그 생각 하고 있을게."

오 분 후 메리는 디콘과 함께 둘만의 정원에 있었다. 여우와 까마귀도 함께였고 이번에는 디콘이 길들인 다람쥐 두 마리도 데리고 왔다.

"오늘 아침엔 조랑말을 타고 왔슈." 디콘이 말했다. "아이구, 참 착한 녀석이라니께유. 껑충이라고 하쥬! 얘네 둘은 주머니에 넣어왔쥬. 이놈은 호두고 여기 저놈은 껍질이여유."

디콘이 '호두'라고 말하자 다람쥐 한 마리가 오른쪽 어깨로 폴짝 뛰어올랐고, '껍질'이라고 하자 다른 한 마리가 왼쪽 어깨로 폴짝 올라탔다.

그들이 풀밭에 앉자 대장이 발치에 몸을 동그랗게 말아 웅크렸고, 검댕이는 나무에 앉아 엄숙하게 귀를 기울였으며, 호두와 껍질은 근처에서 킁킁대며 돌아다녔다. 메리로서는 이런 즐거움을 두고 가려니 도저히 참기 어려울 것 같았지만, 메리가 이야기를 시작하자 디콘의 묘한 얼굴빛을 보며 마음이 조금씩 바뀌었다. 메리는 자신보다 디콘이 콜린을 더 안쓰럽게 여긴다는 걸 느낄 수 있었다. 디콘은 하늘을 올려다보고 주위를 둘러봤다.

"저 새소리 좀 들어봐유. 세상이 온통 그 소리로 가득하쥬." 콜린이 말했다. "다들 지저귀고, 휘파람 불고, 쏜살같이 날아다니면서 서로 부르잖유. 봄이 오면 온 세상이 부르는 것 같쥬. 잎사귀가 펴나는 게 눈에 보이구유. 봐유, 냄새도 얼마나 좋다구유!" 디콘은 기분 좋은 얼굴로 코끝을 킁킁거렸다. "근디 그 불쌍한 도련님은 방에 틀어박혀서 세상을 거의 못 보니께, 온갖 쓸데없는 생각에 사로잡혀 있다가 막

소리부터 지르잖유. 아이구, 얼른 데리고 나와야 쓰것슈. 여길 보여주고, 듣게 하고, 바람 냄새를 맡고, 햇볕을 흠뻑 받게 허야쥬. 낭비헐 시간이 없다니께유."

뭔가에 골몰하면 디콘의 요크셔 억양이 더 두드러졌는데, 다른 때는 사투리를 약간 누그러뜨려 메리가 알아듣기 쉽게 말해주려 했다. 하지만 메리는 디콘의 요크셔 말투를 무척 좋아했고 심지어 직접 흉내 내며 배우려고까지 했다. 그래서 이제 사투리를 조금 흉내 낼 수 있었다.

"야, 그래야쥬." ("응, 그렇게 해야지"라는 뜻이었다.) 메리가 말했다. "먼저 뭐부터 할지 말해줄게유." 메리가 말을 잇자 디콘은 씩 웃었다. 이 어린 아가씨가 혀를 꼬아가며 요크셔 말투를 흉내 낼 때면 무척이나 재미있었다. "도련님이 너한테 푹 빠졌거든유. 너를 꼭 보고 싶대고 검댕이랑 대장도 보고 싶어혀. 집에 돌아가면 내가 콜린한테 말할 거거든. 네가 내일 아침 만나러 와도 되겠냐고 말이여. 그리고 동물들도 같이 데려오겠다구. 그런 다음 좀 나중에 나뭇잎이 더 피고 꽃봉오리도 한두 개 보이기 시작하믄 도련님을 밖으로 데리고 나오는 거여. 네가 휠체어를 밀어서 여기로 데리고 와서 전부 보여주자구유."

말을 마치고 난 메리는 상당히 뿌듯했다. 요크셔 사투리로 이렇게 길게 말해본 적이 없었고 잘 해냈기 때문이었다.

"가서 콜린 도련님한테 그렇게 요크셔 사투리로 한번 말해봐유." 디콘이 킥킥거렸다. "그럼 도련님이 웃음이 터질 거유. 아픈 사람한테 웃음만큼 좋은 게 또 없거든유. 엄니가 그랬슈. 아침마다 반 시간씩 웃으면 티푸스 열병에 걸릴 사람도 거뜬히 나을 거래유."

238

"바로 오늘부터 콜린에게 요크셔 사투리로 얘기할래." 메리도 킥킥거리며 말했다.

정원은 매일 밤낮으로 마치 마법사들이 지팡이를 휘둘러 땅과 나뭇가지에서 아름다움을 끌어내는 듯한 시기에 이르렀다. 그곳을 두고 가기란 정말이지 힘든 일이었다. 특히 호두가 메리의 옷자락을 타고 기어 올라오고 껍질은 두 아이에게 그늘을 드리워준 사과나무 둥치를 타고 쪼르르 내려와 궁금해하는 눈으로 메리를 쳐다보고 있어 더욱 그랬다. 하지만 메리는 집으로 돌아갔고 콜린의 침대 곁에 가 앉자 콜린은 디콘처럼 능숙하진 않지만 코를 킁킁거렸다.

"너한테서 꽃향기가 나. 그리고 싱그러운 냄새도." 콜린은 상당히 즐거운 목소리로 외쳤다. "무슨 냄새지? 시원하고 따뜻하면서 동시에 달콤하기도 해."

"황무지에서 나는 바람 냄새구먼." 메리가 말했다. "나무 밑에서 디콘이랑 대장이랑 검댕이랑 호두랑 껍질이랑 앉아 있었더니 묻어왔제. 봄이고, 바깥이고, 햇볕이 그리 기가 막힌 냄새를 풍기는 거여."

메리는 최대한 강하게 발음했지만 누군가가 말하는 걸 듣기까지는 요크셔 억양이 얼마나 강한지 알 수가 없었다. 콜린은 웃기 시작했다.

"뭐 하는 거야?" 콜린이 물었다. "그렇게 말하는 거 첨 들어. 되게 웃기다."

"너한테 요크셔 말을 들려주는 거거든." 메리가 자랑스럽게 말했다. "나야 디콘이나 마사처럼 잘 허지는 못하지만 그래도 좀 비슷헌가? 요크셔 말 들으면 이해하지 못허나? 너는 여기서 나고 자란 요크셔 아이잖여! 아이고, 네가 그 얼굴로 부끄럽지도 않다니 참말로 신기허네!"

그렇게 말하며 메리도 웃기 시작했고 둘 다 터져 나온 웃음이 멈추지 않아 방이 쩌렁쩌렁 울렸다. 메들록 부인이 문을 열어봤다가 도로 복도로 나와 놀라워하며 귀를 기울였다.

"아이고, 별일이네그려!" 아무도 듣는 사람이 없고 굉장히 놀랐기에 부인도 요크셔 말투로 말했다. "저런 소릴 듣게 될 줄 누가 알았을까! 누가 생각이나 했겠냐구!"

할 얘기가 참 많았다. 콜린은 디콘과 대장 그리고 검댕이와 호두와 껍질, 그리고 조랑말 껑충이 얘기를 아무리 해줘도 모자란 모양이었다. 메리는 껑충이를 보려고 디콘과 함께 숲을 빙 돌았다. 껑충이는 작고 복슬복슬한 황무지 조랑말로 눈 위로 털이 길게 내려왔고 예쁜 얼굴에 코는 벨벳처럼 부드러웠다. 황무지 풀만 먹고 자라 좀 말랐지만, 그 가는 다리 근육이 강철 스프링으로 만들어지기라도 한 듯 튼튼하고 옹골졌다. 조랑말은 디콘을 본 순간 고개를 들어 나직이 히힝 소리를 내더니 저벅저벅 다가와 고개를 디콘의 어깨에 갖다 댔다. 그러자 디콘이 조랑말 귀에 대고 말을 걸었고, 껑충이는 그 기묘한 히힝 소리와 콧바람과 콧방귀로 대꾸했다. 디콘은 껑충이에게 메리한테 그 작은 앞발을 내주고 보드라운 주둥이로 뺨에 살짝 입 맞추게 했다.

"그 조랑말이 진짜 디콘 말을 알아들어?" 콜린이 물었다.

"그런 것 같아어." 메리가 대답했다. "디콘은 친구가 되면 무엇이든 알아들을 수 있다고 했지만, 당연히 친구여야 한대."

콜린은 한동안 조용히 누워있었다. 그 기묘한 회색 눈동자는 벽을 응시하는 듯했지만 메리는 콜린이 곰곰이 생각하고 있음을 알았다.

"나도 동물들이랑 친구 할 수 있었으면 좋겠다." 마침내 콜린이 말했다. "하지만 아니니까. 난 한 번도 친구 삼을 동물이 없었고, 더군다나 사람은 못 참겠고."

"나는 참을 수 있어?" 메리가 물었다.

"응, 그럼." 콜린이 대답했다. "이상하게 너는 좋아."

"하지만 웨더스태프 영감님은 내가 자기 같댔는데." 메리가 말했다. "우리 둘 다 성미가 고약할 거라고 장담했어. 내 생각엔 너도 그 영감님 같아. 우리 셋 다 비슷하지. 너랑 나 그리고 벤 웨더스태프 영감님. 영감님은 우리 둘 다 볼품없고 부루퉁하다고 그랬어. 하지만 울새랑 디콘을 알게 된 뒤로는 예전처럼 부루퉁해지진 않아."

"너도 사람이 싫었던 적 있어?"

"응." 메리가 솔직하게 말했다. "울새랑 디콘을 만나기 전이었으면 너도 싫어했을 거야."

콜린은 마른 손을 내밀어 메리에게 갖다 댔다.

"메리." 콜린이 말했다. "디콘을 못 오게 하겠다는 말은 하지 말 걸 그랬어. 네가 디콘은 천사 같다고 했을 때 화가 나서 비웃긴 했지만. 하지만 어쩌면 정말 그럴지도 몰라."

"사실 그렇게 말하면 좀 웃기긴 해." 메리가 솔직히 인정했다. "디콘은 코가 위로 들렸고, 입이 엄청나게 크고, 옷은 온통 천을 덧대서 기운 데다, 요크셔 사투리로 말하거든. 하지만 천사가 요크셔에 내려와 황무지에서 산다면 디콘처럼 식물에 대해 잘 알고, 무럭무럭 자라게 할 수 있고, 야생 동물들과 이야기할 수 있을 거야. 그리고 동물들도 그 천사가 친구라는 걸 분명히 알겠지."

"디콘이 나를 쳐다봐도 싫지 않을 것 같아." 콜린이 말했다. "디콘을 만나고 싶어."

"다행이야." 메리가 대답했다 "왜냐하면… 왜냐하면…"

메리는 바로 지금이 콜린에게 고백할 때라는 생각이 들었다. 콜린은 뭔가 새로운 소식이 있다는 걸 알아차렸다.

"왜냐하면, 뭐?" 콜린은 초조하게 외쳤다.

메리도 초조한 마음에 스툴에서 일어나 콜린에게로 다가가 두 손을 잡았다.

"널 믿어도 될까? 난 디콘을 믿는데, 새들이 디콘을 믿는 걸 봤기 때문이거든. 너를 믿어도 될까? 확실히?" 메리가 간청했다.

메리의 얼굴이 너무 진지해서 콜린은 거의 속삭이다시피 대답했다.

"응, 믿어도 돼. 정말이야!"

"디콘이 내일 아침 널 만나러 올 거야. 동물들도 데려올 거고."

"아! 아!" 콜린은 기쁨에 겨워 외쳤다.

"하지만 그게 다가 아니야." 메리는 흥분으로 창백해지며 말을 이었다. "더 좋은 소식이 있어. 비밀의 정원으로 들어가는 문을 내가 찾아냈거든. 담장 담쟁이덩굴 아래 있어."

콜린이 건강한 아이였다면 "만세! 만세!" 하고 외쳤겠지만, 그는 약하고 신경이 예민했다. 커다란 눈이 더 커지며 숨을 헐떡였다.

"아, 메리!" 콜린은 반쯤 흐느끼며 외쳤다. "내가 그걸 볼 수 있을까? 안으로 들어갈 수 있을까? 그 안에 들어갈 때까지 살 수 있을까?" 그리고 메리의 손을 꽉 움켜쥐더니 자기 쪽으로 끌어당겼다.

"당연히 볼 수 있지!" 메리가 화난 어조로 쏘아붙였다. "당연히 들어갈 때까지 살 수 있어! 바보 같은 소리 마!"

메리가 너무나 자연스럽고 아이답게 말하자 콜린은 이성을 되찾고 자기 자신이 우스워서 웃기 시작했다. 잠시 후 메리는 다시 스툴에 앉아 자신이 상상한 비밀의 정원이 아니라 실제로 본 정원에 대해 이야기했다. 콜린은 온몸이 쑤시고 피곤한 것도 잊은 채 메리 이야기에 푹 빠져들었다.

"딱 네가 생각했던 그대로네." 마침내 콜린이 말했다. "네가 전에 말했던 것하고 똑같아. 처음 얘기해줬을 때도 그렇게 말했잖아."

메리는 이 분가량 망설이다가 마침내 진실을 말했다.

"나 사실 그 전에 봤어. 안에도 들어갔고." 메리가 말했다. "열쇠를 찾아내서 몇 주 전에 들어갔어. 하지만 너한테 말할 엄두가 나지 않았어. 너를 믿어도 될지 너무 두려워서…."

19

"드디어 왔어!"

물론 콜린이 성질을 부린 다음 날 아침 크레이븐 선생에게 바로 연락이 갔다. 그런 일이 생기면 그가 항상 불려왔다. 도착하면 어김없이 하얗게 질려 떨고 있는 아이가 침대에 누워있었으며, 부루퉁한 얼굴로 히스테리가 너무 심해 말 한마디만 해도 금세 다시 울음을 터트릴 정도였다. 사실 크레이븐 선생은 이런 진찰이 고역스럽고 두렵고 싫기까지 했다. 이번에는 오후가 되어서야 미슬스웨이트 저택에 도착했다.

"환자는 어때요?" 도착한 의사는 짜증 섞인 목소리로 메들록 부인에게 물었다. "저렇게 발작을 하다가는 언젠가는 혈관이 터지고 말 겁니다. 히스테리와 제멋대로인 성격 때문에 아이가 반쯤 미친 거나 다름없어요."

"저기, 선생님." 메들록 부인이 대답했다. "보시면 믿지 못하실 거예요. 그 못나고 심통 맞은 아이가, 도련님만큼이나 성미 고약한 그 애가 도련님을 홀려버렸답니다. 그것 말고는 달리 표현할 방도가 없네요. 볼품없는 데다 말하는 걸 거의 들어보질 못한 아이인데, 우리 중 누구도 엄두조차 내지 못한 일을 했죠. 어젯밤엔 그 아이가 새끼 고양이 마냥 도련님한테 달려와서는 발을 구르며 소리 좀 그만 지르라고 명령했지 뭐예요. 그랬더니 도련님이 너무 놀라 진짜로 멈췄고, 오늘 오후엔 글쎄… 아니다, 그냥 올라가서 직접 보세요, 선생님. 믿기지 않는다니까요."

환자 방에 들어섰을 때 크레이븐 선생 눈에 들어온 광경은 과연 상당히 놀랄 만했다. 메들록 부인이 방문을 열자 웃고 떠드는 소리가 들려왔다. 콜린은 가운 차림으로 소파에 꼿꼿하게 앉아 책에 실린 그림을 보며 그 못난 아이에게 이야기하고 있었는데, 즐거움으로 얼굴이 환하게 빛나 딱히 못나 보이지도 않았다.

"그 줄기가 길고 파란 꽃 있잖아, 그걸 많이 심을 거야." 콜린이 말했다. "이름은 델피니움이야."

"디콘이 그건 제비고깔을 어려운 말로 부른 거랬어." 메리가 외쳤다. "그 꽃은 이미 무리 지어 나 있거든."

그러다가 아이들은 크레이븐 선생을 보더니 입을 딱 다물었다. 메리는 꼼짝도 하지 않았고 콜린은 불만스러워 보였다.

"어젯밤 아팠다지, 안됐구나." 크레이븐 선생은 약간 긴장한 듯 말했다. 그는 꽤 신경이 예민한 사람이었다.

"지금은 괜찮아요, 훨씬 좋아졌어요." 콜린이 라자처럼 위엄 있게 대답했다. "하루 이틀 후 날씨가 좋으면 휠체어를 타고 밖에 나가려고요. 맑은 공기를 쐬고 싶어요."

크레이븐 선생은 콜린 옆에 앉아 맥박을 짚어보더니 희한하다는 듯 쳐다봤다.

"날씨가 아주 좋아야 해." 의사가 말했다. "그리고 무리가 가지 않

도록 주의해야 하고."

"맑은 공기쯤은 괜찮아요." 어린 라자가 말했다.

이 어린 신사가 예전엔 분노에 찬 목소리로 맑은 공기를 쐬면 감기에 걸려 죽는다고 우겨댄 적이 여러 번 있었으니 의사가 놀라는 것도 당연했다.

"맑은 공기를 좋아하지 않는 줄 알았는데." 의사가 말했다.

"혼자 있을 때는 좋아하지 않았죠." 라자가 대답했다. "하지만 사촌과 함께 갈 거니까요."

"그리고 간호사도 당연히 같이 가겠지?" 크레이븐 선생이 넌지시 제안했다.

"아뇨, 간호사는 같이 가지 않아요." 콜린이 얼마나 당당하게 말했는지 메리는 예전에 봤던 어린 인도 왕자를 떠올리지 않을 수 없었다. 다이아몬드와 에메랄드 그리고 진주를 온몸에 두르고 커다란 루비를 낀 작은 손을 휘둘러 고개를 조아린 하인들에게 명령을 내리곤 하던 모습을.

"사촌이 나를 돌볼 수 있어요. 메리랑 있을 때면 항상 상태가 좋아져요. 어젯밤엔 메리가 나를 낫게 했고요. 힘센 남자애가 휠체어를 밀어줄 거예요."

크레이븐 선생은 다소 당황스러웠다. 이 귀찮고 히스테리 심한 아이가 혹시라도 회복하게 된다면 자신이 미슬스웨이트를 상속받을 기회는 완전히 사라질 테니까. 하지만 선생은 나약하긴 해도 파렴치한 사람은 아니었기에 아이가 실제로 위험해지는 상황까지 가게 두진 않았다.

"아주 힘세고 튼튼한 아이여야 할 거다." 의사가 말했다. "그리고 내가 그 아이에 대해 알아야겠는데 누구지? 이름은 뭐냐?"

"디콘이에요." 메리가 갑자기 나섰다. 어쩐지 황무지를 아는 사람이라면 누구나 디콘을 알고 있을 것 같았다. 그리고 그건 사실이었다. 그 즉시 크레이븐 선생의 진지한 얼굴에 안도의 미소가 번지는 것을 메리는 봤다.

"아, 디콘." 의사가 말했다. "디콘이라면 믿을 만하지. 황무지 조랑말만큼 튼튼한 아이니까, 디콘은."

"그리고 믿음직혀유. 요크셔에서 젤루 믿음직한 사내아이쥬." 콜린에게 요크셔 말투로 이야기하던 참이라 메리는 자기도 모르게 그렇게 말해버렸다.

"디콘이 가르쳐준 거니?" 크레이븐 선생이 소리 내 웃으며 물었다.

"프랑스어 배우듯 하고 있어요." 메리는 꽤나 도도하게 말했다. "인도의 토착 방언 같아요. 아주 똑똑한 사람들은 배우려고 애쓰죠. 난 요크셔 말을 좋아하고 콜린도 그래요."

"그래, 그래." 의사가 말했다. "너희가 재미있다면 해 될 거야 없겠지. 어제 진정제는 먹었지, 콜린?"

"아뇨." 콜린이 대답했다. "처음엔 먹지 않으려 했고 그다음에는 메리가 이야기를 들려줘서 그걸 들으며 잠들었어요. 정원에 번져가는 봄기운에 관한 이야기요."

"잔잔한 얘기겠구나." 크레이븐 선생은 더욱 어리둥절해져 스툴에 앉아 조용히 카펫을 내려다보고 있는 메리를 슬쩍 곁눈질했다. "확실히 차도가 있긴 하다만 꼭 기억해야…."

"기억하고 싶지 않아요." 콜린이 다시 라자처럼 오만하게 말했다. "혼자 누워서 기억해둬야 할 걸 떠올리면 온몸이 다 아프고 너무 싫어서 소리 지르게 될 일들만 생각나요. 아프다는 사실을 기억해야 할 게 아니라 잊게 할 수 있는 의사가 있다면 여기 와달라고 하고 싶을 정도로요." 그리고 콜린은 루비로 만들어진 왕실 인장 반지를 끼고 있어야 할 것 같은 마른 손을 흔들며 말했다. "사촌이 내가 아프다는 걸 잊게 해주니까, 그래서 나아진 거예요."

크레이븐 선생은 '성질부리기' 후 이렇게 금방 왕진을 마친 적은 처음이었다. 보통은 아주 오랫동안 있으면서 많은 일들을 해야 했기 때문이다. 그날 오후 의사는 아무 약도 처방하지 않았고, 새로운 지시를 내리지도 않았으며, 불편한 상황에 처하지도 않았다. 아래층으로 내려갔을 때 의사는 곰곰이 생각에 잠긴 모습이었으며, 서재에서 메들록 부인과 이야기를 나눌 때 부인은 의사 선생이 굉장히 혼란스러워하고 있다고 느꼈다.

"선생님." 부인이 조심스럽게 입을 열었다. "믿을 수 있으시겠어요?"

"확실히 새로운 상태긴 합니다." 의사가 말했다. "그리고 이전보다 나아졌다는 것도 부정할 수 없네요."

"수잔 소워비 말이 맞네요. 전 수잔을 믿어요." 메들록 부인이 말했다. "어제 스웨이트 가는 길에 그 집에 들러서 이야기를 나눴는데요. 수잔이 그러더라고요. '그 아가 착하지도 이쁘지도 않을 수 있어. 근디 아는 아여. 아덜들에겐 아덜이 있어야 혀.' 수잔 소워비와 전 학교를 같이 다녔거든요."

"그 부인은 내가 아는 간병인 중 최고죠." 크레이븐 선생이 말했다.

"환자 집에서 그 부인을 만나면 이 환자는 살 수 있겠구나 싶을 정도니까요."

메들록 부인은 미소지었다. 부인은 수잔 소워비를 좋아했다.

"수잔은 참 남다른 데가 있어요." 메들록 부인은 신이 나서 말을 이었다. "오전 내내 어제 수잔이 한 말을 생각해봤는데요. 수잔이 그러더라고요. '예전에 우리 아덜이 한바탕 싸움질을 하고 왔길래 내가 아그들 죄다 모아 놓고 한소리 혔어. 엄니가 학교 다닐 적 지리 시간에 그랬거든, 세상은 오렌지 모양이라고. 열 살도 안 됐을 적에 엄니는 오렌지란 게 누구 한 사람 몫이 아니란 걸 알게 되여. 아무도 제 몫 이상 가지진 못혀. 가끔은 나눠 먹을 것도 부족하다 싶을 때도 있것지만 그거야 원래 그런겨. 근디 니들이 오렌지 하나가 전부 제 몫이라 생각허믄 못써. 그건 실수고, 그러다간 호되게 봉변을 당하게 될겨.' 수전이 이렇게 말하더라고요. '아그들은 서로서로 그러면서 배우는겨. 껍질까지 다 가지려 들다간 씨앗 한 톨도 얻지 못할 거고, 그건 어차피 써서 먹지도 못혀.'"

"현명한 사람이군요." 크레이븐 선생이 코트를 입으며 말했다.

"네, 말재주가 있는 사람이에요." 메들록 부인이 몹시 기뻐하며 마무리 지었다. "가끔은 수잔한테 이렇게 말하곤 하죠. '어휴, 수잔, 네가 좀 다른 사람이었고 그렇게 요크셔 말투가 심하지 않았다면 내가 너한테 참 똑똑하다고 했을 때가 꽤 많았을 텐데.'"

그날 밤 콜린은 한 번도 깨지 않고 푹 잤다. 아침에 눈을 떴을 때는 누운 채 자기도 모르게 미소를 지었다. 기분이 이상할 정도로 편안했기 때문이다. 오랜만에 깨어 있는 게 상쾌하게 느껴져 몸을 뒤척이며 사지를 기지개 켜듯 늘였다. 꽉 조이고 있던 줄이 느슨해지면서 자신을 놓아준 것만 같았다. 왜 그런지 몰랐지만 크레이븐 선생이라면 긴장이 풀리고 편히 쉬어서 그렇다고 말했을 것이다. 누워서 벽만 멍

하니 바라보며 차라리 잠에서 깨지 않았으면 하고 바랐던 때와는 달리 콜린은 어제 메리와 함께 짰던 계획, 정원의 풍경, 디콘과 그의 야생 동물들에 관한 생각들로 가득했다. 생각할 것이 있다는 건 무척 기분 좋은 일이었다. 깨어난 지 십 분도 채 되지 않아 복도에서 발소리가 들리더니 메리가 문가에 나타났다. 그러고는 이내 침대로 달려왔는데 아침 향기로 가득한 신선한 공기도 함께 들어왔다.

"밖에 나갔었구나! 밖에 나갔다가 왔어! 너한테서 향긋한 나뭇잎 냄새가 나!" 콜린이 외쳤다.

메리는 뛰어오느라 머리가 흐트러져 있었고 신선한 공기를 쐬어서 뺨이 발그레했지만, 콜린은 그건 보지 못했다.

"너무 아름다워!" 메리는 숨을 약간 헐떡이며 말했다. "그렇게 아름다운 건 처음이었어! 드디어 왔어! 저번 날 아침에 이미 왔다고 생

각했는데, 아직 오고 있었던 거더라. 진짜 왔어! 왔다고, 봄이! 디콘이 그렇게 말했어!"

"봄이 왔어?" 콜린이 외쳤다. 봄에 대해 아는 건 없었지만 가슴이 뛰어 콜린은 벌떡 일어나 앉았다.

"창문 열어봐!" 절반은 환희에 들떠 그리고 절반은 자기 상상에 겨워 웃으며 말했다. "어쩌면 황금 나팔 소리가 들릴지도 몰라!"

콜린이 웃는 동안 메리는 눈 깜빡할 사이 창가로 달려가 창문을 활짝 열어젖혔다. 부드럽고 향기로운 바람과 새소리가 방안으로 쏟아져 들어왔다.

"이게 바로 맑은 공기야." 메리가 말했다. "누워서 길게 숨을 쉬어봐. 디콘이 황무지에 누워있을 때면 이렇게 하더라. 그러면 공기가 혈관 속에 흐르는 게 느껴지고 힘이 솟아나서 영원히, 아주 오래오래 살 수 있을 것 같은 기분이 든대. 숨을 들이쉬고 또 들이쉬는 거야."

메리는 그저 디콘이 한 말을 따라 했을 뿐이지만 그 말은 콜린의 상상력을 사로잡았다.

"오래오래 영원히! 맑은 공기를 마시면 그런 기분이 든대?" 콜린이 물었다. 그리고 메리가 시킨 대로 숨을 길게 들이쉬고 또 들이쉬었다. 그렇게 몇 번 반복하는 사이 자기 안에서 뭔가 새롭고 기분 좋은 변화가 일어나고 있다는 느낌이 들었다.

메리가 다시 침대 옆으로 왔다.

"땅속에서 온갖 것들이 와르르 올라오고 있어!" 메리가 급하게 말을 이었다. "녹색 베일이 잿빛을 거의 뒤덮었고, 새들은 너무 늦지나 않았을까 하는 걱정에 둥지 지을 자리를 찾아다니느라 비밀의 정원에서 제일 좋은 자리를 두고 싸우고 있더라니까. 장미 덤불은 생기가 넘치고, 오솔길이랑 숲에는 앵초꽃이 가득 피었어. 우리가 심은 씨앗들에서 싹이 났고, 디콘은 여우랑 까마귀, 다람쥐들, 그리고 갓 태어난 새끼 양까지 데리고 왔어."

그러고 나서 메리는 숨을 가쁘게 몰아쉬며 잠시 말을 멈췄다. 갓 태어난 새끼 양은 사흘 전 디콘이 황무지의 가시금작화 덤불 속에서 죽은 어미 곁에 누워있는 것을 발견하고 데려온 것이었다. 어미 없는 새끼 양을 발견한 게 이번이 처음은 아니었기에 디콘은 어떻게 해야 하는지 잘 알고 있었다. 그는 새끼 양을 재킷에 감싸 집으로 데려가 불가에 눕히고 따뜻한 우유를 먹였다. 그것은 보드랍고 사랑스러우면서도 어딘가 어리숙한 아기 같은 얼굴을 하고 있었고 몸에 비해 다리가 제법 길었다. 디콘은 그 새끼 양을 품에 안고 주머니에는 젖병과 함께 다람쥐 한 마리를 넣은 채 황무지를 가로질러 왔다. 메리가 나무 아래 앉아 웅크리고 있는 따뜻한 새끼 양을 무릎 위에 올려놓고는 묘한 기쁨에 차마 말을 잇지 못했다. 새끼 양이라니! 무릎 위에 아기처럼 누워 있는 살아 있는 새끼 양이라니!

메리는 기쁜 마음으로 그 이야기를 들려줬고, 콜린은 귀 기울이며 신선한 공기를 깊이 들이마셨다. 그때 간호사가 들어왔다. 따뜻한 날에도 숨 막히는 방안에 있어야 했던 간호사는 열린 창문을 보고 살짝 놀랐다. 그녀의 환자는 창문을 열면 감기에 걸린다고 믿었기 때문이다.

"춥진 않으세요, 콜린 도련님?" 간호사가 물었다.

"아니." 콜린이 대답했다. "지금 신선한 공기를 깊이 들이마시는 중이야. 그럼 튼튼해진대. 이제 소파에 가서 아침을 먹을 거야. 사촌도 같이 먹을 거고."

 간호사는 새어 나오려는 미소를 참으며 두 아이 몫의 아침 식사를 준비하라는 지시를 전하러 방을 나갔다. 그녀는 환자 방보다 하인 휴게실이 훨씬 재미있었고, 요즘은 위층에서 벌어지는 소식에 모두가 귀를 기울이고 있었다. 인기 없는 어린 은둔자에 관한 이러저러한 농담이 여기저기서 오가자 요리사는 이렇게 평했다. "임자를 만난 거지. 도련님 본인한텐 잘된 일이야." 하인들은 콜린의 심술에 진저리난 상태여서 자식을 키워본 집사는 "호되게 혼나는 게 약일 텐데"라고 몇 번이나 말했었.

 콜린이 소파에 자리를 잡고 두 사람 몫의 아침 식사가 테이블 위에 차려지자 그는 가장 라자다운 어조로 간호사에게 말했다.

 "남자애 하나가 여우랑 까마귀, 다람쥐 두 마리, 그리고 갓 태어난 새끼 양을 데리고 방문하기로 했어, 오늘 아침에. 도착하면 바로 위층으로 올려보내."

 간호사는 작게 헉 소리를 냈다가 기침 소리로 얼버무리려 애썼다.

 "네, 도련님." 간호사가 대답했다.

 "어떻게 하면 좋을지 말해줄게." 콜린이 손을 휘저으며 덧붙였다. "마사더러 얘기해서 여기로 데려오라고 해. 걔는 마사 남동생이야. 이름은 디콘이고 동물들하고 친해."

 "동물들이 물지나 않았으면 좋겠네요, 콜린 도련님." 간호사가 걱정스럽게 말했다.

 "걔는 동물하고 친하다니까." 콜린이 근엄하게 말했다. "동물들과 친한 아이의 동물은 절대 물지 않아."

"인도에는 뱀을 다루는 사람도 있어." 메리가 말했다. "그 사람들은 뱀 머리를 자기 입에 넣을 수도 있대."

"세상에나!" 간호사가 소스라쳤다.

둘은 창문으로 신선한 공기가 들어오는 방에서 아침을 먹었다. 콜린은 아침을 맛있게 먹었고 메리는 그 모습을 진지하게 바라봤다.

"너도 나처럼 살이 붙기 시작할 거야." 메리가 말했다. "인도에서는 아침을 먹고 싶었던 적이 없는데 이젠 맨날 먹고 싶거든."

"오늘은 진짜 아침이 먹고 싶었어." 콜린이 말했다. "어쩌면 맑은 공기 때문인지도 몰라. 디콘은 언제 올까?"

디콘은 오래 기다리게 하지 않았다. 십 분쯤 지나자 메리가 손을 들었다.

"쉿! 들어봐!" 메리가 말했다. "까악 소리 들려?"

콜린도 귀를 기울이자 소리가 들렸다. 집 안에서 나기엔 정말 이상한 목 쉰 듯한 '까악까악' 소리였다.

"응, 들려." 콜린이 대답했다.

"저건 검댕이야." 메리가 말했다. "다시 들어봐! 매에 소리 들려? 아주 작게?"

"아, 그래! 들려!" 콜린이 상기된 얼굴을 하고 외쳤다.

"그건 새끼 양이야." 메리가 말했다. "디콘이 오고 있어."

디콘의 황무지용 신발은 두껍고 투박해서 조용히 걸으려 해도 복도가 쿵쿵 울렸다. 메리와 콜린에게는 그 발소리가 마치 무언가가 행진하는 소리 같았다. 마침내 디콘이 태피스트리 문을 지나 콜린 방으로 이어지는 부드러운 카펫이 깔린 곳에 도착했다.

"실례혀유, 도련님." 마사가 문을 열며 말했다. "디콘이랑 동물 친구들이 왔구먼유."

디콘이 해맑은 미소를 지으며 들어섰다. 갓 난 새끼 양은 품에 안겨 있었고 작고 붉은 여우가 그 옆을 종종거리며 따라왔다. 호두는 왼쪽 어깨에, 검댕이는 오른쪽 어깨에 앉아 있었으며, 껍질이는 코트 주머니에서 얼굴과 앞발을 삐죽 내밀고 있었다.

콜린은 천천히 몸을 일으켜 세우더니 멍하니 쳐다봤다. 그리고 쳐다보고 또 쳐다봤다. 마치 처음 메리를 봤을 때처럼, 아니 어쩌면 그보다 더 경이롭고 기쁜 눈빛으로. 사실 콜린은 이제껏 메리가 해준 이야기에도 불구하고 이 디콘이란 아이가 어떨지 상상조차 하지 못했다. 그런데 여우와 까마귀와 다

람쥐와 새끼 양이 이렇게까지 가까이 따르는 걸 보니 그것들이 마치 디콘의 일부처럼 느껴졌다. 콜린은 한 번도 또래 남자애와 이야기해 본 적이 없었고, 지금은 너무도 기쁘고 놀라서 입을 여는 것조차 잊고 있었다.

하지만 디콘은 수줍어하거나 어색해하지 않았다. 까마귀를 처음 만났을 때 까마귀가 사람 말을 몰라 빤히 쳐다보고만 있어도 당황하지 않았던 것처럼 말이다. 동물들은 대개 상대를 알기 전까진 항상 그랬다. 디콘은 콜린의 소파로 다가가 새끼 양을 조심스레 콜린 무릎 위에 올려놨다. 그러자 작은 생명은 따뜻한 벨벳 가운 쪽으로 몸을 돌려 옷깃 사이를 파고들고는 곱슬거리는 머리로 부드럽지만 끈질기게 콜린 옆구리를 톡톡 밀었다. 그 순간 어떤 아이라도 입을 열지 않을 수 없을 것이다.

"뭐 하는 거야?" 콜린이 외쳤다. "왜 이래?"

"어미를 찾는 거여유." 디콘이 더 환하게 미소지으며 말했다. "일부러 약간 배고픈 상태로 데려왔구먼유. 요놈이 맘마 먹는 걸 도련님이 보고 싶어 하실 거 같아서유."

디콘은 소파 옆에 무릎을 꿇고 주머니에서 젖병을 꺼냈다.

"이쪽이여, 아가." 디콘이 말하며 복슬복슬한 하얀 머리를 부드러운 손길로 돌려세웠다. "니가 찾는 건 이거잖여. 그 실크 벨벳보다 요게

훨씬 낫제. 자, 자." 그리고 고무젖꼭지를 새끼 양의 오물거리는 입에 밀어 넣자 녀석은 허겁지겁 빨아대기 시작했다.

그 이후로는 달리 무슨 말을 해야 할지 궁리할 필요가 없었다. 새끼 양이 잠들 무렵엔 질문이 봇물 터지듯 쏟아졌고, 디콘은 하나도 빠짐없이 대답했다. 디콘은 사흘 전 아침 해가 막 떠오를 무렵 새끼 양을 어떻게 발견했는지 얘기해줬다. 황무지에 서서 종달새가 하늘로 점점 더 높이 날아오르는 걸 지켜보며 노랫소리를 듣고 있을 때였다.

"거의 안 보일 정도로 높이 올라갔는디 소리는 또 어찌나 또렷하든지 금방이라도 세상 밖으로 날아가 버릴 것 같더라구유. 근데 그때 저쪽 가시금작화 덤불 사이에서 다른 소리가 들리는 거여유. 힘없이 매에 하는 소리였는디 듣자마자 바로 배고픈 새끼 양인 줄 알았쥬. 어미가 있었으면 배고플 리 없을 테니 뭔가 일이 생긴 거겠구나 싶어서 바로 찾으러 나섰쥬. 아유, 진짜 찾느라 혼났어유. 덤불 사이를 이리저리 헤매는데 매번 허탕만 치는 거여유. 그러다 황무지 꼭대기 바위 옆에 하얀 게 보이길래 올라가 봤더니 요 작은 것이 추위에 떨며 배까지 곯아서 반쯤 죽어가구 있더라니께유."

디콘이 얘기하는 동안 검댕이는 열린 창으로 드나들며 진지하게 까악까악거리며 경치를 평했고, 호두와 껍질은 창밖의 큰 나무로 뛰어올라 나무줄기를 오르내리며 가지를 살폈다. 디콘은 그곳이 더 편하다면서 벽난로 앞 깔개 위에 앉았고, 대장은 그 옆에 몸을 말고 편안히 누웠다.

아이들은 함께 원예 책 그림을 봤는데 디콘은 꽃들의 시골식 이름을 전부 다 알고 있었다. 또 비밀의 정원에서 어떤 꽃들이 자라고 있는지도 정확히 알고 있었다.

"저기 적힌 이름은 뭐라고 읽는지 잘 모르것는디유." 디콘은 '아퀼레지아'라고 쓰인 꽃을 가리키며 말했다. "우린 매발톱꽃이라고 부르쥬. 그리고 저건 금어초구유. 둘 다 들판이나 덤불 속에서도 잘 자라지만 정원에서 자란 건 훨씬 크고 멋져유. 비밀의 정원에도 매발톱꽃이 무리 지어 피어 있는 데가 있구먼유. 꽃이 피면 파란색이랑 흰색 나비들이 팔랑거리는 침대 같을 거여유."

"나 그거 보러 갈 거야." 콜린이 외쳤다. "꼭 보러 갈 거야!"

"그래, 가야제." 메리가 제법 진지하게 말했다. "이제 낭비할 시간이 없다니께."

20

"난 영원히 살 거야,
영원토록, 영원히!"

    하지만 아이들은 일주일 넘게 기다려야 했다. 처음엔 바람 부는 날이 계속됐고 그다음엔 콜린에게 감기 기운이 있었다. 이런 일이 연달아 벌어졌으니 평소 같았으면 콜린이 분명 화를 냈겠지만, 그들은 아주 조심스럽게 앞으로 해야 할 일들을 비밀리에 계획했고, 디콘은 매일 잠깐씩이라도 저택에 들러 황무지와 오솔길, 울타리와 냇가에서 무슨 일이 일어나고 있는지 전해줬다. 새 둥지와 들쥐 굴은 말할 것도 없고 수달과 오소리, 물쥐 집에 대해 세세하게 얘기해줄 때면 온몸이 설렘으로 떨릴 정도였다. 분주한 땅속 세상이 얼마나 긴장감 넘치고 바쁘게 돌아가는지를 생각하니 기대감에 마음이 벅차올랐다.

"갸들도 우리랑 똑같다니께유." 디콘이 말했다. "해마다 집을 새로 지어야 하는 것만 다를 뿐이쥬. 그러니 바쁠 수밖에 없고 얼른 끝내려고 바지런히 돌아다니는 거쥬."

하지만 그 무렵 아이들이 가장 몰두한 일은 콜린을 비밀리에 정원으로 데려가기 전에 마쳐야 할 준비였다. 휠체어를 탄 콜린과 디콘, 그리고 메리가 관목 울타리 모퉁이를 돌아 담쟁이덩굴이 무성한 담장 바깥 산책로에 접어들 때쯤엔 누구의 눈에도 띄지 않아야 했다. 하루하루 지날수록 콜린은 정원을 둘러싼 비밀스러운 분위기야말로 그곳의 가장 큰 매력 중 하나임을 확신하게 되었다. 어떤 것도 그걸 망치게 해선 안 됐다. 누구도 그들에게 비밀이 있다는 걸 눈치채선 안 된다. 사람들이 콜린이 메리와 디콘을 좋아하고 그 아이들이 자기 모습을 봐도 꺼리지 않아서 함께 산책하는 거겠거니 여겨야만 했다. 아이들은 어느 길로 갈지를 두고 한참 즐겁게 이야기를 나눴다. 이 길을 따라 올라갔다가 저 길로 내려오고 또 다른 길을 가로지르고, 분수대가 있는 꽃밭 주위를 돌며 정원사 로치 씨가 꾸며놓은 장식 화단을 구경하는 척할 참이었다. 그렇게 하면 아주 그럴듯해 보여서 누구도 눈치채지 못

할 것이다. 그러고 나서 관목이 우거진 숲길로 들어서면 긴 담장에 다다를 때까지 남들 눈에 띄지 않게 될 것이다. 그들의 계획은 마치 전쟁 중에 위대한 장군들이 짠 진군 작전만큼이나 진지하고 정교했다.

병약한 아이의 방에서 새롭고 신기한 일이 벌어지고 있다는 소문은 하인 휴게실은

물론 마구간을 거쳐 정원사들에게까지 퍼져나갔다. 그런데 어느 날, 외부인은 단 한 번도 들어가 본 적 없는 콜린 도련님의 방으로 즉시 오라는 지시가 떨어졌으니 로치 씨는 깜짝 놀랄 수밖에 없었다. 도련님께서 하실 말씀이 있다는 것이었다.

"이런, 이런." 로치 씨는 서둘러 옷을 갈아입으며 중얼거렸다. "이건 또 무슨 일인겨? 얼굴도 함부로 쳐다봐선 안 됐던 전하께서 얼굴 한 번 본 적 없는 날 부르시다니."

로치 씨도 호기심이 일지 않을 수 없었다. 그 아이를 먼발치에서조차 본 적이 없었고, 묘하게 생겼다느니 미친 사람처럼 성질이 사납다느니 하는 온갖 과장된 소문만 잔뜩 들어왔을 뿐이었다. 가장 자주 들은 소문은 그 아이가 언제 죽어도 이상할 것 없다는 것이었다. 굽은 등과 무력한 팔다리를 두고 사람들 사이에서 온갖 상상과 허풍이 떠돌았지만 정작 그 아이를 본 사람은 아무도 없었다.

"이 집안에 뭔가 변화가 생기고 있어요, 로치 씨." 메들록 부인이 비밀의 방으로 이어지는 복도 쪽 계단으로 로치 씨를 안내하며 말했다.

"좋은 쪽으로 변화하는 거였으면 좋겠네요, 메들록 부인." 로치 씨가 대답했다.

"어차피 더 나빠질 것도 없지요." 부인이 말을 이었다. "참 별일이긴 한데 덕분에 일하기가 훨씬 수월해졌다는 사람들도 있어요. 로치 씨, 방에 들어갔을 때 동물들이 우글거리고 마사 소워비의 동생 디콘이 저나 로치 씨보다 더 제집처럼 편히 있더라도 놀라지 마세요."

메리는 늘 속으로 디콘에게는 뭔가 마법 같은 힘이 있다고 생각했는데 정말이었다. 로치 씨 역시 디콘의 이름을 듣자 너그러운 미소를 지었다.

"그 앤 버킹엄궁에 있어도, 탄광 바닥에 있어도 제집처럼 편히 지낼걸요." 로치 씨가 말했다. "그런데도 전혀 건방진 구석이 없으니 정말 괜찮은 애죠."

로치 씨가 미리 마음의 준비를 했으니 망정이지 아니면 깜짝 놀랐을 것이다. 침실 문이 열리자 화려하게 조각된 의자의 높은 등받이에 제집처럼 편안하게 앉아 있던 커다란 까마귀가 "까악까악!" 하고 크고 당당한 소리로 손님이 왔다고 알렸다. 메들록 부인이 미리 경고해주지 않았다면 로치 씨는 놀라서 펄쩍 뛰었을 것이다.

어린 라자는 침대에도 소파에도 없었다. 콜린은 안락의자에 앉아 있었고, 그 옆에는 새끼 양이 꼬리를 흔들며 디콘이 무릎 꿇은 채 들고 있는 젖병에서 우유를 빨고 있었다. 또 다람쥐 한 마리가 몸을 숙인 디콘의 등에 올라타 열심히 호두를 갉아 먹고 있었고, 인도에서 온 여자아이는 커다란 스툴에 앉아 이들을 지켜보고 있었다.

"로치 씨가 왔습니다, 콜린 도련님." 메들록 부인이 말했다.

어린 라자가 고개를 돌려 신하를 훑어봤다. 적어도 정원사 로치 씨는 그렇게 느꼈다.

"아, 로치라고?" 아이가 말했다. "아주 중요한 명령을 내릴 일이 있어서 불렀어."

"알겠습니다, 도련님." 로치 씨가 대답하며 내심 장원 안의 떡갈나무를 모조리 베어버리라거나 과수원을 물의 정원으로 바꾸라는 지시

가 떨어지면 어쩌나 싶었다.

"오늘 오후 휠체어를 타고 밖에 나갈 거야." 콜린이 말했다. "바깥 공기가 내게 잘 맞으면 매일 나갈 수도 있어. 내가 나갈 때 정원 담장 옆 긴 산책로 근처에 누구도 얼씬거리게 해선 안 돼. 아무도 그 근처에 있어선 안 돼. 두 시쯤 나갈 거니까, 내가 돌아가도 된다고 전할 때까지 누구도 가까이 오면 안 돼."

"알겠습니다, 도련님." 로치 씨는 떡갈나무가 제자리를 지키고 과수원도 무사하다는 것에 안도하며 대답했다.

"메리." 콜린이 메리를 돌아보며 말했다. "인도에서 대화를 끝내고 사람을 내보내고 싶을 때 뭐라고 한댔지?"

"이렇게 말해. '물러가도록 허락하노라.'" 메리가 대답했다.

라자는 손을 흔들었다.

"물러가도록 허락하노라, 로치." 콜린이 말했다. "명심해. 아주 중요한 일이니까."

"까악까악!" 까마귀가 쉰 소리로 울었지만 무례하게 들리진 않았다.

"알겠습니다. 감사합니다, 도련님." 로치 씨가 말했고, 메들록 부인이 그를 방에서 데리고 나왔다.

성품 좋은 로치 씨는 복도로 나오자 웃음을 터뜨릴 듯 미소지었다.

"세상에!" 정원사가 말했다. "거 아주 위풍당당하구먼. 마치 왕실 가족을 죄다 모아 놓은 것 같네유. 여왕의 남편까지 다요."

"아유!" 메들록 부인이 변명하듯 말했다. "도련님이 걸음마를 막 뗐을 때부터 우리 모두 제멋대로 하게 놔둬서 저래도 되는 줄 알아요."

"좀 더 크면 달라지겠죠, 살기만 한다면야." 로치 씨가 말했다.

"글쎄요, 한 가지는 확실해요." 메들록 부인이 말했다. "도련님이 죽지 않고 저 인도에서 온 아이가 계속 여기 있게 된다면, 도련님에게 오렌지 전체가 다 도련님 것은 아니라는 걸 똑 부러지게 가르치겠죠, 수잔 소워비 말마따나. 그러면 도련님도 자기 몫이 어느 정도인지 알게 될 테고요."

콜린은 쿠션에 몸을 기대고 있었다.

"이제 다 안전해졌어." 콜린이 말했다. "오늘 오후에는 그곳을 볼 수 있을 거야. 오늘 오후에는 그 안에 있을 거야!"

디콘은 동물들을 데리고 정원으로 돌아갔고 메리는 콜린 곁에 남았다. 콜린은 피곤해 보이진 않았지만, 점심이 도착하기 전까지 아무 말도 하지 않았고 점심을 먹는 동안에도 그랬다. 메리는 왜 그러는지 궁금해서 물어봤다.

"넌 눈이 참 커, 콜린." 메리가 말했다. "네가 무언가를 생각하고 있을 때면 접시만큼 커지거든. 지금 무슨 생각 중이야?"

"어떤 모습일까 자꾸 생각하게 돼." 콜린이 대답했다.

"정원?" 메리가 물었다.

"봄." 콜린이 대답했다. "생각해보니 한 번도 제대로 본 적이 없더라고. 거의 밖에 나가지 않았고 나가더라도 제대로 본 적이 없어. 생각도 안 해봤어."

"나도 인도에선 봄을 본 적이 없어. 거긴 아예 그런 게 없으니까." 메리가 말했다.

병약해서 방에 틀어박혀 지내긴 했지만, 콜린은 종일 책과 그림을 보며 지내 메리보다 상상력이 풍부했다.

"그날 아침 네가 달려와 '봄이 왔어! 봄이 왔다고!' 했을 때 기분이 무척 이상했어. 마치 큰 행렬과 요란한 음악 소리가 들리는 것처럼 느껴졌어. 내 책 중에 그런 그림이 있거든. 화환을 두르고 꽃이 핀 가지를 든 멋진 사람들과 아이들이 무리 지어 웃고 춤추며 피리를 불고 있지. 그래서 그때 '어쩌면 황금 나팔 소리가 들릴지도 몰라' 하고 너한테 창문을 열라고 한 거야."

"정말 신기하다!" 메리가 말했다. "나도 딱 그런 기분이었어. 만약 꽃과 나뭇잎, 초록색 식물과 새, 그리고 야생 동물들이 한꺼번에 춤추며 지나간다면 얼마나 장관일까! 분명 춤추고 노래하고 피리를 불면 음악 소리가 바람을 타고 여기저기로 퍼져 나갈 거야."

둘 다 웃음을 터트렸지만 그 상상이 우스워서가 아니라 너무나 마음에 들었기 때문이다.

잠시 후 간호사가 콜린의 외출 준비를 도왔다. 간호사는 콜린이 옷을 입는 동안 통나무처럼 뻣뻣하게 누워만 있지 않고 몸을 일으켜 조금이라도 도우려 한다는 것을 알아차렸다. 또 옷을 갈아입는 내내 메리와 이야기를 나누며 깔깔거리며 웃어댔다.

"오늘은 몸 상태가 아주 좋아요." 간호사는 환자를 살피러 온 크레이븐 선생에게 말했다. "기분이 좋아지니까 몸에도 힘이 생긴 모양이에요."

"이따 오후에 다시 들르죠, 콜린이 돌아온 뒤에." 크레이븐 선생이 말했다. "외출 후 콜린 상태가 어떤지 확인해봐야 하니까요. 나는 솔직히." 그러고는 목소리를 낮춰 덧붙였다. "당신이 같이 가줬으면 하는데."

"그런 말을 들을 바엔 차라리 지금이라도 그만두겠습니다." 간호사가 단호하게 잘라 말했다.

"정말로 그렇게 하자는 건 아니고." 의사는 당황해하며 말했다. "아무튼, 일단 지켜보죠. 디콘이라면 갓난아기도 안심하고 맡길 수 있으니까요."

저택에서 제일 힘이 센 하인이 콜린을 안아 아래층으로 데려가서는 저택 밖에서 기다리고 있던 디콘 옆에 놓여 있는 휠체어에 앉혔다. 하인이 무릎 담요와 쿠션을 정리해주고 나자 라자는 손을 흔들며 하인과 간호사에게 말했다.

"이제 물러가도록 허락하노라." 두 사람은 재빨리 사라졌고, 사실대로 고백하자면 저택 안에 들어서자마자 낄낄거리며 웃었다.

디콘이 휠체어를 천천히, 흔들림 없이 밀기 시작했다. 메리는 그 옆에서 함께 걸었고, 콜린은 몸을 뒤로 기대며 고개를 들어 하늘을 올려다봤다. 하늘은 끝없이 높았으며 작은 흰 구름은 투명한 파란 하늘 아래서 날개를 편 새들처럼 떠다녔다. 황무지에서 불어온 바람은 크고 부드러운 숨결처럼 야생의 맑고 달콤한 자연의 향을 실어왔다. 콜린은 여윈 가슴을 연신 들썩이며 숨을 깊이 들이마셨고, 그의 커다란 눈은 마치 귀 대신 세상의 소리를 듣고 있는 것 같았다. 정말로 귀 대신 눈으로 세상의 소리를 듣고 있는 듯했다.

"여기저기서 노래하고 윙윙거리고 부르는 소리가 들려." 콜린이 말했다. "바람결에 실려 오는 이 향기는 뭐야?"

"황무지에 피어나고 있는 가시금작화 향이여유." 디콘이 대답했다. "어유! 꿀벌들이 오늘 아주 정신없것는디유."

아이들이 들어선 오솔길에는 사람 그림자조자 보이지 않았다. 정원사도 일꾼들도 마치 마법에 걸린 듯 자취를 감췄다. 하지만 아이들은 관목 숲 사이를 이리저리 돌아다니고 분수대와 화단을 빙 돌아 오직 신비로운 즐거움 하나만을 위해 꼼꼼히 짠 비밀스러운 경로를 따라갔다. 마침내 담쟁이덩굴이 뒤덮인 담장 옆 긴 산책로에 들어서자 곧 일어날 일에 대한 설렘으로 이유는 알 수 없지만 아이들은 속삭이듯 이야기했다.

"여기야." 메리가 소곤거렸다. "내가 오가며 늘 궁금해하던 곳."

"여기야?" 콜린이 외쳤고 호기심으로 가득한 눈을 반짝이며 담쟁이덩굴을 살피기 시작했다. "근데 아무것도 안 보여." 콜린이 속삭였다. "문이 없는데."

"나도 처음엔 그렇게 생각했어." 메리가 말했다.

그러고는 숨이 멎을 듯한 정적 속에 휠체어가 다시 앞으로 나아갔다.

"여기가 벤 웨더스태프가 일하는 정원이야." 메리가 말했다.

"그래?" 콜린이 말했다.

몇 미터 더 가서 메리가 다시 속삭였다.

"여기가 그 울새가 넘어간 곳이고."

"정말?" 콜린이 외쳤다. "아! 울새가 또 오면 좋겠다!"

"그리고 저기, 저 조그만 흙더미 위에 앉아 울새가 나한테 열쇠를 보여줬어." 메리가 진지하게 커다란 라일락 나무 아래를 가리키며 말했다.

그러자 콜린이 몸을 일으켜 앉았다.

"어디? 어디? 저기?" 콜린이 외쳤다. 그 눈은 〈빨간 모자〉에서 빨간 모자가 어째서 눈이 그렇게 크냐고 물었을 때 늑대 눈만큼이나 커졌다. 디콘이 멈춰서자 휠체어도 멈췄다.

"그리고 여기가 울새가 담장 위에서 나를 향해 찍찍거렸을 때 내가 말을 걸려고 다가간 곳이고." 메리가 담쟁이덩굴 가까이 있는 화단

위로 올라가며 말했다. "그리고 이게 바람에 날린 담쟁이덩굴이야." 그러면서 메리는 늘어진 초록색 덩굴을 잡아당겼다.

"아! 이게! 그거구나!" 콜린이 헐떡이며 말했다.

"여기가 손잡이, 그리고 여기에 문이 있어. 디콘, 콜린 좀 밀어줘. 빨

리 안으로 밀어, 얼른!"
그러자 디콘은 한 번에 콜린을 힘차게 안으로 밀어 넣었다. 하지만 콜린은 쿠션에 등을 기댄 채 기쁨에 겨워 숨을 헐떡이며 두 손으로 눈을 가리고선 아무것도 보려 하지 않았다. 아이들이 안으로 들어가자 마법에 걸린 듯

휠체어가 멈추고 문이 닫혔다. 콜린은 손을 내리고
디콘과 메리가 그랬던 것처럼 주위를 둘러보고 또
둘러보고 또 둘러봤다. 담장과 땅과 나무 위로는 담쟁이
덩굴과 여리고 작은 잎, 흔들리는 가지와 덩굴손이 부드러운 장막처럼
연녹색 베일이 드리워져 있었고, 나무 아래 풀밭과 그늘진 공터의 회

색 항아리, 그리고 사방에 금빛과 보랏빛, 흰빛이 흩뿌려져 있었다. 머리 위로는 분홍과 흰색 꽃들이 만발한 나뭇가지가 드리워져 있었다. 사방에서 날갯짓하는 소리와 희미하고 사랑스러운 새소리, 그리고 윙윙거리는 소리가 들렸으며, 온통 향기로 가득했다. 따스한 햇볕이 콜린 얼굴에 사랑을 담은 손길처럼 내려앉았다. 그 모습을 메리와 디콘은 경이롭게 쳐다봤다. 콜린은 너무나 낯설고 전과는 전혀 다른 아이처럼 보였다. 분홍빛 기운이 온몸

을, 상앗빛 얼굴과 목과 손에까지 드리워져 있었기 때문이다.

"나는 건강해질 거야! 진짜로 건강해질 거라고!" 콜린이 외쳤다. "메리! 디콘! 난 건강해질 거야! 그리고 영원히 살 거야. 영원토록, 영원히!"

21

벤 웨더스태프

세상을 살아가다 보면 아주 가끔 영원히, 영원히, 영원히 살게 될 거라는 확신이 드는 순간이 있다. 이를테면 새벽녘, 다정하고도 경건한 그 시간에 눈을 떠 밖으로 나가 홀로 서서 고개를 한껏 뒤로 젖히고 위로, 더 위로 하늘을 올려다보며 창백한 하늘이 서서히 변해가고 물들어가는 모습을 바라볼 때, 그때 무언가 경이롭고 알 수 없는 일들이 차례로 벌어지고, 마침내 동쪽 하늘이 절로 탄성을 터뜨리며, 수천 년, 수십만 년, 수백만 년 동안 매일 아침 되풀이되어 온 그 변함없는 해돋이의 장엄함 앞에서 심장이 멎을 듯 멈칫하며 영원을 느끼게 된다. 또 해 질 녘, 숲속에 홀로 서서 나뭇가지 사이로 비스듬히 쏟아지는 짙은 황금빛 고요 속에 귀를 기울이다 보면 그 빛이 들리지 않는 무언가를 조용히 반복해 속삭이고 있는 것 같을 때도 그렇다. 또는 수백만 개의 별들이 머물며 지켜보는 짙푸른 밤의 거대한 고요 속에서, 아주 멀리서 들려오는 음악 소리에서, 혹은 누군가의 눈빛 속에서 확신을 얻을 때가 있다.

콜린도 그랬다. 처음으로 사방이 높다란 벽으로 둘러싸인 비밀의 정원에서 봄을 눈으로 보고, 귀로 듣고, 온몸으로 느꼈을 때, 그날 오후는 마치 온 세상이 단 한 명의 소년을 위해 완벽하고 눈부시게 아름답고 다정하기로 작정한 것처럼 느껴졌다. 어쩌면 순전히 천상의 선의로 봄이 찾아와 자신이 품을 수 있는 모든 것을 그 정원 안에 아낌없이 쏟아부었는지도 모른다. 디콘은 몇 번이나 가만히 서서 점점 커져가는 경이로움에 눈을 떼지 못하고 조용히 고개를 끄덕였다.

"아이고야! 참말로 근사하쥬." 디콘이 말했다. "지는 열두 살이고 곧 열세 살이 되는데, 그 열세 해 동안 수많은 오후를 봐왔지만 지금 이 오후만큼 근사한 오후는 처음인 것 같어유."

"응, 진짜 근사해." 메리가 말하며 순전한 기쁨에 겨워 탄식을 내뱉었다. "세상에 이런 근사한 날이 또 있었을까 싶어."

"너희는 어떻게 생각혀." 콜린이 꿈꾸듯 조심스럽게 말했다. "혹시 이 모든 게 전부 날 위해 만들어진 것 같지 않은감?"

"세상에!" 메리가 감탄하며 외쳤다. "요크셔 말을 제법 잘 허는구만. 정말 지대론데. 그렇구 말구."

그들 사이에 즐거움이 자리했다.

아이들은 휠체어를 자두나무 아래로 옮겼다. 눈처럼 하얗게 꽃이 폈고, 꿀벌 소리는 음악 같았다. 그 나무는 마치 왕의 천막, 요정 왕의 천막 같기도 했다. 근처엔 꽃이 핀 벚나무들과 분홍빛과 흰빛의 꽃봉오리가 달린 사과나무도 있었는데 한두 송이는 꽃이 활짝 피어 있었다. 꽃이 핀 나뭇가지 사이로 보이는 파란 하늘 조각이 땅을 내려다보는 경이로운 눈동자 같았다.

메리와 디콘은 이곳저곳을 손봤고 콜린은 그들을 지켜봤다. 두 아이는 콜린에게 볼거리를 가져다줬다. 막 피어난 꽃봉오리, 꼭 다문 꽃봉오리, 막 초록색 나뭇잎이 올라오기 시작한 나뭇가지, 풀밭에 떨어진 딱따구리 깃털, 일찍 부화한 어느 새의 알껍데기 등. 디콘은 천천히 휠체어를 밀어 정원 이곳저곳을 돌았고, 이따금 멈춰서 땅에서 솟아나거나 나무에서 늘어진 자연의 경이로움을 콜린이 볼 수 있게 해줬다. 마치 마법 왕과 여왕의 나라를 귀빈처럼 안내받으며 그 속에 숨겨진 신비로운 보물들을 하나하나 구경하는 듯했다.

"울새를 볼 수 있게 될까?" 콜린이 물었다.

"좀 지나면 얼마든지 보게 될 거여유." 디콘이 대답했다. "알에서 깨어나 어린것들이 나오면 울새는 머리가 핑핑 돌 정도로 바빠지거든유. 지 몸뚱이만치 큰 벌레를 물고 오고 가는 모습을 보게 될 거여유. 울새가 둥지에 도착하면 어찌나 소리가 요란한지 누구부터 먹여야 하나 싶어 허둥지둥 난리도 아닐 걸유. 사방에서 부리를 쩍쩍 벌리고 짹짹대니. 엄니가 그러는디 그 쩍쩍 벌린 부리를 채우려 울새가 하는 거 보면 엄니는 아무 할 일 없는 귀족 부인이나 마찬가지래유. 사람들은 못 보지만 그 조그만 것을 볼 때면 땀을 뻘뻘 흘리고 있는 것 같다고 하시더라구유."

콜린의 말에 아이들은 우스워서 낄낄대며 웃어대다가 소리가 들리면 안 된다는 게 기억나 입을 손으로 틀어막아야 했다. 콜린은 며칠 전부터 속삭이고 조그맣게 말해야 한다는 규칙을 귀에 못이 박이도록 들었다. 그 비밀스러움이 좋았고 최선을 다했으나 들뜨고 즐거운 와중에 속삭임보다 크지 않게 웃기란 정말이지 너무 힘들었다.

오후의 매 순간은 새로운 것들로 가득했고 시간이 지날수록 햇살은 더욱더 황금빛으로 물들어갔다. 디콘은 휠체어를 나뭇가지 장막 아래로 다시 옮겼다. 그리고 풀밭에 앉아 파이프를 막 꺼내 들었을 때 콜린은 지금껏 알아차리지 못했던 무언가를 봤다.

"저기 굉장히 오래된 나무가 있네?" 콜린이 말했다.

디콘이 풀밭 너머의 나무를 바라봤고, 메리도 그쪽을 봤다. 잠시 정적이 흘렀다.

잠시 침묵이 흐른 뒤 디콘이 대답했다. "그러네유." 그의 낮은 목소리는 아주 다정했다.

메리는 나무를 바라보며 생각에 잠겼다.

"가지가 완전히 잿빛이고 어디에도 잎사귀가 보이지 않아." 콜린이 말을 이었다. "죽었나 보지?"

"그려유." 디콘이 인정했다. "하지만 장미 덩굴에서 잎이 나고 꽃이 피면 죽은 나무를 온통 다 뒤덮을 거여유. 그럼 죽은 것처럼 보이지 않것쥬. 더없이 이쁠걸유."

메리는 여전히 나무를 바라보며 생각에 잠겨 있었다.

"큰 가지가 부러져나간 것 같아." 콜린이 말했다. "어쩌다 저렇게 됐나 궁금하네."

"여러 해 전에 그리되었쥬." 디콘이 대답다. "어유!" 급작스레 안도한 듯 소리를 내며 디콘이 콜린의 몸에 손을 얹었다. "저기 울새 보셔유! 저기유! 지 짝한테 먹이를 날라다 주네유."

콜린은 하마터면 놓칠 뻔했지만 간신히 그 모습을 볼 수 있었다. 가슴이 붉은 새가 부리에 뭔가를 물고 쏜살같이 지나갔다. 새는 우거진 숲 사이를 지나 나무가 빽빽한 모퉁이로 들어가더니 시야에서 사라졌다. 콜린은 다시 쿠션에 등을 기대며 살짝 웃었다.

"울새가 여자친구에게 차를 가져다주네. 다섯 시인가 봐. 나도 차를 마시고 싶은데."

그래서 두 아이는 곤경을 면했다.

"마법이 울새를 보내준 거야." 메리가 나중에 디콘에게 몰래 말했다. "마법이란 걸 알아." 메리와 디콘은 둘 다 콜린이 십 년 전 가지가 부러진 나무에 대해 물어볼까 봐 걱정하며 함께 이야기를 나눈 적이 있었다. 디콘은 걱정스러워하며 머리를 긁적였다.

"우리는 다른 나무와 무엇 하나 다르지 않다는 듯 보여야 혀유." 디콘은 그렇게 말했었다. "어쩌다 그 나무가 부러졌는지는 절대 말 못 허쥬, 불쌍한 도련님. 도련님이 나무 얘기를 하면 우린, 우린 그냥 즐거운 척해야 혀유."

"그래, 그래야지." 메리도 그렇게 대답했다.

하지만 메리는 그 나무를 볼 때 전혀 즐거워 보이지 않을 것 같았다. 메리는 그 짧은 순간 디콘이 말한 게 진짜일까 생각했다. 디콘은 붉은 머리를 곤란하다는 듯 긁적였지만 파란 눈에 상냥하고 편안한 빛이 떠올랐다.

"크레이븐 마님은 아주 사랑스러운 젊은 숙녀분이셨대유." 디콘은 약간 머뭇거리며 말했다. "엄니 생각에 마님은 미슬스웨이트 주변에서 콜린 도련님을 보살피고 계실 거랬어유. 세상을 떠난 엄니라면 모두 그러듯 말이쥬. 그분들은 돌아오지 않을 수가 없대유, 아시것지만. 마님은 정원에 계셨을 거고, 우리를 불러 일을 시키고, 도련님을 여기 데려오라 하신 거여유."

메리는 디콘이 하는 말을 마법 같은 거라고 생각했다. 메리는 마법이라고 굳게 믿었다. 디콘이 주위 모든 것에 마법을 부린다고, 그래서 사람들이 디콘을 그렇게 좋아하고 야생 동물들도 디콘을 친구로 생각한다고 믿었다. 물론 착한 마법이지만. 정말이지 디콘의 재주가 아니었다면 콜린이 아슬아슬한 질문을 했을 때 어떻게 울새가 때맞춰 올 수 있었을까 싶었다. 메리는 디콘의 마법이 오후 내내 효과를 발휘해 콜린이 완전히 다른 아이처럼 보이게 만들었다고 느꼈다. 소리를 질러대며 베개를 두드려대던 그 미친 아이였다는 게 도무지 믿기지 않았다. 상앗빛 하얀 안색도 변한 것 같았다. 처음 정원에 들어왔을 때 콜린의 얼굴과 목 그리고 손에 비쳤던 희미한 색이 완전히 사라지진 않았지만, 콜린은 이제 상아나 밀랍이 아니라 살로 이루어진 사람처럼 보였다.

아이들은 울새가 제 짝에게 먹이를 가져다주는 것을 두세 번 봤고, 그걸 보니 오후의 다과가 떠올라 콜린도 먹어야겠단 기분이 늘었다.

"가서 하인에게 음식을 바구니에 넣어 진달래 길로 가져오라고 해." 콜린이 말했다.
"그런 다음 너랑 디콘이 여기로 가져오면 되지."

괜찮은 계획이었고 쉽게 실행에 옮길 수 있었다. 하얀 천을 풀밭

에 펼치고 뜨거운 차와 버터 바른 토스트와 크럼펫을 차려 놓고 아이들은 허기를 맛있게 채웠다. 오가던 새 몇 마리는 무슨 일인가 싶어 기웃거리다가 활발하게 부스러기 조사에 들어갔다. 호두와 껍질은 케이크 조각을 가지고 나무 위로 쪼르르 올라갔고, 검댕이는 버터 바른 크럼펫 절반을 구석으로 가져가 쪼아대고 뒤집어보며 쉰 소리로 평가하더니 신나게 한입에 꿀꺽 삼켰다.

　오후가 느긋하게 저물어가고 있었다. 금빛 햇살이 깊어져 가고, 꿀벌들은 집으로 향하고, 오가는 새들도 줄어들었다. 디콘과 메리는 풀밭에 앉아 있다가 언제든 저택으로 가져갈 수 있게 음식 바구니를 정리했다. 콜린은 풍성한 머리칼을 뒤로 젖히고는 쿠션에 기대고 있었는데 얼굴색이 아주 자연스러운 빛을 띠고 있었다.

　"오늘 오후가 끝나지 않았으면

좋겠어." 콜린이 말했다. "하지만 내일 또 올 거야. 모레도, 그다음 날도, 또 그다음 날도."

"맑은 공기는 실컷 마시겠네." 메리가 말했다.

"그 외엔 마실 일이 없겠지." 콜린이 대답했다. "이제 봄을 봤으니 여름을 볼 거야. 여기서 자라나는 모든 걸 볼 거야. 나도 자랄 거고."

"그리될 거여유." 디콘이 말했다. "딴 사람들이 여기서 오래전에 했던 것마냥 걸어 댕기고 땅도 파고 그러셔야쥬."

콜린의 얼굴이 확 달아올랐다.

"걷는다니!" 콜린이 말했다. "땅을 파고? 내가?"

디콘이 콜린을 바라보는 눈길이 살짝 조심스러웠다. 디콘이나 메리나 콜린의 다리에 무슨 문제가 있는 건지 물어본 적이 없었다.

"당연히 그러셔야쥬." 디콘은 단호히 말했다. "도련님도, 도련님도 다른 사람들처럼 두 다리가 있으니께유!"

메리는 콜린의 대답을 듣기 전까진 조금 겁났다.

"다리 자체에는 아무 문제 없어." 콜린이 말했다. "하지만 너무 가늘고 힘이 없어 후들후들 떨려 일어서기가 무서운걸."

메리와 디콘 둘 다 안도의 숨을 내쉬었다.

"무서워하지 않으면 설 수 있구말구유." 디콘이 새삼 명랑하게 말했다. "그리고 금세 무서워하지 않게 되실 거구먼유."

"그럴까?" 콜린이 말했다. 그러고는 마치 뭔가 궁리하는 듯 가만히 누워있었다.

한동안 아이들은 그대로 조용히 있었다. 해가 점점 지고 있었고, 모든 것이 스스로 고요해지는 시간이었다. 아이들은 정말이지 바쁘고 흥미진진한 오후를 보냈기에 콜린은 달콤한 휴식을 취하는 듯 보였다. 동물들조차 돌아다니기를 멈추고 아이들 근처에 모여 쉬고 있었다. 검댕이는 한쪽 다리를 접은 채 낮은 가지에 앉아 회색 눈꺼풀이 졸린 듯 눈동자를 덮고 있었다. 메리는 까마귀가 조금 있으면 코를 고는 게 아닐까 싶었다.

그 고요한 와중에 콜린이 고개를 반쯤 들고는 별안간 잔뜩 겁에 질린 소리를 내뱉어 화들짝 놀라지 않을 수 없었다.

"저 사람 누구야?"

디콘과 메리는 부랴부랴 일어났다.

"사람?" 둘 다 작은 소리로 다급히 외쳤다.

콜린이 높은 담장을 가리켰다.

"봐!" 콜린이 흥분해 속삭였다. "보라고!"

메리와 디콘은 획 돌아서서 쳐다봤다. 사다리 꼭대기에 선 벤 웨더스태프의 분노에 찬 얼굴이 담장 너머로 아이들을 노려보고 있었다! 노인은 메리에게 주먹을 들어 보이기까지 했다.

"네가 내 딸이었다면 호되게 매질을 해줬을겨!" 노인이 외쳤다.

노인은 훌쩍 뛰어내려 메리를 상대하기라도 할 듯 위협적으로 한 칸 올라섰다. 하지만 메리가 다가가자 생각을 달리한 듯 사다리 꼭대기에 서서 메리를 향해 주먹을 휘둘렀다.

"애초에 맘에 차지 않더라니!" 노인이 열변을 토했다. "처음 봤을 때부터 영 눈에 거슬렸구만. 비쩍 마르고 누렇게 떠서는 괜한 일을 캐묻고 저랑 상관도 없는 일에 끼어들더니. 워쩌다 나하고 그리 허물없는 사이가 됐나 모르것구만. 그 울새만 아니었어도. 빌어먹을 놈."

"벤 웨더스태프." 메리가 그제야 정신을 차리고 그를 불렀다. 메리는 아래쪽에 서서 위쪽 노인을 향해 숨 가쁘게 불렀다. "벤 웨더스태프, 나한테 길을 알려준 게 그 울새야!"

그러자 벤은 정말로 담장을 훌쩍 타넘기라도 할 듯이 노발대발했다.

"이 고약한 어린것이!" 노인은 메리에게 소리 질렀다. "지 잘못을 가지고 울새 탓을 하다니. 그놈은 그렇게 되바라진 짓을 할 놈은 아녀. 울새가 지헌테 길을 알려줬다고! 울새가! 이 못된 것." 메리는 노인의 다음 말이 궁금증을 이기지 못해 나왔음을 알 수 있었다. "도대체 어떻게 그 안에 들어가겨?"

"울새가 나한테 길을 알려줬다니까." 메리는 고집스럽게 대꾸했다. "울새는 모르고 한 거지만 진짜 그랬어. 그리고 그렇게 나한테 주먹을 흔들어대면 말 못 하지."

노인은 바로 그 순간 갑자기 주먹질을 멈추더니 입을 떡 벌리고는 메리 뒤쪽으로 풀밭을 가로질러 다가오는 무언가를 응시했다.

처음엔 쏟아지는 고함에 콜린은 너무 놀라 주문에 걸린 듯 꼿꼿이 앉아 듣고만 있었다. 하지만 중간에 정신을 차리고는 디콘에게 위엄 있게 손짓했다.

"나를 저리로 데려다 줘!" 콜린이 지시했다. "담장 가까이로 밀어 저 사람 바로 아래 세워!"

그리고 그것이 벤 웨더스태프가 보고 입을 떡 벌린 광경이었다. 무슨 왕실 마차처럼 호사스러운 쿠션과 비단 덮개가 놓인 휠체어가 다가오고 있었던 것이다. 속눈썹이 까만 커다란 눈을 한 어린 라자가 기대앉아 희고 마른 손을 그를 향해 오만하게 뻗고 있었다. 그리고 그 휠체어는 벤 웨더스태프 바로 아래 멈췄다. 노인의 입이 떡 벌어진 것도 놀랄 일은 아니었다.

"내가 누군지 알아?" 라자가 다그쳤다.

벤 웨더스태프는 넋을 놓고 바라봤다. 붉게 충혈된 나이 든 눈이 마치 유령이라도 본 듯 다가오고 있는 존재에 못 박혀 있었다. 노인은 쳐다보고 또 쳐다보더니 꿀꺽 침을 삼키고는 한마디도 하지 않았다.

"내가 누군지 알아?" 콜린이 더욱 오만하게 다그쳤다. "대답해!"

벤 웨더스태프는 마디가 굵은 손을 들어 눈과 이마를 쓸어올리고는 묘하게 떨리는 목소리로 답했다.

"누군지 아냐구유?" 노인이 말했다. "예, 알고말굽죠. 판박이처럼 닮은 어머님 눈으로다가 그렇게 쳐다보고 있구먼유. 세상에나, 어떻게 여기까지 오셨답니까. 가엽게도 불구인 몸으로다가."

콜린은 등에 대해선 까맣게 잊고 있었기 때문에 얼굴이 새빨갛게 달아오르더니 벌떡 몸을 일으켜 앉았다.

"난 불구가 아니야!" 콜린은 성나 외쳤다. "아니라고!"

"콜린은 불구가 아니야!" 메리는 격하게 분개하여 담장 위를 향해 고함치다시피 했다. "못대가리만 한 혹도 없는데! 내가 직접 봤는데 없었어. 단 한 개도!"

벤 웨더스태프는 다시 손으로 이마를 쓸어올리고 아무리 봐도 부족하다는 듯 빤히 바라봤다. 노인의 손과 입이 떨리고 목소리도 떨렸다. 벤은 무지하고 요령도 없는 노인으로 들은 얘기를 기억하는 것뿐이었다.

"도련님은, 도련님은 등이 굽지 않았는가요?" 벤은 목 쉰 소리로 물었다.

"그래!" 콜린이 소리쳤다.

"다리, 다리도 휘지 않았구요?" 벤이 더 목 쉰 소리로 덜덜 떨며 물었다.

너무 지나쳤다. 콜린이 평소 성질을 부릴 때 터트리던 힘이 이제는 전혀 새로운 방식으로 솟구쳤다. 그들끼리 속삭일 때조차 다리가 휘었다는 말을 들은 적이 단 한 번도 없었다. 그런데도 벤 웨더스태프는 마치 당연하다는 듯 아무렇지도 않게 말했다. 그의 목소리에 담긴 단순하고도 확고한 믿음은 어린 라자가 견딜 수 있는 한계를 넘었다. 분노와 상처 입은 자존심에 콜린은 지금 이 순간 외에는 모든 것을 잊었고 이제껏 느껴본 적 없는 힘이, 거의 부자연스럽게 느껴질 만큼의 기운이 그의 안에서 치솟았다.

"이리 와!" 콜린은 디콘에게 소리쳤다. 그리고 다리를 덮은 담요를 찢어버릴 듯 걷어치우기 시작했다. "이리 와! 이리 오라고! 당장!"

디콘은 눈 깜빡할 새 콜린 옆으로 왔다. 메리는 헉하고 숨을 죽였고 얼굴에서 핏기가 빠져나가는 것이 느껴졌다.

"콜린은 할 수 있어! 콜린은 할 수 있어! 콜린은 할 수 있어! 할 수 있어!" 메리는 소리 죽여 최대한 빠르게 중얼거렸다.

잠시 격렬한 몸부림 후, 담요는 바닥으로 내팽개쳐지고 디콘이 콜린의 팔을 잡았다. 가는 두 다리가 쑥 나오고 마른 발이 풀밭을 디뎠다. 콜린은 똑바로 섰다. 똑바로 꼿꼿하게 서니 묘하게 키가 커 보였고, 고개를 젖히고는 기묘한 눈을 번뜩였다.

"나를 봐!" 콜린은 벤 웨더스태프에게 외쳤다. "그냥 나를 보라고. 거

기! 나를 봐!"

"도련님은 저만큼이나 꼿꼿혀유!" 디콘이 외쳤다. "요크셔 여느 남자애들만큼이나 꼿꼿하셔유!"

벤 웨더스태프는 메리가 보기에 엄청나게 괴상한 행동을 했다. 목이 메 껵꺽거리더니 주름진 뺨에 갑자기 눈물을 주르륵 흘리며 나이 든 두 손을 맞잡았다.

"아이구!" 노인은 토해내듯 말했다. "사람들이 영 거짓말을 했구먼! 도련님은 나무 판때기만치 말랐구 유령마냥 새하얗지만 혹이라곤 하나도 없구먼유. 자라 어른이 되겠구먼유. 주님의 은총이 있기를!"

디콘이 콜린의 팔을 단단히 잡고 있긴 했지만, 콜린은 휘청거리지 않았다. 더 똑바로 서서 벤 웨더스태프의 얼굴을 쳐다봤다.

"내가 주인이야." 콜린이 말했다. "아버지가 안 계실 땐 내가 이 집의 주인이야. 그러니까 내 말에 따라야 해. 여긴 내 정원이야. 함부로 어디 가서 말하지 마! 사다리에서 내려가 긴 산책로로 가면 메리가 영감을 이리로 데리고 올 거야. 얘기하고 싶은 게 있어. 영감을 끼워주려 했던 건 아니지만 이제 함께 비밀을 지켜야 해. 얼른!"

벤 웨더스태프의 괴팍한 늙은 얼굴은 여전히 이유 모를 눈물로 젖어 있었다. 마치 고개를 젖히고 두 발로 똑바로 서 있는 콜린에게서 눈을 뗄 수 없는 듯했다.

"아이고, 도련님." 벤은 거의 속삭이듯 중얼거렸다. "아이고, 우리 도련님!" 그러다가 퍼뜩 정신이 들어 모자에 손을 가져다 대고 인사하며 말했다. "네, 도련님! 그럼요, 도련님!" 그리고 고분고분 사다리를 내려가 사라졌다.

22

해가 졌을 때

정원사가 눈앞에서 사라지자 콜린은 메리를 돌아봤다.

"가서 데려와." 콜린이 말하자 메리는 풀밭을 날듯이 달려 담쟁이 덩굴 아래 문으로 향했다.

디콘은 주의 깊게 콜린을 지켜보고 있었다. 뺨이 울긋불긋 붉게 달아올랐고, 믿기 어려울 만큼 당당해 보였으며, 쓰러질 기미 또한 없었다.

"나 설 수 있어." 콜린이 말했다. 고개를 꼿꼿이 들고 제법 위풍당당하게 말했다.

"무서워하지 않으면 설 수 있다고 지가 그랬잖아유." 디콘이 대답했다. "이제 무서워하지 않게 되셨구유."

"그래, 이제 무섭지 않아." 콜린이 말했다.

그러다가 별안간 메리가 했던 말을 떠올렸다.

"너 혹시 마법을 쓴 거야?" 콜린이 진지하게 물었다.

디콘이 입꼬리를 올리며 씨익 웃었다.

"도련님 스스로 마법을 부리신 거쥬." 디콘이 말했다. "여기 땅에서 나는 것들이랑 똑같은 마법을유." 그러면서 디콘은 투박한 신발로 풀밭에 무리 지어 핀 크로커스를 슬쩍 건드렸다.

콜린은 꽃을 내려다봤다.

"그래." 콜린은 천천히 말했다. "거기 그것보다 더 큰 마법은 있을 수가 없겠어. 있을 수가 없지."

콜린은 몸을 더 똑바로 세웠다.

"저 나무까지 걸어갈 거야." 콜린이 이렇게 말하며 몇 발짝 떨어진 곳의 나무를 가리켰다. "웨더스태프가 왔을 때 저기 서 있을 거야. 나무에 기대 쉴 수도 있고, 앉고 싶으면 앉겠지만 그전까진 아니야. 휠체어에서 담요를 가져다줘."

콜린은 나무까지 걸어가는 동안 디콘이 팔을 잡아주긴 했지만 대단히 안정적이었다. 나무 둥치에 기대섰을 때는 거기에 몸을 의지하고 있는 것 같아 보이지도 않았으며, 자세를 곧게 해서 오히려 키가 더 커 보였다.

담장 문으로 들어온 벤 웨더스태프는 거기 서 있는 콜린을 봤고, 메리가 뭐라 중얼거리는 소리를 들었다.

"뭐라 그리는겨?" 벤은 짜증스럽게 물었다. 길고 곧으며 마른 남자아이 같은 체구지만 당당한 얼굴에서 조금도 시선을 떼고 싶지 않아서였다.

하지만 메리는 다시 말해주지 않았다. 메리가 했던 말은 이거였다.

"할 수 있어! 할 수 있어! 할 수 있다고 내가 그랬잖아! 할 수 있어! 할 수 있어! 넌 할 수 있다고!"

메리는 콜린에게 말하고 있었다. 마법을 부려 계속 이렇게 서 있을 수 있게 하고 싶었다. 콜린이 벤 웨더스태프 앞에서 포기하는 모습은 견딜 수 없을 것 같았다. 콜린은 포기하지 않았다. 콜린은 비쩍 마르긴 했어도 상당히 아름다워 보이기까지 해 메리는 별안간 가슴이 뭉클해졌다. 콜린은 우스꽝스러울 만큼 오만한 태도로 벤 웨더스태프에게 시선을 고정시켰다.

"나를 봐!" 콜린이 명령했다. "쭉 훑어보라고! 내가 꼽추야? 다리가 휘었어?"

벤 웨더스태프는 자기감정을 미처 다 추스르지 못했지만 조금은 진정돼 거의 평소처럼 대답했다.

"아녀유." 벤이 말했다. "암만 글치 않쥬. 도대체 여태 뭘 하고 계셨슈? 눈에 띄지 않게 숨어 사람들이 도련님을 불구에 반편이로 알게 하시구유!"

"반편이라니!" 콜린이 화를 내며 말했다. "누가 그렇게 생각하는데?"

"수많은 머저리들이쥬." 벤이 말했다. "세상엔 온통 헛소리를 지껄이는 머저리들로 가득한 거여, 거짓말밖에 안 지껄이니. 도대체 왜 꽁꽁 숨어 사셨슈?"

"다들 내가 죽을 거라고 생각했지." 콜린이 무뚝뚝하게 말했다. "난 안 죽어!"

그 말에 실린 단호함에 벤 웨더스태프는 콜린을 위아래로 훑어보고 또 훑어봤다.

"도련님이 죽는다니유!" 벤은 기쁨을 억누르며 말했다. "암만 글치 않쥬! 이렇게 기개가 있으신디. 도련님이 다리를 땅에 후딱 내려놓는 걸 보자마자 아주 멀쩡하시다는 걸 알았구먼유. 우리 도련님, 그 담요 위에 잠깐 좀 앉으시구유 명령만 내려주셔유."

그의 태도는 무뚝뚝해 보였지만 다정했고, 속을 꿰뚫는 듯한 통찰력이 배어 있었다. 메리는 같이 긴 산책로를 걸어오는 동안 최대한 빠르게 그간 있었던 일을 전했다. 명심해야 할 중요한 대목은 콜린이 좋아지고 있단 점이었다. 점점 좋아지고 있었고 그건 바로 정원의 힘이었다. 콜린이 혹여나 죽음을 떠올리게 해서는 안 될 일이었다.

라자는 나무 아래 담요에 자리를 잡고 앉았다.

"정원에서 무슨 일을 하지, 웨더스태프?" 콜린이 물었다.

"시키는 건 다 하쥬." 늙은 벤이 대답했다. "고맙게도 호의로 써주시는 거라…. 그분이 저를 아끼셨으니께유."

"그분?" 콜린이 물었다.

"도련님 어머님 말이쥬." 벤 웨더스태프가 대답했다.

"우리 어머니?" 콜린이 반문하고는 주위를 말없이 둘러봤다. "여기가 어머니 정원이었구나, 그렇지?"

"그러믄유, 그랬쥬!" 그리고 벤 웨더스태프도 주위를 둘러봤다. "어기를 젤로 좋아하셨거든유."

"이제 내 정원이야. 그리고 나도 여기가 좋아. 매일 여기 오려고 해." 콜린이 선언했다. "하지만 비밀로 해야 해. 내 명령은 우리가 여기 오는 걸 아무도 모르게 하라는 거야. 디콘과 내 사촌이 이곳을 가꿔서 되

살아나게 했어. 가끔 영감을 불러서 도움을 청할게. 하지만 아무도 보지 못할 때만 와야 해."

벤 웨더스태프의 나이든 얼굴이 씁쓸한 미소로 쪼글쪼글해졌다.

"전에도 아무도 안 볼 적에 여기 왔었쥬." 정원사가 말했다.

"뭐라고!" 콜린이 외쳤다. "언제?"

"마지막으로 왔든 게 언제드라." 턱을 문지르며 주위를 둘러봤다. "한 이 년 전인가 보네유."

"하지만 십 년 동안 아무도 안 들어왔었는데!" 콜린이 외쳤다. "문이 없는걸!"

"지야 아무것도 아니께유." 늙은 벤이 건조하게 말했다. "그라고 문으로 들어온 게 아니구먼유. 담장을 넘었쥬. 지난 두 해는 류마티즘 때문에 엄두도 못 냈구먼유."

"영감님이 가지치기를 했슈!" 디콘이 외쳤다. "어찌 된 일인가 싶었네유."

"마님께선 여길 참말루 좋아하셨구먼유. 참말루유!" 벤 웨더스태프가 느릿느릿 말했다. "무척이나 젊고 예쁜 분이셨쥬. 한번은 웃으며 지한테 이렇게 말씀하셨다니께유. '벤, 혹시 내가 아프거나 세상을 떠나면 내 장미꽃을 돌봐줘야 해요.' 마님께서 세상을 떠나시고 나서는 아무도 이 근처엔 얼씬도 허지 말라는 명령이 떨어졌쥬. 하지만 지는 들어왔쥬." 그의 말에서 영감의 무뚝뚝한 고집이 드러났다. "담을 넘어 들어왔다니께유. 류마티즘 때문에 못 하게 되기 전까지는 일 년에 한 번씩은 손봤쥬. 마님의 지시가 있었으니께유."

"영감님이 돌보지 않았으면 이렇게 쌩쌩하지 않았을 거구먼유." 디콘이 말했다. "어찌 된 일인가 싶었네유."

"그렇게 해줘서 고마워, 웨더스태프." 콜린이 말했다. "비밀 지킬 거지?"

"그러믄유, 지키고 말구유, 도련님." 벤이 대답했다. "류마티즘으로 관절이 아픈 사람은 문으로 출입하는 게 훨씬 쉽구먼유."

나무 근처 풀밭에 메리가 가져다 둔 모종삽이 있었다. 콜린이 손을 뻗어 그걸 집어 들었다. 묘한 표정이 얼굴을 스치더니 콜린은 모종삽으로 땅을 파기 시작했다. 가느다란 손은 그 일조차 버거울 만큼 허약했지만, 다들 지켜보는 가운데 콜린은 모종삽 끝을 땅에 박고 흙을 파냈다. 특히 메리는 숨을 죽이며 관심을 보였다.

'할 수 있어! 할 수 있어!' 메리는 속으로 말했다. '내가 그랬잖아, 넌 할 수 있다고!'

디콘의 동그란 눈에도 열렬한 호기심이 가득했지만 말없이 지켜보기만 했다. 벤 웨더스태프도 흥미를 갖고 지켜봤다.

콜린은 끈질기게 계속했다. 몇 번 흙을 파낸 후 콜린은 디콘에게 가장 공들인 요크셔 말투로 신나서 말했다.

"니가 내헌테 그랬잖여. 딴 사람들이 했던 것마냥 여기서 걷고 땅도 파게 해주겄다고. 난 그냥 내 비위나 맞춰주려고 빈말하는 줄 알았제. 근디 오늘 내가 걷기 시작한 첫날인디 벌써 땅을 파고 있구먼."

그 말을 들은 벤 웨더스태프의 입이 다시 떡 벌어졌지만, 그냥 껄껄 웃고 말았다.

"어이구!" 벤이 말했다. "반편이라니 어림도 없는 소리였구먼유. 도련님은 확실히 요크셔 사내여유. 그리고 땅도 파셨는디 뭘 좀 심으면

어떨까유? 장미 화분을 가져다드릴 순 있는디."

"가져다줘!" 콜린이 신나서 땅을 파며 말했다. "빨리! 빨리!"

이후로는 일이 신속하게 진행되었다. 벤 웨더스태프가 류머티즘도 잊고 얼른 길을 나섰다. 디콘은 삽을 가져다가 희고 마른 손인 초보가 할 수 있는 것 이상으로 구덩이를 더 깊고 더 넓게 팠다. 메리는 뛰어가서 물뿌리개를 가져왔고, 디콘이 구덩이를 깊게 파면 콜린이 부드러운 흙을 계속 뒤집었다. 별거 아니었지만 낯선 운동으로 얼굴이 붉게 상기돼 생기 있어진 콜린이 하늘을 올려다봤다.

"해가 지기 전에 이걸 마치고 싶어." 콜린이 말했다.

메리는 아마 태양도 일부러 몇 분간 지체해준 것 같다고 생각했다. 벤 웨더스태프는 온실에서 화분에 든 장미를 가져왔다. 그는 풀밭 위를 가능한 한 빨리 절룩거리며 걸어왔다. 노인도 흥분했던 것이다. 그리고 구덩이 옆에 무릎을 꿇고 화분에 든 묘목을 꺼냈다.

"자, 여기유." 벤이 식물을 콜린에게 건네며 말했다. "국왕께서 새로운 지역을 방문할 때면 그러듯 땅에 직접 심어보셔유."

콜린이 장미를 구덩이에 넣고 붙잡고 있는 사이 늙은 벤이 땅을 단단하게 다졌다. 앙상한 하얀 손이 약간 떨리면서 콜린의 얼굴이 더 붉어졌다. 구덩이에 흙을 채우고 다져서 단단하게 했다. 메리는 손을 짚고 무릎을 꿇더니 몸을 앞으로 숙였고, 검댕이는 날아와 다들 뭘 하고 있는지 보려고 성큼성큼 다가왔으며, 호두와 껍질은 벚나무에서 수다를 떨며 지켜봤다.

"다 심었어!" 마침내 콜린이 말했다. "그리고 해는 겨우 지평선에 닿았지. 나 좀 일으켜줘, 디콘. 서서 해가 지는 걸 보고 싶어. 그것 또한 마법의 일부니까."

그래서 디콘이 콜린을 도와줬고, 마법인지 뭔진 알 수 없지만, 그것이 콜린에게 힘을 줬다. 그래서 해가 지평선 아래로 넘어가고 그들에게 기묘하게 아름다웠던 오후가 끝나갈 때까지 콜린은 소리 내 웃으며 두 발로 서 있었다.

23
마법

크레이븐 선생이 저택에서 한참을 기다린 뒤에야 아이들이 돌아왔다. 사실 그는 누군가를 보내서 정원을 살펴보게 해야 하지 않을까 슬슬 걱정되던 참이었다. 콜린이 방으로 옮겨지자 불쌍한 의사는 아이를 진지하게 살펴봤다.

"그렇게 오래 나가 있어선 안 돼." 의사가 말했다. "너무 무리하지 말고."

"전혀 피곤하지 않아요." 콜린이 말했다. "오히려 건강해졌는걸요. 내일은 오후뿐 아니라 오전에도 나갈 거예요."

"허락해도 좋을지 모르겠구나." 크레이븐 선생이 대답했다. "그건 현명한 생각이 아닌 것 같다."

"나를 막는 거야말로 현명한 생각이 아니죠." 콜린이 꽤 진지하게 말했다. "나는 갈 거예요."

심지어 메리조차도 콜린의 별난 점 중 하나를 발견했다. 콜린은 주위 사람들에게 명령하는 자기 방식이 얼마나 무례한지 전혀 알지 못했다. 콜린은 평생 일종의 무인도에서 산 것이나 다름없었다. 그곳의 왕이었고 자기만의 방식으로 살아왔기에 비교할 수 있는 사람이 없었던 것이다. 메리도 사실 어느 정도 콜린과 비슷한 면이 있었지만, 미슬스웨이트에 온 뒤 자신의 태도가 보통이거나 일반적이지 않음을 깨달았다. 이걸 발견한 메리는 자연스레 콜린과 이야기할 만한 흥미로운 주제라고 생각했다. 그래서 크레이븐 선생이 가고 난 뒤 콜린을 몇 분간 신기한 듯 쳐다봤다. 메리는 콜린이 왜 그렇게 쳐다보는지 물어봐 주기를 원했고 물론 콜린은 물어봤다.

"왜 쳐다보는 거야?" 콜린이 물었다.

"크레이븐 선생님이 좀 불쌍하단 생각이 들어서."

"나도 그래." 콜린은 침착하게 말했지만 왠지 흐뭇해 보였다. "내가 죽지 않으면 선생님은 미슬스웨이트를 물려받지 못하거든."

"그것도 물론 불쌍하지." 메리가 말했다. "하지만 방금 내가 생각한 건 무례하게 구는 남자아이한테 십 년 동안이나 예의를 차리려니 얼마나 끔찍했을까 하는 거였어. 나라면 절대 그렇게 못 해."

"내가 무례해?" 콜린이 태연스럽게 물었다.

"네가 그분 아들이고 그분이 아이를 때리는 사람이었다면 그분은 널 때렸을 거야." 메리가 말했다.

"하지만 그는 감히 그렇게 못 하지." 콜린이 말했다.

"그래, 못 하지." 메리가 아무 편견 없이 곰곰이 생각하더니 말했다. "네가 싫어하는 건 감히 아무도 하려 들지 않았으니까. 네가 죽을 거라고 하니까 다들 그렇게 했던 거야. 넌 불쌍한 아이였거든."

"하지만 이제 난 불쌍한 아이가 아니야. 사람들이 그렇게 생각하게 두지 않을 거야. 오늘 난 두 발로 섰잖아." 콜린이 고집스럽게 말했다.

"너는 항상 네 마음대로 했기 때문에 별난 애가 된 거야." 메리가 생각나는 대로 말했다.

콜린은 얼굴을 찡그리며 고개를 돌렸다.

"내가 그렇게 별나?" 콜린이 얼굴을 찡그리며 되물었다.

"응." 메리가 대답했다. "아주. 그래도 짜증 낼 거 없어." 메리는 있는 그대로 덧붙였다. "나도 별났으니까. 벤 웨더스태프도 마찬가지고. 하지만 난 사람들을 좋아하게 되고 정원을 발견한 뒤로는 예전만큼 이상하지 않아."

"난 별난 아이가 되고 싶지 않아." 콜린이 말했다. "난 절대 그렇게 안 될 거야." 얼굴을 찡그리며 다짐하듯 말했다.

콜린은 매우 자존심이 강한 아이였다. 그는 누운 채 한동안 생각에 잠겼고, 메리는 곧 그의 얼굴에 아름다운 미소가 번지며 서서히 표정이 바뀌는 것을 봤다.

"나 이제 별나게 굴지 않을 거야." 콜린이 말했다. "매일 정원에 나갈 수 있다면 말이야. 거기에는 마법이 있어. 착한 마법이야, 메리. 너도 알겠지만 분명히 있어."

"나도 그렇게 생각해." 메리가 말했다.

"진짜 마법이 아니라고 해도 우리가 그런 척하면 되지." 콜린이 말했다. "거기엔 뭔가 있어. 뭔가가 분명히!"

"그건 마법이야." 메리가 말했다. "하지만 검은 마법은 아니고 눈처럼 새하얀 마법이지."

아이들은 늘 그걸 '마법'이라고 불렀고 이어진 몇 달 동안 그것은 정말 마법처럼 느껴졌다. 놀랍고 눈부신, 정말이지 경이로운 시간이었다. 아! 그 정원에서 얼마나 많은 일이 일어났는지! 정원을 한 번도 가져본 적 없다면 도저히 이해할 수 없을 것이다. 하지만 정원을 가져봤다면 그곳에서 벌어진 일을 모두 적으려면 책 한 권으로는 모자란다는 걸 알게 될 것이다. 처음에는 초록 새싹이 끊임없이 솟아나는 듯 보였다. 땅에서, 풀밭에서, 화단에서, 심지어 벽의 갈라진 틈새에서도. 그러다 이내 초록색 식물들에 봉오리가 맺히기 시작했고, 봉오리는 차츰 벌어지며 온갖 파란색과 온갖 보라색, 그리고 온갖 색조의 붉은색을 드러냈다. 정원이 가장 행복했던 시절, 꽃들은 틈이라는 틈, 구석이라는 구석마다 빼곡히 심겨 있었다. 벤 웨더스태프는 그 광경을 지켜봤고, 담장의 벽돌 사이 회반죽을 긁어내고 흙을 집어넣어 사랑

스러운 덩굴식물이 자랄 수 있게 해줬다. 붓꽃과 하얀 백합이 풀밭에서 무리 지어 피어났으며, 움푹한 초록 공간마다 델피니움이나 매발톱꽃, 초롱꽃 같은 키 큰 꽃들이 푸른빛과 흰빛 창처럼 솟아올라 꽃들이 점령한 것처럼 보였다.

"마님께서 저걸 참 좋아했지라, 저런 꽃들을." 벤 웨더스태프가 말했다. "저 꽃들이 저 파란 하늘을 향해 쭉쭉 뻗어 있을 때가 좋다 했거든유. 그렇다고 해서 땅을 얕잡아 보는 분은 아니셨어유, 전혀. 땅도 참으로 좋아하셨지만 파란 하늘은 항시 즐거워 보인다 했지라."

디콘과 메리가 심은 씨앗은 마치 요정의 보살핌을 받기라도 한 듯 쑥쑥 자라났다. 온갖 빛깔의 보드라운 양귀비 수십 송이가 바람결에 흔들리며 춤을 추었고, 정원에서 오랫동안 자리를 지켜온 꽃들 사이에서도 당당히 자신을 드러냈다. 예전부터 그 자리에 있던 꽃들은 속으로 이런 새 식구들이 어떻게 들어왔는지 궁금해했을지도 모른다. 그리고 장미, 장미가 있었다! 풀밭에서 피어나 해시계를 휘감고, 나무 둥치를 감고 올라가 가지에서 늘어지고, 담장을 타고 오르며 그 위에 긴 꽃 무리를 드리워 폭포처럼 흘러내렸다. 장미는 매일, 매시간 생기를 더해갔다. 싱그러운 잎사귀들과 봉오리들은 처음에 너무 작아 눈에 잘 띄지 않았지만, 점점 부풀어 올라 마법처럼 터지고 꽃잎이 펼쳐지며 향기로 가득 찬 잔이 되었고, 그 넘치는 향이 정원 가득 퍼졌다.

콜린은 그 모든 것을 지켜봤다. 변화가 일어나는 순간마다 빠짐없이 눈에 담아 두었다. 매일 아침 바깥으로 실려 나왔고, 비가 오지 않는 날이면 종일 정원에서 시간을 보냈다. 흐린 날도 콜린에겐 즐거운 시간이었다. 그는 풀밭에 누워 '자라는 걸 지켜보겠다'고 했다. 한참 지켜보고 있으면 봉오리가 펼쳐지는 걸 볼 수 있다고 장담하기까지 했다. 또한, 정체는 알 수 없지만 분명히 중요한 임무를 띠고 바삐 움직이는 낯선 곤충들과도 점점 친숙해졌다. 어떤 곤충은 작은 밀짚 조각이나 깃털, 먹이 같은 걸 나르고, 또 어떤 곤충은 높은 나무에 올라 주위를 내려다보려는 듯 풀잎을 타고 꼭대기까지 오르기도 했다. 또 어떤 날은 요정의 손처럼 손톱이 긴 앞발로 흙을 파내 굴 끝에 흙더미를 쌓는 두더지를 한참 바라보며 오전 내내 넋을 놓고 있기도 했다. 개미의 삶, 딱정벌레의 삶, 꿀벌의 삶, 개구리의 삶, 새의 삶, 식물의 삶은 콜린에게 새롭게 탐사할 세상을 열어줬다. 게다가 디콘이 여우의 삶, 수달의 삶, 페럿의 삶, 다람쥐의 삶, 송어의 삶과 물쥐의 삶 그리고 오소리의 삶까지 알려줬으니 이야기하고 곱씹을 거리가 끝도 없었다.

그리고 이것은 마법의 절반에도 못 미쳤다. 자기 발로 섰다는 사실은 콜린에게 엄청난 생각거리를 안겨줬으며, 메리가 자신이 걸었던 주문 얘기를 해주자 그는 흥분하며 무척 만족스러워했다. 이후로도 콜린은 그 이야기를 줄곧 꺼냈다.

"세상에는 마법이 분명 존재해." 어느 날 콜린이 진지하게 말했다. "근데 사람들은 그게 어떤 건지, 또 어떻게 쓰는지도 몰라. 어쩌면 시작은 그냥 '좋은 일이 생길 거야' 하고 자꾸 말하는 것일지도 몰라. 그러다 보면 진짜로 좋은 일이 생길 수도 있잖아. 내가 한번 실험해 보려고."

다음 날 아침, 아이들이 비밀의 정원으로 갔을 때 콜린은 곧장 벤 웨더스태프를 불렀다. 벤은 서둘러 달려왔고, 나무 아래 우뚝 선 채로 아주 당당하게 미소짓고 있는 라자의 모습을 마주했다.

"안녕, 벤 웨더스태프." 콜린이 말했다. "지금부터 아주 중요한 얘기를 할 거니까 벤과 디콘, 그리고 메리도 잘 들어줘야 해."

"예이, 예이, 알겠습니다!" 벤 웨더스태프가 이마에 손을 대며 대답했다. (사실 벤 웨더스태프의 오랜 숨은 매력 중 하나는 젊은 시절 바다로 도망쳐 여러 번 항해했던 선원 출신이라는 점이다. 그래서 뱃사람처럼 대답할 줄도 알았다.)

"난 지금부터 과학 실험을 해보려고 해." 라자가 설명했다. "앞으로 나는 위대한 과학적 발견을 하게 될 거고 지금 그 첫 실험을 시작할 거야."

"예이, 예이, 알겠습니다!" 벤은 다시 힘차게 외쳤다. 물론 '위대한 과학적 발견'이라는 말은 생전 처음 듣는 말이었지만 말이다.

메리 역시 그런 말은 처음이었다. 이제 메리는 콜린이 아무리 별나도 책에서 온갖 기묘한 지식을 읽었고 이상

하리만치 설득력 있는 아이라는 걸 깨달아가고 있었다. 콜린이 고개를 들고 그 묘한 눈빛으로 누군가를 바라보면 그 사람은 왠지 모르게 콜린의 말을 믿게 되는 것이었다. 겨우 열 살, 이제 곧 열한 살이 될 아이인데도 말이다. 바로 지금 이 순간 콜린은 평소보다 훨씬 더 설득력 있어 보였다. 왜냐하면, 지금 자신이 '진짜 어른처럼 연설하는 기분'에 한껏 매료되었기 때문이다.

"내가 하게 될 위대한 과학적 발견은 마법에 관한 거야." 콜린이 계속해서 말했다. "마법은 정말 대단한 건데 그걸 아는 사람은 거의 없어. 오래된 책에 나오는 몇몇 사람들 그리고 메리 정도겠지. 메리는 인도에서 태어났으니까. 거긴 수행자들이 있잖아. 디콘도 마법을 좀 아는 것 같아. 본인은 모를 수도 있지만, 동물이든 사람이든 디콘은 다 길들이잖아. 그 애가 동물들을 길들일 줄 모르는 애였다면 절대 날 만나러 오라고 하지 않았을 거야. 사실 동물을 길들이면 아이도 길들일 수 있지. 아이도 결국 동물이니까. 난 모든 것에 마법이 깃들어 있다고 믿어. 다만 우리가 그걸 감지하고 원하는 대로 쓸 수 있는 감각이 없을 뿐이지. 전기나 말, 증기처럼 말이야."

디콘의 말이 너무나도 인상 깊어 벤 웨더스태프는 흥분해서 가만히 서 있질 못했다.

"예이, 예이, 알겠습니다!" 그는 되풀이하며 곧게 허리를 폈다.

"메리가 이 정원을 처음 발견했을 땐 완전히 죽어 있는 것처럼 보였지." 콜린이 말을 이었다.

"그런데 어느 순간 땅속에서 뭔가가 올라오더니 아무것도 없던 곳에서 무언가가 생겨나기 시작했어. 하루 전엔 없었는데 다음 날엔 무언가가 나왔고. 난 그런 걸 한 번도 본 적이 없어서 정말 신기했어. 과학자들은 늘 호기심을 가지잖아. 나도 과학자가 되기로 했거든. 그래서 계속 생각했어. '이게 뭐지? 이게 도대체 뭐지?' 뭔가 있어. 아무것도 아닐 리가 없어! 이름은 모르지만 난 그걸 '마법'이라 부르기로 했어. 난 해 뜨는 걸 본 적이 없지만, 메리랑 디콘은 그걸 봤고, 그 얘길 듣고 나니까 그것도 분명 마법이더라고. 뭔가가 태양을 밀어 올리고 어디론가 끌어당기고 있어. 가끔 정원에 앉아서 나무 사이로 하늘을 올려다보면 이상하게 가슴속이 벅차고 행복하단 기분이 들어. 뭔가가 내 가슴 안에서 밀고 끌어당기면서 숨을 가쁘게 하는 것 같아. 마법은 늘 그런 식으로 밀고 당기고 아무것도 없는 곳에서 뭔가를 만들어내. 모든 게 마법으로 만들어져. 나뭇잎과 나무, 꽃과 새, 오소리와 여우, 다람쥐, 그리고 사람도. 그러니까 마법은 우리 주변 어디에나 있어. 이 정원에도 있고, 내 안에도 마법이 깃들어 있어. 이 정원 안의 마법은 나를 일으켜 세웠고, 난 이제 어른이 될 때까지 살 수 있을 거라고 생각해. 그래서 난 과학적 실험을 하나 해보려고 해. 마법을 조금 얻어서 내 안에 집어넣고, 그 마법이 날 밀고 끌어당기게 해서 점점 더 튼튼해지게 하려고. 방법은 모르지만 계속 생각하고 부르다 보면 어쩌면 올지도 모르지. 어쩌면 그게 마법을 얻는 첫 번째 단계일지도 모르니까. 내가 처음 일어섰을 때 메리가 아주 빠르게 계속 숭얼거렸거는. '할 수 있어! 넌 해낼 수 있어!' 그리고 정말로 난 해냈지. 물론 나 자신도 노력했지만, 메리의 마법이 도와준 거야. 디콘의 마법도 마찬가지고. 그래서 난 매일 아침저녁으로, 또 낮에도 기억날 때마다 이렇게 말할 거야. '내 안에 마법이 있어! 마법이 나를 낫게 하고 있어! 난 디콘처럼 튼튼해질 거야. 디콘처럼 튼튼해질 거야!' 너희도 똑같이 말해줘야 해. 그게 내 실험이야. 도와줄 거지, 벤 웨더스태프?"

"예이, 예이, 알겠습니다!" 벤 웨더스태프가 말했다. "예이, 예이!"

"군인들이 훈련하듯이 매일 규칙적으로 반복하면 무슨 일이 일어나는지 알게 될 거고, 실험이 성공했는지도 알 수 있을 거야. 뭔가를 배울 때 계속 되풀이해서 말하고 생각해야 머릿속에 영원히 남게 되잖아. 마법도 마찬가지일 거라고 생각해. 계속 불러서 와 달라고 하고 도와 달라고 하면 마법이 나의 일부가 돼 뭔가를 할 수 있게 되는 거야."

"인도에서 어떤 장교가 엄마한테 수천 번씩 같은 말을 되풀이하는 고행승이 있다고 말하는 걸 들은 적이 있어." 메리가 말했다.

"젬 페틀워스 마누라도 같은 말을 수천 번씩 되풀이 하드라고요. 젬을 고주망태 주정뱅이라고 하면서유." 벤 웨더스태프가 퉁명스럽게 말했다. "그 말이 결국 씨가 됐쥬. 젬이 마누라를 두들겨 패고는 블루 라이온 술집에 가서 고주망태가 되도록 마셨거든유."

콜린은 눈썹을 모으고 한동안 생각에 잠겼다. 그러다 기운이 났는지 얼굴이 환해졌다.

"그것 봐, 뭔가 효과가 있었잖아. 그 여자는 엉뚱한 마법을 써서 결국 남편이 자기를 때리게 만든 거야. 제대로 된 마법을 쓰고 좋은 말을 했더라면 아마 남편이 그렇게 취하지 않았을 수도 있고… 어쩌면 새 모자를 사다 줬을지도 모르지."

벤 웨더스태프가 껄껄거리며 웃었는데 가느다란 늙은 눈에는 감탄마저 깃들어 있었다.

"다리도 곧고 머리도 잘 돌아가시네유, 콜린 도련님." 그가 말했다. "담에 베스 페틀워스를 보면 마법이 뭘 해줄 수 있는지 귀띔 좀 해줘야겠어유. 과악 실엄이 성공만 하면 그 여편네나 젬도 참말로 기뻐할 거고."

디콘도 그의 연설을 듣고 있었는데 호기심 어린 동그란 눈이 즐거움으로 반짝거렸다. 호두와 껍질은 디콘의 어깨 위에 앉아 있었고, 디콘은 길쭉한 귀를 가진 하얀 토끼를 팔에 안고서는 부드럽게 쓰다듬고 있었다. 토끼는 귀를 뒤로 젖히곤 흡족해했다.

"실험이 잘 될 거 같아?" 콜린이 디콘에게 물었다. 그가 무슨 생각을 하고 있는지 궁금했던 것이다. 콜린은 종종 디콘이 자신이나 동물들을 바라보며 함박웃음을 지을 때 무슨 생각을 하는지 궁금했다.

디콘은 미소짓고 있었는데 그 미소는 평소보다 더 환했다.

"야." 디콘이 대답했다. "잘 될 거 같구먼유. 해가 씨앗을 비추면 싹이 나는 것처럼 될 거구먼유. 틀림없이 될 거유. 지금 시작해볼까유?"

콜린은 무척 기뻤고, 메리도 마찬가지였다. 고행승들과 경건한 신자들에 관한 삽화가 떠오른 콜린은 모두가 나뭇가지가 장막처럼 드리워진 곳에 다리를 꼬고 앉자고 제안했다.

"사원 같은 데 앉아 있는 기분이 들 거야." 콜린이 말했다. "좀 피곤해서 앉고 싶기도 하고."

"어유!" 디콘이 말했다. "피곤하다는 말부터 하믄 안 되쥬. 그럼 마법이 망가질지도 모르니께."

콜린은 돌아서서 디콘을 바라봤다. 그 순수한 둥그런 눈을.

"맞는 말이야." 콜린이 천천히 말했다. "마법만 생각해야지."

모두 둥글게 둘러앉자 더없이 장엄하고 신비로운 느낌이 들었다. 벤 웨더스태프는 어쩐지 기도회 모임에 끌려 나온 기분이었다. 평소 그는 자신이 '기도회 따윈 질색'이라고 말할 정도로 그런 데는 절대 안 간다는 주의였지만 이번만큼은 라자의 일이었기 때문에 싫지 않았고, 오히려 자신이 도와달라는 부탁을 받았다는 사실에 내심 흐뭇했다. 메리 아가씨는 가슴 깊이 벅차오르는 황홀함을 느꼈다. 디콘은 토끼를 품에 안고 있었는데 아마도 사람은

들을 수 없는, 동물들만 알아듣는 신호라도 보낸 듯했다. 디콘이 다른 아이들처럼 다리를 꼬고 앉자 까마귀와 여우, 다람쥐와 새끼 양이 천천히 다가와 마치 자기도 참여하고 싶은 듯 편안히 자리를 잡더니 모임의 일원이 되었다.

"동물들이 왔어." 콜린이 엄숙하게 말했다. "우릴 도와주러 온 거야."

메리는 콜린이 정말 아름다워 보인다고 생각했다. 그는 마치 수도사처럼 고개를 높이 쳐들고 있었고 기묘한 눈에는 경이로운 빛이 서려 있었다. 나뭇가지가 늘어진 장막 사이로 햇빛이 콜린에게 비쳐들었다.

"이제 시작하자." 콜린이 말했다. "메리, 우리 데르비시(이슬람 신비주의자인 수피파 구성원을 말한다-옮긴이)처럼 몸을 앞뒤로 흔들까?"

"나는 앞뒤루 흔드는 건 못 허는디." 벤 웨더스태프가 말했다. "류마티즘이 있응게."

"마법이 그걸 사라지게 하리라." 콜린이 대사제 같은 어조로 말했다. "하지만 그것이 이루어질 때까지는 몸을 흔들진 않으리라. 노래하듯 읊조리기만 하겠다."

"나는 읊조리는 것도 못 혀유." 벤 웨더스태프가 약간 퉁명스레 말했다. "딱 한 번 성가대 나가봤다가 쫓겨나 버렸구만."

하지만 아무도 웃지 않았다. 모두 너무 진지했기 때문이다. 콜린의 얼굴에는 그림자조차 스치지 않았다. 그는 오직 마법만을 생각하고 있었다.

"그럼 내가 읊조릴게." 콜린이 말했다. 그리고 마치 신비로운 소년 정령처럼 읊조리기 시작했다. "해가 빛나고 있다. 해가 빛나고 있다. 그것은 마법이다. 꽃이 자란다. 뿌리가 꿈틀거린다. 그것은 마법이다. 살아 있다는 건 마법이다. 튼튼함이 마법이다. 마법은 내 안에 있다. 마법은 내 안에 있다. 내 안에 있다. 내 안에 있다. 우리 모두의 안에 있다. 벤 웨더스태프의 허리에 있다. 마법이여! 마법이여! 와서 우리를 도우라!"

콜린은 이 말을 아주 여러 번 했다. 천 번까진 아니지만 꽤 여러 번 반복했다. 메리는 넋을 잃고 듣고 있었는데 뭔가 이상하면서도 아름다워 콜린이 계속했으면 좋겠다고 생각했다. 벤 웨더스태프는 점점 마음이 차분해지며 꽤 유쾌한 꿈결 같은 상태로 빠져들었다. 꽃에 모인 벌들의 윙윙거림이 콜린의 읊조리는 소리와 어우러져 잠을 불러일으켰다. 디콘은 다리를 꼬고 앉아 있었는데 품에 안긴 토끼는 잠들었으며, 한 손은 새끼 양의 등 위에 얹혀 있었다. 검댕이는 다람쥐를 밀쳐내고 디콘의 어깨 위에 자리 잡았는데 눈 위로 회색 눈꺼풀이 내려앉아 있었다. 마침내 콜린이 멈췄다.

"이제 정원을 한 바퀴 돌 거야." 콜린이 선언했다.

벤 웨더스태프는 고개를 앞으로 툭 떨구더니 화들짝 놀라 고개를 들었다.

"자고 있었잖아." 콜린이 말했다.

"암만 글치 않쥬." 벤이 중얼거렸다. "설교는 참말로 좋았는디, 헌금 걷기 전에 나가야 하거든유."

그는 아직 완전히 잠에서 깨지 않은 듯했다.

"여긴 교회가 아니야." 콜린이 말했다.

"그럼유, 지도 알쥬." 벤이 몸을 일으키며 말했다. "누가 교회라고 했남유? 하나도 안 놓치고 다 들었구먼유. 마법이 내 허리에 있다구 하신 것도 다 들었구유. 의사는 그게 류마티즘이라던디."

라자가 손을 휘저으며 말했다.

"그건 잘못된 마법이야." 콜린이 말했다. "영감은 곧 나을 거야. 이제 일하러 가도 돼. 하지만 내일 다시 와야 해."

"도련님이 정원을 걸어 다니시는 걸 보고 싶구먼유." 벤이 툴툴거렸다.

불친절한 말투는 아니었지만 그래도 툴툴거림은 툴툴거림이었다. 사실 고집 센 노인인 데다 마법을 완전히 믿는 것도 아닌 벤은 만약 자기를 내보내면 사다리에 올라가 담장 너머로라도 살펴보다가 혹시 도련님이 비틀거리기라도 하면 바로 절룩거리며 돌아올 작정이었다.

라자는 그가 남아 있겠다고 하자 반대하지 않았고 그렇게 행렬이 꾸려졌다. 정말로 행렬처럼 보였다. 콜린이 맨 앞에 섰고 디콘이 한쪽, 메리가 다른 쪽에 섰다. 벤 웨더스태프가 그 뒤를, 동물들이 뒤이어 따라갔다. 새끼 양과 여우는 디콘 가까이에 바짝 붙어 있었고, 흰 토끼는 깡충깡충 따라오다가 잠깐씩 멈춰 풀을 뜯었으며, 검댕이는 자기가 책임자라도 되는 양 엄숙한 태도로 따라갔다.

느리지만 품위 있는 행렬이었다. 콜린은 디콘의 팔에 기댄 채 걸었고 몇 걸음마다 한 번씩 멈춰서 쉬었다. 벤 웨더스태프는 남몰래 마음 졸이며 눈여겨봤지만, 콜린은 이따금 손을 떼고 혼자서 몇 걸음 걷기도 했다. 걷는 내내 고개를 똑바로 들고 있어 아주 당당해 보였다.

"마법은 내 안에 있어!" 콜린은 계속 외쳤다. "마법이 나를 튼튼하게 만들어! 느껴져! 느껴져!"

무언가가 정말로 그를 붙잡아주고 떠받쳐주는 것 같았다. 그는 그늘진 공터 안 벤치에도 앉았고, 한두 번은 풀밭에도 앉았으며, 중간에 여러 번 멈춰 디콘에게 기대기도 했지만, 포기하지 않고 정원을 한 바퀴 다 돌았다. 가지로 장막을 이룬 나무 아래로 돌아왔을 때 콜린은 뺨이 발그레해진 채 승리감에 도취해 있었다.

"해냈어! 마법이 통했어!" 콜린이 외쳤다. "이게 내 첫 번째 과학적 발견이야."

"크레이븐 선생님이 뭐라고 하실까?" 메리가 불쑥 말했다.

"의사 선생님은 아무 말도 못 하실 거야." 콜린이 대답했다. "왜냐하면 그분은 아무 말도 듣지 못할 테니까. 이건 모든 비밀 중에서 제일 큰 비밀이 될 거야. 내가 아주 튼튼해져서 다른 아이들처럼 걷고 뛸 수 있게 되기 전까진 이 일은 누구에게도 알려져선 안 돼. 매일 휠체어를 타고 여기 왔다가 다시 그걸 타고 돌아갈 거야. 사람들이 수군거리고 캐묻도록 두진 않을 거야. 실험이 완전히 성공할 때까지 아버지 귀에 들어가게 해선 안 돼. 언젠가 아버지가 미슬스웨이트로 돌아오시면 난 아버지 서재로 걸어 들어가서 이렇게 말할 거야. '저를 보세요. 다른 아이들하고 똑같아요. 이제 건강하고, 안 죽고 어른이 될 거예요. 이건 과학적 실험의 결과예요.'"

"꿈꾸는 줄 아실걸!" 메리가 외쳤다. "자기 눈을 믿지 못하실 거야!"

의기양양해져 콜린의 얼굴이 달아올랐다. 그는 자신이 건강해질 거라 믿고 있었고, 본인은 알지 못했지만 그 믿음만으로 전투에서 이미 절반 이상은 이긴 셈이었다. 그리고 그 무엇보다 콜린을 자극한 것은 아버지가 다른 집 아이들만큼 곧고 튼튼해진 아들을 보고 어떤 표정을 지을까 하는 상상이었다. 병약하고 병적으로 우울했던 지난날들

중 가장 괴로웠던 것 중 하나는 아버지조차 보기 두려워하는 병약하고 등이 굽은 자기 자신에 대한 증오심이었다.

"아버지는 믿으실 수밖에 없을 거야." 콜린이 말했다. "마법이 효과를 발휘하면, 과학적 발견을 하려면 그전에 먼저 운동선수가 돼야 해."

"한 일주일 정도 지나면 도련님을 권투장에 데려가야겠구먼유." 벤 웨더스태프가 말했다. "그러다 벨트를 따고 영국 전역 챔피언이 되시것는디유."

콜린은 단호하게 그를 노려봤다.

"벤 웨더스태프." 콜린이 말했다. "그건 무례한 말이야. 비밀을 알고 있다고 해서 멋대로 굴면 안 돼. 마법이 아무리 효력을 보인다 해도 난 권투 선수가 되진 않을 거야. 나는 '과학적 발견을 하는 사람'이 될 거니까."

"어이구 죄송하구먼유. 죄송혀유, 도련님." 벤이 이마에 손을 가져다 대고는 경례하듯 하며 대답했다. "농지거리가 아닌 걸 알았어야 했는디." 하지만 그의 눈은 반짝였고 내심 엄청 기뻤다. 사실 핀잔 따윈 아무 상관 없었다. 핀잔을 준다는 건 도련님이 힘도 생기고 기백도 생기고 있다는 의미였기 때문이다.

24

"웃게 나둬요."

디콘은 비밀의 정원에서만 일하는 게 아니었다. 황무지에 있는 디콘네 오두막 주위에는 거친 돌로 쌓은 낮은 담장에 둘러싸인 땅뙈기 하나가 있었다. 이른 아침과 해 질 무렵 그리고 콜린과 메리를 만나지 않는 날이면 매일 그 텃밭에서 일하며 어머니를 위해 감자, 양배추, 순무, 당근, 허브를 심고 가꿨다. 동물들을 벗 삼아 놀라운 일을 해냈고, 그 일은 아무리 해도 질리지 않는 눈치였다. 밭을 갈고 잡초를 뽑는 사이 디콘은 휘파람을 불거나, 요크셔 노래를 흥얼거리거나, 검댕이랑 대장, 그리고 일손 돕기를 가르치려고 데려온 형제자매랑 이야기를 나눴다.

"디콘의 정원이 없었다면 절대 지금만치 편하게 살지 못했을 거여." 소워비 부인이 말했다. "디콘이라면 무엇이든 키울 수 있구먼. 디콘이 키운 감자랑 양배추는 남들 것보다 두 배는 크고 맛도 비교할 데가 없잖여."

소워비 부인은 짬 날 때마다 나가서 디

콘과 이야기하는 걸 좋아했다. 저녁을 먹고 나면 아직 땅거미가 한참이나 남아 있어 일하기에 충분했고, 그때가 부인에게는 가장 여유로운 시간이었다. 부인은 나지막한 거친 돌담 위에 걸터앉아 디콘을 지켜보며 그날 하루 동안 있었던 이야기를 들었다. 부인은 이 시간을 무척 좋아했다. 텃밭에는 채소만 있는 게 아니었다. 디콘은 이따금 일 페니짜리 꽃씨 꾸러미를 사서 구스베리 덤불 사이사이와 심지어 양배추 사이에도 색이 곱고 향기로운 꽃이 피는 꽃씨를 뿌렸다. 목서초, 패랭이꽃, 팬지, 그리고 해마다 씨앗을 거두거나 봄마다 알뿌리에서 꽃을 피우는 꽃들로 울타리가 만들어졌다. 그 나지막한 돌담은 요크셔에서 가장 아름다운 풍경 중 하나가 되었고, 디콘이 디기탈리스와 양치류, 바위꽃다지 그리고 온갖 야생화를 틈틈이 심어놔 돌담은 겨우 얼핏얼핏 보일 뿐이었다.

"식물 키우는 데 필요한 건 딱 하나여유, 엄니." 디콘은 이렇게 말하곤 했다. "갸들이랑 친구 먹는 거쥬. 동물들이랑 똑같은 거여유. 목마르면 물 줘야 하고, 배고프면 뭐라도 한술 떠먹여야쥬. 갸들도 우리처럼 살고 싶어 하니께유. 갸들이 죽어불면 지는 지가 몹쓸 놈이 돼서 괜히 못살게 군 것 같은 기분이 들 거유."

이런 해 질 녘이면 소워비 부인은 미슬스웨이트 장원에서 벌어지는 온갖 일들에 대해 듣곤 했다. 처음에는 콜린 도련님이 메리 아가씨랑 밖에 나가는 걸 좋아하게 됐고, 덕분에 건강이 좋아졌다는 이야기만 들었다. 하지만 오래지 않아 두 아이는 디콘의 어머니는 '비밀에 끼워줘도 좋다'고 의견을 모았다. 어째서인지 소워비 부인은 '확실히 안전하다'는 데 의심의 여지가 없었다.

그래서 어느 아름답고 고요한 저녁, 디콘은 어머니에게 전부 털어놨다. 땅에 묻혀 있던 열쇠와 울새 그리고 모두 죽은 듯 정원을 뒤덮었던 잿빛 그림자와 메리 아가씨가 절대로 드러내지 않으려 했던 비밀까지 디콘은 손에 땀을 쥐게 하며 빠짐없이 들려줬다. 디콘이 찾아가고 비밀을 듣게 된 사연, 콜린 도련님의 의심과 숨겨진 정원을 공개하며 벌어진 최후의 드라마, 거기에 담장 위로 성난 얼굴을 내밀던 벤 웨더스태프 사건과 콜린 도련님이 분노로 인해 생겨난 기운까지. 이야기를 듣는 사이 소워비 부인의 선량해 보이는 얼굴은 몇 번이고 안색이 바뀌었다.

"세상에나!" 부인이 말했다. "그 어린 아가씨가 장원에 와서 참말로 다행이지 뭐다냐. 그 아가씨 덕분에 도련님도 살아난 거 아녀. 두 발로 서다니! 우린 다덜 도련님이 반푼이에다 똑바른 뼈 하나 없는 줄 알았는디 말여."

부인은 질문을 잔뜩 퍼부었고 파란 눈은 깊은 생각으로 그윽해졌다.

"장원에선 그 일을 겪으면서 뭐라대? 도련님이 이렇게나 건강해지구, 밝아지구, 투정도 안 부리니께?" 부인이 물었다.

"다들 어리둥절해하는구먼유." 디콘이 대답했다. "시간이 지날수록 도련님 얼굴이 달라지는디유. 살도 좀 올라서 이젠 그렇게 날카롭고 밀랍같이 허에 보이지두 않아유. 그래도 도련님이 투정은 꼭 부려야겠다고 하시네유." 디콘은 신이 난 얼굴로 실실 웃었다.

"세상에 도대체 뭣땜시 그런다냐?" 소워비 부인이 물었다.

디콘이 킥킥 웃었다.

"뭔 일이 있었는지 사람들이 눈치 못 채게 하려고 그러는 거쥬. 도련님이 제 발로 설 수 있다는 걸 의사 선상님이 알믄 틀림없이 크레이븐 주인님한테 편지 써 보내지 않것어유. 콜린 도련님은 그걸 몰래 숨겼다가 직접 말씀드릴 작정이셔유. 매일 다리에다가 마법 거는 연습을 하고 계시거든유. 아버님이 돌아오시면 그분 방으루다가 당당히 걸어 들어가서 자기도 다른 애들마냥 멀쩡하다는 걸 보여드리려구 그러는 거쥬. 근디 도련님이랑 메리 아가씨 생각으론 사람들이 눈치 못 채게 하려면 가끔 앓는 소리도 내고 투정도 부려야 한다는 게 가장 좋은 계획이라 생각하는 거여유."

소워비 부인은 디콘이 마지막 말을 마치기도 전에 마음 편하게 한참을 웃었다.

"아유 참말로!" 부인이 말했다. "그 둘이 얼마나 재밌어할지 내 장담 헌당게. 아주 실컷 연극 놀이허고 있겄구먼. 연극 놀이만큼 아덜이 좋아하는 게 또 어딨단다. 디콘아, 또 뭣땀시 그러는지 말혀봐라."

디콘은 잡초 뽑던 손을 멈추고 뒤꿈치에 걸터앉아 허리를 세우며 말했다. 눈에는 장난기가 가득했다.

"콜린 도련님은 밖에 나가실 때마다 휠체어까지 하인이 안아서 모셔다드려유." 디콘이 설명했다. "그런디 존한테는 조심히 안 옮겼다고 성질을 내시구유. 최대한 힘없고 불쌍해 보이려고 저택에서 보이지 않게 될 때까지는 고개도 안 드셔유. 휠체어에 자릴 잡아 앉혀드릴 땐 투덜대고 앓는 소리도 내시구유. 도련님이랑 메리 아가씨 둘 다 그걸 어찌나 재밌어하는지. 도련님이 앓는 소릴 하면 아가씨가 '불쌍한 콜린! 그렇게 많이 아파? 그렇게 약해서 어째, 불쌍한 콜린?' 하고 말헌

다니께유. 근디 문제는 둘이 가끔 웃음이 터질까 봐 혼 난다는 거여유. 정원 안으로 들어가기만 하면 둘 다 숨넘어갈 듯 웃어대쥬. 혹시라도 정원사들이 듣기라도 할까 봐 도련님 쿠션에다가 얼굴을 처박고 웃어야 한다니께유."

"많이 웃을수록 좋제!" 소워비 부인이 웃으며 말했다. "건강한 아이들 웃음소리만큼 좋은 약이 어딨간디. 그 둘은 틀림없이 살이 올랐을겨."

"진짜 살이 오르고 있어유." 디콘이 말했다. "배가 고픈디 어떻게 혀야 소문 안 나게 배불리 먹을 수 있는지 모르겠대유. 콜린 도련님은 자꾸 음식을 더 달라고 하면 아무도 자길 불구라고 안 믿을 거라 그러시구유. 메리 아가씨는 자기 몫을 도련님 드리겠다 허는디, 도련님은 아가씨가 굶으면 살이 빠져서 안 된다고 하시구유. 둘이 같이 살이 붙어야 한다나유."

소워비 부인은 아이들이 처한 이 난감한 상황이 어찌나 웃기던지 파란 망토 두른 몸을 앞뒤로 흔들어가며 웃었고, 디콘도 함께 웃었다.

"이렇게 혀보자, 애야." 소워비 부인이 숨을 돌리고 말했다. "그 아그들 도와줄 방법이 하나 떠올랐응께. 니가 아침마다 갸들한테 갈 때 새로 짠 고소한 우유 한 통을 가져가고, 내가 니들처럼 아덜이 좋아헐 만한 바삭한 빵이나 건포도 든 빵을 구워줄 텐게 그것두 갖다 주는거. 신선한 우유랑 빵만큼 좋은 게 또 있간디. 그러면 갸들이 정원에 있는 동안 허기를 살짝 달래고, 저택에 가서 좋은 음식으로 빈속을 싹 채울 수 있을 거 아녀."

"어유, 엄니!" 디콘이 감탄하듯 말했다. "정말 굉장하셔유! 엄니는 항상 해결 방도를 찾아내시네유. 어젠 둘이 제법 소란스러웠다니께유. 음식을 더 내오라고 허지 않고는 어떻게 해야 헐지 도무지 감도 안 온다고 하면서유. 속이 텅 빈 거 같다나유."

"그 나이에야 쑥쑥 클 때잖여. 둘 다 건강해지고 있구. 그맘때 아그들은 새끼 늑대나 다름없이 맨날 허기지고 먹는 게 다 살이랑 피로 가니께." 소워비 부인이 말했다. 그러고는 디콘이랑 똑 닮은 함박웃음을 지었다. "아유, 갸들 정말 재미나게 지내고 있는겨."

소워비 부인 말 그대로였다. 그 푸근하고도 자상한 어머니가 아이들이 '연극 놀이'를 가장 즐길 거라고 말한 부분은 특히 그랬다. 콜린과 메리에게 연극 놀이는 가장 짜릿한 오락거리 중 하나였다. 의심받지 않게 행동해야 한단 생각을 하게 만든 사람은 처음엔 어리둥절해하는 간호사 때문이었고, 그다음엔 크레이븐 선생 덕분이었다.

"식욕이 많이 느셨어요, 콜린 도련님." 어느 날 간호사가 말했다. "예전엔 아무것도 안 드시고, 입맛에 안 맞는 건 또 오죽 많았어요."

"이젠 입에 안 맞는 게 없어." 콜린은 대꾸했다가 간호사가 자신을 유심히 바라보는 걸 보고는 아직은 너무 건강해 보이면 안 된다는 생각이 불현듯 들었다. "적어도 예전만큼 입맛에 안 맞는 건 없어. 맑은 공기 덕분이겠지."

"그럴 수도 있지요." 간호사는 여전히 어리둥설한 표정으로 그를 살피며 말했다. "하지만 크레이븐 선생님껜 얘길 해놔야겠어요."

"간호사가 널 쳐다보는 그 눈빛 봤어!" 간호사가 가고 나자 메리가 말했다. "마치 뭔가 알아내고야 말겠다는 눈빛이었어."

"간호사가 알아내게 두진 않을 거야." 콜린이 말했다. "아직은 아무도 눈치채게 해선 안 돼."

그날 아침 왕진 온 크레이븐 선생 역시 뭔가 이상하다는 듯 어리둥절해 보였다. 의사 선생이 이것저것 잔뜩 질문해 콜린이 짜증 날 정도였다.

"정원에 나가서 보내는 시간이 많던데." 선생이 말했다. "어딜 가는 거냐?"

콜린은 남의 말에 아랑곳하지 않는다는 듯한 태도로 답했다. 그건 콜린이 좋아하는 태도였다.

"어딜 가는진 아무한테도 말 안 할 거예요." 콜린이 대답했다. "가고 싶은 데로 가죠. 주위엔 얼씬도 하지 말라고 모두에게 명령해놨고요. 괜히 날 빤히 쳐다보게 놔두진 않을 거니까. 선생님도 아시잖아요!"

"종일 밖에 나가 있는 게 너한테 해로운 것 같지는 않구나, 내 생각엔. 간호사 말로는 네가 이전보다 훨씬 많이 먹는다고 하던데."

"어쩌면, 어쩌면 비정상적이라 식욕이 생긴 걸 수도 있죠." 콜린은 문득 떠오른 대로 말했다.

"그런 것 같진 않구나, 음식이 잘 맞는 모양이던데." 크레이븐 선생이 말했다. "살도 금세 오르고 혈색도 훨씬 좋아졌어."

"어쩌면, 어쩌면 붓고 열이 나는 걸지도 몰라요." 콜린이 일부러 어두운 표정을 지으며 말했다. "얼마 못 살 사람들은 원래 평소와 다르잖아요."

크레이븐 선생은 고개를 저었다. 선생은 콜린의 손목을 잡고 있다가 소매를 걷어 올려 팔을 만져봤다.

"열은 없어." 선생은 생각에 잠겨 말했다. "그리고 최근 붙은 살은 건강한 살이야. 계속 이러면 죽을 거란 얘긴 할 필요가 없겠는걸. 이렇게 눈에 띄게 호전되었다는 소식을 들으면 아버지가 기뻐하시겠구나."

"아버지한텐 얘기하지 마세요!" 콜린이 날카롭게 외쳤다. "나중에 다시 나빠지기라도 하면 실망하시게 될 거예요. 오늘 밤에라도 갑자기 고열에 시달릴 수도 있잖아요. 지금도 막 열이 날 것 같은 기분이에요. 아버지한테 편지 쓰는 건 안 돼요. 절대 안 돼요! 지금 이 얘기만으로도 화가 나요. 선생님도 그게 몸에 안 좋은 거 아시잖아요. 벌써 열이 나기 시작했어요. 누가 나에 대해 쓰거나 나를 두고 말하는 것도 싫고, 누가 쳐다보는 것도 싫단 말예요!"

"쉿! 쉿! 진정하렴." 크레이븐 선생이 콜린을 달랬다. "네 허락 없이는 아무것도 안 쓸 거다. 너무 예민하게 받아들이는구나. 기껏 좋아진 걸 망쳐선 안 되지."

선생은 크레이븐 씨에게 편지 쓰겠다는 말을 다시는 하지 않았고, 간호사에게는 그런 일에 관해 환자에게 절대 언급하지 말라고 따로 일러두었다.

"아이 상태가 놀랄 만큼 좋아졌군요." 선생이 말했다. "호전 속도가 거의 비정상적일 정도입니다. 물론 지금은 예전엔 시킬 수도 없었던 일을 본인이 자발적으로 하고 있으니 그 영향 때문이겠지요. 그래도 아이가 아주 쉽게 흥분하니 신경을 거슬리게 할 만한 말은 절대 하지 말아요."

메리와 콜린은 그 말을 듣고 너무 놀라서 불안해하며 얘기를 나눴다. 이때부터 아이들의 '연기 놀이'가 시작되었다.

"아무래도 성질부리는 척이라도 해야 할까 봐." 콜린이 유감스러운 듯 말했다. "사실 이젠 성질부리고 싶지 않고, 그렇게 난리 칠 만큼 비참하지도 않은데 말이야. 어쩌면 이제 아예 못할 수도 있어. 예전처럼 목이 막히는 듯한 느낌도 없어. 끔찍한 일들 대신 좋은 일들이 자꾸 떠오르거든. 하지만 아버지한테 편지를 쓰겠다고 하면 뭔가 대책을 세워야 해."

콜린은 식사량을 줄이기로 결심했지만, 아침마다 눈을 뜨면 믿기 어려울 만큼 식욕이 돋았다. 소파 옆 테이블 위엔 늘 갓 구운 빵과 신선한 버터, 눈처럼 하얀 달걀, 라즈베리 잼과 클로티드 크림이 차려져 있었으니 이 기발한 계획을 실천하는 건 애초에 불가능했다. 메리는 항상 콜린과 함께 아침을 먹었는데 테이블 앞에 앉게 되면, 특히 뜨거운 은제 덮개 아래에서 지글지글 익으며 맛있는 냄새를 풍기는 햄이 있을 때면 둘은 서로를 바라보며 절망적인 표정을 지었다.

"오늘 아침엔 그냥 다 먹어야 할 것 같아, 메리." 콜린은 결국 항상 이렇게 말하고 말았다. "점심은 조금만 먹고, 저녁은 더 많이 남기자."

하지만 그들은 끝내 한 번도 음식을 남길 수 없었고, 말끔히 비워진 접시가 주방으로 돌아갈 때마다 하인들 사이에서는 수군수군 말이 오갔다.

"정말이지, 정말이지 햄 조각이 좀 더 두꺼웠으면 좋겠어. 그리고 한 사람당 머핀 한 개는 너무 적어." 콜린은 이렇게 말하곤 했다.

"곧 죽을 사람에게는 충분하겠지." 처음 그 말을 들었을 때 메리는 이렇게 대답했다. "하지만 살아가야 할 사람에게는 부족해. 가끔 황무지에서 싱그러운 히스와 가시금작화 향기가 열린 창문으로 날아 들어올 때면 세 개도 먹을 수 있을 것 같은걸."

그날 아침, 정원에서 두 시간쯤 신나게 놀고 난 뒤 디콘은 커다란 장미 덤불 뒤로 가서 양철통 두 개를 들고 나왔다. 하나에는 윗부분에 크림이 두툼하게 뜬 진하고 신선한 우유가 가득했고, 또 다른 하나에는 깨끗한 파란색과 흰색 냅킨으로 곱게 싼 건포도 빵이 들어 있었다. 얼마나 정성스럽게 쌌는지 빵이 아직도 따뜻했다. 아이들은 놀라고 기쁜 나머지 환호성을 질러댔다. 소워비 부인이 이런 멋진 생각을 하시다니! 얼마나 상냥하고 똑똑한 분이신가! 건포도 빵은 정말 맛있어 보였고, 신선한 우유는 말할 것도 없었다.

"디콘에게 마법이 있듯이 그분에게도 마법이 있는 것 같아." 콜린이 말했다. "그래서 이것저것 좋은 일을 생각해낼 수 있는 거지. 그분은 마법을 가진 사람이야. 우리가 감사드린다고 전해줘, 디콘. 깊은 감사의 말씀을 드린다고."

콜린은 때로 이렇게 어른스러운 표현을 썼고, 그러는 걸 꽤 좋아했다. 좋아하다 보니 점점 더 실력이 늘었다.

"너희 어머님은 더없이 너그러우신 분이야! 우리가 지극히 감사드린다고 꼭 전해드려."

그래놓고는 체면도 잊고 주저앉아 건포도 빵을 허겁지겁 먹기 시작했고, 양동이에 든 우유도 통째로 들고 몇 번이고 벌컥벌컥 들이켰다. 황무지 공기를 마시며 익숙하지 않은 운동을 하고 아침을 먹은 지 두 시간이 지난 아이라면 누구라도 그럴 수밖에 없을 것이다.

그날부터 비슷한 종류의 유쾌한 일이 이어졌다. 메리와 콜린은 소워비 부인에게는 먹여야 할 식구가 열네 명이나 되고 매일 두 사람분의 식욕을 채워주기에는 여유가 없을지도 모른다는 데 생각이 미쳤다. 그래서 그들은 부인에게 용돈을 보내 필요한 물건을 사다 달라고 부탁했다.

메리가 야생동물에게 피리를 불어주던 디콘과 처음 만났던 정원 밖 장원 내 숲에 디콘은 아주 멋진 걸 만들었다. 숲 안쪽 깊은 곳에 작은 움푹한 자리가 있어 그곳에 돌을 쌓아 일종의 작은 화덕을 만들었던 것이다. 거기다 감자와 달걀을 구웠는데 구운 달걀은 이제껏 알지 못했던 또 다른 사치였다. 소금을 뿌리고 신선한 버터를 곁들인 뜨거운 감자는 숲속의 왕에게나 어울릴 법한 음식이었다. 게다가 정말 맛있었다. 감자와 달걀은 열네 명 식구의 입에 들어갈 음식을 빼앗는다는 기분을 느낄 필요 없이 마음껏 먹을 수 있었다.

화창한 아침, 짧은 꽃 피는 시기가 지나고 짙어져 가는 녹음으로 그늘을 드리운 자두나무 아래 모인 아이들은 둥글게 둘러앉아 매일 마법 의식을 치렀다. 의식이 끝나면 콜린은 늘 걷기 연습을 했고, 틈틈이 새로 찾은 힘도 연습했다. 날이 갈수록 콜린은 점점 더 튼튼해져 걸음걸이가 안정되고 더 긴 거리를 걸을 수 있게 되었다. 그리고 마법에 대한 믿음도 점점 더 깊어져 갔다. 당연한 일이었다. 콜린은 하나씩 실험을 해가며 힘이 세지는 걸 느꼈는데 그중 가장 좋은 방법을 알려준 사람은 디콘이었다.

"어제 말이쥬." 디콘은 하루 나오지 않은 다음 날 아침에 와서 말했다. "스웨이트에 엄니 심부름 때문에 갔다가 블루카우 여관 근처에서 밥 하우스 아저씨를 만났지 뭐여유. 여기 황무지에서 젤로 힘이 센 사람인디 레슬링 챔피언에다가 누구보다 높이 뛸 수 있구, 누구보담도 더 멀리 망치를 던질 수 있다네유. 운동 경기에 나가려고 스코틀랜드까지

간 적도 있다나 봐유. 지가 꼬맹일 적부터 알고 지낸 데다 워낙 친절한 분이라 몇 가지 물어봤거든유. 어떤 신사가 그 아저씨를 운동선수라고 부르는 걸 듣고는 콜린 도련님 생각이 나더라구유. 그래서 물어봤쥬. '어떡하면 그렇게 근육이 나오게 할 수 있어유, 밥 아저씨? 그렇게 힘이 세지려고 뭐 특별히 한 게 있나유?' 그러니까 아저씨가 이랬구만요. '그럼, 있지. 예전에 스웨이트에 서커스 공연을 하러 온 힘센 장사가 팔다리하구 온몸 근육을 단련하는 법을 알려줬거든.' 그래서 지가 그랬쥬. '그 운동을 하면 몸이 약한 사람도 튼튼해질 수 있을까유?' 그러니까 아저씨가 웃으면서 말했슈. '네가 그 몸이 약한 사람이냐?' 그래서 지가 말했쥬. '아뇨. 하지만 오래 앓고 나서 건강을 찾으려는 어린 신사분을 알고 있거든유. 그분한테 알려드릴 만한 운동법을 몇 가지 알았으면 좋겠다 싶어서유.' 지는 이름은 하나도 말 안 했고 그 아저씨도 묻지 않았어유. 말했듯이 무척 친절한 분이라 기꺼이 일어나서 시범을 보여주셨다니께유. 지는 외울 수 있을 때까지 열심히 따라했쥬."

콜린은 잔뜩 들뜬 표정으로 귀를 기울였다.

"나한테도 보여줄 수 있어?" 콜린이 외쳤다. "응?"

"네에, 그럼유." 디콘이 일어나며 대답했다. "하지만 처음에는 살살 해야 한댔어유. 너무 지치지 않게 조심해야 한댔구유. 중간중간 쉬어가면서 심호흡도 하고 절대 무리하면 안 되구유."

"조심할게." 콜린이 말했다. "보여줘! 보여줘! 디콘, 너는 세상에서 제일가는 마법 소년이야!"

디콘은 풀밭 위에 서서 실용적이지만 간단한 일련의 근육 운동을 천천히, 신중하게 선보였다. 콜린은 커다랗게 눈을 뜨고 그것들을 지켜봤다. 몇 가지는 앉아서도 따라 할 수 있었다. 이미 꽤 안정적인 자세로 설 수 있게 된 콜린은 다음엔 서서 하는 몇 가지 동작을 조심조심 따라 해봤다. 메리도 함께 따라 했다. 검댕이는 그 모습을 지켜보고는 안절부절못하다가 결국 나뭇가지에서 내려와 부산스럽게 주위를 폴짝거렸다. 자기는 따라 할 수 없었기 때문이다.

그날부터 운동은 마법만큼이나 하루 일과 중 중요한 일부가 되었다. 콜린과 메리는 매번 할 때마다 점점 더 많은 동작을 할 수 있게 되었고, 그 덕에 식욕도 엄청나게 늘었다. 디콘이 매일 아침 덤불 뒤에 가져다 두는 음식 바구니가 아니었다면 둘 다 진작 기운을 차리지 못했을 것이다. 하지만 구덩이 화덕과 소워비 부인의 넉넉한 음식 덕분에 메들록 부인과 간호사, 그리고 크레이븐 선생까지 또다시 의아함에 빠지게 되었다. 갓 구운 달걀과 감자, 그리고 거품 가득한 신선한 우유, 귀리 케이크와 건포도 빵, 히스 꿀과 클로티드 크림까지 배불리 먹고 나면 아침은 대충 넘기고 저녁은 거들떠보지도 않았던 것이다.

"애들이 거의 아무것도 안 먹어요." 간호사가 말했다. "이대로라면 굶어 죽을지도 몰라요. 설득해서 뭘 좀 먹게 해야 하는데. 그런데 저 애들 좀 보세요."

"그러게나 말예요!" 메들록 부인이 분통을 터뜨렸다. "아유, 내가 아주 속 터져 죽겠어요. 둘이 꼭 어린 악마들 같다니까요. 하루는 재킷이 터질 만큼 먹더니, 다음 날은 요리사가 정성 들여 차린 최고의 식사를 거들떠보지도 않아요. 어제는 부드러운 어린 새고기랑 브레드 소스에 포크조차 안 댔더라고요. 불쌍한 요리사는 애들 먹이겠다고 별의별 푸딩까지 새로 고안했는데, 그것도 고스란히 돌려보냈다니까요.

요리사가 거의 울 뻔했어요. 애들이 진짜로 굶어 죽기라도 하면 자기 탓이 될까 봐 걱정이 이만저만이 아니에요."

크레이븐 선생이 와서 콜린을 오랫동안 꼼꼼하게 살펴봤다. 간호사가 걱정스러운 표정으로 그간의 사정을 이야기하며 거의 손도 안 댄 아침 식사 쟁반을 보여주자 선생은 더욱 근심스러운 표정을 지었다. 하지만 콜린 곁에 앉아 아이의 몸 상태를 확인하자 표정은 더 복잡해졌다. 그는 런던에서 업무를 보느라 거의 두 주나 콜린을 못 본 상태였다. 어린아이들은 건강을 되찾기 시작하면 놀라운 속도로 회복되곤 한다. 밀랍처럼 창백했던 콜린의 얼굴에는 따뜻한 장밋빛이 돌았고, 눈동자는 맑고 또렷해졌으며, 움푹 들어갔던 눈 밑과 홀쭉하던 뺨과 관자놀이에도 살이 오르기 시작했다. 칙칙하고 축 늘어졌던 머리칼은 이제 이마 위에서 탄력 있게 찰랑거려 훨씬 생기 있고 부드러워 보였다. 입술이 도톰해졌고 혈색도 돌아왔다. 사실 불치병 환자라고 하기에는 너무도 건강해 보였다. 크레이븐 선생은 턱에 손을 괴고 한참 동안 생각에 잠겼다.

"아무것도 안 먹는다니 안타깝구나. 아무것도 안 먹으면 지금까지 좋아진 게 다 소용없게 돼." 선생이 말했다. "넌 정말 놀랄 만큼 회복됐단다. 얼마 전까지만 해도 잘 먹더니만."

"제가 그랬잖아요. 그건 비정상적인 식욕이었다고요." 콜린이 대수했다.

메리는 바로 옆 스툴에 앉아 있다가 갑자기 이상한 소리를 냈다. 억지로 참으려다 보니 숨이 막혀 사레가 들릴 뻔했던 것이다.

"무슨 일이냐?" 크레이븐 선생이 메리를 돌아보며 물었다.

메리는 새침떼기처럼 대답했다.

"재채기랑 기침 중간쯤 되는 거였어요." 거만한 말투였다. "그게 목에 걸려서요."

나중에 메리는 콜린에게 이렇게 말했다. "도저히 못 참겠더라고, 갑자기 네가 마지막으로 먹은 커다란 감자 생각이 나서. 그다음엔 두껍고 바삭한 빵에 잼이랑 클로티드 크림을 수북이 얹어서 한입에 베어 물던 네 입이 떠오르는데 얼마나 웃기던지 웃음이 터져 나오고 말았어."

"그 아이들이 음식을 몰래 얻을 방도가 있을까요?" 크레이븐 선생은 메들록 부인에게 물었다.

"애들이 땅을 파거나 나무에서 따지 않는 이상 어림도 없죠." 메들록 부인이 대답했다. "아이들은 종일 밖에 나가 있고 아무도 만나지 않아요. 그리고 갖다 주는 음식 말고 다른 게 먹고 싶다면 그냥 달라고 하면 되는걸요."

"음." 크레이븐 선생이 말했다. "안 먹고도 저 정도라면 우리가 굳이 간섭할 필요는 없겠죠. 콜린은 완전히 새사람이 됐어요."

"그 여자애도 마찬가지예요." 메들록 부인이 말했다. 살이 붙으니까 그 부루퉁하고 못나 보이던 얼굴이 제법 예뻐 보이기까지 하던걸요." 머리카락도 윤기가 나면서 굵어졌고 안색도 훨씬 좋아졌어요. 세상에서 제일 음침하고 성질 나쁜 애였는데 지금은 콜린 도련님이랑 같이 웃어대는 걸 보면 꼭 정신줄 놓은 아이들 같달까요. 어쩌면 그 웃음이 살을 붙게 하는지도 모르죠."

"그럴지도 모르겠군요." 크레이븐 선생이 말했다. "웃게 놔둬요."

25

커튼

　　그리고 비밀의 정원은 꽃이 피어나고 또 피어나며 매일 아침 새로운 기적을 보여줬다. 울새 둥지에는 알이 생겼고, 울새의 짝이 그 위에 앉아 보드라운 가슴 깃털과 날개로 조심스레 알을 품었다. 처음에는 울새 짝이 몹시 불안해했고 울새도 잔뜩 경계했다. 심지어 디콘조차 그 시기에는 나무가 빽빽이 자란 모퉁이 근처에는 가지 않았다. 대신 작은 울새 부부의 영혼에 전하는 신비로운 주문이 효력을 발휘할 때까지 묵묵히 기다렸다. 정원 안에 그들과 다른 존재는 아무것도 없다고, 그들에게 벌어지는 경이로운 일을, 광대하고 애틋하며 두렵고 가슴 미어지도록 아름다운 알들의 존재에 대해 이해하지 못하는 존재는 아무도 없다고 말이다. 울새 알이 단 하나라도 빼앗기거나 깨진다면 온 세상이 소용돌이치고 우주로 터져나가 종말에 이르리라는 것을 존재의 근원으로부터 알지 못하는 사람이 정원에 단 하나라도 있다면, 이를 마음으로 느끼고 그에 따라 행동하지 않는 사람이 단 하나라도 있다면 황금빛 봄날의 공기 속에서조차 행복은 있을 수 없었으리라. 하지만 모두가 그 사실을 알고 느꼈으며, 울새와 그 짝도 그들

이 안다는 걸 알았다.

처음에 울새는 메리와 콜린을 날카롭고 불안한 눈으로 지켜봤다. 하지만 어떤 신비로운 이유에서 울새는 디콘은 지켜볼 필요가 없다는 걸 알았다. 그 반짝이는 새까만 눈에 처음 디콘을 담은 순간부터 울새는 디콘이 낯선 존재가 아니라 부리나 깃털 없는 울새임을 알았다. 그 아이는 울새 말을 할 수 있었다(상당히 독특한 언어라 다른 언어와는 혼동될 수 없는 말이었다). 울새에게 울새 말을 한다는 것은 프랑스 사람에게 프랑스어로 말하는 것과 다름없었다. 디콘은 항상 울새에게 울새 말로 얘기했기 때문에 다른 인간들과 대화할 때 괴상한 말을 하든 말든 중요하지 않았다. 울새는 그 아이가 다른 인간들에게 괴상한 말을 쓰는 이유는 인간들이 깃털 친구들 말을 알아들을 만큼 똑똑하지 못해서라고 생각했다. 아이의 몸짓 역시 울새 같았다. 울새는 결코 위험하거나 위협적으로 느껴질 만큼 갑작스러운 동작으로 상대를 놀라게 하는 법이 없었다. 어떤 울새라도 디콘을 이해할 수 있었기에 그의 존재는 전혀 거슬리지 않았다.

하지만 다른 두 명에 대해서는 경계할 필요가 있어 보였다. 일단 남자아이는 정원에 제 발로 들어오지 않았고, 야생동물 가죽 같은 걸 덮고는 바퀴가 달린 것에 실려 들어왔다. 그것만으로도 무척 수상쩍었다. 그러더니 일어서서 이상하고 낯선 방식으로 돌아다니기 시작했는데, 다른 사람들이 도와줘야만 하는 것 같았다. 울새는 덤불 속에 몸을 숨기고는 불안한 눈으로 지켜보며 연신 머리를 이쪽저쪽으로 갸웃거렸다. 처음엔 그 느린 움직임을 고양이들이 그러듯 습격 준비를 하는 것이라 생각했다. 으레 고양이들이 습격 준비를 할 때 땅을 아주 천천히 기어 다니듯 말이다. 울새는 며칠 동안 제 짝과 이야기했으나 이후로는 그 이야긴 꺼내지 않기로 마음먹었다. 짝이 너무 겁을 먹어 혹시 알들에 해가 될까 걱정됐기 때문이다.

남자아이가 혼자서 걷기 시작하고 좀 더 빨리 움직이게 되자 울새는 한시름 놓았다. 하지만 오랫동안 (울새에게는 오랫동안이라 느껴지는 시간 동안) 남자아이는 불안의 근원이었다. 아이는 다른 인간들처럼 행동하지 않았다. 걷기를 무척 좋아하는 듯했지만, 한동안 앉거나 누워있다가 갑자기 일어나 다시 걷기 시작하곤 했는데 그 동작이 어딘지 불안해 보였다.

어느 날 울새는 자기가 부모한테 날기를 배울 때 그와 비슷했다는 걸 떠올렸다. 짧게 몇 미터 날고 나면 꼭 쉬어야 했다. 그래서 이 남자아이도 날기를, 아니 그보다는 걷기를 배우는 중인지도 모르겠다는 생각이 들었다. 울새가 이 이야기를 짝한테 해주며 알들이 부화하면 깃털이 난 후에 아마 저런 식으로 행동할 거라고 하자 짝은 상당히 안심했다. 심지어 둥지 가장자리 너머로 남자아이를 구경하는 데 꽤 흥미를 느꼈고 대단히 재미있어했다. 다만 알들이 훨씬 더 똑똑하고 더 빨리 배울 거라고 생각했다. 하지만 인간은 항상 알들보다 더 서툴고 느리며 대부분은 정말로 나는 방법을 아예 배우지도 못하는 것 같다고 너그럽게 말해줬다. 공중이나 나무 꼭대기에서 인간을 만난 일이 없으니까.

얼마 지난 후 남자아이는 다른 사람들처럼 돌아다니기 시작했다. 하지만 때때로 세 아이 모두 이상한 행동을 하곤 했다. 아이들은 나무 아래에 서서 걷는 것도 아니고 뛰는 것도 아니고 앉는 것도 아닌 방식으로 팔다리와 머리를 움직였다. 매일 일정한 간격으로 그런 동작을 반복하자 울새는 아이들이 뭘 하는 건지 짝에게 설명할 수도 없었고 설명하려 들지도 않았다. 울새가 할 수 있는 말은 알들은 절대 저런 식으로 퍼덕이지 않으리라 확신한다는 것뿐이었다. 하지만 울새 말을 잘하는 남자아이도 똑같이 그러고 있는 걸로 보아 새들은 그 동작이 위험한 게 아님을 확신할 수 있었다. 물론 울새나 그 짝은 레슬링 챔피언 밥 하워스나 근육이 울퉁불퉁 불거지게 만드는 운동법에 대해서는 전혀 몰랐다. 울새는 인간과는 달리 항상 근육을 움직였기 때문에 자연스러운 방식으로 근육이 발달했다. 끼니마다 먹을 것을 찾아 날아다녀야 한다면 근육이 위축될 수 없을 것이다(위축된다는 건 쓰지 않아 근육이 줄어든다는 뜻이다).

남자아이가 다른 사람들처럼 걷고 뛰고 땅을 파고 풀을 뽑기 시작하자 모퉁이에 있는 둥지에는 안도하는 듯한 평화로운 기운이 가득했다. 알들에 대한 걱정은 과거의 일이 되었다. 알들이 마치 은행 금고에 들은 것마냥 안전하단 것을 알고 정원에서 펼쳐지는 온갖 흥미진진한 일을 구경하고 있자니 알을 품는 일은 더없이 재미있는 일이 되었다. 비 오는 날이면 아이들이 정원에 오지 않았기 때문에 어미 울새는 약간 지루하기까지 했다.

하지만 비 오는 날에도 메리와 콜린은 지루할 틈이 없었다. 어느 날 아침 비가 줄기차게 내리자 콜린은 안절부절못했다. 밖에 나가 걸어 다니기엔 위험해서 소파에만 누워있어야 했기 때문이다. 그때 메리에게 좋은 수가 떠올랐다.

"이제 건강한 아이가 되니까 팔다리와 온몸에 마법이 가득해서 가만히 있을 수가 없어." 콜린은 이렇게 말했다. "항상 뭔가가 하고 싶은 걸. 아침 일찍 눈을 떴을 때 새들이 막 밖에서 지저귀고, 나무랑 우리가 진짜로 들을 수 없는 것들까지 다 기쁨으로 소리치고 있는 것처럼 느껴지면, 나도 침대에서 벌떡 일어나 소리치고 싶어져. 근데 내가 진짜로 그렇게 하면 어떤 일이 벌어질지 상상해봐!"

메리는 참지 못하고 키득거렸다.

"간호사가 달려오고, 메들록 부인이 달려오고, 다들 네가 미친 줄 알고 의사 선생님을 모셔오겠지." 메리가 말했다.

콜린도 키득거렸다. 다들 어떤 얼굴을 할지 눈앞에 그려졌다. 콜린의 고함에 기겁했다가 똑바로 서 있는 모습에 얼마나 놀라워할지.

"아버지가 빨리 집에 돌아오셨으면 좋겠어." 콜린이 말했다. "내가 직접 말씀드리고 싶거든. 항상 그 생각만 해. 이런 식으로는 오래 버티지 못할 거야. 가만히 누워서 아픈 척하기도 힘들고, 게다가 내 모습이 너무 많이 달라졌잖아. 오늘 비가 안 왔으면 좋았을 텐데."

그때 메리 아가씨에게 좋은 생각이 떠올랐다.

"콜린, 이 저택에 방이 몇 개나 있는지 알아?" 메리는 알쏭달쏭하게 말을 꺼냈다.

"천 개쯤 될 걸, 아마." 콜린이 대답했다.

"아무도 안 들어가는 방이 백 개쯤 있고." 메리가 말했다. "난 비 오는 날 그 방들 중 여러 군데를 돌아다니며 살펴봤어. 아무도 몰라, 메들록 부인에게 거의 들킬 뻔했지만. 그리고 되돌아가다가 길을 잃어서 네 방이 있는 복도 끝에 멈춰 섰지. 그때가 두 번째로 네 울음소리를 들은 날이었어."

콜린은 소파에서 벌떡 몸을 일으켰다.

"아무도 들어가지 않는 방이 백 개라고?" 콜린이 말했다. "꼭 비밀의 정원 같은데. 우리가 들어가 보면 어떨까? 네가 내 휠체어를 밀면 아무도 우리가 어디로 갔는지 모를 거야."

"내가 생각한 게 바로 그거야." 메리가 말했다. "아무도 감히 우릴 따라오지 못할 거야. 네가 뛰어다닐 수 있는 긴 복도도 있어. 우리 운동도 할 수 있겠다. 상아 코끼리가 가득 든 장식장이 있는 작은 인도풍 방도 있어. 온갖 방이 다 있다니까."

"종을 울려." 콜린이 말했다.

간호사가 들어오자 콜린이 지시했다.

"휠체어 가져다줘." 콜린이 말했다. "메리와 나는 저택에서 사용하지 않는 구역을 보러 갈 거야. 존이 그림이 걸려 있는 복도까지만 휠체어를 밀어주면 돼. 거긴 계단이 있으니까. 그런 다음 존은 물러가 있고 우리끼리만 있게 해. 나중에 내가 다시 부를 때까지."

그날 아침부터 비 오는 날도 이제 싫지 않았다. 하인이 휠체어를 그림이 걸려 있는 복도까지 밀어주고 지시대로 둘만 남겨두고 가자 콜린과 메리는 기쁜 얼굴로 서로를 바라봤다. 메리가 존이 정말로 계단 아래 자기들 구역으로 돌아갔는지 확인하자마자 콜린은 휠체어에서 일어섰다.

"복도 끝에서 끝까지 달릴 거야." 콜린이 말했다. "그다음엔 점프하고, 그다음엔 밥 하워스의 운동을 하자."

두 아이는 말한 것들을 모두 했고, 또 다른 여러 가지 놀이도 했다. 초상화들을 둘러보며 초록색 양단 드레스 차림에 손가락에 앵무새를 올려놓은 평범한 어린 소녀가 그려진 그림을 찾아냈다.

"다 내 친척들일 거야." 콜린이 말했다. 아주 옛날 사람들이지. 저 앵무새를 들고 있는 아이가 오대조 고모님이야. 너랑 좀 닮았어, 메리. 지금의 네 모습 말고 처음 여기 왔을 때 말이야. 이젠 살도 붙고 훨씬 보기 좋아졌어."

"너도 그래." 메리가 이렇게 말하자 둘 다 웃음을 터트렸다.

두 아이는 인도풍 방으로 가서 상아 코끼리를 가지고 놀았다. 장밋빛 양단으로 꾸며진 방에서 쿠션에 쥐가 남긴 구멍을 찾았지만, 쥐들은 다 자라 이미 떠났고 구멍은 텅 비어 있었다. 둘은 메리가 첫 모험에 나섰을 때보다 더 많은 방을 보고 더 많은 것을 발견했다. 새로운 복도와 모퉁이 계단, 그리고 마음에 드는 새로운 오래된 그림과 무엇

에 쓰는 것인지 알 수 없는 괴상한 골동품들을 찾아냈다. 묘하면서도 흥미진진한 오전이었고, 다른 사람들과 같은 집에 있지만 동시에 아주 멀리 떨어져 있는 듯한 기분은 꽤 매력적이었다.

"여기 와서 좋았어." 콜린이 말했다. "내가 이렇게 크고 괴상하고 오래된 집에 사는 줄은 전혀 몰랐네. 마음에 들어. 비 올 때마다 여기저기 돌아다니자. 매번 괴상한 구석이나 새로운 물건들을 찾아낼 수 있을 거야."

그날 아침 아이들은 온갖 물건 외에도 왕성한 식욕을 찾아내 콜린의 방으로 돌아왔을 때 점심을 손도 안 대고 돌려보내는 건 도저히 불가능했다.

쟁반을 아래층으로 들고 내려간 간호사는 요리사 루미스 부인이 윤이 반질반질 나는 접시와 그릇들을 볼 수 있도록 부엌 수납장 위에 쟁반을 털썩 내려놓았다.

"이거 봐요!" 요리사가 말했다. "여긴 수수께끼에 싸인 저택이고, 저 두 아이는 그중 제일 커다란 수수께끼라니까요."

"아이들이 계속 이렇게 먹으면 도련님이 한 달 전보다 몸무게가 두 배가 된다고 해도 전혀 이상할 게 없겠어요. 들다가 다칠까 무서워서 일자리를 내놔야 할 판이에요." 젊고 기운 좋은 하인 존이 말했다.

그날 오후 메리는 콜린의 방에 새로운 변화가 생긴 걸 알아차렸다. 사실 알아챈 건 전날이었지만 우연히 그렇게 된 걸지도 몰라서 아무 말도 하지 않았다. 그날도 메리는 말없이 벽난로 위 그림을 뚫어져라 쳐다봤다. 그림을 볼 수 있었던 건 커튼이 젖혀져 있었기 때문인데, 그게 메리가 알아챈 변화였다.

"무슨 말을 듣고 싶은지 알아." 메리가 몇 분간 그림을 응시하고 있자 콜린이 말했다. "너는 항상 뭔가가 듣고 싶을 때면 얼굴에 다 드러나거든. 왜 커튼을 젖혀놨는지 궁금하지? 이젠 계속 저렇게 둘 거야."

"왜?" 메리가 물었다.

"이제 어머니가 웃는 모습을 봐도 화가 나지 않거든. 이틀 전 환한 달빛 때문에 잠에서 깼는데 마치 방안 가득 마법이 퍼진 것 같이 모든 것이 너무나 근사하고 눈부셔서 도저히 가만히 누워있을 수가 없더라. 그래서 일어나서 창밖을 봤지. 방안은 꽤 밝았고 커튼 위에 달빛 한 조각이 닿은 걸 보고 가서 줄을 당겼어. 그런데 그림 속 어머니가 나를 똑바로 내려다보고 계시는 거야. 내가 거기 서 있는 게 반가워서 웃고 계신 것처럼. 그러니까 자꾸 어머니가 보고 싶어졌어. 저렇게 웃으시는 모습을 늘 보고 싶어졌지. 내 생각엔 어머니도 마법을 아는 분이셨을 것 같아."

"너는 이제 어머니를 꼭 빼닮았어." 메리가 말했다. "가끔은 네 어머니의 영혼이 남자아이로 태어난 게 아닐까 싶을 정도로."

콜린은 그 말이 꽤 인상에 남은 모양이었다. 잠시 생각에 잠기더니 천천히 대답했다.

"내가 어머니의

영혼이라면… 아버지가 날 좋아하겠지." 콜린이 말했다.

"아버지가 좋아해주길 바라?" 메리가 물었다.

"예전에는 싫었어. 아버지가 날 안 좋아하시니까. 아버지가 날 좋아하게 된다면 마법에 관해 얘기해드리고 싶어. 그러면 아버지도 좀 더 밝아지시지 않을까."

26

"어머니예요!"

마법에 대한 아이들의 믿음은 계속되었다. 아침에 주문을 읊고 나면 콜린은 때때로 마법에 관해 강연했다.

"나는 강연하는 게 좋아." 콜린이 설명했다. "왜냐하면, 내가 커서 위대한 과학적 발견을 하게 되면 관련 내용을 강연해야 할 테니 이게 연습이 될 거야. 지금은 너무 어려서 짧은 강연밖에 못 하지만. 게다가 길게 하면 벤 웨더스태프가 교회에 온 기분이 들어서 잠들어버릴지도 모르고."

"강연의 제일 좋은 점은 말이쥬, 사람이 앞에 나와 하고 싶은 말 다 해도 그 누구도 뭐라 말대꾸하지 못한단 거쥬." 벤이 말했다. "지도 가끔은 강연하고 싶단 생각 안 드는 건 아녀유."

콜린이 나무 아래 서서 강연을 시작하면 벤 영감은 눈을 떼지 못한 채 그를 지켜봤다. 벤은 꼼꼼하면서도 애정 어린 눈길로 콜린을 살펴봤다. 벤이 관심을 두는 건 강연 그 자체보다 나날이 곧아지고 튼튼해지는 다리, 꼿꼿이 쳐든 소년의 머리, 한때는 뾰족했던 턱과 핼쑥하던 뺨이 이제는 둥글어지고, 그리고 그가 기억하는 누군가에게서 봤던 빛이 깃들기 시작한 눈빛이었다. 가끔 콜린은 벤이 그렇게 열심히 보는 게 자신에게 깊이 감동했기 때문이라 여기며 벤이 무슨 생각을 하는지 궁금해했다. 한번은 벤이 완전히 넋을 잃은 듯 보자 콜린이 물었다.

"벤 웨더스태프, 무슨 생각 해?" 콜린이 물었다.

"뭔 생각을 했냐므뉴." 벤이 대답했다. "이번 주에 도련님이 틀림없이 이 킬로그램은 는 것 같다구유. 도련님 장딴지와 어깨를 보고 있었쥬. 도련님을 저울에 달아보고 싶구먼유."

"그건 마법과 소워비 부인의 빵과 우유와 음식 덕분이야." 콜린이 말했다. "과학적 실험이 성공했단 걸 알 수 있지."

그날 아침 디콘은 늦어서 강연을 듣지 못했다. 뛰어오느라 얼굴이 달아올랐고, 익살스러운 얼굴은 평소보다도 더 반짝거렸다. 비가 온 뒤라 뽑아야 할 잡초가 많아서 아이들은 곧장 작업을 시작했다. 따뜻한 비가 흠뻑 내리고 나면 늘 해야 할 일이 많았다. 꽃에 좋은 습기는 잡초에도 좋기 마련이라 작은 풀잎과 나뭇잎이 여기저기 올라왔고, 그것들이 단단히 뿌리내리기 전에 반드시 뽑아야 했다. 콜린은 최근 남들만큼 잡초 뽑기를 잘했고 그걸 하면서도 강연을 이어갈 수 있었다.

"마법은 스스로 움직일 때 제일 효과가 커." 콜린은 그날 아침 이렇게 말했다. "뼈와 근육으로 느껴져. 난 뼈와 근육에 관한 책을 읽어볼 거야. 그리고 마법에 관한 책도 쓰고. 벌써 쓰기 시작했어. 계속 뭔가 알아가는 중이야."

그 말을 하고 나서 오래 지나지 않아 콜린이 모종삽을 내려놓고 일어섰다. 콜린은 몇 분간 말이 없었고, 다른 사람들은 콜린이 종종 그러듯 강연 생각을 하고 있다고 여겼다. 콜린이 모종삽을 떨어뜨리고 벌떡 일어났을 때, 메리와 디콘은 콜린이 별안간 엄청난 생각이 떠올라 그러는 줄로만 알았다. 콜린은 몸을 한껏 바로 세우더니 의기양양하게 두 팔을 쭉 뻗었다. 얼굴에 혈색이 돌아 환했고 특별한 눈은 기쁨으로 커졌다. 그 순간 콜린은 무언가를 깨달았다.

"메리! 디콘!" 콜린이 외쳤다. "나 좀 봐!"

아이들은 풀 뽑기를 멈추고 콜린을 쳐다봤다.

"너희가 날 여기 데려온 첫 아침 기억 나?" 콜린이 물었다.

디콘은 콜린을 뚫어져라 쳐다보고 있었다. 동물들의 친구인 디콘은 보통 사람들보다 더 많은 걸 볼 수 있었지만 그중 많은 부분은 절대 남들에게 말하지 않았다. 지금 그는 이 소년 안에서 그런 것들 중 몇 가지를 보고 있었다.

"그럼유, 기억하구말구유." 디콘이 대답했다.

메리 역시 주의 깊게 바라봤지만 아무 말도 하지 않았다.

"바로 지금 이 순간 모종삽으로 땅을 파는 내 손을 보고 별안간 그때 생각이 났어." 콜린이 말했다. "일어나서 이게 진짜인가 확인해야 했지. 그런데 진짜야! 난 건강해. 난 건강해졌어!"

"그러믄유, 그렇구말구유!" 디콘이 말했다.

"나는 건강해! 나는 건강해!" 콜린은 그렇게 말하며 얼굴이 새빨갛게 물들었다.

사실 그전에도 어렴풋이 알고 있었고, 바라기도 했고, 느끼고 생각하기도 했지만, 방금 그 순간에는 무언가가 온몸을 타고 번개처럼 스쳐 지나갔다. 일종의 열광적인 믿음과 깨달음이었고, 그게 너무 강력해서 소리 내 외치지 않을 수 없었다.

"나는 영원히 살 거야. 영원토록, 그리고 영원히!" 콜린이 당당하게 외쳤다. "나는 수천수만 가지를 발견할 거야. 사람과 동물과 자라나는 모든 것들에 대해 알아낼 거야, 디콘처럼. 그리고 계속 마법을 부릴 거야. 난 건강해! 난 건강해! 뭔가 외치고 싶은 기분이야. 감사하고 기쁘다고!"

장미 덤불 근처에서 일하고 있던 벤 웨더스태프가 고개를 돌려 그를 바라봤다.

"그럼 영광송 하나 부르셔유." 벤이 무심한 어투로 꿍얼거렸다. 벤은 성가에 대해선 아무 생각이 없었고, 딱히 신심을 갖고 제안한 것도 아니었다.

하지만 콜린은 뭔가를 탐구하길 좋아하는 성격인 데다 성가에 대해서는 아는 게 전혀 없었다.

"그게 뭔데?" 콜린이 물었다.

"디콘이 부를 줄 알것쥬, 분명히." 벤 웨더스태프가 대답했다.

디콘은 모든 걸 알아채는 동물들의 친구답게 다 아는 듯한 미소로 말했다.

"교회에서 부르는 노래쥬." 디콘이 말했다. "울 엄니는 종달새들이 아침에 일어나믄 영광송을 부른다구 믿으셔유."

"그렇게 말씀하셨다면 좋은 노래겠네." 콜린이 대답했다. "나는 한 번도 교회에 가본 적이 없어. 항상 아팠으니까. 그 노래 불러줘, 디콘. 듣고 싶어."

디콘은 꽤나 소박하고 꾸밈없는 아이였고, 콜린이 느끼는 기분을 콜린 본인보다 더 잘 알았다. 너무나 자연스러운 본능이었기에 자신도 모르게 알아차렸다. 디콘은 모자를 벗고 미소지으며 주위를 둘러봤다.

"모자 벗으셔야 혀유." 디콘이 콜린에게 말했다. "벤 영감님두유. 그리고 일어나셔야쥬."

콜린이 모자를 벗자 따사로운 햇살이 숱이 많아진 머리 위로 내려와 따스하게 비췄다. 그리고 디콘을 뚫어져라 쳐다봤다. 무릎을 꿇고 있던 벤 웨더스태프도 허둥지둥 일어나 모자를 벗었는데 주름진 얼굴은 도대체 왜 이런 황당한 짓을 하고 있는지 모르겠다는 듯 어리둥절해하며 반쯤은 못마땅한 기색이었다.

디콘은 나무들과 장미 덤불 사이에 서서 꾸밈없고 담담한 태도로, 근사하고 힘 있는 소년의 목소리로 노래하기 시작했다.

"모든 복의 근원이신 하나님을 찬양하라.
이 땅에 사는 모든 피조물아 그를 찬양하라.
하늘에 있는 천군들도 그를 찬양하라.
성부와 성자와 성령을 찬양하라. 아멘."

디콘이 노래를 마치자 벤 웨더스태프는 여전히 굳게 입을 다문 채 꼼짝 않고 서 있었으나 콜린을 바라보는 눈에는 심란한 기색이 어려 있었다. 콜린은 뭔가 곰곰이 생각에 잠긴 표정이었다.

"정말 좋은 노래야." 콜린이 말했다. "마음에 들어. 어쩌면 내가 마법에 감사하다고 외치고 싶을 때 느끼는 게 그런 마음인지도 몰라." 콜린은 멈칫하고 잠시 생각에 잠겼다. "어쩌면 둘 다 같은 건지도 몰라. 세상 만물의 정확한 이름을 우리가 어떻게 다 알겠어? 다시 불러줘, 디콘. 우리도 불러보자, 메리. 나도 불러보고 싶어. 저건 내 노래야. 어떻게 시작하더라? 모든 복의 근원이신 하나님을 찬양하라?"

그래서 다 함께 다시 노래를 불렀다. 메리와 콜린은 목소리를 높여 가락을 실어 불렀고, 디콘의 목소리는 점점 더 크고 아름답게 울려 퍼졌다. 그리고 두 번째 소절에서 벤 웨더스태프가 큼큼 목을 가다듬더니 세 번째 소절에서 거침없이 끼어들었다. 그리고 '아멘'으로 끝맺음할 때는 콜린이 불구가 아니라는 것을 알게 되었을 때와 똑같은 일이 벌어졌음을 메리는 알아차렸다. 노인의 턱이 떨리고, 빤히 뜬 눈을 깜박였으며, 주름진 뺨이 눈물로 축축해졌다.

"전에는 영광송의 의미를 영 몰랐는디." 벤이 목 쉰 소리로 말했다. "하지만 이제 마음이 바뀔 거 같구먼유. 이번 주에 몸무게가 삼 킬로그램은 는 것 같어유, 콜린 도련님. 삼 킬로그램유!"

정원 저쪽에서 뭔가가 콜린의 시야에 들어왔는데 그것을 쳐다보다 화들짝 놀란 표정을 지었다.

"누가 여기 들어왔지?" 콜린이 다급히 물었다. "저 사람 누구야?"

담쟁이덩굴로 덮인 담장 문이 살며시 열리더니 여자 한 명이 들어섰다. 그 사람은 성가 마지막 소절을 부를 때 들어왔고, 가만히 서서 그들을 지켜보고 있었다. 담쟁이덩굴을 등지고 선 그 사람의 길고 푸른 망토 위로 나무 사이에서 쏟아진 햇살이 물결치고 있었다. 초록빛 정원 너머에서 사람 좋은 미소를 짓는 싱그러운 얼굴은 콜린의 책에 나오는 부드러운 색채의 삽화처럼 보였다. 그녀의 애정 어린 눈빛은 세상 모든 것을 담으려는 듯했다. 벤 웨더스태프와 동물들 그리고 피어난 꽃들까지 전부 다. 느닷없이 나타났음에도 누구도 그 사람이 침입자라고 느끼지 않았다. 디콘의 두 눈이 등불처럼 밝게 빛났다.

"엄니여유! 누군가 했더니만!" 디콘이 외치며 풀밭을 가로질러 달려갔다.

콜린도 그 사람에게 다가가기 시작했고 메리도 뒤따라갔다. 두 사람 모두 심장이 빠르게 뛰는 걸 느꼈다.

"엄니여유!" 중간쯤에서 만나자 디콘이 다시 말했다. "도련님이랑 아가씨가 엄니를 보구 싶어 하시길래 문이 어디 숨겨져 있는지 알려 드렸구먼유."

콜린은 당당하지만 얼굴이 달아오를 만큼 수줍어하며 손을 내밀었다. 하지만 눈으론 부인의 얼굴을 뚫어져라 바라보고 있었다.

"아플 때도 보고 싶었어요." 콜린이 말했다. "부인과 디콘과 비밀의 정원을요. 전에는 보고 싶은 사람도 보고 싶은 것도 없었는데."

콜린이 얼굴을 치켜든 모습을 보자 부인의 얼굴에도 갑작스레 변화가 일었다. 부인의 얼굴이 달아오르고 입가가 떨리더니 눈물이 그렁그렁했다.

"아이고! 얘야!" 부인이 떨리는 목소리로 입을 열었다. "아이고! 얘야!" 마치 그 말을 하게 될 줄 본인도 몰랐던 것 같았다. 부인은 '콜린 도련님'이라고 하지 않고 그냥 '얘야'라고 했다. 디콘의 얼굴에서 마음이 움직이는 걸 봤다면 디콘에게도 똑같이 그렇게 불렀을 것이다. 콜린은 그게 좋았다.

"내가 이렇게 건강해져서 놀랐어요?" 콜린이 물었다.

부인은 콜린의 어깨에 손을 얹고 그렁그렁한 눈으로 미소지었다.

"네에, 그렇구말구유!" 부인이 말했다. "하지만 도련님이 어머님을 영락없이 꼭 빼닮아서 가슴이 철렁했구먼유."

"부인 생각엔, 그래서 아버지가 날 좋아해주실까요?" 콜린이 조금 어색하게 물었다.

"아이구, 물론이지 얘야." 부인은 대답하며 콜린의 어깨를 가볍게 토닥였다. "그분이 집에 돌아오셔야 하는디, 꼭 오셔야 하는디."

"수잔 소워비." 벤 웨더스태프가 다가오며 말했다. "도련님 다리 좀 보쇼, 웅! 두 달 전만 해도 북채에다 양말 신겨 놓은 것마냥 빼빼 말랐었는디. 게다가 난 사람들이 도련님 다리가 일루 굽고 절루 굽었다고 하는 소리까지 들어봤단 말여. 근디 지금 워떤가 보라니께!"

수잔 소워비가 기분 좋은 웃음을 터트렸다.

"좀만 지나면 멀쩡하고 튼튼한 사내 애 다리가 되겠는걸유." 부인이 말했다. "정원에서 놀고, 일하고, 든든하니 먹고, 맛있는 우유를 잔뜩 마시면 요크셔 안에서도 이만큼 튼튼한 다리가 없것는디유. 주님 감사혀유."

부인은 메리 아가씨의 양어깨에 손을 얹고 어머니처럼 다정하게 작은 얼굴을 들여다봤다.

"애기씨두 우리 딸 리자베스 엘렌만치 튼튼하게 자랐구먼유." 부인이 말했다. "틀림없이 아가씨도 어머님을 닮으셨을 거여유. 우리 마사가 메들록 부인이 하는 말을 들었는데, 어머님이 미인이셨담서유. 크면 한 송이 장미 같아질 거구먼유, 우리 애기씨두."

수잔 소워비는 마사가 휴가 날 집에 왔을 때 평범하고 안색이 누런 아이에 대해 얘기하면서 "그런 고약한 어머니가 미인이었다니 말이 안 되잖여유"라며 마사가 고집스럽게 덧붙이면서 메들록 부인이 뭐라든 전혀 믿음이 안 간다고 했다는 말은 하지 않았다.

메리는 자신의 변한 모습에 크게 관심이 없었다. 그냥 자기가 달라 보인다는 것만 알았고 머리가 더 많이, 더 빠르게 자라는 것과 연관이 있을 거라고 짐작했을 뿐이다. 하지만 예전에 봤던 맘사히브를 떠올리니 언젠가 어머니처럼 될 거라는 말이 반가웠다.

수잔 소워비는 아이들과 비밀의 정원을 둘러보며 정원에 얽힌 이야기를 듣고 되살아난 덤불과 나무들을 살펴봤다. 콜린과 메리가 부인 양옆에서 걸었다. 둘 다 계속 그녀의 푸근한 장밋빛 얼굴을 올려다보며 따뜻하고 든든한 느낌을 주는 이유가 무엇인지 궁금해했다. 마치 디콘이 자기 동물들을 이해하듯, 부인은 두 아이를 이해하는 듯했다. 부인이 꽃 위로 몸을 숙이고 아이들에게 하듯 말을 걸었다. 검댕이는 그녀를 따라다니며 한두 번 까악까악 울더니 디콘에게 하듯 그녀의 어깨에 날아가 앉았다. 울새와 새끼 울새들의 첫 비행에 대해 이야기하자 부인은 조용히 어머니 같은 웃음을 지었다.

"울새가 나는 걸 배우는 거나 아이들이 걸음마 배우는 거나 마찬가지겠지만유, 우리 아덜이 다리 대신 날개가 달렸다면 무척 걱정됐것는걸유." 그녀가 말했다.

황무지 오두막에서 살아온 소박함이 묻어나는 부인의 선량함에 마침내 아이들은 마법에 대해 털어놨다.

"마법을 믿으세요?" 인도 고행승에 대해 설명한 다음 콜린이 물었다. "믿으셨으면 좋겠는데."

"그럼유 믿쥬." 부인이 대답했다. "마법이라구 부른 적은 없지만 이름이 무슨 상관이것어유? 장담하건대 프랑스에서나 독일에선 또 다른 이름으로 부를 거구먼유. 씨앗이 싹트고 태양이 빛나게 하는 것과 같은 힘이 도련님을 건강한 아이로 만든 거쥬. 선한 힘이여유. 남들이 이름을 다르게 부른다고 신경 쓰는 우리 어리석은 인간들허구는 다르니께유. 선한 힘은 괜한 걱정을 하느라 할 일을 그만두지 않쥬. 계속해서 수백만 개의 새로운 세상을 만들어 나가거든유. 우리 같은 세상 말여유. 선한 힘에 대한 믿음을 절대 버려선 안 돼유. 그리고 세상은 그 선한 힘으로 가득하다는 것두유, 부르기야 뭐라고 부르든. 보니까 지가 들어올 때 그 선한 힘에 바치는 노래를 하고 있든디."

"마음에 기쁨이 가득 차올랐거든요." 콜린이 그 아름답고 독특한 눈을 부인에게로 향하며 말했다. "갑자기 내가 얼마나 달라졌는지 느껴졌어요. 팔다리에 힘이 생기고, 땅을 파고, 두 발로 서고, 펄쩍 뛰어올라 누군가에게 감사하다고 외치고 싶었어요."

"도련님이 성가를 부를 적에 마법은 듣구 있었을 거구먼유. 무슨 노래를 하든 들었을 거구유. 중요한 건 기쁨에서 나왔다는 거쥬. 아유, 도련님, 도련님, 기쁨을 만드시는 분께 이름이 뭐가 중요하겠어유." 그러면서 다시 콜린의 어깨를 가볍게 토닥였다.

그날 아침에도 부인은 평소처럼 푸짐한 음식을 담은 바구니를 챙겨줬고, 배가 고플 시간이 되자 디콘이 챙겨온 바구니를 가져왔다. 부인은 나무 아래 함께 둘러앉아 복스럽게 먹는 아이들을 흐뭇하게 바라보며 입가에 미소를 머금었다. 유쾌한 사람답게 별난 이야기들로 아이들을 웃음 짓게 했고, 요크셔 사투리로 된 단어도 가르쳐줬다. 콜린이 아직 짜증 많은 허약한 병자인 척하는 것이 점점 더 힘들다는 이야기를 하자 부인은 도저히 웃음을 참지 못하겠다는 듯 깔깔거리며 웃고 말았다.

"우리가 같이 있을 때면 거의 내내 웃음을 참지 못하는 거 보셨죠." 콜린이 설명했다. "아픈 아이 목소리 같지가 않거든요. 참아보려 애쓰지만, 그러다 웃음이 터지면 소리가 더 엄청나요."

"자꾸 생각나는 게 하나 있는데 갑자기 그 생각이 불쑥 떠오르면 도저히 웃음을 참을 수가 없어요." 메리가 말했다. "콜린의 얼굴이 진짜 보름달처럼 둥글어질지도 모른다는 생각이요. 아직은 아니지만 콜린은 매일 조금씩 살이 붙고 있거든요. 그러다가 어느 날 아침 정말로 그렇게 되면… 어쩌면 좋죠!"

"세상에, 연극 놀이할 일이 많겠구먼유." 수잔 소워비가 말했다. "하지만 오래는 못 버티겠는걸유. 주인님이 곧 집에 오시겠쥬."

"아버지가 정말 오실 거라고 생각해요?" 콜린이 물었다. "왜 그렇게 생각하는데요?"

수잔 소워비는 부드럽게 웃었다.

"도련님이 아버님한테 직접 말하기도 전에 그분이 알아버리면 참 마음이 아프것쥬." 부인이 말했다. "밤마다 누워서 열심히 계획을 세웠을 테니께유."

"절대 아무도 아버지한테 말하면 안 돼요." 콜린이 말했다. "매일 다른 방법들을 생각해보고 있어요. 지금은 그냥 아버지 방으로 달려 들어가고 싶은데."

"그분에겐 좋은 시작이 되겠구먼유." 수잔 소워비가 말했다. "어떤 표정을 지으실까 참 궁금하네유. 정말로, 아버님이 돌아오셔야 혀유. 꼭 그러셔야쥬."

그들은 부인의 오두막 방문 계획에 대해서도 이야기했다. 모든 걸 계획했다. 마차를 타고 황무지를 지나 히스 들판에서 점심을 먹고, 열두 명의 아이들을 전부 만나고, 디콘의 정원도 구경하고, 지칠 때까지 있을 참이었다.

수잔 소워비가 저택으로 가 메들록 부인을 만나려고 자리에서 일어섰다. 마침 콜린도 휠체어를 타고 돌아가야 할 시간이었다. 하지만 휠체어에 타기 전 콜린은 수잔 곁에 서서 홀린 듯 감탄의 눈길로 빤히 쳐다보다가 갑자기 부인의 파란 망토 자락을 꼭 붙잡았다.

"부인은 정말로… 제가 바랐던 모습 그대로예요. 부인이 우리 어머니였으면 좋겠어요. 디콘 어머니기도 하고요!" 콜린이 말했다.

별안간 수잔 소워비가 몸을 굽히더니 콜린을 따스한 품에 꼭 껴안았다. 마치 콜린이 디콘의 동생이라도 되는 것처럼. 부인의 눈이 또 금세 그렁그렁해졌다.

"아이구! 얘야!" 부인이 말했다. "도련님 어머니는 바로 여기 이 정원에 계신다구 지는 믿어유. 떠나질 못하셨것쥬. 아버님이 어여 돌아오셔야 할텐디. 반드시!"

27
정원에서

　세상이 시작된 이래 매 세기 훌륭한 발견이 이루어져 왔다. 지난 세기에는 그 이전 세기보다 더 놀라운 것들이 발견되었다. 새로 다가올 이번 세기에는 수백 개의 더 놀라운 것들이 빛을 보게 될 것이다. 사람들은 처음엔 낯설고 새로운 일이 가능하다는 걸 믿지 않으려 하겠지만 곧 그게 가능하다고 믿기 시작하고, 그다음엔 그게 실제로 가능하다는 걸 눈으로 확인하게 된다. 그리고 그것이 실제로 이루어지고 나면 온 세상이 왜 몇 세기 전부터 그렇게 하지 않았을까 의문을 갖는다. 지난 세기에 사람들이 알아내기 시작한 새로운 것 중 하나는 생각이, 그저 단순한 생각이 전기 배터리만큼 강력하고, 햇빛만큼 이로울 수도 있으며, 독약처럼 해로울 수도 있다는 사실이었다. 슬픈 생각이나 나쁜 생각이 마음에 깃들게 두면 성홍열 균이 몸에 침투하는 것만큼이나 위험하다. 그런 생각이 한번 마음에 들어와 머물면 평생 결코 벗어나지 못할 수도 있다.

　싫어하는 것에 대한 불쾌한 생각

과 사람들에 대한 심술궂은 평가, 그리고 무엇에도 기뻐하지 않고 관심 두지 않으려는 고집이 메리 아가씨의 마음속에 가득했을 때, 안색은 누렇게 뜨고 병약하며 따분해하는 불쌍한 아이였다. 하지만 메리 본인은 전혀 몰랐지만 주변 환경은 아이를 포근하게 감싸 안았다. 그 환경은 메리를 조금씩 좋은 방향으로 이끌어줬다. 울새, 아이들로 가득한 황무지의 오두막집, 별나고 고집 센 정원사 노인, 그리고 요크셔의 시골 하녀들, 봄 그리고 나날이 살아나는 비밀의 정원, 황무지 소년과 동물 친구들이 점차 메리의 마음을 차지해가자 간과 소화에까지 영향을 미쳐 안색을 누렇게 만들고 늘 피곤하게 하던 불쾌한 생각이 들어설 자리가 없어졌다.

방안에 틀어박혀 두려움과 허약함, 그리고 자기를 바라보는 사람들에 대한 증오로 가득 차 매시간 등의 혹과 곧 죽을 거란 암울함만 곱씹고 있을 때의 콜린은 신경질적이고 반쯤 미쳐 있던 건강염려증 환자였다. 햇살과 봄이 주는 기쁨을 알지 못했고, 노력하면 건강해져서 두 발로 설 수 있다는 사실도 알지 못했다. 하지만 새롭고 아름다운 생각들이 오래되고 끔찍한 생각들을 몰아내기 시작하자 콜린에게 삶이 되돌아오기 시작했고, 혈관에는 건강한 피가 돌고, 기운이 홍수처럼 밀려들어 왔다. 콜린의 과학적 실험은 상당히 실용적이었으며 단순했고 이상한 구석이라곤 전혀 없었다. 우울하거나 비관적인 생각이 마음에 들어왔을 때, 제때 정신을 차리고 바르고 굳세게 용기 있는 생각으로 그것을 밀어내기만 하면 누구에게나 훨씬 더 놀라운 일이 벌어질 수 있다. 그 두 가지 생각은 결코 한 자리에 함께 머물 수 없다.

"얘야, 장미를 가꾸는 곳에선
엉겅퀴가 자랄 수 없단다."

비밀의 정원이 살아나고 두 아이 역시 함께 생기를 찾아가는 사이, 멀리 떨어진 노르웨이의 피요르드와 스위스의 골짜기와 산에 있는 아름다운 곳들을 방황하는 한 남자가 있었다. 남자의 마음속은 십 년 동안 어둡고 절망적인 생각으로만 가득했다. 남자는 용기가 없었다. 어두운 생각이 차지한 자리에 다른 생각을 채워 넣으려 해본 적이 없었다. 남자는 푸른 호숫가를 거닐며 그런 생각에 잠겼고, 사방에 새파란 용담꽃이 피어난 향기로운 산자락에 누워서도 그런 생각에서 벗어나지 못했다. 행복하던 어느 날 닥쳐온 끔찍한 슬픔 이후 남자는 자신의 영혼을 어둠으로 가득 채운 채 한 줄기 빛조차 완고하게 밀어냈다. 남자는 집도 의무도 잊고 저버렸다. 여행하는 그 남자 주위엔 암울함이 짙게 드리워져 그 모습만으로도 다른 이들에게 나쁜 영향을 줬다. 마치 주위에 독약처럼 암울함이 퍼지는 듯했기 때문이다. 모르는 사람들은 대부분 남자가 반쯤 미쳤거나 영혼에 남모를 죄를 짊어지고 있다고 생각했다. 남자는 키가 크고 핼쑥한 얼굴에 구부정한 어깨를 하고 있었으며, 호텔 숙박부에 적는 이름은 항상 '영국 요크셔 미슬스웨이트 저택, 아치볼드 크레이븐'이었다.

크레이븐 씨는 메리를 서재에서 처음 만나고 '땅을 조금 가져도 된다'고 말한 그날 이후로 멀리 여행을 떠나 이곳저곳을 떠돌아다녔다. 유럽에서 가장 아름다운 장소들을 찾아다녔지만, 어디에서도 며칠 이상 머무르지 않았다. 제일 조용하고 외딴곳만을 골라 다녔다. 구름에 가려진 산 정상에 올라 떠오른 태양이 그 산들을 환하게 비추는 걸 내려다봤다. 세상이 막 태어난 듯한 느낌을 주는 순간이었다.

하지만 그 빛은 한 번도 자기 자신을 비춘 적이 없는 듯 느껴졌다. 그러던 어느 날 남자는 십 년 만에 처음으로 이상한 일이 일어났음을 깨달았다. 오스트리아 티롤 지방의 근사한 골짜기에서 어떤 영혼이든 그늘에서 벗어나게 할 만큼 아름다운 풍경 속을 홀로 걷고 있었다. 먼 길을 걸어왔으나 그의 영혼은 여전히 그늘 속에 있었다. 마침내 그는 피로를 느껴 냇가 옆 카펫처럼 깔린 이끼 위에 쓰러지듯 누웠다. 맑은 물이 흐르는 작은 냇물은 짙은 초록 이끼 사이 좁은 물길을 신나게 굽이굽이 흘러가고 있었다. 둥그런 돌 위로 물이 흐르며 거품이 일 때면 아주 낮은 웃음소리처럼 들리기도 했다. 남자는 새들이 와서 고개를 숙여 목을 축이고 날개를 펼쳐 날아가는 모습을 지켜봤다. 냇물은 살아 있는 생물처럼 느껴졌지만, 그 작은 목소리는 오히려 고요함을 더 짙게 만들었다. 골짜기는 아주, 아주 고요했다.

흘러가는 맑은 물을 앉아서 응시하고 있자니 아치볼드 크레이븐 씨는 자신의 몸과 마음이 골짜기만큼이나 고요해지는 것을 느꼈다. 혹시 잠이 들까 싶었지만 그렇지 않았다. 그는 앉아서 햇살이 비추는 시냇물을 응시하자 물가에서 자라나는 것들이 눈에 들어오기 시작했다. 아름다운 물망초 한 무리가 시냇물 가까이에서 자라 잎이 젖어 있었고, 그걸 바라보다 보니 여러 해 전 그런 꽃을 봤던 기억이 떠올랐다. 그 꽃들이 얼마나 사랑스러운지, 그 작은 꽃송이들이 얼마나 놀랍도록 파란지 생각했다. 그런 단순한 생각들이 마음을 천천히 채우고 차곡차곡 쌓이며 어두운 생각들을 조용히 밀어내고 있다는 걸 그는 눈치채지 못했다. 마치 고인 웅덩이에서 맑고 투명한 샘물이 솟아나 어두운 물을 조용히 밀어내는 것 같았다. 하지만 물론 본인은 그런 생각을 하지 못했다. 그저 앉아서 눈부시고 섬세한 파란 꽃을 바라보는 사이 골짜기는 점점 더 고요해졌다. 자신이 얼마나 오래 거기 앉아 있었는지, 무슨 일이 벌어지고 있는지 몰랐지만, 드디어 잠에서 깨어난 듯 천천히 일어나 이끼 카펫 위에 서서 나직하게 심호흡을 하며 자신도 이상하다는 걸 느꼈다. 그의 안에서 단단히 묶여 있던 무언가가 아주 조용히 풀려나는 듯한 느낌이었다.

"이게 뭘까?" 크레이븐 씨는 속삭이듯 말하며 이마를 쓸었다. "마치 내가 살아 있는 것 같은 기분이야!"

어떻게 이런 일이 그에게 일어났는지 설명할 수 있을 만큼 미지의 경이로움에 대해 나는 알지 못한다. 그리고 그 누구도 아직은 알지 못한다. 크레이븐 본인도 이해하지 못했다. 하지만 몇 달 후 미슬스웨이트에 돌아갔을 때, 이 기묘했던 시간을 떠올리고 우연히도 그날이 바로 콜린이 비밀의 정원에 들어가 외쳤던 날이었음을 알게 되었다.

"나는 영원히 살 거야. 영원토록, 그리고 영원히!"

그 오롯한 평온함은 저녁 내내 머물러 있었고 크레이븐 씨는 전에 없이 고요하고 평화로운 잠을 잤다. 그러나 그 평온함은 오래 지속되지 않았다. 그는 그걸 지킬 수 있다는 걸 알지 못했다. 다음날 밤 그는 어두운 생각들에 다시 문을 활짝 열어줬고, 그 생각들이 다시 떼지어 몰려들며 그를 덮쳤다. 그는 다시 골짜기를 떠나 떠돌기 시작했다. 하지만 기묘하게도 몇 분씩, 가끔은 몇 시간씩 이유도 모른 채 마음을 짓누르던 시커먼 무게가 저절로 벗겨지는 듯한 느낌이 들었고,

그 순간 자신이 죽은 존재가 아니라 살아 있다는 것을 실감했다. 천천히, 아주 천천히 왜 그런지 알 수 없었지만 크레이븐 씨는 정원과 함께 살아나고 있었다.

황금빛 여름이 더욱 깊고 진한 황금빛 가을로 바뀔 무렵, 그는 코모호수로 향했다. 그곳에서 그는 마치 꿈처럼 아름다운 세계를 발견했다. 그는 투명하고 푸른 호수 위에서 하루를 보내거나 초목이 무성한 언덕을 산책하며 완전히 지쳐 쓰러질 때까지 돌아다녔다. 그래야 잠들 수 있었기 때문이다. 하지만 그는 이제 알았다. 자신의 잠이 한결 나아지고 있으며, 꿈도 더는 그를 괴롭히지 않는다는 것을.

그는 생각했다. '어쩌면 몸이 튼튼해지고 있는 건지도 모르겠군.'

실제로 몸도 튼튼해지고 있었지만, 그 드물고 평화로운 시간 덕분에 생각이 달라졌고, 영혼도 천천히 튼튼해져 가고 있었다. 크레이븐 씨는 미슬스웨이트를 떠올리고 집으로 돌아가야 하지 않을까 생각했다. 이따금 얼핏 아들을 떠올리고 집에 돌아가 조각이 새겨진 네 기둥 침대 곁에 서서 잠든 아이의 또렷한 윤곽, 상아처럼 하얀 얼굴, 꼭 감은 눈꺼풀 위로 짙게 드리운 속눈썹을 내려다보면 어떤 기분이 들어야 마땅할까 자신에게 물었다. 그는 그런 생각을 하면 자기도 모르게 움츠러들었다.

어느 경이로운 날 그는 너무 멀리까지 걸어가는 바람에 집에 돌아왔을 땐 달이 높이 떠 있었고, 온 세상이 자줏빛 그림자와 은빛으로 물들어 있었다. 호수와 물가 그리고 숲의 고요함이 너무나 근사해서 그는 머물고 있는 별장으로 곧장 들어가지 않았다. 나무 그늘이 드리워진 물가의 작은 테라스로 내려가 자리에 앉아 황홀한 밤의 향기를 깊이 들이쉬었다. 기묘한 평온함이 스며들었고 그 감각이 점점 깊어지더니 마침내 잠들었다.

　언제 잠이 들었는지도, 언제 꿈을 꾸기 시작했는지도 몰랐다. 꿈은 너무도 생생해서 꿈이라는 느낌조차 들지 않았다. 그는 나중에 자신이 얼마나 또렷하게 깨어 있다고 느꼈는지를 기억해냈다. 앉아서 늦게 핀 장미 향기를 맡으며 발치의 찰랑거리는 물소리를 듣고 있는데 자신을 부르는 목소리를 들었다고 생각했다. 달콤하고 또렷하며 기쁨에 찬 목소리였고, 아주 먼 데서 들려오는 듯했다. 아주 멀게 느껴졌지만 바로 옆에 있는 것처럼 또렷하게 들었다.

　"아치! 아치! 아치!" 목소리는 말했고 이전보다 더 달콤하고 또렷하게 다시 외쳤다. "아치! 아치!"

　그는 벌떡 일어났지만 전혀 놀라지 않았다. 목소리가 너무나도 생생해 그 소리가 들리는 게 당연한 듯 느껴졌다.

　"릴리아스! 릴리아스!" 그가 대답했다. "릴리아스! 어디 있는 거요?"

　"정원에요." 금빛 피리에서 나는 듯한 소리가 돌아왔다. "정원에 있어요!"

　그리고 꿈은 끝났다. 하지만 그는 깨지 않았다. 아름다운 그 밤 내내 그는 고요하고 달콤한 잠에 깊이 빠져들었다. 마침내 그가 눈을 떴을 땐 눈부신 아침이었고 하인이 옆에 서서 그를 바라보고 있었다. 하인은 이탈리아 사람이었는데 별장의 모든 하인이 그렇듯 외국인 고용주의 어떤 이상한 행동도 군소리 없이 받아들이는 데 익숙했다. 그가 언제 나가고 들어오는지, 어디에서 자는지, 밤새도록 정원을 배회하거나 호수 위 보트에 누워있는지 아무도 몰랐다. 하인은 몇 통의 편지가 놓인 쟁반을 들고 조용히 기다렸고, 크레이븐 씨가 그것을 받아들자 그제야 물러났다. 하인이 나가자 크레이븐 씨는 편지를 손에 든 채 잠시 호수를 바라보며 앉아 있었다. 기묘한 평온함이 여전히 그를 감싸고 있었고, 그 안에는 또 다른 무언가가 있었다. 그 잔혹했던 일이 실은 자신이 믿어왔던 것만큼 끔찍한 게 아니라는 듯, 무언가가 바뀐 듯한 느낌이었다. 그는 그 꿈을 떠올리고 있었다. 현실처럼 생생했던, 정말로 현실 같았던 그 꿈을.

"정원에!" 그는 의아해하며 되뇌었다. "정원에! 하지만 문은 잠겨 있고 열쇠는 땅에 깊이 묻었는데."

잠시 후 편지들을 내려다본 크레이븐 씨는 맨 위에 놓인 편지가 영국 요크셔에서 온 것임을 알았다. 또박또박 쓴 여성의 필체는 그가 아는 글씨체가 아니었다. 보낸 사람은 별로 궁금하지도 않았다. 그는 곧바로 편지를 개봉했는데 첫 줄을 읽자마자 단박에 주의를 빼앗겼다.

크레이븐 님께,

저는 일전에 황무지에서 주제넘게 말씀 올렸던 수잔 소워비입니다. 그때는 메리 아가씨 일로 말씀을 드렸었지요. 다시 주제넘게 말씀 올립니다. 제가 크레이븐 님이라면 당장 집으로 돌아갈 것입니다. 집에 오시면 기쁜 일이 있을 거라 생각합니다. 이런 말씀을 드려도 양해해주신다면, 부인께서 계셨다면 돌아오시라 말씀하셨을 거라 생각합니다.

충심을 다하여
수잔 소워비

크레이븐 씨는 편지를 두 번 반복해 읽고 나서야 봉투에 도로 넣었다. 머릿속에는 여전히 꿈이 맴돌고 있었다.

"미슬스웨이트로 돌아가야겠어." 그는 말했다. "그래, 당장 가야겠어."

그는 곧바로 정원을 지나 별장으로 가서 피처에게 영국으로 돌아갈 준비를 하라고 지시했다.

며칠 후 그는 요크셔로 출발했다. 긴 기차 여정 중 크레이븐 씨는 지난 십 년간 한 번도 떠올려본 적 없던 아들을 생각하고 있는 자신을 깨달았다. 그 긴 세월 내내 그저 아들을 잊고 싶어 했을 뿐이었다. 하지만 이제는 생각할 마음이 없는데도 기억 속 모습이 자꾸만 머릿속에 떠올랐다. 아이는 살아 있고 아내는 죽었다는 사실에 미친 듯이 날뛰던 암울했던 나날들을 떠올렸다. 그는 아이를 보려 하지 않았고, 마침내 아이를 보러 갔을 때는 아이가 너무나 허약하고 불쌍한 모습이어서 모두 며칠 안에 죽을 거라 확신했다. 하지만 예상과 달리 아이는 며칠이 지나도록 살아남아 돌보는 이들을 놀라게 했다. 그러자 이번엔 그 애가 장애를 안고 태어나 결국은 불구가 될 거라 확신했다.

그는 결코 나쁜 아버지가 되려 했던 건 아니었다. 다만 아버지라는 인식 자체가 없었을 뿐이다. 의사와 간호사, 온갖 값비싼 물건은 다 마련해줬지만, 아이를 떠올리는 일조차 버거워 외면했고, 자신의 비통함 속에만 빠져 지냈다. 일 년 만에 미슬스웨이트에 돌아왔을 때, 그 작고 초췌한 아이는 힘없이 얼굴을 들어 짙은 속눈썹이 난 커다란 회색 눈으로 그를 무덤덤하게 바라봤다. 그 눈은 크레이븐 씨가 그토록 사랑했던 행복으로 빛나던 눈과 너무도 닮았지만, 또 끔찍하리만치 달랐기에 도저히 견딜 수 없어 죽은 사람처럼 창백해진 얼굴로 고개를 돌렸다. 그 후로는 아이가 잠든 시간 외에는 거의 얼굴을 마주한 적이 없었고, 아이에 대해 아는 것이라곤 그저 불구임이 확실하고, 성격이 사납고 신경질적이며, 반쯤 미쳐 있다는 소문뿐이었다. 아이가 격분하거나 상처받지 않게 하기 위해선 아이가 원하는 건 무엇이든 들어줄 수밖에 없었다.

이런 기억들은 결코 유쾌한 게 아니었다. 하지만 기차가 산악 지대를 지나 황금빛 평야를 달리는 동안 남자의 생각은 점차 다른 방향으로 흘러가기 시작했다. 그는 오랫동안 조용히 깊은 생각에 잠겼다.

"어쩌면 내가 지난 십 년 동안 완전히 잘못 살았던 건지도 몰라." 그는 중얼거렸다. "십 년이라니, 너무 긴 시간이야. 이제 와서 뭔가를 하기엔… 정말 너무 늦었을지도 몰라. 도대체 무슨 생각으로 그렇게 살았던 거지?"

물론 '너무 늦었다'는 말로 시작하는 건 잘못된 마법이다. 콜린조차도 분명 그렇게 말했을 것이다. 하지만 크레이븐 씨는 흑마법이든 백마법이든 마법에 대해선 전혀 몰랐다. 그것은 아직 그가 알지 못하는 세계였다. 그는 문득 수잔 소위비가 용기를 내 편지를 보낸 이유가 혹시 아이 상태가 아주 심각해졌기 때문은 아닐까, 혹시 아이 생명이 위

독하다는 것을 감지한 건 아닐까 생각했다. 그를 지배하고 있던 그 기묘한 평온함이 아니었다면 그는 아마도 더없이 참담했을 것이다. 하지만 그 평온함은 그에게 이상하리만치 희망과 용기를 가져다줬다. 그는 최악의 상상을 되풀이하기보다 더 나은 무언가를 믿으려 애쓰는 자신을 발견했다.

'혹시 부인이 내가 아이에게 좋은 영향을 줘 바로잡을 가능성을 봤을 수도 있지 않을까?' 그는 생각했다. '미슬스웨이트로 가는 길에 소워비 부인을 만나봐야겠어.'

하지만 황무지를 가로질러 가던 중 오두막집 앞에서 마차를 세웠을 때, 밖에서 놀고 있던 일고여덟 명쯤 되는 아이들이 옹기종기 모여 다정하고 예의 바르게 인사하고는 어머니는 새로 아기를 낳은 여인을 도우러 아침 일찍 황무지 건너편으로 갔다고 했다. 그리고 '우리 디콘'은 요즘 저택 정원에서 일하고 있으며, 매주 며칠씩 그곳에서 시간을 보내고 있다고 묻지도 않은 것을 알려줬다.

크레이븐 씨는 볼이 발그레하고 단단한 몸집의 아이들 무리를 바라봤다. 하나같이 저마다의 방식으로 싱글벙글 웃고 있었고, 그제야 이 아이들이 건강하고 사랑스러운 부류라는 사실을 퍼뜩 깨달았다. 그는 아이들의 다정한 웃음에 미소 지으며 주머니에서 금화 하나를 꺼내 '우리 리자베스 엘렌'이라 불린 가장 나이 많은 아이에게 선냈다.

"이걸 여덟으로 나누면 한 사람당 반 크라운씩은 돌아갈 거다." 그는 말했다.

웃고 깔깔대고 꾸벅꾸벅 인사하는 아이들을 두고 그는 마차에 올랐다. 뒤에 남은 아이들은 신이 나서 서로 팔꿈치로 찌르고 기쁨에 겨

위 콩콩 뛰었다.

마차를 타고 눈부시게 아름다운 황무지를 지나자 마음이 잔잔하게 가라앉았다. 다시는 느끼지 못하리라 확신했는데 어째서 지금은 집으로 돌아가는 듯한 기분이 드는 걸까? 땅과 하늘과 저 멀리 만발한 보라색 꽃의 아름다움과 육백 년 동안 조상들이 살아온 거대하고 오래된 저택에 가까워질수록 마음이 따뜻해지는 건 어째서일까? 지난번 그곳을 떠날 때의 기억에 그는 몸서리를 쳤다. 그는 꼭꼭 닫힌 방들과 양단 커튼이 달린 기둥 침대에 누워있던 아이를 떠올렸다. 혹시 아이가 조금이나마 호전되어 아이를 볼 때마다 움츠러드는 마음을 극복할 수 있게 될까? 그 꿈은 얼마나 생생했던가. '정원에요. 정원에 있어요!' 하고 그를 부르던 목소리는 또 얼마나 아름답고 맑았던가.

"그 열쇠를 찾아봐야겠어." 그가 말했다. "문을 열어봐야지. 이유는 잘 모르겠지만 그래야겠어."

장원에 도착하자 평소처럼 예의를 갖춰 그를 맞이한 하인들은 크레이븐 씨가 달라졌다는 것을 단번에 알아차렸다. 평소 피처의 시중을 받으며 지내던 외딴 방으로 향하지 않고, 곧장 서재로 들어가 메들록 부인을 불러오라고 했기 때문이다. 부인은 어딘지 들뜬 듯 궁금하고 당황한 기색으로 들어왔다.

"콜린은 요즘 어떻게 지내나요, 메들록?" 그가 물었다.

"그게요, 주인님." 메들록 부인이 대답했다. "도련님은, 도련님은 달라지셨다고 해야 할까요."

"안 좋아졌나요?" 그가 물었다.

메들록 부인은 진짜로 당황한 듯 얼굴을 붉혔다.

"아뇨, 그게 아니라." 부인은 설명하려 애썼다. "크레이븐 선생님이나 간호사나 저도 도련님 상태를 도통 알 수가 없네요."

"어째서?"

"솔직히 말씀드리자면 콜린 도련님은 상태가 호전되는 것일 수도, 악화되고 있는 것일 수도 있어요. 도련님의 식욕은 이해의 경지를 넘어섰죠. 그리고 행동도…."

"애가 더, 더 이상해졌다는 말인가?" 크레이븐 씨는 걱정스러운 표정으로 미간을 찌푸리며 물었다.

"바로 그거예요, 주인님. 예전과 비교하면 정말 이상해지셨어요. 예전엔 거의 아무것도 드시지 않더니, 어느 날부터 갑자기 엄청나게 드시기 시작하는 거예요. 또 어떤 날은 식사를 아예 끊고 고스란히 돌려보내시기도 하고요. 아마 모르셨겠지만 도련님은 원래 바깥에 나가려 하지 않으셨죠. 휠체어에 태워 모시고 나가려면 정말 애를 먹이셨거든요. 워낙 난리를 피우셔서 크레이븐 선생님도 억지로 데리고 나가면 자기도 책임 못 진다고 하실 정도였어요. 그런데 하루는 심하게 성질을 부리신 뒤로 얼마 지나지 않아 갑자기 메리 아가씨랑 수잔 소워비의 아들 디콘이랑 매일같이 밖에 나가겠다고 고집하시는 거예요. 도련님은 메리 아가씨와 디콘을 무척 좋아하시고, 믿기 힘드시겠지만 디콘은 길들인 동물들까지 데리고 와서 아침부터 저녁까지 함께 시낸답니다."

"아이가 보기엔 어떤가요?" 그가 다음으로 물었다.

"식사를 잘하신다면 살이 찌신 거라고 할 수 있겠지만, 저희는 혹시 부종이 아닐까 걱정하고 있어요. 또 메리 아가씨와 단둘이 계실 때는 가끔 아주 이상하게 웃으시기도 하고요. 원래는 전혀 웃지 않으셨거든요. 허락해주신다면 크레이븐 선생님이 곧바로 뵈러 오실 거예요. 평생 그렇게 혼란스러워하신 적이 없으셨답니다."

"콜린은 지금 어디 있습니까?" 크레이븐 씨가 물었다.

"정원에 계세요, 주인님. 늘 정원에 계시죠. 다만 누가 보기라도 할까 봐 근처에 아무도 얼씬 못 하게 하세요."

하지만 부인의 마지막 말은 크레이븐 씨 귀에 제대로 들어오지 않았다.

"정원에." 그는 중얼거렸다. 메들록 부인을 내보낸 뒤에도 그는 한참을 그 말만 되뇌었다. "정원에!"

간신히 정신을 추스른 그는 몸을 돌려 서재를 나섰다. 메리가 그랬듯 관목과 월계수, 분수대가 있는 화단 사이로 난 문을 향해 걸어갔다. 분수는 물줄기를 뿜고, 화단은 눈부신 가을꽃으로 빛나고 있었다. 그는 잔디밭을 가로질러 담쟁이덩굴이 뒤덮은 긴 산책로로 접어들었다. 천천히 조심스레 걸었으며, 시선은 땅 위에 고정되어 있었다. 마치 오래도록 버려두었던 장소로 이끌리는 듯한 기분이었으나 이유는 알 수 없었다. 정원에 가까워질수록 그의 발걸음은 점점 더 느려졌다. 문은 담쟁이로 두껍게 뒤덮여 있었지만, 그는 그 문이 어디에 있는지 알고 있었다. 다만 땅에 묻힌 열쇠가 정확히 어디 있는지는 알 수 없었다.

그는 걸음을 멈추고 주변을 살폈고, 곧바로, 거의 즉시, 깜짝 놀라 귀를 기울였다. 혹시 지금 자신이 꿈속을 걷고 있는 건 아닌지 순간 의심했다

담쟁이덩굴이 두껍게 뒤덮은 그 문, 열쇠는 관목 아래 묻힌 채였고 십 년이 넘도록 아무도 그 문을 지나간 적이 없었다. 그런데 정원 안쪽에서 소리가 들려왔다. 나무 아래를 빙글빙글 돌며 쫓고 쫓기는 발소리, 낮게 속삭이는 듯한 목소리들, 감탄과 기쁨이 섞인 가벼운 외침들. 아이들의 웃음소리 같았다. 들키지 않으려 애쓰면서도 참지 못하고 터져 나오는, 점점 더 신이 나서 주체할 수 없게 되어버린 그런 웃음소리. 도대체 지금 무슨 꿈을 꾸고 있는 걸까? 무슨 소리를 듣고 있는 걸까? 이성을 잃고 환청을 듣고 있는 건 아닐까? 멀리서 들려오던 그 맑은 목소리가 바로 이 소리를 뜻했던 걸까?

그리고 그 순간이 왔다. 조용히 해야 한다는 걸 까맣게 잊고 억누르지 못한 소리가 한꺼번에 터져 나온 순간, 발소리가 거칠어지며 눈 앞으로 나아왔다. 웃음과 숨소리가 뒤섞인 환호성이 터졌고, 담쟁이덩굴을 가르며 문이 벌컥 열렸다. 그리고 다음 순간, 전속력으로 달려 나온 한 소년이 외부인을 보지 못한 채 곧장 크레이븐 씨 품으

로 뛰어들었다.

그는 반사석으로 팔을 뻗어 넘어질 뻔한 아이를 가까스로 붙잡았다. 그리고 품 안의 아이를 제대로 보기 위해 떼어내는 순간, 숨이 멎는 듯했다.

키가 크고 잘생긴 소년이었다. 그는 생기로 빛나고 있었으며, 달려온 탓인지 얼굴은 눈부신 색채로 물들어 있었다. 아이는 숱 많은 앞머리를 이마에서 쓸어올리며 기묘한 회색 눈을 들어 올렸다. 그 눈은 장식처럼 둘러진 짙은 속눈썹 아래서 소년다운 웃음을 머금고 있었다. 그 눈 때문이었다. 크레이븐 씨가 숨을 헐떡일 수밖에 없었던 건, 바로 그 눈 때문이었다.

"누구? 뭐지? 누구냐?" 그는 더듬거리며 물었다.

이건 콜린이 예상했던 장면도, 계획했던 만남도 아니었다. 하지만 이게 더 나을지도 몰랐다. 경주에서 이겨 달려 나온 것이 오히려 더 자연스러웠으니까. 콜린은 등을 곧게 펴고 자신의 키를 최대한 뽐내려 애썼다. 뒤따라 함께 나온 메리는 콜린이 분명 전보다 몇 센티미터는 더 커졌다고 느꼈다.

"아버지, 저 콜린이에요." 콜린이 말했다. "믿기 어려우시겠지만, 저 자신도 믿기 힘들어요. 그래도 정말 저예요, 콜린이에요."

메들록 부인처럼 콜린 역시 아버지가 내뱉은 첫마디의 의미를 완전히 이해하지 못했다.

"정원에! 정원에!"

"네." 콜린이 다급히 말했다. "정원이 해냈어요. 그리고 메리, 디콘, 동물들, 그리고 마법도요. 아무도 몰라요. 아버지께 말씀드리려고 지금껏 비밀로 했어요. 저 건강해요. 메리랑 달리기 시합도 할 수 있고요. 전 운동선수가 될 거예요."

콜린은 완전히 건강한 아이처럼 말했다. 얼굴은 상기돼 붉게 달아올랐고, 열의로 가득 찬 목소리에서 말들이 쏟아져 나왔다. 크레이븐 씨의 영혼은 믿을 수 없는 기쁨에 떨고 있었다.

콜린은 손을 내밀어 아버지의 팔에 조심스레 올려놨다.

"반갑지 않으세요, 아버지?" 콜린이 물었다. "반갑지 않으세요? 저는 영원히 살 거예요. 영원히, 또 영원히요!"

크레이븐 씨는 두 손으로 아이의 어깨를 붙잡았다. 말문이 막혀 잠시 한마디도 할 수 없었다.

"정원 안으로 데려가 주겠니, 얘야." 마침내 그가 말했다. "그리고 모든 이야기를 들려다오."

그래서 아이들은 그를 정원 안으로 데려갔다.

그곳은 가을의 금빛과 자줏빛, 보랏빛, 그리고 불타는 선홍빛이 어우러진 야생의 세계였다. 사방에는 늦게 핀 흰 백합들과 붉은빛이 섞인 백합들이 무리를 지어 피어 있었다. 크레이븐 씨는 이맘때쯤이면 그 늦게 핀 꽃들이 가장 아름답게 피어난다는 것을 기억하고 있었다. 장미 덩굴은 나무를 타고 올라가 무리를 지었고, 햇살을 받아 물든 단풍은 마치 황금 사원에 들어선 듯한 착각을 불러일으켰다. 새로 온 손님은 아이들이 처음 잿빛 정원에 발을 디뎠을 때처럼 말없이 서서 주위를 둘러봤다.

"여기는 다 죽은 줄 알았는데." 그가 말했다.

"메리도 처음엔 그렇게 생각했대요." 콜린이 대답했다. "하지만 되

살아났죠."

그들은 나무 아래에 앉았다. 다만 이야기를 하느라 서 있고 싶어 한 콜린만 빼고.

남자아이답게 기세 좋고 의기양양하게 쏟아내는 이야기를 들으며, 아치볼드 크레이븐 씨는 그것이 자신이 들어본 이야기 중 가장 이상하고도 놀라운 이야기라는 사실을 실감했다. 수수께끼와 마법, 야생 동물들, 한밤중의 기묘한 만남, 돌아온 봄, 모욕당하고 자존심이 확 치밀어 오른 어린 라자가 벤 웨더스태프에게 맞섰던 일, 연극 놀이와 우정, 그리고 철저히 지켜온 거대한 비밀까지. 그는 이야기를 듣다가 웃음을 터뜨리다 눈물을 흘렸고, 웃지 않을 때조차 눈물이 흘렀다. 운동선수이자 강연자, 과학적 발견을 꿈꾸는 이 사랑스럽고 건강한 소년은 누구보다 생명력 넘치는 존재였다.

"이제는 더 이상 비밀로 할 필요 없어요." 콜린이 말했다. "사람들이 날 보면 깜짝 놀라겠죠. 하지만 전 다시는 휠체어를 타지 않을 거예요. 아버지, 같이 걸어서 집으로 돌아가요."

한편, 벤 웨더스태프는 좀처럼 정원을 떠나는 일이 없었지만, 이번엔 채소를 주방에 갖다 준다는 핑계를 대고 미슬스웨이트 저택 안으로 들어왔다. 메들록 부인이 하인 휴게실로 그를 초대해 맥주 한 잔 권한 덕분에 이번 세대에 벌어진 가장 극적인 사건 현장에 있던 한 사람이 될 수 있었다.

뜰을 향한 여러 창문 중 하나는 잔디밭 쪽으로 나 있었다. 벤이 정원에서 왔다는 걸 알게 된 메들록 부인은 혹시라도 주인님이나 콜린

도련님을 봤는지 궁금해했다.

"두 분 중 한 분이라도 봤어요, 웨더스태프?" 그녀가 물었다.

벤은 맥주잔을 입에서 떼고 손등으로 입을 훔치며 대답했다.

"봤슈, 봤고말구." 의미심장하게 말했다.

"두 분 다?" 메들록 부인이 물었다.

"두 분 다." 벤이 대꾸했다. "잘 마셨슈, 부인. 한 잔 더 부탁혀유."

"같이 있었나요?" 들뜬 마음을 감추지 못한 메들록 부인이 서둘러 잔을 넘치게 따르며 물었다.

"같이 있었슈." 그러고는 새로 받은 맥주를 단숨에 절반쯤 들이켰다.

"콜린 도련님은 어디 있었어요? 어때 보였어요? 무슨 말을 나누던가요?"

"그건 못 들었슈." 벤이 말했다. "담장 위에 걸쳐놓은 사다리에서 봤을 뿐이라. 그래도 한 가지는 말할 수 있슈. 저 바깥에선 이 집안사람들은 꿈에도 모를 일이 벌어지고 있었다는걸. 곧 다들 알게 될 거유."

그로부터 오래지 않아 벤은 나머지 맥주를 비우고 관목 사이 잔디밭이 내다보이는 창가 쪽으로 다가가 술잔을 들어 엄숙히 흔들었다.

"저기 좀 보슈." 그가 말했다. "궁금허면 말유. 누가 잔디밭을 지나오나 잘들 보슈."

창밖을 내다보던 메들록 부인은 두 손을 들고 비명을 질렀다. 그 소리에 하인들이 모두 달려와 창가로 몰려들었다. 모두 눈이 휘둥그레졌고 눈알이 튀어나올 듯 커졌다.

잔디밭 너머로 미슬스웨이트 저택 주인이 걸어오고 있었다. 그들

이 한 번도 보지 못한 모습이었다. 그의 곁에는 당당히 고개를 들고 요크셔의 여느 소년 못지않게 힘차고 웃음기 가득한 눈빛으로 걷는 이가 있었다. 바로 콜린 도련님이었다!

옮긴이 **박미영**

이화여자대학교 영어영문학과를 졸업한 후 KBS 방송아카데미 영상번역작가 과정을 수료했다. 옮긴 책으로는 『우리가 추락한 이유』, 『누가 죽음을 두려워하는가』, 『일러바치는 심장』, 『IQ-탐정 아이제아 퀸타베의 사건노트』, 『빅티켓』, 『완전 범죄 추리 게임』 등이 있다.

Classic Gallery 1
비밀의 정원
The Secret Garden

초판 1쇄 펴낸날 2025년 10월 15일
지은이 프랜시스 호지슨 버넷
그린이 잉가 무어 옮긴이 박미영
펴낸이 원미연 기획편집 이명연
디자인 정계수 마케팅 이운섭 제작 공간
펴낸곳 꽃피는책 등록번호 691-94-01371
전화 02-858-9917 팩스 0505-997-9917
E-mail blossombky@naver.com
Instagram @blossombook_publisher
Facebook blossombookpublisher

이 책은 저작권법에 따라 보호받는 저작물이므로 무단전재와 복제를 금합니다.
이 책의 전부 또는 일부를 이용하려면
반드시 저작권자와 꽃피는책에 서면 동의를 받아야 합니다.

*

이 작품에는 오늘날의 인권 감수성으로 볼 때 부적절하게 여겨질 수 있는 표현이 일부 있습니다. 그러나 작품이 쓰인 시대와 문학적 맥락을 고려하여 고전으로서의 가치를 온전히 전하기 위해 원문 표현을 최대한 그대로 두었음을 밝힙니다.